# DER WOLF VOM BODENSEE

Tina Schlegel war Regieassistentin, Drehbuchautorin und Redakteurin, bevor sie als freiberufliche Kulturjournalistin unter anderem für die Süddeutsche Zeitung und die Münchner Abendzeitung arbeitete. Seit 2012 schreibt sie für die Augsburger Allgemeine über Kunst, Theater und Musik. Tina Schlegel lebt mit ihrer Familie im Unterallgäu. www.tinaschlegel.de

TINA SCHLEGEL

# DER WOLF VOM BODENSEE

*Kriminalroman*

emons:

**Bibliografische Information der Deutschen Nationalbibliothek**
Die Deutsche Nationalbibliothek verzeichnet diese Publikation
in der Deutschen Nationalbibliografie; detaillierte bibliografische
Daten sind im Internet über http://dnb.d-nb.de abrufbar.

© Emons Verlag GmbH
Alle Rechte vorbehalten
Umschlagmotiv: Montage aus mauritius images/BY/
emanoo/photocase.de
Umschlaggestaltung: Nina Schäfer, nach einem Konzept
von Leonardo Magrelli und Nina Schäfer
Umsetzung: Tobias Doetsch
Gestaltung Innenteil: César Satz & Grafik GmbH, Köln
Lektorat: Lothar Strüh
Druck und Bindung: Prime Rate Kft., Budapest
Printed in Hungary 2024
ISBN 978-3-7408-0470-1
Originalausgabe

Die Zitate aus Gedichten von Hermann Hesse:
S. 16: »Grauer Wintertag«; S. 17: »Herbstgeruch«;
S. 44/45/46/314: »Der Liebende«; S. 96: »Februarabend«;
S. 109: »Auf Wanderung«; S. 124: »Die Stunde«; S. 161: »Stufen«

Unser Newsletter informiert Sie
regelmäßig über Neues von emons:
Kostenlos bestellen unter
www.emons-verlag.de

## Die gefrorene Zeit

Schnee fiel gestern übers Land.
Wie eine weiße, starre Hand
Legte er sich schwer auf mich,
Bis aller Atem aus mir wich.

Nachts drang die Kälte bis weit
Ins Tal. Gefroren unsre Zeit,
Trüb geworden unser Blick,
Wie ausgelöscht der Weg zurück.

Heute liegt die Welt im Nichts.
Matt und stumm jenseits des Lichts
Verharren wir im eisgen Sein,
Hoffnungslos, doch nie allein.

## Prolog

Er hielt inne. Reckte die Nase in die Luft und witterte. Schnee. Das konnte er riechen. Eisiger Wind blies ihm in die Augen. Er blinzelte. Kalt roch es, kalt und weiß. Weiß roch auch der Hunger. Neben ihm raschelte etwas. Mit geschmeidigen Schritten setzte er sich in Bewegung. Unter ihm der in einen grauen Schleier gehüllte Bodensee, neben ihm der Wald und vor ihm ein kleiner Ort, den er meiden würde. Noch hatte ihn kein Mensch zu Gesicht bekommen, es wäre gut, wenn das so bliebe. Sein Atem wurde schneller, schnappte neben dem Duft nach Schnee noch etwas anderes auf – den Atem seiner Vorfahren. Wie viele mochten hier über den Bodanrück gelaufen sein? Über hundert Quadratkilometer Fläche, Moore und Wälder. Kehr nicht zurück, hatte eine innere Stimme ihm gesagt und eine andere sich leise erhoben: Doch. Er musste zurückkehren. Die Spuren seiner Vorfahren suchen. Ihre letzten Gedanken atmen, ihr Schweigen fühlen. Den Grund verstehen. Da, eine erste Schneeflocke vor seinem Gesicht. Er hatte es gewusst. Es wurde Zeit. Die Dämmerung fiel zu dieser Jahreszeit als dunkelgrauer Schatten über die Landschaft ähnlich schnell wie ein Sturzregen.

Er machte einen großen Bogen, schwenkte in Richtung des Waldes und wollte dorthin verschwinden, woher er gekommen war. Abtauchen in das Dickicht der Wälder, doch dann verlangsamte er seine Schritte und hielt abrupt an. Weiter hinten, in der Nähe des einsamen Hauses. Gestalten, die sich vor dem eingestürzten Himmel eines Winterabends abhoben. Drei, vier Menschen mochten es sein. Sie trugen etwas, zunächst dachte er, es seien Gewehre, dann aber merkte er, dass es Schaufeln waren. Er schlich ein wenig näher heran, nutzte den Schutz einiger Bäume am Waldrand und die Dunkelheit. Die Menschen schleppten etwas, das in eine Decke gehüllt war. Dann gruben sie. Sie gruben und gruben, standen abwechselnd in dem Loch und warfen die Erde heraus. Wütend sah das aus, wütend oder verzweifelt oder beides. Er konnte sich nicht entscheiden, wusste nicht, was ihn hielt.

Doch konnte er sich nicht losreißen, gleichzeitig wusste er um die Gefahr der Entdeckung. Keine fünfzig Meter trennten ihn von den Menschen dort. Sie arbeiteten eifrig, ohne ein Wort. Sie waren sich offensichtlich einig. Jetzt prüfte einer, ob das Loch tief genug war. Ihn schauderte. Er sah sich schon in dieses Grab fallen, angeschossen, verwundet, im Sterben begriffen, doch wach und mit einem Blick auf die erdigen Mauern. Im Fallen würde er den Atem seiner Vorfahren erfassen, einholen und in sich behalten. In ihre Augen würde er blicken, bevor sein Körper auf der feuchtkalten Erde aufschlug. Er schüttelte sich, dann starrte er wieder auf die Menschen und ihre Schaufeln. Einer wischte sich den Schweiß von der Stirn. Er konnte den Schweiß riechen, schüttelte sich wieder und schluckte. Ein anderer sah auf die Uhr und bekreuzigte sich. Dann sprang der Letzte aus dem Erdloch, das ihn komplett verborgen hatte. Gemeinsam zogen sie an der Decke und ließen das Bündel in das Grab fallen.

In der nächtlichen Stille hörte er laut und deutlich das Geräusch des Aufpralls.

# Teil 1: Refugium

## Weihnachten

Ich weiß, das sind meine letzten Tage. Schweißgebadet bin ich letzte Nacht aufgewacht. Aus einem Traum, der doch keiner war. Ich sah mich wie eine Statue am Ufer stehen, schön in Stein gemeißelt, anmutig stehe ich dort. In Ewigkeit gebannt der weite Blick über den See. Ich sehe mich dort stehen und stehe hinter mir, teile den Blick, aber nicht meine Gedanken. Schnell ein paar Zeilen, dachte ich im Traum und schrieb sie auf:

*Der Anfang.*
*Der Anfang und der Anfang vom Ende.*
*Am Anfang ist alles leicht; am Ende auch. Nur das Dazwischen.*

Ich sitze mit Kaffee am Tisch. Es ist Weihnachten. Meine letzten Tage. Vielleicht schon heute? Steht er draußen vor der Tür und wartet auf mich? Ich bin Jana Smetlin. Ich war hier. Ich bin nur noch ein Blick auf etwas, das weit vor mir liegt.

Immer wieder muss ich an Penthesilea denken, die Amazonenkönigin in Kleists Drama, diese tragische Figur, die ihren Geliebten tötet, weil die Gesetze es ihr vorschreiben, dabei hatte er sich ihr ergeben, aus Liebe, um sie ganz für sich zu gewinnen. Penthesilea, der Name ist wie Musik, ich sage ihn manchmal mehrmals hintereinander. Penthesilea, Penthesilea, Penthesilea. Ob ich ihm auch in den Tod folge? Heute? Ist heute schon mein letzter Tag? Das Schweigen draußen ist unheimlich. Sie werden kommen.

*Am Anfang war alles leicht, am Ende erwartungsgemäß.*
*Das Dazwischen, ein nicht enden wollendes Intermezzo*
*der Verwirrung. Und der Einsamkeit. Eine tragische Er*
*rungenschaft meiner Talente.*

*Anfangen.*
*Ich grübelte. Über dich und den Anfang vom Ende.*
*Am Anfang war alles leicht.*
*Dazwischen.*

Du wirst kommen. Ich warte. Geschrieben ist nun alles.

\*\*\*

Roman Enzig verließ seine Wohnung in der Talgartenstraße und überquerte die Laube. Es war nicht viel los um diese frühe Uhrzeit am ersten Weihnachtsfeiertag, aber er hatte es in seiner Wohnung nicht mehr ausgehalten. Der Weihnachtsabend im Krankenhaus mit all seinen Freunden war schön gewesen. Sie waren einander wirklich nähergerückt in diesem letzten Jahr im Präsidium, und Enzig hatte zum ersten Mal gedacht, dass er darüber hinwegkommen würde, dass er vor knapp eineinhalb Jahren von der internen Ermittlungsbehörde als Profiler für die Mordkommission Konstanz angeheuert worden war, um Hauptkommissar Paul Sito im Auge zu behalten. Enzig hatte lange gedacht, dass dieser Makel auf ewig an ihm haften würde, doch seit er Sito reinen Wein eingeschenkt hatte, fühlte er sich nicht nur besser, sondern auch rehabilitiert. Seine Loyalität galt seinem Kollegen und Partner und inzwischen auch Freund Paul Sito, mit dem er zwei der schwersten Fälle seiner Karriere gut bestanden hatte, auch wenn er noch immer nicht hinter sein Geheimnis gekommen war. Irgendwann, so wusste Enzig inzwischen, da würde Sito ihn einweihen, und dann wäre das Band zwischen ihnen noch stärker. Enzig seufzte. Er hatte keine Freunde, auch das gemeinsame Arbeiten war ihm bislang schwergefallen. Hier in Konstanz schien sich dieses Blatt endlich zu wenden.

Halb zehn an einem Feiertag im Winter. Enzig erreichte die Fußgängerzone auf dem Weg zur Marktstätte, ohne einem Menschen begegnet zu sein. Auch mal ganz schön. Einsamkeit auf den Straßen war anders als die Einsamkeit in einer

Wohnung, seiner Wohnung, die er vor einigen Monaten für sich und Anna renoviert hatte und in der er nun allein lebte. An der Marktstätte blieb er stehen. Ein Mann stand dort und studierte die Schrifttafel. Enzig wurde bewusst, dass er zwar hier aufgewachsen war, aber noch niemals diese Tafel gelesen hatte. Er schämte sich ein wenig und erwog für einen Moment, sich dazuzustellen, ging dann aber schnell weiter. Wer weiß, vielleicht hätte der andere ihn in ein Gespräch verwickelt, und irgendwie sah dieser andere mit seinem Hut so aus, als würde das ein sehr anstrengendes Gespräch werden.

Enzig zog den Schal fester um seinen Hals. Eine Mütze wäre gut gewesen. Der Wind zog eisig vom See herauf. Vor drei Tagen war hier reges Treiben gewesen, inzwischen hatten die Buden des Weihnachtsmarktes, die sich bis vor zum Hafen erstreckten und Tausende von Besuchern durch die Innenstadt hin zum See und dort auf das Schiff trieben, wo es noch enger war, das Feld geräumt. Jetzt war wieder Platz für die Augen, freie Sicht. Den Weihnachtsmarkt hatte Enzig dieses Jahr ausgelassen. Was hätte er dort auch suchen und finden sollen? Für einen Augenblick überlegte er, bei Anna vorbeizulaufen. Zu klingeln und einfach zu fragen, wie es ihr ging, aber sie wollte ihre Ruhe haben. Zeit zum Nachdenken. Noch immer.

Seine Schritte wurden ausladender. In der Unterführung entdeckte er noch Spuren von der Weihnachtsdekoration, ein trauriger Kranz lag dort achtlos in der Ecke und der Stiefel von einem Weihnachtsmann. Wo war der zweite? Dann hatte er endlich den menschenleeren Hafen erreicht. Enzig setzte sich trotz der Kälte auf eine der Bänke und starrte auf die Anlegestelle für die Tretboote. Im Sommer war hier immer Hochbetrieb. Im Sommer … Er erinnerte sich genau an seinen letzten Besuch hier am See. Heiß war es gewesen. Enzig schloss die Augen.

Manchmal ist da so viel Kitsch, hatte er damals gedacht, dass es schon wieder schön ist. Die »Möwe« legte damals am Konstanzer Hafen an. Die Sonne schien. Das Brautpaar, das von der »Möwe« hinunter auf dem Landgang balancierte,

Hand in Hand, war im Rentenalter. Leichtfüßig trippelte sie, hielt ihre freie Hand nach oben und winkte dem Kapitän. Die Gäste folgten, alle im selben Alter.

Ob die jüngeren Familienmitglieder wohl gegen diese Hochzeit waren, hatte Enzig überlegt und an seine eigene gedacht. Hochzeit, nicht an die Familie.

Sie trug einen Blumenkranz im Haar, Margeriten und Kornblumen mäanderten durch graue Locken, er trug einen hellen Anzug und einen Strohhut, den er zum Kapitän hin lüpfte und dabei seinen Gehstock gefährlich in die Höhe schwang. Eine echte Möwe schrie und flog erschrocken von einem Pfosten auf.

*Manchmal ist so viel Kitsch wie eine Flucht nach vorn ...*

Hinter Enzig, oben auf den Stufen, hatten sich damals zwei peruanische Indianer mit ihren Instrumenten positioniert, grellbunt, Panflöte und Sphäre für den Verstärker. Daneben ein provisorischer Verkaufsstand: Federschmuck und Flöten im Kleinformat. Umzingelt von verklärt dreinblickenden Touristen. »Ach, klingt die Panflöte nach Fernweh ...« Ja, dachte Enzig, fern wäre gut. Die Musik mit touristenadäquatem Sound oszillierte zwischen Schmerz- und Schamgrenze.

Wo man hinsah, hatten die Menschen ihre Schuhe abgelegt. Es war der heißeste Sommer seit Jahren gewesen, der im letzten Jahr. Der Kampf um die Steine, die im Wasser lagen, brachte Bewegung in die träge Masse. Im Panflötenrhythmus hüpften die Kinder, quakten die Enten auf der Flucht vor verschwitzten Touristenfüßen.

*Manchmal ist Überleben keine Selbstverständlichkeit ...*

Enzig hatte sich damals abgewandt – um dann direkt in einen Blumenkranz zu blicken. Kornblumen und Margeriten. Schön war das. Viel zu schön. So viel Glück in drei Farben.

Der schnelle grün-weiße »Fridolin« raste über den See und Enzig durch die Sicht. *Wenn man mal langsam denkt, wird man prompt vom Leben überholt.*

Schnell weg. Damals war Enzig geflüchtet in Eugens Café und hatte sich dort Buchweizen-Olivenbällchen und – mutig –

eine Avocado-Limetten-Torte bestellt. Vielleicht ja was für die Hochzeit. Hatte er gedacht und auch: Sito würde sich freuen …

Enzig öffnete die Augen. Alles grau. Keine Kornblumen in Sicht, auch keine Kinder. Eine Möwe spazierte vor ihm auf und ab. Langsam und stumm. Ob sie wohl fror? Enzig wusste nichts von Vögeln, nichts über ihre kalten Füße, und dennoch überkam ihn Mitleid. Am liebsten hätte er die Möwe in den Arm und mit zu sich nach Hause genommen, ihr unterwegs von Anna und den Kornblumen erzählt, jenen Kornblumen, die ihm heute gewiss nicht mehr aus dem Kopf gehen würden.

\* \* \*

Später. Immer später. Alles kam immer später, sollte kommen. Er wusste nicht, wann »später« sein sollte. Irgendwann werden wir glücklich sein, hatte sein Vater zur Mutter gesagt. Später eben. »Schau dir den See nur an.« Das Argument, das für den Vater alles erklärt hatte, der See, er lag ihnen zu Füßen, dort, wo sie wohnten, oberhalb von Hemmenhofen, und die Mutter hatte spitz und pikiert erwidert: »Der Untersee ist's, nur der Untersee«, um an ganz schlechten Tagen hinzuzufügen: »Der ist so klein, dass ihn keiner von einem Fluss unterscheiden kann.« Sie hatte schon recht, die Mutter. Und dennoch war es schön, da musste er dem Vater zustimmen. Gegenüber die Schweizer Seite, wenn die Lichter angingen, das mochte er besonders. Sie konnten Mannenbach, Berlingen und Steckborn sehen, überall Lichter und hinter den Lichtern, so stellte er sich immer vor, glückliche Familien, Eltern, die vielleicht am Tisch saßen und mit ihren Kindern Karten spielten. Er starrte dort hinüber von seinem Stuhl vor dem Fenster im ersten Stock des alten Bauernhofes, starrte hinüber und träumte sich in jedes dieser Lichter hinein.

Es ist dein Kind, Anton, hatte sie gesagt, und er hatte nicht gewusst, was er darauf antworten sollte. Es hatte nichts gegeben, das hätte gesagt werden sollen oder gar müssen. *Dein*

Kind. Was mochte das heißen? Er wusste auch jetzt noch nichts zu sagen. Er, Anton Huber, sollte also ein Kind haben?

Sein Mund fühlte sich trocken an. Er verließ die warme Stube und öffnete die Tür nach draußen. Ein frischer Wind blies ihm eisig entgegen. Ein kalter Ostwind hatte Einzug gehalten seit einigen Tagen, schneidend fuhr er um die Häuser und durch die Straßen der Orte auf der Höri. Er sucht uns heim, dachte Anton und spielte im Geist mit dem Wort Heimsuchung. Der Ostwind ist eine Heimsuchung, sagte er sich, er lässt uns zu Hause Schutz suchen.

Er stand auf der Schwelle und leckte sich über die Lippen, schmeckte dort das Blut und wusste, dass es in einem dünnen Rinnsal aus seiner Nase getropft war. Das passierte immer wieder. Nur ein paar Tropfen, wenn er sich aufregte, ein wenig mehr. Er wischte mit dem Handrücken über seine Nase, dann schloss er hinter sich die Tür und ging mit ein paar Schritten über den Hof zu einer Scheune. Dort hatte er sich in den letzten Tagen einen Vorrat an Essen und Getränken angelegt. Er kontrollierte zum wiederholten Male den Bestand an Konserven, Tüten und Flaschen und nickte beruhigt. Wohl hatte er an alles gedacht, falls doch noch eine Schneefront kam. Man wusste nie hier draußen.

Sie waren nett, die Hemmenhofener wie die Gaienhofener. Da er im Niemandsland zwischen den Orten wohnte, fühlten sich beide Seiten bisweilen verantwortlich. Manchmal kamen sie und fragten, ob er was brauchte. Wo er eigentlich dazugehörte? Er wusste es nicht mehr. Das war schon so lange her, dass er irgendwo dazugehören musste. Im Großen und Ganzen ließen sie ihn in Ruhe auf seinem Hof. Seit einiger Zeit allerdings war da dieser seltsame junge Mann, der durch die Wälder streifte, bestimmt einer der Künstler aus dem Künstlerhaus. Im Dorf hatte er die Leute davon erzählen hören, dass die Stiftung wieder neue Gäste beherbergte. Eigentlich war er neugierig, was die dort so machten in diesem Künstlerhaus. Er könnte ja mal hinspazieren.

Die beiden Pferde wieherten leise, weil sie seine Anwesenheit bemerkten. Er würde auch diesen Weihnachtsfeiertag hier im Stall verbringen, in dicke Decken gehüllt bei seinen Tieren sitzen und Weihnachten feiern. Es hatte etwas Ursprüngliches, Heroisches, ja, im letzten Jahr hatte da plötzlich ein spiritueller Hauch im Raum gehangen; wie es der Pfarrer ihnen allen einige Stunden zuvor noch gewünscht hatte. Vielleicht aber war es auch nur der Hauch seines Atems gewesen. Aber dieses merkwürdige Licht, das er gesehen hatte, einen ganz außergewöhnlichen Stern, der nur für ihn und seine beiden Pferde geleuchtet hatte, das konnte er sich nicht erklären. Dabei hatte er keinen Tropfen Alkohol getrunken. Dieses Jahr war einfach alles still.

Und da war noch jemand, damals, der an seiner Seite gesessen war. Der alte graue Hund, der keinen Namen hatte und der schon so lange da war, dass Anton sich gar nicht mehr an ein Leben ohne ihn erinnern konnte. Nur wenig später hatte er lernen müssen, wie ein Leben ohne den Hund war. Als endlich der Frühling gekommen war, hatte er eines Morgens tot vor seiner Haustür gelegen. Einfach so. Da hatte Anton gestanden auf seiner Schwelle, dort, gestarrt hatte er eine Weile auf den Hund, obwohl er im selben Moment gewusst hatte, dass er tot war. Diesen einen Schritt, den er dann auf ihn zu gemacht hatte, um ihn mit dem Fuß anzutippen … Er würde das nie vergessen. Er wusste nicht, weshalb er das tat, tat es einfach und wartete, doch nichts geschah. Sein Hund ohne Namen war tot.

Viel schneller als erwartet kam ein neuer: Ein Streuner schien geradezu auf den Tod des alten Grauen gewartet zu haben. Er strich ein paar Tage um das Haus, bellte ihm ein paarmal entgegen, dann näherte er sich und schlich sich Stück für Stück in sein Leben. Anton Huber griff zu einer Flasche Apfelsaft und verließ die Scheune.

»Es ist ein grauer Wintertag,
Still und fast ohne Licht,
Ein mürrischer Alter, der nicht mag,
Dass man noch mit ihm spricht.«

Die Zeilen huschten durch seinen Kopf, ohne dass er sie gerufen hätte.

Es war immer schön gewesen, die Stimme seines Vaters zu hören, wenn er Gedichte rezitierte. Anfangs. Sie hatten so viel zusammen gelesen. Die Stimme war ihm Trost, wenn er traurig oder einsam war. Es waren glückliche Tage gewesen. Glückliche Tage, glückliche Tage …

»Wieder hat ein Sommer uns verlassen,
Starb dahin in einem Spätgewitter.«

Nein, nicht sterben, *leben*! Und nicht mehr allein …

* * *

Zeus hielt nicht viel von Ausschlafen. Auch nicht an Feiertagen. Es war kurz nach sechs Uhr, als der weiße Schäferhund sich neben dem Bett von Paul Sito aufrichtete und leise, aber beharrlich fiepte.

Sito musste grinsen. Er wusste, dass Zeus sehr geduldig war und das Fiepen in dieser Lautstärke sich durchaus ignorieren ließ, aber er wusste auch, wie groß jeden Morgen die Freude seines Hundes war, wenn er endlich die Augen öffnete. Er tat ihm den Gefallen und erhielt ein fröhliches Bellen von Zeus – und ein strahlendes Lächeln von Miriam, die neben Zeus am Boden kniete und den Arm um den Hals des Hundes gelegt hatte.

»Ha, er ist wach«, sagte Miriam.

»Was machst du denn da?« Sito lachte und streichelte erst seinen Hund und dann Miriam über die Wange. Er hob die Bettdecke. »Los, komm rein, du frierst doch sicher – halt, nicht du, Zeus!«

Miriam kroch zu Sito unter die Bettdecke und drückte ihre kalten Füße an seine Schienbeine. Oh ja, sie war kalt. Sito war, als hätte er ein Seufzen von Zeus gehört.

Eine halbe Stunde und gefühlte dreißig Seufzer des weißen

Schäferhundes später standen sie dann doch auf. Unten war schon der Tisch gedeckt.

»Wann hast du das denn gemacht?«, wunderte sich Sito und öffnete die Terrassentür, um Zeus in den Garten zu lassen. Kalter Wind drang ins Wohnzimmer.

»Brrr, mach zu. Soll ich erfrieren? Ach, das Frühstück meinst du. Ich war schon länger wach. Aber Zeus hat darauf bestanden, dass du ihn rauslässt. Ehrlich.« Sie grinste.

»Kaffee?«, fragte er.

»In der Thermoskanne.«

»Perfekt.«

Sie lachte. »Wie ein altes Ehepaar.«

»Na ja.« Sito verteilte den Kaffee und gab in beide Tassen je einen Löffel Zucker. Als er aufsah, blickte er in Miriams strahlende Augen.

»Sag ich doch, wie ein altes Ehepaar«, flüsterte sie und zwinkerte.

Am liebsten wäre Sito zersprungen, so glücklich war er in diesem Moment. Doch dafür blieb keine Zeit, Zeus winselte an der Tür und sah sehr verfroren aus, und wenige Augenblicke später klingelte das Telefon.

Als er zurückkam an den Frühstückstisch, konnte er gerade sehen, wie Miriam Zeus einen Kuss auf die Nasenspitze gab, und da hatte er den Anruf der fremden Frau von eben auch schon wieder vergessen.

# Aufbrüche

## 27. Dezember, mittags

»Du willst Urlaub?« Roman Enzig drückte auf den Knopf der Kaffeemaschine und wartete, ob sie wohl noch einmal ihren Dienst aufnehmen würde.

»Noch immer keine neue?« Sito setzte sich auf das kleine Sofa mit Blick zum Fenster. Der Kalender an der Wand zeigte noch den 23. Dezember, obwohl es schon vier Tage später war. Draußen vor dem Polizeipräsidium strahlte die kalte Dezembersonne. Ein schöner Nachmittag stand ihnen bevor. Später würde Sito sich mit Miriam treffen, die noch einmal bei ihrem Vater im Krankenhaus war, dann wollte er sie mit seiner Idee überraschen. Ein paar Tage verreisen, über Silvester sogar. Der Kommissar und die Kunststudentin, das war nicht neu. Seine erste Frau hatte auch Kunstgeschichte studiert. Ein Zufall, sagte er sich, mehr war das nicht, dennoch wohnte dem ein merkwürdiger Beigeschmack inne. Sito schluckte ihn hinunter und hörte auf das gleichmäßige Blubbern der Kaffeemaschine, auf die Enzig wie gebannt starrte. Als die ersten schwarzen Tropfen in die Kanne liefen, freute sich Enzig.

»Na also«, sagte er. »Nein, noch immer keine neue Maschine. Anna wollte – herrje.« Er strich sich mit der Hand durch die Haare. »Also, nun zu dir, Paul. Du willst wegfahren? Find ich gut.«

»Ja, mit Miriam, nur ein paar Tage über Silvester, weißt du, nichts Großes, einfach mal nur sie und ich. Wir sind auch nicht weit weg.« Sito musste grinsen. Führten sie gerade ein Gespräch über ihr Privatleben im Präsidium?

Enzig nickte und öffnete umständlich die Dose mit den Keksen von zu Hause. »Magst du? Kaffee ist auch gleich durch. Meinst du, ich sollte Anna anrufen und auf einen Kaffee einladen? Irgendwann in den nächsten Tagen vielleicht?«

»Unbedingt.« Sito nahm sich ein paar Kekse. »Liegt denn was an?«

Roman Enzig schielte zu seinem Schreibtisch. Da häufte sich ein Stapel mit Akten und Büchern. Er seufzte. »Wo werdet ihr hinfahren?«

Sito war dem Blick seines Partners gefolgt. »Was sind das für Ordner?«

»Frag nicht. Ich konnte mal wieder nicht Nein sagen. Ich hab eine Gastprofessur angenommen. Ich werde ab Februar ein Kompaktseminar an der Uni Konstanz halten für die angehenden Kriminologen.« Enzig nahm die Kanne aus der Maschine und verteilte den Kaffee. Mürrisches Gurgeln folgte.

»Roman, das ist doch toll.« Sito nahm noch einen Keks und wartete, was Enzig ihm gleich erzählen würde, denn glücklich über die Professur sah er nicht gerade aus.

Enzig setzte sich Sito gegenüber. »Ich weiß nicht so recht weiter. Anna will Zeit und weiß nicht, ob sie überhaupt zu mir zurückkommt. Susanna …« Er nahm noch einen tiefen Schluck. »Susanna hat gefragt, ob ich nicht wieder nach Hamburg oder wenigstens in die Nähe ziehen will. Wegen der Mädchen, verstehst du?« Er grinste schief und verlegen und zuckte die Schultern.

»Oh!« Sito war mit einem Schlag hellwach. »Du willst weg aus Konstanz?«

»Ich weiß es nicht. Ich fühle mich hier zum ersten Mal richtig wohl bei der Arbeit. Du und ich, ich meine, ich war noch nie richtig gut in der Zusammenarbeit, aber dieses Mal habe ich das Gefühl, dass es funktioniert. Und auch mit Marc klappt es besser.« Enzig sah Sito erwartungsvoll an. »Wir sind doch ein gutes Ermittlerteam, du, Marc und ich, oder nicht?«

Sito nickte ebenso schnell wie nachdrücklich. »Doch, absolut.« Seit fünfzehn Monaten arbeiteten sie jetzt in der Mordkommission Konstanz zusammen, er, Paul Sito, und Marc Busch waren die Hauptkommissare, Dr. Roman Enzig war als Profiler dazugeholt worden, um ein Fallanalyseteam aufzubauen. Zweimal waren sie bereits hart getestet worden – und hatten bestanden, als Ermittler, aber auch als Menschen und Freunde. »Doch, das sind wir«, bestätigte Sito noch einmal. Nach einer kurzen Pause, die nur von den Geräuschen der Kaffeemaschine erfüllt war, wie ein letztes Aufbäumen, fragte er: »Was wirst du tun?«

»Überlegen. Meine Kinder fehlen mir. Aber das hier, das will ich nicht verlieren.«

Sito biss sich auf die Lippen. Enzig war ihm in den letzten fünfzehn Monaten sehr wertvoll geworden. Wahrscheinlich kannte ihn niemand so gut. Enzig war an seiner Seite gewesen, als er am Abgrund seiner Seele geschürft und nach einem Rest an funkelndem Material gesucht hatte, das es ihm möglich machte, an das Leben zu glauben und an die lichte Oberfläche zurückzukehren.

Er hatte zeitweise überhaupt keine Vorstellung mehr von sich selbst gehabt, keine, die über die Alpträume und das Spiegelbild, das einen blutüberströmten Mörder zeigte, hinausging. Aber jetzt, jetzt war er hier und gesund und motiviert.

»Ich fänd es gut, wenn du hierbleiben würdest«, sagte er deshalb.

Enzig schaute auf. Da war es wieder, das schüchterne und verlegene Lächeln des großen blonden Mannes mit dem brillanten Verstand, der Tatorte analysierte und berühmt für seine Abhandlungen über die Psyche des Täters war, aber selbst oft nicht wusste, wohin mit seinen langen Armen. »Ja?«

»Ja. Ich arbeite gern mit dir und Marc zusammen. Gerade jetzt, wo wir so viel durchgestanden haben.«

Enzig nickte und tunkte seinen Keks in den Kaffee. »Ich find's gut, dass du ein paar Tage wegfährst. Wann geht es los?«

»Morgen.«

»Morgen schon. Ach so, über Silvester, sagtest du ja. Silvester ist ja bald.« Enzig nahm einen Schluck Kaffee, und sein Blick blieb an der Dose mit den Keksen hängen. »Ach, hast du von dem Wolf gehört?«

Sito schaute auf. »Auf dem Bodanrück, meinst du?«

»Ja, da ist einer gesichtet worden. Irgendwo bei Gundholzen. Oder war es Bankholzen? Ich weiß nicht mehr, dort im Wald auf jeden Fall.«

»Das ist doch gut«, sagte Sito und hoffte, dass man den Wolf in Ruhe lassen würde.

»Er soll übrigens weiß sein, der Wolf, meine ich.« Enzig holte sich noch einen Keks.

»Ein weißer Wolf also.« Sito lächelte. »Dann sieht er ja aus wie Zeus.«

»Hmm, pass bloß auf deinen Hund auf. Ich hör schon die Rufe der Jäger.«

Die konnte Sito auch hören. »Werde ich im Auge behalten.«

»Ich nehme an, alle Beteiligten?«

»Natürlich. Vor allem den Wolf, wenn es denn einen gibt.«

»Sie kommen zurück, heißt es«, murmelte Enzig kauend.

»Jeder kommt irgendwann zurück«, sagte Sito, »das weißt du doch.«

## Nächtliche Sequenzen

*28. Dezember, nachmittags*

Miriam kam aus dem Krankenhausgebäude, stieg zu Sito in den Wagen und begrüßte Zeus, der auf der Rückbank saß. Es war später Nachmittag.

»Also dann«, sagte Sito und fuhr los.

»Ich soll dich grüßen. Von Friedrich. Und von meiner Mutter.«

»Ach«, entgegnete Sito überrascht, »deine Mutter ist hier?«

»Ja, es sieht ganz so aus, als hätte die Sorge um meinen Vater sie daran erinnert, dass sie ihn einmal geliebt …« Miriam hielt abrupt inne. »Paul«, sagte sie, »bitte halt an irgendwo. Wir müssen reden. Es ist … Ich kann so einfach nicht weitermachen.«

»Okay.« Sito lenkte den Wagen in eine Parkbucht, schaltete den Motor ab und sah zu ihr. Er ahnte, worum es gehen würde. »Ich höre dir zu.«

»Nein, Paul, nicht du sollst *mir* zuhören. Ich *dir*! Immer wenn ich denke, jetzt sind wir einander nah, dann machst du garantiert einen Schritt von mir weg, als hättest du Angst vor der letzten Konsequenz. Bist du noch böse auf mich? Wegen letzten Herbst?«

Sie wirkte entschlossen. Sito wusste, dass sie nach Antworten suchte, schon lange. Wie Enzig, schoss ihm durch den Kopf. Beide erwarteten sie Antworten von ihm.

»Paul?«

»Ich weiß, was du denkst. Und nein, ich bin nicht böse. Ich will diese Tage mit dir und einiges für mich und für uns klären, okay?«

Miriams Blick durchbohrte ihn förmlich, doch Sito hielt ihm stand.

Sie nickte langsam. »Gut. Und, Paul«, sie holte Luft, und

Sito beschlich ein eigenartiges Gefühl, »du musst aufhören, Angst um mich zu haben. Es war nicht deine Schuld.«

Ihm war, als hätte er einen tiefen Luftzug mit einer Plastiktüte über dem Kopf genommen.

»Und jetzt lass uns in diesen Urlaub fahren«, sagte Miriam und lachte. »Ich bin so gespannt, wohin du mich entführst.«

Schnell legte Sito seine Hand auf ihre und ein Lächeln in sein Gesicht. »Das freut mich wirklich. Du wirst sehen, alles wird gut.«

Es begann zu regnen. Doch es war nur eine Frage der Zeit, bis aus dem Regen Schnee werden würde. Sito sah die Reichenau an sich vorbeiziehen, dann Hegne. Das gleichmäßige Geräusch des auf die Scheibe prasselnden Regens schläferte Miriam ein, schließlich fiel ihr Kopf zur Seite und lehnte am Gurt. Sito lächelte und streichelte ihr Bein. Neben jemandem schlafen zu können, so viel Vertrauen. Hinter ihm seufzte Zeus. Keine Angst haben, wiederholte Sito in seinem Kopf, nicht um Miriam, nicht um seinen Hund, nicht um den Wolf. Das Leben tritt ohnehin ein, wie es will.

Der Scheibenwischer schlug bereits auf höchster Stufe vor seinen Augen hin und her und konnte dennoch nichts gegen den starken Regen ausrichten. Auf der B 33 kamen sie nur noch langsam vorwärts. Im Radio sagten sie, dass Blitzeis drohte. Einfacher Schnee hätte auch gereicht, dachte Sito. Plötzlich schreckte Miriam neben ihm hoch. »Wo –«

»Du hast nur ein paar Minuten geschlafen. Schade«, meinte Sito und starrte angestrengt auf die Fahrbahn. »Hab schon gehofft, dass du erst am Ziel aufwachst, dann wäre die – verdammt, was soll –«, rief er und bremste scharf.

Auch Miriam schrie auf. Weiter vorn war ein Lkw ins Schleudern geraten, hatte ein Auto neben sich quasi überrollt und war dann in die Mittelleitplanke geknallt. Sitos Wagen war vielleicht der fünfte, der an der Unfallstelle zum Halten kam. Die Szenerie war unwirklich, beinahe surreal. Man konnte kaum etwas erkennen, und zunächst wagte keiner, aus seinem Auto zu steigen. Sito hatte noch immer beide Hände am Lenkrad, und Miriam hatte eine Hand vor dem Mund. Wie in Zeitlupe konnten sie beobachten, wie der Lkw umkippte und das Auto unter sich begrub. Das Geräusch war ohrenbetäubend.

»Oh mein Gott«, entfuhr es Miriam.

Sito griff zu seinem Smartphone und rief Polizei und Notarzt. Schließlich stieg er aus. Auch aus einem der anderen Wagen stieg ein Mann aus. Im klirrend kalten Regen standen sie sich gegenüber, doch keiner wusste etwas zu sagen. Der Regen trommelte auf ihre Köpfe und durchnässte ihre Kleidung binnen weniger Sekunden. Es war eisig kalt und dunkel geworden. Langsam kamen mehr Autos, weitere Menschen standen hilflos an der Unfallstelle.

»Wir müssen das Stauende absichern«, rief einer.

»Ja, kommen Sie, wir setzen das Auto mit Warnblinklicht langsam zurück«, stimmte ein anderer zu.

»Aber nur auf dem Standstreifen, nicht, dass noch ein Unfall passiert«, warnte ein weiterer.

»Ist denn die Polizei schon informiert?«, rief jemand und schien seine Frage an Sito zu richten, der nur nickte. Er holte eine Taschenlampe aus dem Kofferraum und trat an das Führerhaus des Lastwagens. Er leuchtete hinein und starrte direkt in die Augen eines Mannes, dessen Blick leer war. Sito klopfte gegen die Scheibe, doch der Mann reagierte nicht. Dann kletterte er über die Motorhaube auf die Beifahrerseite und versuchte, diese Tür zu öffnen. Ein Mann kam ihm zu Hilfe, aber sie hatten keinen Erfolg. Endlich hörte Sito den erlösenden Klang der Sirene. Er kletterte von dem Führerhaus nach unten und wartete auf die Polizisten. Auch der Notarztwagen traf ein, und die Männer eilten herbei. Mit Scheinwerfern leuchteten sie den Innenraum ab.

»Darunter ist ein Wagen begraben«, murmelte Sito.

»Wie bitte?« Einer der Polizisten brüllte über das Prasseln des Regens hinweg in Sitos Gesicht, während ein anderer die Feuerwehr alarmierte und weitere Kollegen anforderte, um die Bundesstraße zu sperren. »Es wird arschglatt hier, beeilt euch!«, brüllte er gegen den Lärm ins Telefon.

»Der Lastwagen hat ein Auto unter sich begraben«, wiederholte Sito monoton. Den Regen spürte er nicht mehr. Die Kleidung, die auf seinem Körper klebte, auch nicht. Weitere Krankenwagen trafen ein, und die mitgebrachten Ärzte kümmerten sich nun auch schon um die Fahrer und Beifahrer der ersten Fahrzeuge an der Unfallstelle. Ein Arzt fragte auch Sito, ob er Hilfe bräuchte. Sito lächelte ihn an und verneinte.

»Sind Sie sicher?« Der Arzt beäugte Sito kritisch.

»Hören Sie, ich bin Kommissar bei der Mordkommission, ich bin mir sicher«, antwortete Sito mit fester Stimme. »Ich bin es gewohnt, Tote zu sehen.« Der Arzt ließ von ihm ab, und Sito schüttelte den Kopf. Er war überhaupt nicht daran gewöhnt. Ganz und gar nicht. An so etwas gewöhnte man sich nicht.

Der ungläubige Polizist, der sich bei einem Rundgang um den Unfallort davon überzeugt hatte, dass unter dem Lkw tatsächlich ein Wagen begraben lag, befragte Sito, der bereitwillig Auskunft gab. Derweil war die Feuerwehr damit beschäftigt, das Führerhaus aufzuschweißen. Ein Hebekran rückte an, und die Streifenpolizisten baten alle Autofahrer, die Unfallstelle zu räumen. Sito ging zurück zu seinem Wagen und stieg langsam ein. Als er im Wagen saß, wurde ihm bewusst, dass er Miriam völlig vergessen hatte. Er machte die Innenbeleuchtung an. Das Wasser lief ihm in Bächen von der Stirn, während sie einfach nur dasaß, den Blick stur geradeaus gerichtet. Als ein Polizist an die Scheibe klopfte, riss Sito sich von ihrem Anblick los und ließ mit klammen Fingern das Fenster herunter.

»Da vorn fährt ein Streifenwagen vor. Er wird sie von der Bundesstraße leiten. Bitte folgen Sie ihm umgehend, damit wir hier weitermachen können«, bat der Polizist und fügte hinzu: »Sie sollten nicht mehr allzu weit fahren, es gibt überall Blitzeis. Bleiben sie irgendwo über Nacht. Auch wegen des Schocks, also …«

Sito nickte. »Selbstverständlich.« Er lenkte den Wagen auf die Standspur, vorbei an dem Lastwagen und dem Auto, das jener unter sich begraben hatte. Er konnte Miriam nur hören, beharrlich behauptete sich das Geräusch ihres Atems gegen den Regen. Wenig später verließen sie die B 33 in Richtung Radolfzell.

Sito wischte sich mit der Hand das Wasser vom Gesicht, zitterte vor Kälte. Miriam legte ihm ihre Hand auf das Bein.

»Du bist eiskalt.«

Ihre Stimme erschreckte ihn. »Ja. Das wird alles zu Eis.« Alles an mir und in mir, alles wird Eis, dachte er. Nein, er würde das nicht mehr zulassen, dass er innerlich einfror. Egal, welche Konsequenzen es haben würde. Schicksal. Weshalb nur flog ihm dieses Wort gerade durch den Kopf, als flösse es mit den Regentropfen mitten in ihn hinein?

»Was ist?«

»Wir wären ohnehin genau hier abgefahren.«

»In Radolfzell?« Miriam blickte verwundert nach draußen. »Ich verstehe nicht – was meinst du damit?«

Sito schlug mit der Faust auf das Lenkrad, wütend war er, dass das hatte passieren müssen. Sekunden zu früh. »Der Unfall. Es ist – wir wären ohnehin genau hier abgefahren.«

\*\*\*

Das Weinglas war leer. Enzig schielte zum Tisch hinüber und überlegte, ob er den Rest der Arbeit ohne Wein erledigen sollte. Er war beinahe fertig und zufrieden mit seinem Vortrag für die erste Einheit an der Universität. Noch immer klang ihm Sitos Bitte in den Ohren, er möge bleiben. Er war hin- und hergerissen. Am frühen Abend hatte er mit den Kindern geskypt, und sofort hatte er wieder diese Sehnsucht nach einer Familie gespürt, aber hier in Konstanz fühlte er sich daheim, mehr denn je. Es musste einen anderen Weg geben. Er würde einfach öfter nach Hamburg fliegen. Und jetzt wollte er zu Anna. Er musste endlich wieder mit ihr reden.

Enzig stand entschlossen auf und verließ seine Wohnung in der Talgartenstraße. Dicke Schneeflocken kamen ihm entgegen. Der Lenk-Brunnen war unter Schnee begraben, die parkenden Autos hatten alle Hüte aus Schnee auf. Ein Pärchen ging lachend von einem Auto zum anderen und suchte nach dem eigenen. Sirenen störten das Geräusch des fallenden Schnees und der knisternden Schritte. So viel Schnee hatte es schon lange nicht mehr in Konstanz gegeben. Und das an nur einem Nachmittag und Abend. Überall auf den Straßen Blitzeis.

Hoffentlich war Sito gut an seinem Ziel angekommen. Hoffentlich ging alles gut, endlich einmal. Enzig schluckte, wusste nicht, woher diese ahnungsvolle Sorge kam. Der Schnee, er musste schuld sein. Der würde die Stadt wieder lahmlegen, auf so etwas war man hier einfach nicht gefasst. Schon jetzt schoben sich die Autos auf der Laube nur mit Schrittgeschwindigkeit dahin. Die Menschen, die sich auf die Straße wagten, liefen vermummt und tief gebückt, als könnten sie sich vor dem Schnee verstecken.

Als Enzig die Laube überquert hatte, stand plötzlich eine Frau vor ihm. Er sah auf, stutzte, dann machte sein Herz einen Sprung.

»Anna.«

»Ja, ich bin's«, sagte sie lächelnd und strich sich eine Schneeflocke von der Nase.

»Was – ich meine, ich wollte gerade zu dir«, stammelte Enzig.

Sie lächelte wieder. »Und ich zu dir«, flüsterte sie.

Da standen sie also in der Hieronymusgasse, rund um sie herum Schnee, ein paar Menschen, die ins K9 drängten und sich dort auf Kässpatzen freuten oder vielleicht auf ein Konzert, Enzig wusste es nicht; auch nicht, weshalb er gerade über all das um ihn herum nachdachte. Und Hieronymus, wer war das gleich wieder? Hatte der nicht einen Löwen? Und wenn ja, was hatte das zu bedeuten? War er der Löwe, und Anna sollte ihn retten, ihm den Dorn –

»Roman?«

»Ja?« Und dann umarmten und küssten sie sich, und Hieronymus löste sich winkend in den Schnee auf, einen

Löwenabdruck zurücklassend. Enzig verschluckte sich fast an der Vorstellung eines winkenden Hieronymus, als sie eng umschlungen auf die Wohnung in der Talgartenstraße zuliefen, die einst ohnehin ihre gemeinsame Wohnung hätte sein sollen. Arm in Arm stiegen sie die zwei Stockwerke nach oben, lachten, stolperten beinahe, weil sie einander nicht loslassen wollten. Es roch nach Holz und Schnee auf nasser Kleidung. Enzig öffnete die Flügeltüren und flüsterte Anna ins Ohr: »Willkommen daheim.«

∗∗∗

Für die nächsten achtzehn Kilometer benötigte Sito beinahe eine Stunde. Es war inzwischen Nacht, und aus dem Regen war starker Schneefall geworden. Die Straßen waren spiegelglatt. Keine Angst, murmelte der Schnee an Sitos Windschutzscheibe. Wie aus dem Nichts fegte dort ein Bild vorbei von einem weißen Wolf – oder war es ein weißer Schäferhund? Nicht einmal Sito konnte einen Unterschied erkennen. Seine Visionen wurden immer nebulöser. Ob das ein gutes Zeichen war? Wollten sie verschwinden? Seine Finger schlossen sich fester um das Lenkrad. In Moos waren einige Autos liegen geblieben, einen Auffahrunfall hatte es auch noch gegeben. Auf der Pappelallee war ein Wagen in einen Baum gerutscht.

Endlich erreichten sie Gaienhofen, und Miriam wollte schon vorschlagen, einfach hierzubleiben, als Sito kurz hinter dem Ortseingang zielgerichtet nach rechts abbog und wenig später vor einer hübschen kleinen Pension, die »Pension Rosa« hieß, den Wagen parkte. Drinnen ging Licht an, und die Tür wurde ihnen geöffnet. Miriam eilte durch den Schnee auf den Eingang zu, während Sito das Gepäck aus dem Kofferraum holte.

»Gott sei Dank seid ihr endlich da. Wir haben von dem schrecklichen Unfall gehört«, sagte der Mann im Eingang und schob Sito und Miriam in den Flur.

Eine Frau nahm ihnen die nassen Jacken ab. »Oh je, oh je,

ihr müsst ganz durchgefroren sein. Hallo, Miriam. Ich freu mich wirklich sehr, dass es endlich klappt, dass ihr ein paar Tage Urlaub bei uns macht.«

Miriam schaute überrascht auf und erkannte im gelblichen Flurlicht das Gesicht von Rosa Eckert, der Sekretärin von Sitos Dienststelle.

»Wir freuen uns ehrlich, dass Sie hier sind«, erklärte nun auch ihr Mann und streckte ihnen die Hand entgegen. »Herbert. Wir hatten ja noch nie das Vergnügen.«

Später im Zimmer, als alle Taschen hinaufgetragen und einige Sachen bereits im Schrank verstaut waren, fiel die ganze Anspannung von Sito ab. Er setzte sich in den Sessel und koppelte sein Handy mit dem kleinen Bluetooth-Lautsprecher, den er seit Kurzem immer bei sich trug. Leise Klaviermusik erklang. Miriam stand am Fenster. »Der Schnee ist unerbittlich.«

Sie kam zu ihm, setzte sich in den Sessel neben ihn und öffnete die Flasche Wein, die Rosa ihnen aufs Zimmer gestellt hatte. »Das hätten wir sein können. Ich meine, es ist nur wenige Autos vor uns geschehen«, flüsterte sie.

Eine Weile waren nur der Schnee und die leisen Klavierklänge zu hören und weit hinten in Sitos Kopf eine Stimme: Keine Angst mehr haben …

»Du hast nie gefragt«, sagte sie.

»Was hätte ich fragen sollen?«, gab Sito leise zurück.

»Warum ich es getan habe.«

Er schwieg.

»Warum hast du nie gefragt?«

Er schwieg.

»Paul?«

»Es hätte keine Antwort darauf gegeben.«

»Es gibt aber eine. Ich wollte die Macht, deren Opfer ich geworden bin, über einen anderen Menschen haben«, begann Miriam vorsichtig und setzte leise hinzu: »Ich dachte, ich hätte sie.«

»Siehst du?« Sito hielt ihr das Weinglas hin zum Anstoßen.

»Das wäre gar nicht die Antwort auf meine Frage gewesen.«
Er lächelte, staunte, denn es fiel ihm leicht. Das sanfte Klirren
der Gläser – es schön zu finden, fiel ihm leicht. Alles. So wird
es auch mit der Wahrheit sein eines Tages, dachte er und war
beruhigt.

»Was ist am Weihnachtsabend im Krankenhaus passiert?«,
fragte Miriam da plötzlich.

»Was meinst du?« Der Wein wärmte seinen Mund und Hals
und verdrängte die letzten kalten Tropfen in ihm.

»Irgendetwas war anders. Bist du wieder krank?«

»Aber nein. Im Gegenteil.« Sito nahm ihr das Glas ab und
stellte beide auf den Tisch, dann zog er sie zu sich auf seinen
Schoß.

»Miriam, ich bin gesund. Das hat mir der Arzt mitgeteilt. Er
hat gesagt, ich soll mein Leben wieder leben. Und genau das
will ich. Mit dir.« In Gedanken fügte er noch »ohne Angst«
hinzu. Er sah ihr strahlendes Gesicht und küsste sie auf die
Wangen, die Stirn, den Mund. Sie schmeckte salzig von den
Tränen, die ihr über das Gesicht liefen. »Ich bin so froh«,
flüsterte sie unter seinen Küssen und: »Es tut mir so leid.«
Sito küsste sie, summte in Gedanken die Melodie mit, die ihn
umgab, merkte, dass es Albinonis Adagio in g-Moll war, das
er lange aus seinem Leben verbannt hatte, weil es so viele
Erinnerungen barg, und spürte, dass auch diese Musik ihm
leichtfiel. Und irgendwo in seinem Kopf hatte sich dieser
weiße Wolf angesiedelt, stand da und beobachtete ihn gerade,
geduldig abwartend, ob er ihm zu Hilfe kommen würde. Ja,
würde er, denn auch seine Selbstsicherheit war zurück. Nein,
keine Angst mehr. *Er* war zurück. Wie die Wölfe.

# Götterdämmerung

*29. Dezember, morgens*

Kommissar Wint lief den Weg zum Haus hinauf, der freigeschaufelt und inzwischen wohl auch platt getreten war. Es war der 29. Dezember. Nicht einmal zwischen den Jahren konnte es ihn in Ruhe lassen, das Leben. Obwohl, eigentlich war es ja der Tod, der ihn aus dem Bett geholt hatte. Die Fahrt den Erlenlohweg hinauf war eine einzige Rutschpartie gewesen, eigentlich unzumutbar und viel zu gefährlich. Vor der Steige hatte er schon überlegt, das Auto einfach stehen zu lassen, aber als er Minuten später oben ausstieg, war er froh, dass er gefahren war. Denn oben auf dem Plateau musste er noch ein Stück den Feldweg entlang zu diesem einsam gelegenen Haus. Verdammt, dachte er, konnte der Tod sich nicht einmal einen bequemen Ort aussuchen?

Sein Mantel war offen und wurde vom eisigen Ostwind aufgeblasen wie zu einem Segel, das ihn mit sich reißen wollte. Er machte ein paar schnelle Schritte, rutschte aus und wäre beinahe im Schnee gelandet. Hinter sich hörte er unterdrücktes Lachen. Halt jetzt bloß die Schnauze, dachte er, sonst … Das »sonst« blieb in der Luft hängen, denn Christine Fané kam auf ihn zu. Auch das noch.

Der ehemalige LKA-Beamte, der vor einigen Jahren ausgestiegen war, um seine Ruhe zu haben bis zur Pensionierung, verstand nicht, weshalb man ihm eine junge, zielstrebige Frau an die Seite hatte stellen müssen. Und dann noch rothaarig. Gut, das war jetzt ein dümmliches Argument, schalt er sich, aber dennoch, ein roter Pagenschnitt, der Pony stets akkurat, der Blick immer irgendwie auf Krawall gebürstet, wie diese Uma Thurman aus »Pulp Fiction«. Sie wusste alles, und vor allem wusste sie, wo sie hinwollte, und da war diese Stelle bei ihm nur eine Durchgangsstation und er der alternde Polizist auf dem Abstellgleis. Er stöhnte innerlich. Irgendwann würde er ihrem Ehrgeiz ein Bein stellen. Gaienhofen, das hatte so idyllisch geklungen.

Mürrisch sah er wieder zu der Frau, deren roter Pony schnurgerade unter einer dicken grauen Wollmütze hervorlugte. Hoch konzentriert sah sie aus. Wint ballte die Faust in der Manteltasche.

»Könnte mir endlich mal jemand erzählen, was zum Teufel hier passiert ist? Fané, Sie vielleicht, oder stehen Sie nur zum Spaß rum?«, fragte er.

Sie schniefte. »Es wird nicht funktionieren, Herr Wint, so gar nicht. Sie können mich nicht provozieren«, antwortete Christine Fané kühl und erstattete dann, ohne auf eine Erwiderung zu warten, Bericht. »Es sieht nach Einbruch aus. Der Einbrecher hat anscheinend etwas gesucht und dabei eine ziemliche Unordnung und überall Berge von Papier hinterlassen. Wahrscheinlich hat der Mann den Einbrecher überrascht, es gab einen Kampf – und wir haben einen Toten.«

»Hm«, machte Wint und sah sich nach dem Haus um. »Wer hat hier denn gewohnt? Ist nicht auch irgendwo hier das Hesse-Museum?« Müde dachte er daran, dass er hergekommen war, um Ruhe zu haben vor Mord und Totschlag, und dass die Tatsache, dass sie vielleicht einen Toten bei Hermann Hesse hatten, ihm sein Vorhaben gewiss ruinieren würde.

»Nein«, Fané schüttelte den Kopf, »aber fast.«

»Wie ›fast‹?« Wint versuchte, durch das Schneetreiben irgendetwas zu erkennen. »Wo ist denn jetzt das Hesse-Haus?«

Fané atmete hörbar aus. Die Augen verdrehte sie auch noch. Mehr Klischee ging nicht, dachte Wint.

»Es gibt zwei.«

»Zwei was?«

»Hören Sie mal, sind Sie von hier oder ich? Hier unterhalb steht das Hesse-Haus. Das Museum ist am anderen Ende des Ortes.« Sie warf ihm einen Blick zu, der grimmige Verachtung in sich trug.

»Hm.« Wint ärgerte sich. Natürlich wusste er, dass es ein

Hesse-Museum und ein Hesse-Haus gab in Gaienhofen. Letzteres war in privater Hand, und die Besitzer kümmerten sich liebevoll um den Garten, um ihn ganz im Sinne Hesses zu erhalten. Er war ja nicht blöd oder ungebildet, aber morgens um acht interessierten ihn ehemalige Wohnhäuser gestorbener Schriftsteller eher wenig. »Ich weiß Bescheid«, sagte er. »Was also ist das hier?«

»Das hier ist ein Künstlerhaus. Es gehört zu einer Stiftung, soweit ich weiß. Hier waren Stipendiaten untergebracht. Literatur, Malerei und so was.«

»Und so was«, brummte Wint. Das hatte ihm gerade noch gefehlt. Hermann, Hermann, dachte er, Tausende von Besuchern lockst du jedes Jahr in deinen Garten hier auf der Höri, alle hoffen sie, das Seelenheil zu finden, das auch du hier auf dieser Halbinsel gefunden hast – immerhin hast du hier dein einziges Haus gebaut! –, das ist ja schön und gut. Aber musst du jetzt auch schon die Toten anlocken?

»Was bitte …«, rief Fané erstaunt aus. »Sehen Sie mal.« Sie zeigte über das weite Feld in Richtung Wald.

Wint folgte ihrer Hand und zog die Augenbrauen hoch. »Ist es das, was ich denke?«, flüsterte er und kniff die Augen zusammen.

Dort vor dem dichten, stummen Weiß des Waldes saß ein Wolf.

\* \* \*

Am Morgen ließ Sito Zeus in den kleinen Garten und schlang sich eine Decke gegen den heftigen Ostwind um den Körper. Von der Terrasse aus konnte man den See nur als weißes Etwas erkennen. Er sah sich um: Die Pension Rosa war ein renoviertes altes Fachwerkhaus, hellrosa mit dunkelrotem Fachwerk und dunkelgrünen Fensterläden. Miriam wird staunen, wenn sie es bei Tageslicht sieht, dachte er. Dann sah er auf den Straßen ein paar Fußgänger, die sich den Hang zur Hauptstraße nach unten mühten, und ein Auto in Schrittgeschwindigkeit. So viel Schnee in so kurzer Zeit brachte den Verkehr in und um Konstanz bestimmt zum Erliegen. Vielleicht waren sie sogar schon abgeschnitten von der Außenwelt, überlegte er.

Er musste an Enzig denken. In der Nacht hatte dieser ihm eine Nachricht geschrieben mit nur drei Wörtern: »Anna ist zurück.« Sito wusste nicht, wann er sich das letzte Mal so sehr für jemanden gefreut hatte. Alles wird gut, dachte er und lächelte über Zeus, der immer wieder Schneeflocken fangen wollte und durch den Garten tollte.

Miriam erwartete ihn am reich gedeckten Frühstückstisch und inhalierte den Duft des Kaffees. Rosa brachte einen Korb mit frischen Brötchen, einen Teller mit Käse und einen mit Marmelade und Butter, dann verschwand sie in der Küche, und Sito und Miriam waren für sich.

»Gaienhofen also«, sagte sie und lachte.

»Rosa hat uns eingeladen, und ich dachte, das wäre eine gute Idee. Einfach mal woanders und gemeinsam.«

»Das *ist* eine gute Idee.«

»Und hier ist so viel Kunst«, sagte Sito mit wichtiger Stimme und schenkte sich Kaffee ein.

Miriam lachte. »Ja, ja«, sagte sie, »ich weiß es wohl. Hermann Hesse, Otto Dix, das Künstlerhaus …« Sie nahm sich ein Brötchen und legte den Kopf zur Seite. »Paul Sito, ich kenne dich schon ein wenig – was genau meinst du damit? Heckst du etwas aus?«

»Ach.« Er lachte und biss in eine Semmel. Welch ein harmloser Tagesanfang, dachte er und wünschte Enzig einen ebenso unbeschwerten Morgen. Es war der dreihundertdreiundsechzigste Tag des Jahres. Noch zwei Tage, dann würde ein neues Jahr anbrechen. Die Harmlosigkeit flatterte durch die Luft wie ein Schmetterling, er vertrieb ihn nicht. Tollkühn landete er auf seinem Marmeladenbrötchen – ein blauer Schimmer auf rotem Grund.

»Paul! Du kannst mir nichts vormachen. Du heckst etwas aus, also raus mit der Sprache.« Sie blinzelte ihn an und hielt ihm drohend ihren Kaffeelöffel vors Gesicht. »Los, jetzt sag schon.«

»Na, hör mal, man bedroht keinen Kommissar. Du erfährst es noch früh genug. Erst werden wir spazieren und den Wolf suchen gehen.«

Miriam verschluckte sich beinahe. »Bitte was? Du willst *was* machen?«

»Ach, nichts«, sagte er und verstrich die Marmelade auf seiner zweiten Brötchenhälfte mit der geflügelten Harmlosigkeit, »dich ablenken. Es klappt aber auch immer wieder.«

In dem Moment begriff er, dass es vor allem die Angst gewesen war, zu versagen, die zwischen ihm und Miriam gestanden hatte. Seit er seine Ehefrau Janina und ihr ungeborenes Kind verloren hatte, nagte diese Angst an ihm, dass Menschen in seiner Nähe Unglück widerfahren könnte. Er musste Miriam endlich von Janina erzählen. Davon, was damals wirklich passiert war, endlich sein Geheimnis offenbaren. Zumindest eines seiner Geheimnisse. Dasjenige, das er im letzten Sommer ausgerechnet einem Mörder anvertraut hatte, dem Mörder, den er so lange verzweifelt gejagt hatte. Mit ihm hatte er eine besondere Verbindung gehabt, und die ließ sich in einem Wort bannen: Schuld. Doch genau davon wollte er sich befreien – ihn traf keine Schuld.

Miriam saß ihm gegenüber und blätterte in dem Veranstaltungsheft für die Region. Der Unfall der vergangenen Nacht drängte sich in Sitos Gedanken.

*Das Leben entschuldigt sich für nichts, es tritt ein, wie es will, wie es der Zufall oder das Schicksal will. Zeit, die Vergangenheit anzunehmen.*

Miriam sah auf und blickte nach draußen. »Sieh mal.« Er folgte ihrem Blick. Draußen stützte sich eine Frau auf den Zaun, sah zu ihnen herein und winkte. Sie machte irgendwelche Zeichen, dass es wohl sehr glatt sei.

»Im Sommer schießen hier sicher die Radler vorbei«, murmelte Miriam.

»Was meinst du?«

»Na, die ganze Höri besteht doch aus Hügeln, hier geht es immer bergauf und bergab.«

»Ach so.« Sito lachte. »Gut, dass Winter ist. Ich mag die Radler nicht so gern.«

Miriam boxte ihn in die Seite. »Paul, sei ehrlich, du magst die Touristen nicht, das liegt weniger an deren fahrbarem Untersatz. Immerhin radel ich auch immer durch die Gegend.«

»Aber nicht in quietschgelber Radlermontur.«

»Das stimmt. Aber das war bestimmt nur die Mode vom letzten Jahr, wird sicher besser.« Miriam grinste, beugte sich zur Seite und küsste Sito auf die Wange. »Gut, dass Winter ist. Du hast vollkommen recht.«

*\*\*\**

Kommissar Wint schritt durch das Haus und sah sich um. Christine Fané hatte ihre Mütze abgezogen und lockerte gerade ihre Frisur. Sie sah gut aus wie immer, und gerade dass ihm das auffiel, verschlechterte seine Laune noch mehr.

»Verdammt«, brummte er, »das sieht mir nach einem üblen Kampf aus. Was meinen Sie, Fähnlein?« Er war unerwartet stehen geblieben und hatte sich umgedreht. Die junge Frau wäre fast in ihn hineingelaufen.

»Können Sie nicht aufpassen.« Sie strich sich über den Pony.

»Kampf?«, fragte Wint und warf ihr einen spöttischen Blick zu.

Fané sah sich aufmerksam um, kniff die Augen ein wenig zusammen, dann nickte sie. »Ja, das habe ich Ihnen ja draußen schon gesagt. Es sieht nach einem Kampf aus. Fragt sich nur, was der Einbrecher gesucht haben könnte in einem Künstlerhaus.« Sie deutete auf die herumliegenden Blätter. »Und überall ebendiese Seiten, teilweise von Hand beschrieben, andere gedruckt. Computer und Drucker sind in einem der Räume oben.«

Wint nickte. »Okay.« Dann zog er seinen Mantel enger.

»Finden Sie es nicht auch unheimlich kalt hier drin? Liegt das nur an der offenen Tür?«

Fané schüttelte den Kopf. »Nein, sicher nicht. Oben war es auch eisig. Wirkte gar nicht bewohnt.«

»Merkwürdig, in der Tat. Wo sind die anderen Stipendiaten? Und jemand soll die Zettel einsammeln und ordnen oder zusammenstellen oder was auch immer damit möglich ist.«

»Schon im Auftrag. Wollte nur, dass Sie sich ein Bild machen.«

Klar, dachte er, hat sie natürlich alles schon geregelt.

»Der Nachbar sagte, dass die anderen schon seit Wochen weg sind.«

»Aha. Und wo ist denn nun eigentlich die Leiche?«

Fané wies mit dem Kopf in das nächste Zimmer, und Wint folgte ihrem Blick. Wenig später standen sie vor dem Opfer, das in einer unnatürlich verrenkten Haltung und vollständig bekleidet mit einer Winterjacke am Boden lag. Das Gesicht blutig und die Kleidung zum Teil blutdurchtränkt. Ein Arzt kniete daneben und untersuchte eine Wunde am Kopf, die aussah, als wäre das Opfer immer wieder gegen die Wand geschlagen worden. Wint stand unbeeindruckt vor der Leiche und beobachtete, wie der Arzt das Gesicht leicht drehte. Aus dem Augenwinkel konnte er Fanés wissbegierigen Blick sehen.

Der Arzt erhob sich und hielt Wint und Fané seine Hand entgegen. »Wir hatten noch gar nie miteinander zu tun. Ich bin Dr. Parson vom Gerichtsmedizinischen Institut in Singen. Nun, wie es aussieht, ist das ein Fall für die Mordkommission.« Parson beugte sich über die Leiche und zeigte auf die linke Gesichtshälfte. »Gewalteinwirkung, immer wieder auf dieselbe Stelle, das spricht für ordentlich Wut und Kontrollverlust.« Dann deutete er auf die gegenüberliegende Zimmerwand, an der eine lange Blutspur zu sehen war. »Hier muss der Täter das Opfer mit dem Kopf gegen die Wand geschlagen haben. Ob es die Todesursache ist, kann ich dann nach der Obduktion sagen.«

Der Wangenknochen war bloßgelegt, ein langer Riss vergrößerte den Mund. Es glich einem abartigen Grinsen.

»Ich würde ihn jetzt mitnehmen«, sagte Parson.

»Machen Sie nur«, sagte Wint und fügte an: »Bloß nicht hier ausziehen. So wie das Gesicht aussieht, muss man ja befürchten, dass er in seine Einzelteile zerfällt, wenn wir ihn groß bewegen.« Er blickte Fané ungerührt in die Augen. Keine Reaktion.

Sie wandte sich einfach ab und wollte aus dem Zimmer laufen, aber er hielt sie am Arm fest. »Wo waren Sie eigentlich, wenn nicht hier?«

Fané richtete ihr Haar und stülpte sich die Mütze wieder auf den Kopf. »Es hat gestern Nacht viele Unfälle gegeben. Einen schweren auf der Bundesstraße und auf einigen Straßen in der Umgebung. Das war jede Menge Arbeit.«

»So«, antwortete Wint schlicht. »Und da mussten auch Sie ran?«

»Alle verfügbaren Kräfte waren dort«, entgegnete sie kühl.

»Kommissar Wint? Können Sie mal kommen? Wir haben etwas«, rief ein Mann von der Spurensicherung und ging in das Zimmer nebenan. Wint winkte ihm zu. »Moment noch.« Er wandte sich wieder an Fané. »Haben Sie gar nicht geschlafen?«

»Machen Sie sich keine Hoffnungen.«

»Wie bitte?«

»Ich klappe nicht zusammen. Sie werden mich nicht los.« Sie hob die Augenbrauen und hielt seinem Blick stand.

»So war das gar nicht … Hören Sie, ich wollte nur freundlich sein.« Schnepfe, dachte er.

»Danke, aber nicht nötig. Lassen Sie uns sehen, was die Spurensicherung gefunden hat.«

Wint atmete deutlich hörbar aus. »Wenn ich gleich in Konstanz anrufe, dann sind wir diesen Fall noch vor dem zweiten Frühstück los.«

»Sie machen Ihrem Ruf wirklich alle Ehre.« Mit diesen Worten drehte Fané sich um und ließ ihn stehen. Wint hörte unterdrücktes Gelächter hinter sich.

Im Raum nebenan legten zwei Männer gerade die Leiche in eine Metallwanne. Vorsichtig, aber auch mühelos. Das Opfer scheint nicht viel zu wiegen, überlegte Wint. Tatsächlich wirkten die Beine wie dünne Stecken, so abgewinkelt in der Totenstarre passten sie nicht in die Wanne und standen über den Rand. Als die Männer die Wanne an ihm vorbeitrugen, fiel Wint auf, dass das Opfer barfuß war, trotz der Kälte. Merkwürdig filigrane Füße, schoss ihm durch den Kopf, dann waren sie, gefolgt von Parson, verschwunden.

»Haben Sie die Füße gesehen?«, fragte da Fané.

Überrascht sah Wint zur Seite. »Ja«, nickte er zustimmend. »Habe ich.«

Ein Großteil der Leute von der Spurensicherung war inzwischen dabei, die Zettel einzusammeln.

»Haben Sie den Leuten gesagt, dass die Papiere eine besondere Rolle spielen könnten? Ich meine, das ist schon ein ungeheurer Aufwand.«

»Das Risiko bin ich eingegangen. Denken Sie etwas anderes?«

Wint schüttelte den Kopf. »Nein, natürlich nicht. Es sieht ja geradezu so aus, als hätte der Täter in den Papieren nach etwas gesucht. Gute Arbeit, Fähnlein, gute Arbeit.«

Fané grinste. »Danke schön. Übrigens: Wer Verniedlichungsfloskeln bei Kollegen benützt, kaschiert nur eigene Komplexe.«

Wint sah kurz auf den Boden, dann nickte er. »Touché.« Er sah sich nach dem Mann um, der ihn gerufen hatte, fand ihn auf der anderen Seite des Raumes im Gespräch und winkte ihm zu. »Nun? Was haben Sie für uns?«

Der Mann kam mit großen Schritten auf sie zu, in der Hand einen Stapel mit Zetteln. »Vielleicht hat das ja was zu bedeuten«, sagte er und reichte Wint den Stapel, jedes einzelne Blatt bereits in Folie verpackt.

Wint betrachtete die Seiten und fühlte die Falten auf seiner Stirn.

»Was soll das?« Er reichte die Papiere an Fané weiter.

»Immer die gleichen Buchstaben«, sagte sie. »In Fettdruck. I-O-S-T. Merkwürdig. Herr Wint? Eine Idee?«

✻✻✻

Der Himmel riss auf, zeigte etwas Blau und sogar Sonne. Aber noch hingen auch dicke, aufgeplusterte Wolken am Himmel, wie im Spätsommer. Der Schnee glitzerte. In eine Decke gehüllt saßen Sito und Miriam in einem kitschigen Strandkorb. Blau-weiß gestreifter Stoff zierte die Innenseite ihrer Burg, die den anhaltenden Wind erträglich machte. Sie hatten freie Sicht auf den Untersee, schöner ging nicht. Die Wolken über ihnen zogen trotz ihrer Fülle schnell von Ost nach West, die Schweizer Uferseite schien zum Greifen nah.

Rosa war mit den Besitzern des Hafencafés von Gaienhofen befreundet, die hatten jetzt Urlaub, aber Rosa hatte einen Schlüssel und durfte die Strandkörbe vermieten. Während im Sommer gewiss alles voller Segelboote war, lag der Steg nun verwaist vor ihnen. Von der runden Terrasse vor dem Hafencafé aus, das im Sommer an den Wochenenden sogar zur Bar wurde, wie ein Anschlag an der Wand verriet, würde man den Touristen zusehen können, wie sie sich auf die Ausflugsschiffe nach Stein am Rhein oder zur Insel Reichenau drängten. Die Insel. Sito sah zur Seite.

Im selben Moment fragte Miriam: »Ist das Niederzell dort drüben?«

Er nickte. »Ja, das muss die Reichenau sein.«

Miriam legte den Kopf schief. »Ich bin ja ganz schlecht mit der Orientierung, aber wenn ich jetzt –«

»Hör auf, das sieht ungesund aus. Klar ist das Niederzell, von dort schaust du rüber auf die Mettnau oder nach Allensbach, und das da«, Sito deutete auf das Ufer gegenüber, »das ist die Schweiz.« Er grinste.

»Wenn ich dich nicht hätte. Ich würde mich beim Ausschauhalten glatt verlaufen.« Sie schmiegte sich an ihn. »Schöne Idee von Rosa, uns einzuladen.«

Rosa. Die gute Rosa. Sie war einer der unaufdringlichsten Menschen, die Sito kannte. Als sie ihm angeboten hatte, ein paar Tage über Silvester ein Zimmer in ihrer Pension zu beziehen, hatte sich das sogleich richtig angefühlt. »Mal den See von einer anderen Seite sehen«, hatte sie gescherzt, und Sito hatte verstanden, was sie ihm damit hatte sagen wollen. Ja, eine gute Idee.

Eine Weile philosophierten Sito und Miriam in ihrem blauen Versteck über Kitsch, wie schön doch Kitsch sein konnte und wie gleichgültig einem Kitsch erschien, wenn man in ihm *saß*. Miriam lachte Tränen und warf sich in Sitos Arm. Zeus lag quer auf ihnen und wärmte ihre Beine. Nicht zum ersten Mal erinnerte sie ihn an seine Frau Janina. Janina, die stundenlang über die Relativität des Sehens am Beispiel der blinden Spinnen hatte philosophieren können. Janina, die schwanger gestorben war. »Miriam?«

»Ja? Was denn?«

»Ich muss dir etwas erzählen, nein, eigentlich von jemandem. Ich –«

In diesem Moment flogen zwei Möwen kreischend über sie hinweg. Zeus sprang von ihren Beinen und bellte in den Himmel. Ein paar Augenblicke vergingen, kostbare, bis sie wieder zur Ruhe fanden.

»Der See ist so unendlich schön«, sinnierte Miriam und fügte hinzu: »Ich werde mir morgen einen Zeichenblock und Kohlestifte kaufen. Aber wir wurden unterbrochen. Du wolltest mir etwas erzählen.«

Sito wehrte ab. »Das hat Zeit. Du willst wieder malen?«

»Ja sicher«, sagte Miriam beschwingt. »Muss man das hier nicht?«

Sito blickte auf den See hinaus. Möwen zierten sein Bild am oberen Rand. Es glich einer Postkarte, die angenehm menschenleer war. Irgendwo in weiter Ferne sah er Enzig, wie er in seiner Mittagspause schnell bei sich zu Hause vorbeifuhr, nur um Anna zu sagen, dass er sie immer noch liebte, und um ihr einen verstohlenen Kuss zu geben. Sito fühlte sich leicht.

»Also?« Miriam hakte nach.

Sito riss sich von seinen Gedanken los. »Was ›also‹?«

»Na, muss man hier nicht einfach malen?«

Natürlich musste man malen. Wie atmen und lachen und lieben und sterben.

Er küsste sie auf die Stirn. »Ja, ich denke, das muss man wirklich«, bestätigte er. »Wollen wir einmal durch den Ort spazieren? Es gibt schöne Kirchen hier. Und ich habe ja auch noch eine Überraschung für dich.«

Miriam setzte sich ruckartig auf. »Wusste ich es doch, dass du noch etwas in petto hast. Los, rück sofort raus mit der Sprache, sonst –«

Schon wieder blieb ein »sonst« in der Luft hängen. Sito zog sie an sich und küsste sie, anschließend saßen sie eine Zeit lang schweigend da und genossen den Ausblick.

»Also? Was ist die Überraschung?«

»Du wirst malen, Miriam. Im Otto-Dix-Haus erwartet dich morgen jemand für einen Kurs. Eigentlich wollte ich auch die Kunstroute laufen, das wird bei dem Schnee wohl nichts. Aber malen wirst du. Den See und den Winter darin. Und ich freue mich sehr darauf.« Sito sah sie lächelnd an.

»Aber wer –«

Er legte ihr einen Finger auf die Lippen. »Nicht so neugierig, meine Schöne. Morgen. Morgen Vormittag hast du deine Verabredung.«

Sie lehnte sich an ihn, küsste seinen Hals auf die Stelle, die zwischen Mütze und Schal zum Vorschein kam, und flüsterte ihm ins Ohr: »Was war eigentlich letzte Nacht? Ich bin aufgewacht, und du warst nicht da?«

»Der Unfall … Ich brauchte mal frische Luft.« Sie umarmte ihn, dann schaute sie über den See hinaus.

»Sieh dir nur diese strahlende Pracht an. Ich wollte schon immer einmal Winterlandschaften malen. Im Winter ist alles so glasklar, dass man nichts verstecken kann. Da fällt alles genau in das Bild, verstehst du?«

Sito nickte. Wie sollte er das nicht verstehen? Zeilen von

Hermann Hesse fielen ihm ein, aus »Der Liebende«, und ohne groß darüber nachzudenken, sagte er sie laut:

>»Von deinem Blick und Haar und Kuss – o Mitternacht,
>O Mond und Stern und blaue Nebelluft!
>In dich, Geliebte, steigt mein Traum
>Tief wie in Meer, Gebirg und Kluft hinein.«

Miriam sah ihn an. »Hesse. Wer diese Zeilen einer Frau sagt ... Jetzt gibt es kein Zurück.«

Das gab es auch davor schon nicht, dachte Sito, aber er schwieg.

## Rätsel

*29. Dezember, vormittags*

Er saß in der warmen Ecke in seinem Stall, hörte das Atmen der Pferde, das Schnauben, wenn sie einander etwas zuflüsterten. Sein Hund lag neben ihm. Die Weihnachtstage waren überstanden, doch seit gestern hatte ihn eine innere Unruhe im Griff. Der junge Mann, der immer umhergeschlichen war über die Felder, er war nicht mehr da. Weshalb beunruhigte ihn das? Er konnte es sich nicht erklären. Seine Finger kribbelten, sein Nacken spannte. Er schnellte in die Höhe, trat von einem Bein auf das andere, rieb seine Finger aneinander. Als er sie ausgestreckt vor sich hielt, sah er, dass sie zitterten. Die Pferde spürten, dass etwas nicht stimmte, ihr Schnauben wurde fragend, das Fiepen des Hundes zur Anklage. Schnell, dachte er, verliere dich nicht. Ruhig, mein Sohn, die Stimme seiner Mutter, ruhig, Junge. Ihre Hand auf seiner Stirn, die fiebrig glänzte. Die Stimme des Vaters weiter entfernt mit Worten auf den Lippen, die sich um seinen Hals legten: »Nur du, nur ich und du, versunken/Ins tiefe All, ins tiefe Meer«, die Mutter, die lächelt. Schnell, beruhige dich, sagte er sich und stand still und aufrecht. »Ins tiefe All, ins tiefe Meer,/Darein sind wir verloren,/Drin sterben wir und werden neugeboren.«

Sie würden einander kennenlernen. Viel zu lange hatte er damit gewartet. Die plätschernde Stille, die immer in seinem Kopf herrschte, die sollte nicht mehr sein Leben bestimmen. Zu lange hatte er sich herumschubsen lassen. Er war kein schlechter Mensch. Er war nicht dumm. Er hatte die Hälfte aller Bücher aus der Buchhandlung bereits gelesen.

Immer wieder die Stimme des Vaters, der alle Gedichte von Hesse auswendig kannte, der die Familie hier in diesen einsamen Hof auf der Höri geholt hatte, weil er damit Hesse nah sein konnte. Seinem Hermann, wie er sagte, seinem Bruder im

Geiste. Hier würden sie glücklich, glückliche Jahre würden das für die Familie, das hatte er prophezeit. Alles würde gut werden.

In der Kirche von Horn hatten sie geheiratet. Noch einmal richtig, das Standesamtliche hatten seine Eltern schon Jahre zuvor hinter sich gebracht. Aber dann noch kirchlich in Horn. Die Kirche mit der schönsten Aussicht in ganz Deutschland. Na ja, die Birnau auf der anderen Seeseite gab es, bei Überlingen, aber das war zu viel Prunk, das hatte dem Vater nicht gefallen. Die Pfarrkirche in Horn an der Spitze der Halbinsel, hoch über dem Bodensee gelegen, sodass man in drei Himmelsrichtungen schauen konnte und Seeblick hatte – den Zeller See, dahinter den Gnadensee und noch den Untersee im Süden. Das war unglaublich. Mutter war es zu beschwerlich gewesen, da war sie gerade wieder schwanger und hatte den steilen Berg von der Fähre unten kaum geschafft. Anschließend waren sie nämlich mit der Fähre rüber auf die Reichenau zum Essen gefahren. Das war ein glücklicher Tag – ein Ausflug mit Bootstour, bei dem es sogar ein Stück Kuchen für ihn gab.

Wieso nur hatte niemand gemerkt, dass das Boot … und Jahre später … und dass der Sturm und dass er … Wasser im Kopf.

»Und lache still und weine trunken,
Nicht Glück, nicht Leid ist mehr,
Nur du, nur ich und du, versunken.«

\* \* \*

Wint schritt in seinem Büro auf und ab. Die Mordkommission in Konstanz war verständigt. Es würde dauern, Blitzeis und dann der starke Schneefall hatten viele Bereiche um den Bodensee lahmgelegt, die Straßen waren zu, hinzu kamen zahlreiche Unfälle, die ein Durchkommen auf der B 33 derzeit unmöglich machten. Und es waren bereits neue Schneefälle angekündigt. Man könnte einen Hubschrauber … aber da man wusste, dass er, Wint, ja auch Erfahrung … bla, bla, bla. Wint rieb sich das Gesicht und schluckte gegen das Gefühl der aufkommenden Wut an. Genau das wollte er ja nicht mehr. Verdammt. Schneetreiben. Die Halbinseln Konstanz und Höri nicht erreichbar also. Was aber auch hieß, dass der Mörder noch nicht weit gekommen sein konnte. Man sollte die Unfälle …

Es klopfte, und Fané trat ein.

»Jetzt nicht«, herrschte Wint sie an und sah ihr nach, wie sie hastig sein Büro verließ. Sein Blick verharrte für einen Moment an der Tür. Irgendein Gedanke huschte ständig durch sein Hirn, konnte sich aber keinen Weg nach außen bahnen. Er schlug mit der Faust gegen seinen Kopf, als wollte er dem Gedanken einen Weg freischlagen.

Da war dieses merkwürdige Anagramm. I-O-S-T. Er sah nach draußen, wo er durch die Bäume hindurch den See erblicken konnte. Schräg nach unten lag das Gymnasium, das einen ausgesprochen attraktiven Platz im Gaienhofener Schloss gefunden hatte. Man konnte wahrlich schlechter in die Schule gehen als in dieses schöne Gemäuer direkt am Seeufer. Im Innenhof zur Seeseite hin waren Holzliegen aufgebaut. Manchmal war er schon außerhalb der Schulzeiten hinübergeschlichen und hatte sich dort hingelegt, die Plaudergeräusche vom See ignorierend. Aber weiter unten im Hafencafé war es auch schön, um Mittagspause zu machen, der Kaffee war hervorragend, die Sandwiches auch. Weil man ihn kannte, musste er nicht anstehen im Sommer, sondern bekam sein Essen durch die Seitentür. Es hatte Vorteile, in einem kleinen Ort zu leben und bekannt zu sein.

Er seufzte. Wenn es nur keine Verbrechen gäbe. Es klopfte wieder. Er wusste, dass Fané einen neuen Versuch unternahm, daher reagierte er direkt. »Kommen Sie, Fähn… Fané.«

Ihre Absätze klapperten auf dem Fußboden und kamen direkt bis an seinen Schreibtisch. »Sie wollten doch nicht wieder? Nein, sicher nicht. Sonst nenne ich Sie in Zukunft ›Böe‹.«

Er musste lachen. »Humor haben Sie wenigstens. Setzen Sie sich. Was gibt es?«

»Dr. Parson hat gerade angerufen«, begann sie, wurde aber von Wint unterbrochen.

»So schnell? Was gibt es?«

»Na ja, ich denke, wir haben beide dasselbe gedacht, als wir die Füße gesehen haben.«

»Haben wir? Dasselbe gedacht, meine ich.«

»Es war eine Frau.«

»Der Täter? Wie kommt er denn darauf?«

»Wint, jetzt enttäuschen Sie mich aber. Nein, natürlich das Opfer! Einen Namen haben wir auch schon: Jana Smetlin.«

»Auch das noch. Eine totgeprügelte Frau. Noch mehr Emotionen im Spiel. Verdammt!«

»Wie auch immer. Dr. Parson hat sie entkleidet und mich dann sofort informiert. Sie heißt Jana Smetlin«, antwortete Fané, »in den Sachen wurde ihr Ausweis gefunden.«

»Wirklich bemerkenswert.«

»Wie meinen Sie das?«

»Nun, bemerkenswert, wie jemand seine Identität derart verschleiern kann. Die ersten Befragungen der Nachbarn ergaben, dass in den letzten Tagen mehrfach ›der junge Mann‹ gesehen worden ist. Immer hieß es: der junge *Mann*«, erklärte Wint und kratzte sich am Hinterkopf. »Und was hat diese Jana Smetlin gemacht, außer als Mann durch die Gegend zu laufen und im Kalten zu sitzen?«, erkundigte er sich.«

Fané schüttelte den Kopf. »Ich hab mit der Zeitung telefoniert, die hatten einen Bericht über das Künstlerhaus vor ein paar Wochen, da wurden drei Künstler vorgestellt. Jana Smetlin war die Schriftstellerin, dann gab es da einen Komponisten namens Karl Wenger und einen Marius ohne Nachnamen, sollte wohl nach Künstlernamen klingen. Marius ohne Nachnamen malte.«

»Okay, die Herren brauchen wir so schnell wie möglich. Waren Sie gemeldet beim Einwohnermeldeamt?«

»Schon überprüft. Die sollten ja eigentlich nur zwölf Wochen bleiben, da bestand kein Grund zur Anmeldung, aber wir sind dran. Wissen Sie denn inzwischen, was dieses Wort bedeuten könnte? – Und ja, Kaffee wär nicht schlecht.«

»Was? Ach so, bedienen Sie sich.« Als Fané sitzen blieb, rieb er sich das Kinn, erwog für einen Moment die Optionen, um sich dann für die einfachste zu entscheiden: Er stand auf und schenkte zwei Tassen voll.

»Könnte es vielleicht ein Name sein?«, fragte Fané, die Hände fest um die warme Tasse geschlossen.

Ruckartig setzte er sich aufrecht hin und öffnete den Mund. Es dauerte noch den Bruchteil einer Sekunde, dann platzte er heraus: »Das ist es, Fané.« Er schlug mit der Faust auf den Tisch. »Ich habe mir die ganze Zeit den Kopf über diese Buchstaben zermartert, welches Wort sie meinen könnten, und ja, natürlich, es ist ein Name.«

Fané zog die Augenbrauen hoch bis fast an ihren Pony. »Und? Lassen Sie mich an Ihrer Erkenntnis teilhaben?«

»Na, klingelt es nicht bei Ihnen? I-O-S-T? Na?« Er wartete. Als sie verneinte, triumphierte er: »Sito! Paul Sito, der Kommissar von Konstanz, der im letzten Sommer – ach, Sie wissen schon, nicht wahr?«

»Natürlich weiß ich, wer Kommissar Paul Sito ist. Er hat in den letzten beiden Jahren zwei Mordserien gelöst, die bundesweit für Aufsehen gesorgt haben. Und er leitet ein gefragtes Fallanalyseteam mit diesem Profiler, diesem Dr. Enzig. Wenn ich die Wahl hätte, dann würde ich gern genau dort …« Sie hielt inne.

Wint winkte ab. »Versteh ich doch. In Ihrem Alter war ich auch ehrgeizig. Warum auch nicht?«

»Wenn das Anagramm sein Name ist: Was macht der dann bei den Notizen einer Ermordeten?«, fragte sie.

»Das ist eine gute Frage«, sagte Wint. »Und dann noch in dieser Häufigkeit.«

»Geradezu obsessiv«, sagte Fané. »Wir können ihn ja fragen, was er davon hält.«

»Bitte was?«

»Na, Kommissar Sito. Wird er nicht ohnehin bald hier sein? Sie haben Konstanz doch verständigt, oder?«

»Natürlich.« Er sah sie an. »Was glauben Sie denn! Meinen Sie, ich will mir freiwillig Silvester versauen?« Aber Wint spürte Neugier in sich wachsen. Das hatte er lange nicht mehr.

»Und? Wann kommen sie? Es sieht draußen gar nicht gut aus. Eine neue Schneefront ist angekündigt.«

Er knirschte mit den Zähnen und erschrak selbst über das Geräusch. »Derzeit können sie nicht fahren. Wir müssen warten und selbst arbeiten.« Wint kaute auf seiner Unterlippe, auch so ein Überbleibsel aus alten Zeiten. »Fané?«

»Ja?«

»Meinen Sie, Sie könnten unauffällig herausfinden, womit Sito die letzten Tage beschäftigt war? Mich kennt man da schon.«

»Oh.« Fané schlug die Beine übereinander und legte den Kopf schief. »Das ist ein großer Verdacht, der da im Raum steht, wenn ich das mal salopp so formulieren darf.«

Wint nickte. »Und eine normale Vorgehensweise, wenn ein Name mehrfach bei einem Tatort auftaucht.« Wint lehnte sich zurück und legte seine Beine auf den Schreibtisch.

»Ein Anagramm ist es, wohlgemerkt, nur ein Anagramm, aber ich werde sehen, was ich herausfinden kann.«

\* \* \*

Roman Enzig saß an seinem Schreibtisch und starrte aus dem Fenster. Der Schnee türmte sich am Fahrbahnrand, die Räumfahrzeuge kamen nicht hinterher, und die angekündigte neuerliche Schneefront hatte bereits eingesetzt. Weshalb hatte der Wetterbericht immer mit den schlechten Ankündigungen recht? Die Nachrichten sagten, dass es vor allem Konstanz schwer erwischt habe, rund um den See sei es nicht ganz so schlimm. Aber das half im Moment wenig. Wo Sito wohl steckte? Enzig stöhnte. Jetzt, wo Anna in der gemeinsamen Wohnung saß, empfand er jede Stunde im Präsidium als

Vergeudung. Sein Auto stand auf dem Parkplatz vor dem Benediktinerplatz und teilte dieses Schicksal mit etlichen anderen. Enzig würde wie auch schon gestern heimlaufen müssen.

Dass Sito so kurzfristig verreist war, machte ihm ein wenig Sorge. Gewiss, er hatte nach dem Weihnachtsabend und auch bei ihrem letzten Treffen entspannt und aufgeschlossen gewirkt, aber eigentlich hatte er angekündigt, sich ihm anzuvertrauen, und das war noch immer nicht geschehen. Enzig nahm seine Brille ab, putzte sie sorgfältig und setzte sie wieder auf. Immer noch alles weiß vor seinem Fenster. Natürlich. Es half nichts. Er musste sich eingestehen, dass er inzwischen süchtig war nach Sitos Geheimnis, und er musste aufpassen, dass er sich hier nicht in den Rollen vergriff.

Enzig grübelte. Er hatte Sito eine SMS geschrieben, dass Anna zurück war, und sofort hatte er eine Glückwunschnachricht erhalten. Das wirkte sehr vertraulich. Gern hätte er mit ihm und Miriam auch Silvester verbracht, aber Sito wollte erst am Neujahrstag zurückkehren. Wo er war, das hatte er nicht verraten. Immerhin hatten Samuel Parson und seine Frau Maria zugesagt, am Silvesterabend mit ihnen zu feiern, wenn es das Wetter denn erlauben würde. Sie würden dann mit ihrem Baby sogar über Nacht bleiben. Anna war begeistert – ein Baby im Haus. Enzig nahm sich vor, nachmittags ins Krankenhaus zu Miriams Vater zu fahren. Vielleicht wusste er etwas über den Verbleib von seiner Tochter und Sito.

Seit wann bin ich bloß derart investigativ?, fragte sich Enzig und musste über sich selbst schmunzeln – immerhin hatte er ja einen investigativen Beruf –, als jemand an die Tür klopfte. Marc Busch trat ein.

»Hallo, Marc, was gibt es?«

Busch nickte nur stumm und setzte sich Enzig gegenüber.

»Hast du was von Paul gehört? Er ist im Urlaub? Stimmt das?« Busch sah mürrisch aus.

Enzig nickte. »Ja, nur ein paar Tage. Wieso, gibt's ein Problem?«

»Kann man wohl sagen«, brummte Busch. »Dutzende. Und

das zwischen den Jahren und in halber Besetzung, eigentlich in vollkommener Unterbesetzung und dann noch bei diesem Scheißwetter.«

Enzig stutzte. So kannte er Marc gar nicht. »Beruhige dich. Was ist denn los? Hab ich was verpasst?«

Busch seufzte, schielte zur Kaffeemaschine. »Kann ich einen haben?«

»Aber sicher.« Enzig stand auf, holte eine Tasse und die Kiste mit den Keksen und stellte beides vor Busch auf den Tisch. Der griff gierig zu, trank einen großen Schluck und holte tief Luft.

»Also, Problem Nummer eins: Wir haben einen Mordfall in Gaienhofen. Leider können wir nicht anreisen. Die wissen Bescheid. Parson war schon dort. Eine Frau wurde totgeprügelt. Notfalls müssen wir per Hubschrauber hin, der Mörder steckt ja dort auch im Schneechaos, allerdings sind die Kollegen vor Ort bestens gerüstet. Da sitzt seit einiger Zeit ein ehemaliger LKA-Beamter, Heinrich Wint, vielleicht kennen Sie ihn.« Busch lachte bitter. »Tja, der wollte irgendwie eine ruhige Kugel auf der Höri schieben. Wird wohl nichts.«

»Okay, Problem Nummer eins bekommen wir demnach in den Griff. Ich telefoniere später mit diesem Wint. Was noch?«

»Schewege.«

»Was?« Enzigs Ausruf war lauter geraten als beabsichtigt. Busch nickte unwirsch und machte eine verächtliche Geste. »Ja. Weil Sito nicht so richtig offiziell in den Polizeidienst zurückgekehrt war, als er gegen Schewege ermittelt hat.«

»Was soll der Blödsinn?«, rief Enzig empört aus.

»Ja, das brauchst du mir nicht zu erzählen. Ich weiß auch gar nichts Näheres. Irgendwelche dämlichen Winkelzüge der Anwälte. Egal. Sito muss her und Stellung beziehen. Mal wieder. Tut mir auch leid für ihn, aber der letzte Sommer ist ja auch denkbar schräg gelaufen, um es mal gelinde auszudrücken. – Die Kekse sind gut, gibt's noch mehr davon?«

»Äh …« Enzig sah erschrocken auf die leere Dose auf dem

Tisch vor sich und schielte dann auf sein Sideboard zur zweiten Keksdose. Er musste sich einen Ruck geben, allerdings gab es nun ja berechtigte Hoffnung, dass Anna wieder für ihn backen würde. »Ja, Moment.«

»Glück auf, die retten mich.« Busch kratzte sich am Kopf, dann hob er beide Hände. »Aber wo steckt Sito jetzt wieder? Himmel, das darf doch nicht wahr sein. Immer diese Geheimniskrämerei.«

Enzig holte tief Luft und zuckte mit den Schultern. »Ich weiß es doch auch nicht. Er hat gesagt, er wär nicht weit weg.«

»Pah, das hilft uns wenig.« Nach einer Pause, die Busch mit drei Keksen füllte, fügte er hinzu: »Ob er das jemals verwinden wird?«

»Ich weiß nicht«, gab Enzig zu. »Ich hätte es sicher nicht verwunden, wenn Anna tot gewesen wäre.«

Busch betrachtete Enzig lange, dann nickte er nur schwach. »Ich hatte irgendwie gehofft, du wüsstest, wo Paul steckt.«

»Leider nicht. Aber der Fall kann uns doch nicht um die Ohren fliegen, oder?«

Busch zog die Mundwinkel nach unten. »Ach, was weiß ich. Wir müssen auf jeden Fall einen lückenlosen Bericht bei der Staatsanwaltschaft abliefern. Alle Spuren noch mal überprüfen, nach weiteren suchen, damit alles passt.«

»Ja, das versteht sich von selbst«, sagte Enzig, dann zögerte er. »Aber Balder ist doch auf unserer Seite, wie konnte denn das jetzt geschehen?«

»Balder ist nach wie vor auf unserer Seite, aber nicht mehr zuständig.«

»Ach, wie kommt's?« Enzig beobachtete die Kekse in seiner Dose, die immer weniger wurden.

»Sagen wir mal so: Balder hängt ja mit Sito im gleichen Problemstrudel fest.«

»Oh weh, der wird toben«, sagte Enzig und schielte zu Busch. »Hat er schon?«

Busch winkte ab. »Egal, das prallt an mir ab.«

»Wie kommst du eigentlich darauf, dass Sitos Suspendierung zu irgendwelchen Schwierigkeiten während des Prozesses führen könnte? Ich meine, so etwas kann zu dem jetzigen Zeitpunkt doch nur die Staatsanwaltschaft wissen, oder täusche ich mich da?«

Busch wurde verlegen, dann grinste er. »Ertappt.«

Enzig lächelte. »Auch wenn es gar nicht meine Absicht war – sagst du mir auch, wobei?«

»Sagen wir einfach, es ist der Anfang einer möglichen Beziehung, nicht mehr, aber auch nicht weniger«, erklärte Busch.

»Aha, für sie ist es offensichtlich mehr, sonst würde sie dich nicht mit solchen Informationen beliefern«, stellte Enzig fest.

»Er«, korrigierte Busch, »und ich weiß nicht so recht. Vielleicht war es auch aus Mitleid. Wegen Sito.«

Enzig konnte eine gewisse Verblüffung nicht verbergen. Er hatte nicht bemerkt, dass Marc homosexuell war, zu keinem Zeitpunkt. Dann dachte er wieder an Sito. Er musste ihn unbedingt ausfindig machen und ihm die Sache mit Schewege beibringen.

Busch zwinkerte Enzig an. »Hast du nicht gewusst, nicht wahr? Irgendwie bin ich hier im Präsidium wie ein Schatten, man traut mir definitiv zu wenig zu.«

»Quatsch.« Enzig schüttelte den Kopf, plötzlich kam ihm ein Gedanke. »Aber du hast doch nicht in Erwägung gezogen, die Berichte zu fälschen?«

Es entstand ein Moment des Schweigens, und Enzig bebte.

Busch zupfte einen kaum sichtbaren Krümel von seinem Ärmel. »Erwogen gewiss. Es geht nur um das Datum der Suspendierungsrücknahme. Getan noch nicht. Die letzten Monate sollen unserem Freund doch nicht den Kopf kosten. Wo es gerade wieder aufwärtsgeht mit uns, hab ich recht? Wir sind jetzt das Team, das Kerler aus uns machen wollte, als er dich vorletztes Jahr nach Konstanz geholt hat.«

Enzig schluckte. Er wusste nicht, was er sagen sollte. Er war geholt worden, um Sito auszuspionieren, aber das wollte er Busch nicht auf die Nase binden. »Und was ist mit dem Dutzend anderer Probleme?«, fragte er daher.

Busch suchte in der Keksdose. »Was?« Der letzte Keks-kringel verschwand in seinem Mund, und Enzig spürte ein wehmütiges Knurren in seinem Magen.

»Die Probleme.«

»Ach so, ja, kurios. Wir haben eine Morddrohung gegen den Jägerverein.«

»Aha. Weshalb?«

»Der Wolf, du hast davon gehört?«

Der Wolf. Schon wieder tauchte er auf. Ein Déjà-vu. Mit Paul hatte er auch darüber gesprochen. »Also? Was ist mit dem Wolf?«

»Er soll weg. Jagen wollen sie ihn. Sie notieren die Wolfs-sichtungen und erstellen so ein Bewegungsprofil. Die Tier-schützer wollen das verhindern. Aber die Wolf-Sache über-nehme ich. Das hat sicher Zeit. Die werden bei dem Wetter wohl kaum losziehen. Alles andere? Na ja, wenn du Paul auf-treibst, dann …« Busch stand auf und wandte sich zum Gehen. »Ach, wünsche Paul ein frohes neues Jahr von mir.« An der Tür drehte er sich noch einmal um und grinste. »Vielleicht ist er ja unterwegs, den Wolf retten. Den Wolf vom Bodensee.«

Enzig blieb an seinem Schreibtisch zurück. Zuzutrauen war es Sito. Ob es diesen Wolf überhaupt gab? Was war nur mit den Menschen los? Da kehrte ein Tier zurück nach zweihundert-siebzig Jahren, und sofort brach Panik aus. War diese Angst vor dem Wolf vererbbar?

## 29. Dezember, nachmittags

Noch immer hatte Miriam das Gefühl, dass Sito sie vor allem und jedem beschützen wollte, aber es besserte sich. Im letzten Sommer, als er sie einmal nicht nach Hause gebracht hatte, ausgerechnet nach einem Streit, da war sie buchstäblich in die Fänge des Bösen geraten. Ein Unfall, nein, Zufall zunächst, dann aber eine Verkettung unglücklicher Umstände, die sie beinahe das Leben gekostet hätten. Dennoch, Sito würde lernen müssen, damit umzugehen, denn sie war nicht bereit, ständig mit Angst zu leben, froh, ihre eigenen Ängste endlich einigermaßen im Griff zu haben.

Sie hoffte inständig, dass er sein Versprechen hielt und sich ihr gegenüber öffnete in diesem Urlaub. Sie war nicht neugierig, aber sie spürte wohl, dass irgendwelche Geheimnisse zwischen ihnen standen. Gestern, im Strandkorb, da schien ihr für einen Moment, als wollte er etwas erzählen, da hatte sie plötzlich und unwillkürlich gerade davor Angst gehabt. Manchmal hatte auch sie das Bedürfnis, sich zu schützen, Abstand zu halten, also war sie heute allein losgezogen, um sich das Hesse-Museum und die Kapelle dort ansehen.

Rosas Pension lag oberhalb vom Hesse-Museum und ähnelte dem Haus, in dem der Dichter von 1904 bis 1907 drei Jahre gelebt hatte, bevor er sein Haus am anderen Ortsende baute. In dem ehemaligen Wohnhaus folgte Miriam auf den ausgestellten Fotos Hesses Schritten durch den Ort, den er als herrlich still empfunden hatte. Jetzt im Winter war es gewiss ähnlich, wenngleich zahlreiche Häuser hinzugekommen waren. Die Fotos dokumentierten Hesses Blick für seine Umgebung, die Stille war zum Greifen nahe, Miriam wagte kaum zu atmen. In einem Raum mit Nebelbildern schwappte eine Welle an Erinnerungen in ihr hoch. Ihr wurde kalt trotz der Wärme im Raum.

Sie flüchtete nach oben und stand schließlich vor Hesses beeindruckendem Arbeitstisch. Sie wusste, dass auch sie schreiben würde. Gedichte verfasste sie schon seit Jahren, aber nicht einmal Sito wusste davon. Während ihrer Therapie hatte sie Tagebuch geführt und irgendwann beschlossen, sich an eine längere Geschichte zu wagen. Sie fuhr mit der Hand über die Tischplatte, das weiche Holz, dann roch sie daran. Sie hätte sich gern hingesetzt, beide Handflächen auf das Holz gelegt, abgewartet, welche Energie sie durchströmen mochte, doch ein Pärchen betrat den Raum. Der Zauber der Einsamkeit war verflogen.

Draußen stand sie vor der Hesse-Statue. Schüchtern und ein wenig verschmitzt stand er da, und Miriam widerstand der Verlockung, sich neben ihm zu fotografieren. Vielleicht in den nächsten Tagen. Die Pfarrkirche St. Johann war geschlossen, also würde sie mit Sito ohnehin wiederkommen.

Auf einmal hatte sie Lust, ein Geschenk für ihn zu kaufen. Zu Silvester, für ihren Neustart. Im Vorbeigehen entdeckte sie in der Auslage einer Buchhandlung ein Buch. Auf dem Rückweg, sagte sie sich, jetzt erst einmal die Malutensilien besorgen.

Als sie wenig später zurückkam, war das Buch in dem kleinen Laden an der Hauptstraße verschwunden. Erst dachte sie, dass es ein Irrtum sein musste, aber nein, es war weg. Verwirrt sah sie auf die Uhr. Es waren keine fünfzehn Minuten vergangen, also ging sie zu dem Mann an der Kasse, um danach zu fragen, doch der telefonierte mit einem Kunden. Er machte eine entschuldigende Geste und rollte die Augen über seinen Gesprächspartner, der anstrengend zu sein schien. Miriam lächelte und bedeutete dem Mann, dass sie sich erst einmal umsehen werde.

Sie liebte es, durch die Reihen einer Buchhandlung zu gehen, zumal diese hier wie ein Labyrinth erschien. Der Laden war auch nicht so klein, wie er von außen gewirkt hatte, vielmehr ging er weit in die Tiefe und dort dann auch um die Ecke, wo das Haus offensichtlich mit dem Nachbarhaus verbunden worden war. Die Regale reichten vom Boden bis zur Decke. Teilweise konnte man durch sie hindurchsehen, weil Bücher fehlten oder kleiner waren. Es war ein Irrgarten des Wissens, wobei das Antiquariat mit den neuen Büchern vermischt worden war. Inmitten dieses ideellen Labyrinths stolperte sie über eine rothaarige Frau, die am Boden kniete.

»Oh, entschuldigen Sie, ich habe Sie gar nicht gesehen«, sagte Miriam freundlich und hielt der Frau ihre Hand entgegen.

Die Frau lächelte zurück und ließ sich aufhelfen.

»Macht nichts, ich sitze hier auch ungeschickt. Eines dieser alten Bücher ist buchstäblich auseinandergefallen«, erklärte sie und zeigte Miriam die einzelnen Blätter.

Miriam starrte auf das Buch.

»Was ist?«, fragte die Frau.

»Genau das habe ich gesucht«, antwortete Miriam ungläubig.

»Ach, das ist ja ein Zufall. Ich habe es auch gesucht, weil ich es gestern in der Auslage entdeckt habe«, erwiderte die andere und stupste eine Ponysträhne leicht an den richtigen Platz.

»Sitzt«, sagte Miriam grinsend. »Dann wollen wir also dasselbe.«

»Ein völlig zerfleddertes Buch.« Sie hielt Miriam die Hand entgegen. »Ich bin Christine Fané.«

»Freut mich. Ich bin Miriam Kerler.«

Fané reichte Miriam wortlos das Buch. »Hier, Sie können es gern haben. Es ist nicht ganz das, was ich mir vorgestellt hatte.«

»Hm«, meinte Miriam, »der Zustand ist definitiv auch nicht der, den ich mir vorgestellt habe.«

Sie mussten lachen.

»Kann ich Ihnen nun helfen, meine Damen?«

Der Mann von der Kasse stand plötzlich steif neben ihnen, und Miriam drehte sich erschrocken um. Fané lachte, und schließlich musste auch Miriam losprusten, auch wenn sie gar nicht genau wusste, warum. Der Mann wurde verlegen.

Wahrscheinlich dachte er, sie würden sich über ihn lustig machen.

»Wohl nicht«, antwortete er pikiert sich selbst.

»Was macht der bloß in einer Buchhandlung?«, flüsterte Miriam ihrer neuen Bekannten ins Ohr, während sie ihm nachsahen. Die zuckte mit den Schultern und nahm das Buch, das Miriam ihr zurückgab, wieder an sich. Sie musste sich auf die Zehenspitzen stellen, um es an den Platz im Regal zurückzustellen, wo es gestanden hatte, bevor es in einzelne Teile zerfallen war. Mitten in der Bewegung verharrte sie.

»Was ist?«, raunte Miriam.

Fané bedeutete ihr zu schweigen. Vorsichtig nahm Miriam einige Bücher aus dem Regal und spähte hindurch. Gerade noch konnte sie einen Mann weggehen sehen. Er schob sich ein Buch unter den Pulli. Erstaunt sah Miriam zu Fané.

»Der hat doch nicht etwa …«, begann sie.

Fané schüttelte den Kopf. »Nicht direkt«, murmelte sie.

»Was?«, fragte Miriam belustigt. »Das Buch geklaut? Sollen wir was unternehmen?«

Fané sah Miriam schelmisch an. »Ach was. Lassen wir ihn laufen. Das war Findus.«

»Aha, Sie kennen also den Dieb?«

Fané zog die Augenbrauen hoch. »Der ist hier stadtbekannt. Gewissermaßen als Dorfdepp, wenn man so will. Ich finde das schlimm und konnte am Anfang kaum glauben, dass es so etwas in unserer Zeit überhaupt noch gibt«, erklärte sie. »Ich nenne ihn daher Findus, das ist charmanter. Er ist eigentlich ein recht netter Mensch und heißt Anton Huber.«

»Na dann«, pflichtete Miriam ihr bei, »sind wir jetzt Mittäter.«

»Nein, er leiht die Bücher ja nur aus, das weiß ich. – Sagen Sie, das ist jetzt vielleicht etwas forsch, aber wo Sie nun schon über mich gestolpert sind, und das im wahrsten Sinne des Wortes, haben Sie vielleicht Lust, mit mir zusammen etwas essen zu gehen?«

Miriam lachte erfreut. »Sehr gern sogar.«

Lachend gingen die beiden aus dem Laden und in ein kleines Restaurant. Miriam erfuhr, dass Christine bei der Polizei arbeitete. Für einen Moment wunderte sie sich über diesen Zufall, aber im Grunde sollte sie sich über gar nichts mehr wundern, sondern einfach den Fäden folgen, die das Leben für sie in dieser vermeintlichen Konsequenz seit zwei Jahren bereitlegte.

Nach der halben Stunde Mittagspause war sie mit Christine Fané per Du, hatte ihre Handynummer, wusste, was es mit dieser ungeheuer akkuraten Frisur auf sich hatte und dass ihr Kollege ihr derzeit das Leben versalzte. Und sie wusste, dass auch hier ein Wolf gesehen worden war – von Christine selbst. Das wiederum erstaunte Miriam dann doch. Ein weißer Wolf nämlich, einer, der gewiss Zeus zum Verwechseln ähnelte. Während sie sich noch rasch zu einem Mittagessen zur selben Zeit am selben Ort verabredeten, fiel Miriams Blick aus dem Fenster. Dort stand dieser Anton Huber, einen starren Blick auf das Haus, nein, eigentlich auf sie gerichtet, die Hände vor dem Bauch verschränkt. Miriam lächelte ihm zu, und er klopfte auf die Stelle, wo die Bücher versteckt sein mussten.

\*\*\*

»Was ist das hier?«, fragte Wint und sah Fané an. Auf seinem Schreibtisch befanden sich zwei Kisten. Der 29. Dezember neigte sich dem Ende zu, und Wint wollte nur noch die Tür zu seinem Büro hinter sich schließen.

Fané holte tief Luft und trat zu dem Schreibtisch. Sie zeigte auf die erste Kiste. »Hier befinden sich Kopien aller handschriftlich beschriebenen Zettel, die wir als das ›Tagebuch von J.S.‹ bezeichnet haben. Wir haben Glück, sie hat auch diese nummeriert.«

»Aha«, sagte Wint und setzte sich. »Und was ist in dem anderen?«

»Nun, wir gehen davon aus, dass es das Manuskript ist, an dem sie arbeitete.«

Wint zog die Augenbrauen hoch.

»Wir gehen davon aus? Fané, machen Sie es nicht so spannend. Ich kann Sie grübeln sehen. Wer einen so tiefen Pony trägt, will übrigens seine Gedanken verbergen.«

»Ihre Theorie?«, fragte sie und legte den Kopf schief.

»Hab ich mal gelesen. Also? Was denken Sie wirklich?«

»Alles, was auf dem Computer geschrieben wurde, ist in dieser Kiste. Ich hab den Nachmittag mit Frau Soller verbracht, und wir haben versucht, es zu sortieren«, antwortete Fané schlicht. »Sofern es sich um den Namen ›Sito‹ handelt, kommt er häufig vor. Das Problem war, dass sich viele Seitenzahlen wiederholen. Mehr Ordnung in die Dinge bekommt man gewiss erst beim Lesen.«

»Verstehe.« Wint trat von einem Bein auf das andere. Ein Teil in ihm wollte einfach nur nach Hause, ein anderer, in den letzten beiden Tagen zunehmend erwachender Teil war neugierig, was Jana Smetlin und Sito verbinden könnte. Er wusste, was das bedeutete: Der Kriminologe in ihm meldete sich zurück. Vorerst zaghaft. »Haben Sie denn schon reingelesen?«, fragte er.

Fané schüttelte den Kopf. »Nein. Wir wollten so schnell wie möglich die Sortierung abschließen.«

Wint wurde unruhig. Seine Fingerkuppen rieben aneinander, ohne dass er es wollte, in seinem Kopf begann es zu pochen, und seine Stirn legte sich in Falten. Alles untrügliche Zeichen. Früher, als er beim LKA gewesen war, wussten seine Kollegen die Anzeichen zu deuten und zogen sich zurück. Jetzt stand da Fané und wartete auf – ja, auf was eigentlich?

»Und jetzt?«, fragte er.

»Na ja, wir sind uns wohl einig, dass wir uns da durchplagen müssen, oder etwa nicht?«

»Läuft die Anfrage nach den Mitstipendiaten?«

Fané stutzte. »Natürlich, was denken Sie denn?«

Er nickte. Etwas anderes, das wusste er natürlich. Er dachte, dass er diese Recherchen oder dieses Manuskript oder was immer es war, lesen wollte. Er wollte wissen, ob es etwas über diesen Sito gab, der in den letzten beiden Jahren in solch dubiose Fälle geraten war und den, da war der Kriminologe in Wint plötzlich hellwach, ein Geheimnis umgab.

»Gut. Sehen Sie sich erst einmal das Tagebuch an, ich hab's nicht so mit Frauengeschichten.« Ohne eine Antwort abzuwarten, schnappte er sich die Kiste mit den gedruckten Seiten, obenauf ein Blatt, auf dem mehrfach die Buchstaben I-O-S-T fett gedruckt herausstachen. Er konnte nicht anders, als immer nur SITO zu lesen.

\* \* \*

Lange schon wartete er vor der Pfarrkirche St. Johann und versuchte, sich die Zeit und die Kälte zu vertreiben. Er nutzte die Büsche im Garten neben dem Hesse-Museum. Immer wieder starrte er hinüber zur Reichenau und suchte in der Ferne nach Konstanz.

Die Luft war kristallklar vor Einbruch der Dunkelheit, die im Dezember immer kam wie ein heruntergelassener Vorhang. Manchmal erschrak Anton darüber. Ein Lied legte sich auf seine Lippen: »Lilli Marleen«. Der arme Hans Leip. Ausgerechnet mit einem Soldatenlied blieb der Autor der Nachwelt in Erinnerung. Anton summte leise vor sich hin, dann war sie da, die Dunkelheit, und er hätte sich nicht mehr hinter den Büschen vor St. Johann verstecken müssen. Niemand würde ihn sehen. Der kleine Weg runter zur Hauptstraße im Rücken, die Kirche und die Hesse-Statue vor sich, so verharrte er geduldig.

Mit seiner Mutter hatte er einmal an dem Grab von Hans Leip gestanden. Die Mutter hatte in einem Touristenführer gelesen, dass der hier begraben war. Na, so was, noch ein Künstler auf der Höri. Der Vater hatte nichts wissen wollen von Leip, Hesse reichte ihm völlig. »Da siehste mal, wie schön es hier alle finden«, hatte er nur gesagt und sich wieder seinen Studien gewidmet. Irgendwann würde er die große Hesse-Biografie herausbringen. Nicht, dass es noch keine geben würde, aber er würde die Geschichte einfach neu schreiben. Hier, wo sein Atem noch in den Feldern lag. Irgendwann also. Irgendwann, das lernte Anton schon in seiner Kindheit, »irgendwann« war zwar recht nahe an der Gegenwart, aber dennoch unerreichbar. »Irgendwann wirst du hier heimisch«, hatte der Vater der Mutter versprochen. Das »Nordlicht«, wie man sie oft nannte, wurde nicht heimisch. Niemals hatten sie dieses »irgendwann« erreicht.

Er musste wieder an diesen merkwürdigen Menschen denken, dem er ein paarmal begegnet war, der nun aber wie vom Erdboden verschluckt schien. Auch im Ort hatte er ihn schon einmal gesehen. Zuletzt vor zwei Tagen, da war es besonders schlimm gewesen, direkt unheimlich. Dieser Mensch hatte sich benommen, als würde er verfolgt. Dann, in einer abrupten Bewegung, hatte er sich umgedreht und ihn direkt angestarrt, die Tasche mit beiden Armen an sich gedrückt, und ihn mit so weit aufgerissenen Augen angeblickt, als ob er ein Monster wäre. Er hatte ein paar Schritte auf ihn zugemacht und die Hand ausgestreckt und gefragt, ob er helfen könnte. Der andere schreckte zunächst zurück, und für den Bruchteil einer Sekunde hatte er geglaubt, in dem Gesicht eine Frau zu erkennen. Das war merkwürdig. Ein kurzes Staunen war über das Gesicht gehuscht, verlor sich aber sofort in purer Angst. Dann war der Mensch losgerannt, als wäre der Teufel ... Er schluckte. Plötzlich war er sich sicher, dass es eine Frau gewesen war. Dieser Blick, diese Angst. So guckt nur eine Frau. Mit so viel Angst.

»Vor dem großen Tor ...« Lilli Marleen ließ sich nicht abschütteln. Beinahe hätte er zu summen begonnen.

Endlich hatte er genügend Mut gesammelt und schritt mit schnellen Schritten auf den Eingang der Pfarrkirche St. Johann zu.

Er öffnete die große Tür. Ihm war kalt. Seine Finger waren steif gefroren, seine Lippen zitterten. Drinnen empfing ihn eine erhabene Stille unter den bunten Glasfenstern und ein wenig Wärme. Er schritt durch den kleinen Raum und erreichte den

Pfarrer in dem Moment, als dieser schon zur Seitentür rauswollte.

»Halt, nur noch ich.«

* * *

Der Pfarrer sah sich um, doch der Mann hatte die Kapuze seines Mantels so tief ins Gesicht gezogen, dass man ihn nicht erkennen konnte.

Ohne ein Wort zu sagen, aber mit einladender Geste setzte er sich auf die vordere Bank und deutete auf den Platz neben sich, doch der andere setzte sich in die Reihe dahinter, und er ließ ihn gewähren.

»Was hast du mir zu sagen, mein Sohn?«

»Vergib mir Vater, denn ich werde sündigen.«

»Hast du bereits gesündigt?«

»Nein, nur in Gedanken.«

»Wie hast du in Gedanken gesündigt?«

»Ich habe einen Plan geschmiedet.«

»Das muss noch nicht zu einer Sünde führen.«

»Doch, es muss sein.«

Der Pfarrer schluckte, aber er wagte auch nicht, dem anderen ins Gesicht zu blicken, weil dieser doch offenbar nicht gesehen werden wollte. Er spürte dessen nervösen Atem in seinem Nacken. Das Licht war schlecht, eine kaputte Lampe war noch immer nicht ersetzt worden. Er ärgerte sich im Stillen darüber, dass er sich just in die dunkelste Ecke der Kirche gesetzt hatte. Etwas an der Stimme des anderen war unheimlich. Kein Zögern, dachte er, kein Zögern lag in dieser Stimme. Er wusste, dass er dieses Mal wachsam sein musste, nicht routiniert als Pfarrer, sondern wachsam als Mensch.

»Wirst du damit jemandem wehtun, mein Sohn? Hast du etwas Böses vor?«

»Ich will es nicht, aber ja, womöglich.«

»Womöglich was, mein Sohn?«, fragte der Pfarrer und merkte, dass seine Stimme vor Aufregung vibrierte.

»Womöglich werde ich Menschen wehtun müssen, aber nicht für lange.«

Dem Pfarrer kam eine Idee. »Hast du es schon einmal getan?«, erkundigte er sich und faltete seine Hände wie zum Gebet, dieses Mal allerdings, um sich im Zaum zu halten.

»Nein, noch nie, und ich werde es auch nur dieses eine Mal tun«, erwiderte der andere.

»Warum wirst du es denn tun?«

»Weil es sein muss.«

»Hast du schon einmal vorher an so etwas gedacht?«

»Nein, auch noch nie.«

»Dann kannst du es auch dieses Mal unterlassen, meinst du nicht, mein Sohn? Es ist vielleicht nur ein vorübergehender Gedanke, der Besitz von dir ergriffen hat, der böse ist, den du aber mit dem Glauben an Gott verdrängen kannst. Vertrau mir.« Er hatte ein gutes Gefühl, als er dies sagte, war froh, dass es ihm eingefallen war.

»Nein, dieses Mal nicht. Vergib mir Vater, denn ich werde sündigen.«

»Ich kann dir nicht etwas vergeben, das noch nicht geschehen ist. Willst du nicht in meinem Zimmer mit mir über deine Pläne sprechen?«

Keine Antwort.

»Wenn du jemandem ein Leid zufügen willst oder glaubst, es tun zu müssen, dann sollten wir darüber reden, aber nicht hier, hier ist nicht der Ort für Abwendbares.«

Wieder kam keine Antwort.

»Nun? Ich kann dir deine Gedanken vergeben und mit dir einen Weg suchen, der es dir ermöglicht, diese Sünde nicht …«

Der Pfarrer hörte nur noch die schnellen Schritte auf dem Steinfußboden, dann das Quietschen der Tür, die wenig später schwer in ihr Schloss fiel. Kalte Luft zog durch den Raum. Der Pfarrer stand wie gelähmt zwischen den leeren Reihen seiner Kirche, ihm war unheimlich zumute, ein Gefühl, das er bislang nicht kannte. Er beeilte sich, sammelte die Gebetbücher ein, schichtete sie ordentlich auf den Tischen am Eingang für den nächsten Gottesdienst, dann schloss er die Kirche ab. Als er sich wieder zum Altar wendete, fühlte er sich elend. Da war ein Mensch bei ihm gewesen, der etwas Böses vorhatte, und er hatte nichts dagegen tun können. Von nun an war er mitschuldig.

*** 

Sito war mit dem Tag zufrieden. Er war mit Zeus den Weg nach unten zum See gelaufen und hatte sich dort erst einmal auf die Bank gesetzt. Einen Strandkorb wollte er nicht, und der Schlüssel für das Häuschen, wo die Strandkörbe und Decken aufbewahrt wurden, lag ohnehin im Hotelzimmer. Von der Bank aus beobachtete Sito seinen Hund, der über den verwaisten Spielplatz tigerte und irgendwie zu hoffen schien, doch noch ein Kind zu finden. Zeus liebte Kinder, vor allem die vielen streichelnden kleinen Hände.

Eigentümlich, hier so allein zu sitzen, fuhr es Sito durch den Kopf, und er versuchte sich vorzustellen, wie dieser Ort im August aussehen mochte. Am Rondell vor dem Café sah er zahlreiche Radler vor sich, weiter oben etliche Touristen vor dem Gaienhofener Schloss, in dem jetzt eine Schule untergebracht war. Im Sommer wären natürlich auch etliche Segelboote auf dem See. Menschen würden im See baden, Wasserbälle würden fliegen und groteske Badetiere über das Wasser schippern. Gewiss hätte einer dieses überdimensionierte hässliche Einhorn, das er in Konstanz auch schon auf dem Wasser hatte treiben sehen.

Hinter ihm bellte es plötzlich. Er drehte sich um. Tatsächlich war ein Vater mit seinem Kind gekommen, und Zeus begrüßte die beiden freudig.

Einen missglückten Schneemann und ein paar freundliche Worte später zogen Sito und Zeus in Richtung Horn davon. Es war so kalt, dass der Schnee gefroren war. Sie liefen in das Vogelschutzgebiet, doch die enger werdenden Wege, die durch den Schnee teilweise wie Tunnel waren, wirkten sogar auf Sito unheimlich. Hin und wieder gaben die Bäume am Ufer den Blick auf den See frei, doch bald schon kamen die Hecken der Privatgrundstücke. Hier war es beinahe unerträglich eng, sodass Zeus immer wieder stehen blieb, leise Fiepgeräusche von sich gebend. Irgendetwas jedoch drängte Sito weiter. Mit einem Mal öffnete ein unbebautes Grundstück unerwartet, doch wohltuend den Blick in ein kleines Stück Urwald und auf den See. Mitten aus dem Gestrüpp ragte der Rest von einem Baum wie ein Mahnmal. Sito hatte eine geradezu greifbare Eingebung: Dieser Baum mit seinen Durchsichten, dieses Stück wilde Natur inmitten durch Hecken gezähmter Umgebung, die Rückkehr der Wildnis, dieses Bündnis aus Rebellion und Beruhigung – das alles war wie eine Metapher für das zurückgekehrte Leben in ihm. Hier sollte Miriam malen.

»Na komm, gehen wir heim«, sagte er vergnügt zu Zeus, der umgehend wendete und mit schnellen Schritten nach Gaienhofen lief. Einmal noch hielten sie an, Sito studierte eine der Tafeln, auf denen ein hier beheimateter Vogel vorgestellt wurde: der Kleiber. Die Tafeln waren schon ein wenig verwittert, aber man konnte den Text noch immer gut lesen. Schnörkelig in Schönschrift verfasst erzählte er, dass der Kleiber das ganze Jahr hier lebte, zu den Spechtmeisen gehörte und außerdem seine Höhleneingänge verklebte.

Wieso bin ich ausgerechnet vor dem Kleiber gelandet?, fragte sich Sito und schüttelte den Verdacht ab, dass dies kein Zufall war. Er ließ seinen Blick zum Himmel schweifen – wenn es wieder schneite, dann saßen sie in Gaienhofen tatsächlich wie in einer Höhle fest.

Das Café wirkte ebenso einsam wie der Spielplatz. Der Schneehaufen, der ein Schneemann hatte werden sollen – die Erklärungen des Vaters, dass der Schnee viel zu eisig und hart war, um einen Schneemann zu bauen, hatten nichts bewirkt –, lag neben dem Wackelboot für Kinder und starrte aus leeren Augen auf die Schweiz. Schneesturm und Sonne wechselten sich ab. Der See sah aus, als würde er immer wieder durcheinandergewirbelt, dunkles Grau und Blau schwappten ans Ufer.

Sito freute sich auf den nächsten Tag im Hesse-Haus. Er hatte die Führung schon vor Weihnachten angefragt; dass sie nun sogar hier wohnten, hatte er damals nicht vorhergesehen. Umso besser. Er wusste, wie sehr Miriam Hesse mochte, und er selbst mochte zumindest dessen Lyrik. Überhaupt Gedichte. Einmal hatte er eins von Miriam gelesen, aus Versehen, ihr Notizheft war heruntergefallen. Sie war gut, wie beim Malen, traf Gedanken und zauberte daraus ein Bild, auch in ihren Worten. Er war ein klein wenig enttäuscht, dass sie ihm noch nie eines ihrer Gedichte gezeigt hatte, aber er wusste, dass sie damit irgendwann herausrücken würde. Er war gespannt, ob es in diesen Tagen passieren würde – quid pro quo gewissermaßen: er die Wahrheit, sie Gedichte. Nein, dachte er, das war kein angemessener Vergleich.

Später an diesem Nachmittag schaltete Sito kurz sein Smartphone an, um seine Nachrichten abzuhören. Dreimal hatte Marc angerufen, ihn um Rückruf gebeten, zweimal Roman. Eine sechste Nachricht war von Miriams Vater, der sich nach ihnen beiden erkundigte. Sito stellte sein Smartphone wieder ab. Noch nicht. Nichts konnte so dringend sein. Er würde später Roman Enzig anrufen und natürlich auch Friedrich und sagen, dass es ihnen gut gehe. Später, aber noch nicht jetzt. Jetzt wollte er Miriam treffen.

Er lief die Mühlenstraße nach oben zur Hauptstraße und bog nach rechts ab. Keine hundert Meter weiter fand er das kleine Café in dem Eckhaus gegenüber einem schönen alten Hof mit gelb-grünen Fensterläden. Genau wie Miriam ihm beschrieben hatte. Überhaupt fiel Sito auf, dass er lange nicht mehr so bunte Fachwerkhäuser gesehen hatte wie auf der Höri – die Halbinsel war nicht nur ein stetiges Bergauf und Bergab, sondern auch ein hübsches Kunterbunt an Fachwerk und Fensterläden, von Hellblau über Rosa und Mintgrün bis hin zu Grün-Gelb war alles dabei.

Das Café ging offensichtlich über zwei Etagen, denn

oben in einem hübschen kleinen Erker klopfte jemand an die Scheibe und winkte ihm. Miriam. Er hob die Hand zum Gruß und saß wenig später vor ihr. Voller Freude erzählte sie von ihrem erfolgreichen Nachmittag. Sito ließ sich mitreißen von ihrer Erzählung über das Hesse-Museum, wie sie den Schreibtisch berührt, ja eigentlich gestreichelt habe, in der Hoffnung, Hesses Beseeltheit würde abfärben. Im Grunde habe sie ihn immer beneidet, ein Buch wie »Siddhartha« oder »Der Steppenwolf« zu der damaligen Zeit geschrieben zu haben, als die Sinnsuche noch etwas Besonderes war und Worte wie »Seele« und »Beseeltheit« nicht abgedroschen klangen.

»Aber Hesses Romane sind doch noch immer Klassiker«, sagte Sito und bestellte sich einen Kaffee.

Miriam wehrte ab. »Klassiker, eben, man liest sie, weil Hesse zur Literaturgeschichte gehört, nicht, weil er uns jetzt erhellt.«

»Hm, so habe ich das noch nicht gesehen. Ich bin gespannt auf sein Haus.«

»Das einzige …«

»… das er je in seinem Leben gebaut hat«, Sito lachte, »ich weiß.« Der Kaffee wurde gebracht und verbreitete einen aromatischen Duft. »Soll ich dir auch ein Haus bauen?«, fragte er und wusste nicht, woher dieser Satz so plötzlich gekommen war.

»Ach, ein Haus? Ich weiß nicht. Ich mag dein Haus. Ist nicht schlimm für mich, dass da deine Frau …« Miriam legte den Kopf schief. »Du hast nur gescherzt, nicht wahr?«

»Ich bin kein Hausbauer, aber ich denke über einen Umzug nach, das schon.«

Miriam beobachtete ihn. »Paul, du wirst doch wieder als Kommissar arbeiten, oder nicht? Ich meine, du musst weitermachen. Hier in Konstanz, du bist gut, *ihr* seid gut.«

»Roman geht vielleicht weg.«

»Roman? Unser Roman Enzig?« Miriam lachte laut auf. »Im Leben nicht. Ich dachte, er und Anna hätten sich versöhnt.«

Sito nickte. »Stimmt. Jetzt ist es gewiss anders.«

»Hör mal, jetzt verbringen wir erst einmal die Tage hier.« Sie bestellte sich noch ein Stück Nusskuchen und erzählte dann von ihrer Begegnung mit dieser Christine Fané. Sito lehnte sich zurück, trank zwischendurch einen Schluck Kaffee, hörte zu, träumte dann ein wenig vor sich hin und dachte über sein Haus in Egg nach, dieses schöne alte Bauernhaus, in das sich seine Frau damals auf den ersten Blick verliebt hatte. Es war ungerecht, dass Orte schön blieben, auch wenn die Menschen darin verschwanden.

Christine Fané also. Ihr Vater war ein Franzose und Präfekt eines Departements. Sie war in Paris aufgewachsen, bevor sie mit ihrer Mutter, einer Deutschen, die sich als Au-pair-Mädchen in den Sohn ihrer französischen Familie verliebt hatte und schwanger geworden war, in deren Heimat nach Trier zurückgekehrt war. Sito musste sich das Lachen verkneifen. Wie konnte man in so kurzer Zeit eine solch umfangreiche Lebensgeschichte in Erfahrung bringen?

»Warum lachst du?«, wunderte sich Miriam und löffelte den Milchschaum von ihrem zweiten Cappuccino.

»Ach, nichts«, wehrte Sito ab und fügte hinzu: »Es macht einfach Spaß, dir zuzuhören, wenn du so in deinem Element bist.«

Miriam grinste. »Mach dich nur lustig. Ich hätte übrigens gern was von deinem Kuchen – also wenn du dir den auch bestellst, den Nusskuchen, der übrigens vegan ist. *Vegan*, hast du gehört?«

»Wieso bestellst du dir nicht einfach noch einen?«

»Wie sieht das denn aus? Eine Frau, die sich zwei Stück Kuchen bestellt? Ich werde noch dick hier im Urlaub.« Sie blies die Backen auf, lachte und winkte dem Kellner. »Menschen erzählen mir einfach gern.« Als der Kellner an ihren Tisch trat, zeigte Miriam auf Sito. »Der Herr hätte auch gern diesen köstlichen Nusskuchen.«

Anstelle einer Antwort blies Sito ebenfalls die Backen auf, dann lachte er, nahm sich die Speisekarte und blätterte neugierig darin herum. Als er sich für das »Schatzkörbchen« entschieden hatte, tippte ihm jemand auf die Schulter.

»Entschuldigen Sie, dass ich störe. Dürfte ich Ihnen wohl eine Frage stellen?«

Sito blickte überrascht auf. Der hochgewachsene junge Mann, der ihn angesprochen hatte, sah ihm geradewegs in die Augen. Er machte einen direkten und selbstbewussten Eindruck, ohne unhöflich zu wirken. Also hob Sito fragend die Hände und tauschte einen überraschten Blick mit Miriam. »Bitte«, sagte er.

Der Mann zog sich einen Stuhl an den Tisch und setzte sich. »Nun, ich beobachte Sie beide schon, seit Sie sich gesetzt haben.«

Sito wurde misstrauisch.

»Keine Sorge«, lenkte der Mann ein, »nur von Berufs wegen. Ich bin Journalist.«

»Und?«, entgegnete Sito.

»Sind Sie Paul Sito, der berühmte Kommissar aus Konstanz?«, fragte der Journalist mit einem Anflug von Triumph in seinen Augen.

Sito sah ihn scharf an. »Wer will das wissen?«

»Oh, entschuldigen Sie, ich habe mich gar nicht vorgestellt«, sagte der andere und deutete an, sich zu erheben. »Mein Name ist Dominik van Bergen.«

Er reichte Sito die Hand, der diesen Händedruck nur ungern erwiderte.

»Was wollen Sie?«, fragte Sito.

»Nichts, nur die Gewissheit, dass Sie wirklich der sind, für den ich Sie halte«, entgegnete der Mann und stand auf. »Ich wünsche Ihnen noch einen schönen Abend«, raunte van Bergen, und dieses Mal konnte er den süffisanten Unterton in seiner Stimme nicht mehr verbergen. Er stellte den Stuhl an seinen Platz zurück und ging zur Garderobe, wo er sich einen Mantel anzog. Mitten in der Bewegung hielt er jedoch inne und kam noch einmal an den Tisch von Miriam und Sito zurück. Während er sich seinen Schal umlegte, fragte er: »Sagen

Sie, ermitteln Sie hier in dem Mordfall, oder gönnen Sie sich einfach nur wieder eine Auszeit? Bei Ihnen weiß man das ja nie so genau. Tja, nichts für ungut.« Ohne eine Antwort abzuwarten und als Gruß lediglich auf den Tisch klopfend, drehte er sich um und verließ das Café.

Sito sah ihm nach und konnte ihn bereits unten auf der Straße vor dem Café das Handy zücken sehen. Aus dem Augenwinkel bemerkte er noch etwas anderes: Miriam, die ihn fixierte. Verflogen waren die Unbeschwertheit und Leichtigkeit.

## Schriftstücke

*29. Dezember, nachts*

*Zuerst die Zielsetzung. Denn damit fängt alles an; und endet. Habe ich mich erst auf den Weg gemacht, gibt es kein Zurück. Bis zum Ziel, dem Ende meines Wegs. Es ist wie Leben und Tod, immer ein bisschen sterben. Nun, es ist die Suche nach dem Ziel, die das Leben versüßt. Das Ziel: Ich werde nun aufschreiben, was hier passiert ist. Im Grunde tue ich das ja schon lange, habe längst entschieden, was wichtig ist.*
*Hier sind wir. Weihnachten ist überstanden.*
*Ich weiß nicht, ob ich es schaffen werde ...*

Fané nahm einen großen Schluck Kaffee und schielte zu der Schachtel, in der noch ein Stück Pizza mit Kapern lag, sicherlich längst kalt, aber ihr Magen knurrte. Sie hatte sich mit Wint darauf geeinigt, das Tagebuch zu lesen, dafür im Präsidium zu bleiben, damit sie sich direkt austauschen konnten, falls etwas auffällig wäre, und außerdem Pizzas zu bestellen. Es war nicht ihr Lieblingsessen, aber anderes hatten sie nicht auftreiben können. Wint saß ihr schräg gegenüber an einem zweiten Schreibtisch und hatte den Kopf auf die Hände gestützt. Sie beneidete ihn um das Manuskript, gewiss war es allein schon wegen der Schrift wesentlich leichter zu lesen.

*Kann ich es fertigbringen, ihm beim Sterben zuzuschauen? Wir werden sehen. Apropos sehen, seit Tagen werde ich gesehen, will heißen, jemand sieht mich, ohne dass er sich zu erkennen gibt. Ein Beobachter, der mich vom Einkaufen nach Hause verfolgt und sich hinter Büschen, Laternenpfählen und Passanten verbirgt. Nach drei Tagen mit ähnlichen Erlebnissen bin ich mir nun*

*sicher. Er verfolgt mich. Zu Hause angekommen musste*
*ich mich übergeben. Heute, am vierten Tag, zögere ich*
*noch, den Schutz der Wohnung zu verlassen. Er tötet*
*mich. Ganz langsam. Mein Grübeln wird ad absurdum*
*geführt …*
*Und da war noch etwas. Bereits am dritten Tag nach*
*Beginn meiner Überlegungen. Der Postbote brachte ein*
*Päckchen. Ich war überrascht, hatte ich doch weder Ge-*
*burtstag noch fiel mir ein anderer Grund ein, warum mir*
*der anonyme Absender ein Geschenk machen sollte. Ich*
*wartete, ließ mir Zeit. Kochte erst noch Kaffee. Dann öff-*
*nete ich das Päckchen. Es war leer. Bis auf einen weißen*
*Briefumschlag, doch auch dieser war leer.*
*Es fängt wieder an, dunkel in mir zu werden, die guten*
*Tage sind wohl gezählt. Meine Periode ist nun schon zum*
*dritten Mal hintereinander ausgeblieben.*

Fané unterbrach die Lektüre der Notizblätter und räusperte
sich.

Wint blickte auf und sah sie an. »Ja?«, fragte er.

»Kann sie schwanger gewesen sein? Hat Dr. Parson schon
etwas verlauten lassen?«

Wint schüttelte den Kopf. »Ich weiß es nicht. Gibt es An-
haltspunkte?«

»Das war nur so ein Gedanke«, wehrte Fané ab, still hoffend, dass sie sich irrte. Endlich holte sie sich das letzte Stück
Pizza, biss hinein und kaute langsam. Es war unheimlich,
was sie las, das vermeintliche Tagebuch, in dem eine junge
Frau ihren eigenen Tod vorhersah. Die zeitliche Nähe war
bedrückend. Weihnachten war vorbei, hatte diese Jana Smetlin
geschrieben, ihre Aufzeichnungen waren also nur ein paar Tage
alt, und jetzt war sie tot.

*Mein Verfolger hat sich rargemacht. Ich fange an, ihn*
*zu vermissen. Ich ertappe mich dabei, dass ich grund-*
*los außer Haus gehe, betont langsam durch die Straßen*

ziehe, mich öfter umsehe und auf ein Zeichen hoffe. Doch nichts. Niemand bemerkt mich. Keiner, der mich beachtet. Immer wieder komme ich am Hesse-Haus vorbei, stelle mir vor, wie er dort oben aus seinem Haus kommt und durch seinen Garten schlendert, wo alles so herrlich blühen muss. Ich sehe ihn vor mir, diesen hageren Mann. So schön hager war er. Viel ist nicht mehr los in dieser Gegend, wenn der Sommer sich aus dem Land zurückgezogen hat, dabei ist der Nebel hier ganz wunderbar. Man verschwindet so schön darin. Manchmal stehe ich an der Spitze der Insel und schaue auf den See nach unten. Da ist der Untersee und der Überlinger See, und ich frage mich, wie es der See wohl findet, unterteilt zu werden. Bestimmt lächelt er darüber und spuckt ein paar Wellen über die Grenzen, die der Mensch ihm zu setzen versucht. …

Wieso schickte man uns hierher? Im Winter? Wegen der Ruhe? Der Nebel war nicht gerade gut für die Seele. Alle waren wir einsam.

Endlich wieder ein Zeichen. Er war da. Ich habe ihn entdeckt. Ich habe im Wohnzimmer gesessen und zum Fenster hinausgesehen. Ein starker Wind trieb die Wolken schnell vorbei. Als die Wolken den Mond preisgaben, gewann sein Licht die Kraft, um mir ein Bild zu senden. Er stand an der Balkontür. Ich habe ihn an seiner Silhouette erkannt. Dann wieder Wolken und Dunkelheit. Als meine Kerzen niederbrennen, herrscht völlige Finsternis. Ob er noch da ist? Vielleicht wartet er draußen, dass ich rauskomme? Ich bin unsicher. Schlecht geschlafen und Übles geträumt.

Ich muss arbeiten. Es brennt mir hinter den Augen. Alles will noch raus, bevor …

»Herr Wint?«, flüsterte Fané.

Sie hatte gesehen, dass er sich zurückgelehnt hatte und gerade sein Kopf nach vorn gesunken war. Er war offensichtlich eingeschlafen. Sie schürzte die Lippen, spürte, dass sich ihre Stirn unter dem Pony in Falten legte, wusste, was ihre Gedanken ihr sagen wollten, versuchte sich aber zu zügeln. Andererseits, weshalb sollte sie nicht auch einen Blick in das Manuskript werfen? Immerhin war sie nicht naiv und hatte genau gemerkt, dass Wint sich diesen Stapel sehr bewusst unter den Nagel gerissen hatte, und dies keineswegs aus den vorgegebenen Gründen.

Leise stand sie auf, ging um ihren Tisch herum und hinüber zu dem von Wint, tippte ihm sacht auf die Schulter, und als dieser nicht reagierte, nahm sie die Notizen, die er sich gemacht hatte, und überflog sie im Stehen, Wints Schlaf nicht aus den Augen lassend. Nur langsam begriff sie, was sie da vermeintlich las, nahm sich das Manuskript, blätterte willkürlich darin – bis hin zu den letzten Seiten, die mitten im Text abbrachen, und wusste doch, dass sie soeben ein mögliches Mordmotiv gefunden hatte.

\*\*\*

Mitten in der Nacht wachte Sito auf. Er hatte einen Alptraum gehabt. Eine junge Frau hatte nackt einen Kühlschrank geöffnet und in dem Kühlschrank nach Kleidung gesucht. Doch dort hatten nur Messer in den verschiedensten Ausführungen gelegen. Sito war in den Raum gekommen und hatte sofort zu der Frau hinrennen oder sie wenigstens rufen wollen, doch er hatte weder eine Stimme, noch konnte er sich bewegen. Dann drehte die Frau sich um, und Sito erkannte sie als Janina. Sie lächelte und schloss den Kühlschrank. Dann ging sie. Als Sito jedoch wieder zu dem Kühlschrank hinsah, lag dort Miriam. Ein Messer hatte ihre Hüfte geziert wie ein Schmuckstück, und obwohl sie unversehrt gewesen war, hatte Sito sogleich gewusst, dass sie nicht mehr lebte.

Jetzt setzte Sito sich vorsichtig in dem Bett auf, damit Miriam nicht durch das Knarren des alten Rostes geweckt wurde. Er sah zur Seite, zu der zerwühlten Decke, und wollte gerade nach ihrem Kopf fassen, als er merkte, dass das Bett leer war. Erschrocken sah er sich in dem dunklen Zimmer um. Nichts war zu sehen. Er lauschte. Ein stilles Schnaufen kam aus dem Hundekorb. Sonst war da nichts. Er hielt den Atem an. Die Badtür wurde geöffnet, und für einen kurzen Moment drang Licht in das Schlafzimmer, dann wurde es gelöscht. Miriam schlich auf Zehenspitzen durch das Zimmer.

»Ich bin wach«, flüsterte Sito.

Miriam entfuhr ein kleiner Schrei. »Bist du verrückt? Mich so zu erschrecken.«

»Entschuldige, genau das wollte ich nicht. Ich habe geträumt und bin aufgewacht. Und du?«

»Nicht geträumt, aber aufgewacht«, antwortete sie brummig.

»Was ist los?«, erkundigte sich Sito und hob ihre Bettdecke an, dass sie darunterschlüpfen konnte.

»Nichts«, entgegnete Miriam und rollte sich ein.

Wenig später konnte Sito ihren ruhigen Atem hören und schloss daraus, dass sie wieder eingeschlafen war. Er legte sich hin, doch sein Geist war hellwach. Ein Blick auf die Uhr verriet ihm, dass es erst kurz nach fünf war. Er überlegte, aufzustehen und spazieren zu gehen. Plötzlich fiel ihm ein, dass er Enzig gestern Abend nicht mehr zurückgerufen hatte. Das durfte er nicht vergessen, Enzig hatte ihn drei Mal um Rückruf gebeten. Schnell schrieb er ihm eine Nachricht. Anschließend lag er ganz still da, starrte in die Finsternis und wartete. Bilder von dem Traum, diesen Messern im Kühlschrank und dem einen neben der Hüfte von Miriam, mischten sich mit Fetzen von dem Unfall an ihrem Anreisetag. Wie in Zeitlupe war dieser Lastwagen auf das Auto gefallen, und Sito versuchte, sich an das Geräusch zu erinnern. Mitten in seine Gedanken hinein polterte es draußen vor dem Hotel. Er wartete, bis der letzte Hall in die Nacht verschwand.

Beim Abendessen hatten sich Leute am Nebentisch über den Wolf unterhalten, der angeblich auf der Höri gesichtet worden war. Irgendwann vor Weihnachten. Zunächst irgendwo bei Gundholzen, aber gewiss war es nur eine Frage der Zeit, bis er auch im Dorf auftauchen würde, sagten die Leute hinter vorgehaltener Hand, und Sito kam sich vor wie in einem schlechten Film ... Nein, hatte da ein anderer gesagt, erst heute sei er wieder gesehen worden. Direkt hier vor Gaienhofen, in der Nähe des Hesse-Hauses. Es ging dann um den Wolf und darum, wie man mit ihm verfahren sollte, und Sito war froh gewesen, dass Rosa ihnen in diesem Moment die Sessel im Kaminzimmer vorgeschlagen hatte.

Dieser Wolf, er verfolgte Sito allmählich. Schon im letzten Jahr war er in seinen Gedanken aufgetaucht, da hatte Sito über die Ausrottung des Wolfes am Bodensee gelesen. 1750 war der letzte erschossen worden. Die Menschen waren solche Irrköpfe, starrsinnig und unbelehrbar. Er hatte noch nie verstanden, wie man sich darüber aufregen konnte, dass ein Wolf ein Schaf riss, wo die Menschen die Schafe doch auch zum Schlachten und Essen hielten. Der Wolf konnte es sich nicht aussuchen. Außerdem reichte ein guter Herdenschutzhund und das Problem war gelöst, aber Sito war sich sicher, dass dieser Wolf sie noch länger beschäftigen würde, auch im Präsidium. Zeus winselte im Schlaf. Wovon er wohl träumte?

Abstand. Nicht aufregen und nicht involvieren lassen. Sito bemühte sich, ruhig zu atmen. Was hatte der Journalist von ihm gewollt? Wieso sollte er hier ermitteln?

Kurz bevor er wieder in einen für die frühen Morgenstunden viel zu tiefen Schlaf sank, dachte er, dass der weiße Wolf nahe Gaienhofen, den die Leute am Vortag gesehen haben wollten, vermutlich gar nicht der Wolf gewesen war, sondern sein Hund. Die letzte wache Sekunde legte sich ihm wie ein schweres Band um den Hals, das sich langsam enger ziehen wollte.

✳✳✳

Enzig stand zum wiederholten Male in dieser Nacht auf, schlurfte in seinen Pantoffeln zum Kühlschrank und stand dann geblendet vom Licht einige Augenblicke unentschlossen davor, um sich doch wieder nur ein Glas mit Leitungswasser zu füllen. Er sah auf die Uhr über der Spüle. Nein, ein weiterer Versuch zu schlafen lohnte sich nicht mehr. Ihm ging das Gespräch mit Marc nicht aus dem Kopf. Außerdem war da dieser Anruf aus Gaienhofen, dass sie dort eine Leiche hatten, eine erschlagene Frau, wie Parson mittlerweile bestätigt hatte. Der Bericht las sich nach einem hohen Maß an Gewalt.

Enzig überprüfte sein Smartphone – tatsächlich hatte er eine Nachricht von Sito, der versprach, sich am nächsten Tag zu melden. Enzig atmete erleichtert auf. Wann hatte Sito geschrieben? Vor fünf Minuten? Enzig sah noch mal auf die Uhr und hatte ein Déjà-vu.

Die Uhr hatte er mit seiner Mutter auf dem Konstanzer Nachtflohmarkt gekauft, sie aber nie zum Laufen gebracht. Dennoch hatte sie in all seinen Wohnungen immer einen besonderen Platz bekommen, sogar in seiner kleinen Pension am Schänzle, die er über ein Jahr bewohnt hatte, bevor er mit Anna diese Wohnung in der Talgartenstraße direkt im Paradies bezogen hatte. Auf diese Uhr hatte er gestarrt, als er im Frühling dieses Jahres Sito aus dem Krankenhaus abholen sollte. Ein schwieriger Tag für sie alle, aber sie hatten es überstanden. Dann, nach dem Umzug in die Talgartenstraße, war die Uhr heruntergefallen und das Glas kaputtgegangen. Enzig hatte einen Uhrmacher gesucht und ihn auch gefunden, in der Niederburg, ganz in der Nähe des Klosters Zoffingen, in das Sito immer so gern pilgerte, um dort Schwester Raphaela zu treffen. Auch ein schöner Stadtteil von Konstanz. Der Uhrmacher hatte dann das Glas ersetzt, und beim Abholen hatte Enzig überrascht festgestellt, dass die Uhr lief. »Natürlich«, hatte der Uhrmacher gesagt und gelacht. »Was soll sie sonst tun?«

Fünf Uhr morgens am 30. Dezember und er saß in seiner Küche und las eine SMS von Sito, der diese vor fünf Minuten versendet hatte. Sie saßen also beide wach. Enzig gefiel diese Idee. Nein, er würde Konstanz und Sito nicht verlassen können. Heute musste er entscheiden, ob er nach Gaienhofen fahren würde.

## 30. Dezember, vormittags

Sito traute seinen Augen nicht. Im Vorbeigehen hatte er sich selbst erkannt. Rosa kam aus der Küche mit einem Tablett und sah sein erschrockenes Gesicht.

»Ich wollte die Zeitung noch wegpacken«, sagte sie entschuldigend.

Sito winkte ab und nahm sie an sich. »Nicht so schlimm. Eigentlich nicht überraschend.« Wahrscheinlich hatten ihn deswegen auch Marc und Roman zu erreichen versucht, überlegte er. Es war ein schlechtes Foto, ohne Zweifel, nicht jeder würde ihn danach auf der Straße wiedererkennen, aber er war es. Sito hielt inne und sah sich verstohlen im Raum um. Niemand schien Notiz von ihm zu nehmen. Die Menschen lachten und frühstückten. Ein älteres Paar saß an einem Tisch am Fenster und sah stumm nach draußen auf den See und die Schneeflocken. An einem anderen Tisch saß ein Pärchen um die fünfzig. Beide schwiegen, er las eine Zeitung, eine andere, wie Sito sofort aus deren Umfang schließen konnte, und sie blätterte in einem Buch.

Rosa kam gerade wieder aus der Küche mit einem neuen Tablett und nickte Sito aufmunternd zu. »Komm, das ist euer Frühstück«, sagte sie und ging zu dem Tisch am Fenster neben dem stummen Pärchen. Dennoch, es war anders, und er fühlte sich schmerzlich eingeholt von seinem anderen Leben. Er nahm die Zeitung und erwiderte das Nicken der beiden Männer, die wie schon am Vortag an der Theke saßen und einen Kaffee tranken. An ihrer Arbeitskleidung meinte Sito zu erkennen, dass es sich wohl um die zweite Frühstückspause von Monteuren handeln musste. Gewiss ihr letzter Tag hier.

Sito nahm einen Schluck Kaffee, dann widmete er sich dem Artikel. Es war nicht der erwartete Skandalbericht, der Autor nicht dieser Dominik van Bergen, allerdings war es seine Zeitung – ein Artikel von ihm war direkt darunter –, die hier groß ankündigte, dass es wieder einmal Untersuchungen zur Mordkommission geben werde. *Wieder einmal.* In der Mitte des Textes erfuhr er, dass er erneut in Misskredit geraten war. Seine Abteilung hatte ihm zwar Rückendeckung gegeben, doch die Presse witterte bereits einen Skandal, den es aufzuklären galt, denn keiner glaubte so recht an den wohlverdienten Urlaub, den Sito sich aktuell genommen habe. Vielmehr, so wurde vermutet, war Sito von der Bildfläche verschwunden, um Gras über die zweifelhafte Ermittlungsarbeit der letzten Monate wachsen zu lassen. Doch der Name sei ja bereits mehrmals unangenehm aufgefallen, nicht zuletzt im Zusammenhang mit der Verhaftung eines Serientäters im vergangenen Jahr. Angeblich strebte die Mutter eines damals unter rätselhaften Umständen getöteten jungen Polizisten eine Wiederaufnahme der nur halbherzig durchgeführten Ermittlungen an. Sito und sein Ermittlungsteam seien nun schon zum wiederholten Male als eine Gruppe aufgefallen, die es mit den eigenen Gesetzen nicht ganz so genau nehme, so der Eindruck.

Sito schüttelte den Kopf. Ihm war elend. Der Tenor des Artikels lautete schlicht, dass er sich in verbrecherischer Absicht zurückgezogen hatte. Er fühlte sich gedemütigt. Wie konnte nur eine derart falsche Sicht der Dinge entstehen? Sito wusste, was das hieß. Die Zeitung hatte mit diesem noch relativ sachlichen Bericht nur van Bergens nächsten Schlag vorbereitet. Morgen wäre er gewiss der Aufmacher. Er musste Roman Enzig unbedingt vorwarnen. Miriam kam und setzte sich zu ihm an den Tisch.

»Was ist los?«, fragte sie.

»Hier, das hat uns der Typ von gestern eingebrockt.« Sito reichte ihr die Zeitung.

Miriam las stumm den Artikel.

»Du meine Güte, so schnell? Aber der ist nicht von diesem van Bergen«, sagte sie dann und legte die Zeitung auf den freien Stuhl neben sich.

»Nein, aber das ist seine Zeitung. Das ist nur das Vorbeben«, sagte Sito und holte tief Luft. »Es war klar, dass die Sache nicht ganz reibungslos verlaufen wird. Erschreckend finde ich allerdings, dass man wirklich zu all diesen Schlüssen kommen kann«, sagte er und fügte hinzu: »Aber wie ich es auch drehe und wende, ich hatte nie eine andere Wahl.«

Miriam legte ihre Hand auf seine Wange und lächelte ihn an. »Aber das weiß ich doch. Warum haben alle nicht einfach die Wahrheit gesagt? Von Anfang an?«

Von Anfang an, ja, dachte Sito, das wäre vielleicht gut gewesen, aber niemand wusste ja, wo der Anfang wirklich lag.

Miriam nahm sich Kaffee.

»Irgendwas muss im Ort passiert sein. Hab gestern ein paar Sätze aufgeschnappt. Steht darüber auch etwas in der Zeitung?«

»Hm?« Habe ich noch immer Angst, dass mir meine Vergangenheit, mein erster Fall, um die Ohren fliegt?, fragte sich Sito, dann riss er sich von seinen Gedanken los. »Was meinst du?«

Miriam winkte Rosa. Als diese bei ihnen am Tisch stand, fragte sie: »Ist etwas passiert im Ort, außer dass ein Wolf gesehen wurde?«

Rosa nickte. »Ich wollte es euch nicht sagen, das ist völlig absurd.«

»Was denn?«, fragte Sito.

»Ein Mord. Seit Jahren der erste Mord, und das ausgerechnet, wenn du endlich bei mir Urlaub machst.« Sie legte Sito eine Hand auf die Schulter. »Tut mir leid. Ich hoffe, du kannst die Tage hier dennoch genießen.«

Rosa eilte weiter, das stumme Pärchen vom Nebentisch hatte Wünsche.

»Das hatte van Bergen also gemeint«, murmelte Sito. »Mit seiner Frage, ob ich hier ermittle.«

Miriam legte ihm eine Hand auf den Arm. »Ist doch gut, wenn er das denkt, dann glaubt er nicht, du wärst auf der Flucht.«

Sito schnaubte. »Weißt du, was ich denke?«

»Noch nicht, aber ich ahne es.«

»Der Unfall, der Wolf, jetzt ein Mord – das ist eine Verschwörung.« Sito holte tief Luft, dann grinste er frech.

»Puh.« Miriam blies die Luft laut zwischen ihren geschürzten Lippen aus. »Ich dachte schon, du meinst das ernst. Aber du weißt doch, das Leben macht, was es will, es kennt den Zufall nicht, der entsteht nur in unserem Kopf, weil wir die Dinge mit unseren Erwartungen abgleichen. Zufall ist nur eine Bewertung der Ereignisse.« Sie hob die Augenbrauen. »Viel wichtiger: Heute ist der große Tag, nicht wahr? Ich werde also im Otto-Dix-Haus erwartet?«

Sito lachte. »Ja, meine Schöne, wirst du. Wir können uns zum Mittagessen treffen, wenn du magst.«

»Geht nicht«, Miriam lachte, »schon vergessen? Heute Mittag treffe ich diese Christine Fané.« Sie zwinkerte. »Zufällig eine Kommissarin. – Ehrlich gesagt finde ich, dass der Wolf sehr gut in dieses Szenario passt.«

Miriams Gedankensprünge gefielen Sito. Fehlt nur noch Rotkäppchen, dachte er.

»Also, dann komme ich heute Nachmittag ins Otto-Dix-Haus, einverstanden? Da soll es ein Café geben, und ich will euch ein wenig zuschauen. Obwohl, ihr seid bestimmt draußen, das Wetter soll besser werden.«

»Tatsächlich?«, wunderte sich Miriam und sah zum Fenster hinaus auf die dicken Flocken.

Sito hielt die Zeitung in die Höhe und grinste. »Das Blatt wird es wissen. Um elf Uhr geht die Sonne auf. Wirst sehen.«

✳✳✳

Marc Busch betrat schon früh am Morgen des 30. Dezember das Präsidium am Benediktinerplatz. In der Hand hatte er eine Zeitung, die ihm sein Freund bei einem schnellen Kaffee vor die Nase gehalten hatte. »Jetzt ist es schon passiert«, hatte er gesagt und mit der Hand auf den Tisch geklopft. »So ein Mist«, hatte er noch angefügt. Nein, niemand freute sich, wenn die Polizei Ärger am Hals hatte, wobei der Artikel ganz sachlich nur das verkündete, was derzeit diskutiert wurde, es war keine Explosion, und kleinere Erdstöße mussten sie ja im Grunde immer hinnehmen. Dafür waren sie auch da: die Sorgen und den Ärger der Bürger abzufedern, als Sündenbock zu dienen, mal als zu hart zu gelten, dann wieder zu wenig durchzugreifen, nie etwas richtig zu machen. Dennoch blieb Paul Sito natürlich ein Sonderfall, ein Streitfall.

Auf uns soll man doch vertrauen, Herrgott noch mal, ärgerte sich Busch und schleuderte seine Umhängetasche auf das alte Sofa in seinem Büro. Auf seinem Schreibtisch lagen Notizen von der Nachtwache. Spät am Abend war auch noch ein Bericht von der Gerichtsmedizin eingetroffen, und ein paar Unterlagen, die Busch angefordert hatte wegen des Wolfes, mischten sich da auch in den Turm. Er seufzte, ließ sich in seinen Stuhl fallen und dachte an den Jahreswechsel, den er in diesem Jahr zum ersten Mal seit Langem nicht allein verbringen würde.

»Marc? Träumst du?«

Busch schreckte hoch. »Ach, Roman, gut, dass du kommst.« Er richtete sich auf. »Wo ist Paul? Die Zeitung war mal wieder schneller. Schon gesehen? Und die Tierschützer machen mobil. Die Jäger wollen ein Abschussrecht und –«

»Aber es schneit wie verrückt draußen. Da wird doch wohl keiner –«, begann Enzig.

Busch winkte ab. »Der Schnee treibt den Wolf aus dem Wald. Wenn er überhaupt noch hier ist, aber gestern ist er schon wieder gesichtet worden. Sogar in der Nähe der Häuser. Beim Hesse-Haus nämlich. Und er ist weiß.«

»Dort, wo der Mord geschehen ist?«

»Ja, seltsam, oder?« Busch schnaufte. »Ein Wolf, ein Mord und kein Sito.«

»Ich telefonier gleich mit allen, okay? Paul hat sich gemeldet, heute Nacht per SMS, hatte mich nur vergessen gestern.« Enzig lächelte schief. »Mit Samuel Parson telefoniere ich dann auch noch, mal sehen, was er über die Tote hat, und diesen Wint in Gaienhofen rufe ich ebenfalls an. Was meinst du mit ›er ist weiß‹?«

»Parson kannst du dir sparen. Er war mal wieder länger in der Gerichtsmedizin. Der Wolf ist weiß. Wie Sitos Schäferhund. Vielleicht gibt es gar keinen Wolf.« Marc lachte. »Vielleicht haben die Leute einfach einen weißen Schäferhund gesehen.« Er machte eine Pause und grinste Enzig an. »Wahrscheinlich sogar Sitos Zeus. Göttliche Komödien. Sorry, Roman, ich bin albern und hab schlecht geschlafen. Zurück zu Parson. Er ist schon fertig.«

»So?«

Busch schwenkte das Fax. »Ja, er hat gestern um«, er suchte nach der Sendungszeit auf dem Zettel, »ha, gestern um dreiundzwanzig Uhr dreiundzwanzig noch das Fax geschickt. Vermutlich kann er zu Hause auch nicht schlafen.« Busch grinste. »So ein Baby hält eben wach.«

Enzig nickte nur und nahm das Fax an sich. »Also, dann melde ich mich aus Gaienhofen wieder.«

»Und ich treffe mich mit den Jägern«, erklärte Busch. »Na toll!«

∗∗∗

Mit einer Brötchentüte machte Wint sich auf den Weg zu seinem Auto. Er musste es kurz suchen, über Nacht hatte sich wieder Schnee über die parkenden Fahrzeuge vor dem Haus gelegt, und die Heimfahrt nachts aus dem Präsidium konnte man schon fast dem Schlafwandeln zuschreiben. Dass er beim Lesen eingeschlafen war und Fané ihn tatsächlich einfach hatte sitzen lassen, ärgerte ihn. Er war gegen drei Uhr morgens aufgewacht, der Nacken steif und das Kreuz völlig verzogen von der schlechten Haltung. Die Nachtwache hatte ihm einen zwinkernden Blick zugeworfen, die Heizung habe man extra laufen lassen, bla, bla. Von wegen. Ihm war eiskalt wegen der Nachtabsenkung. Sein Handy klingelte, schon beim Anblick des Namens »Fané« auf dem Display fühlte er einen Druck im Kopf. Fünf Minuten später parkte er vor ihrem Haus und ließ sie einsteigen.

»Guten Morgen, tut mir leid. Mein Auto springt nicht an. Danke, dass Sie mich mitnehmen.« Sie schnallte sich an, dann sah sie ihm ins Gesicht. »Was ist? Sie schauen als … oh, wegen gestern Abend. Nun, nicht weiter schlimm, das muss Ihnen nicht peinlich sein.« Sie zwinkerte.

Er konnte das nicht gesagte »in Ihrem Alter« in ihrem Gesicht sehen. »Grundsätzlich schätze ich Reibung sehr, aber übertreiben Sie es nicht, Fané.«

»Gewiss nicht, ich schätze Kollegialität auf Augenhöhe, keine Sorge.«

»Sagen Sie mal, Fané, haben Sie diesen Sito eigentlich angerufen gestern?«, fragte Wint unvermittelt.

Fané klappte den Autospiegel herunter und richtete ihre Frisur. Grundlos, dachte Wint noch, da wurde ihm bewusst, dass vor allem ihre souveräne Nonchalance ihn immer wieder aufregte. Er war kein Aussteiger, wie er es hatte sein wollen, vielmehr sah er sich selbst inzwischen als einen Absteiger. Das musste er unbedingt abstellen.

»Aber sicher«, sagte sie mitten in seine Gedanken hinein. »Ich hab ihn aber nicht erreicht«, erklärte sie. »Er sei derzeit verreist.«

»Aha«, erwiderte Wint, »und wann er wieder erreichbar ist, konnte man Ihnen nicht sagen?«

»Nein, es klang mir nach einer Ausrede, um ehrlich zu sein.«

»Merkwürdig«, murmelte Wint.

»Fand ich auch. Ich hab nachts noch recherchiert. Ganz schön viel Wirbel in den letzten Jahren um ihn.«

»Kann man so sagen. Dabei sieht er auf allen Fotos noch relativ jung aus.«

»Was hat das damit zu tun?«, fragte Fané.

Wint fragte sich selbst, weshalb er das gerade gesagt hatte. Eigentlich hatte er damit lediglich zum Ausdruck bringen wollen, dass auch er recherchiert hatte.

»Ach so, Sie meinen, bei jemandem in Ihrem Alter kann sich mehr Ärger ansammeln?«

Er rieb sich das Kinn, sagte aber nichts.

Fané nickte und atmete dabei hörbar aus. »Gut, genug gestichelt. Ich erkläre Ihre zeitweise herablassende Art für abgegolten. Ab jetzt können wir also – auf Augenhöhe – an dem Fall arbeiten. Einverstanden?«

Sie standen gerade an einer Ampel, und Wint sah die entgegengestreckte Hand von Fané. Er nahm sie, nickte und brummte ein »Einverstanden«.

»Und was diesen Sito angeht: Ja, ich war auch überrascht«, gab Fané zu. »Vor allem hatte ich den Eindruck, dass die Ermittlungen immer wieder im Sande verliefen. Weshalb? Können Sie das verstehen?«

Die Antwort blieb Wint schuldig und sah stattdessen zum Himmel. »Die nächste Schneefront oder Eisfront oder wie auch immer. Bin gespannt, ob die Konstanzer es heute schaffen herzukommen.«

»Dann warten wir einfach ab, was die dazu sagen? Und wenn er doch selbst kommt?«

»Und seinen Urlaub abbricht? Glaub ich nicht, falls doch, dann warten wir ab, was er dazu sagen wird, ganz einfach, Fané. Wissen Sie, manchmal lohnt es nicht, sich den Kopf im Vorfeld zu zerbrechen.«

Wie auf Knopfdruck fielen die ersten dicken Schneeflocken auf die Windschutzscheibe. »Na bitte«, sagte Wint. »Schon haben wir den Salat.« Als sie an der Pension Rosa vorbeikamen, bremste er scharf, und Fané griff nach der Halterung am Türrahmen. »Sind Sie irre?«, rief sie.

»Entschuldigung«, sagte Wint, »mir ist gerade etwas eingefallen. Ich muss kurz zu der Wirtin.«

»Was? Jetzt?« Fané rückte sich in ihrem Sitz zurecht. »Ich warte, aber machen Sie schnell. Es ist kalt.«

Wint betrat die Pension. Drinnen war es warm und roch nach den Vorbereitungen für das Mittagessen. Im letzten Jahr hatte er schon den Silvesterabend hier verbracht, und auch in diesem Jahr hatte die Wirtin Rosa Eckert ihn gefragt, ob er nicht wieder bei ihnen feiern wollte. Er hätte ihr schon vor Tagen zusagen sollen, doch dies einfach vergessen. Gerade als sie vorbeigefahren waren, hatte er sich wieder daran erinnert.

Es waren um diese Jahreszeit nur wenige Gäste in dem Ort, entsprechend leer war auch das Restaurant. Nur zwei ältere Damen saßen dort und frühstückten. Er trat an die Theke, wo noch ein anderer Mann stand. Wint lächelte ihm freundlich zu, dann versuchte er einen Blick in die Küche zu erhaschen, um nach Rosa Ausschau zu halten.

»Sie kommt gleich«, mischte sich der andere ein, ohne Wint anzusehen.

Wint sah flüchtig zur Seite, stutzte. »Aber«, begann er, sein Puls beschleunigte sich. »Entschuldigen Sie«, Wint trat einen Schritt auf den anderen zu, »sind Sie nicht Kommissar Sito?«

Der Mann gab keine Antwort, stattdessen holte er tief und hörbar Luft. Schließlich sah er ihm in die Augen, und sein Blick verriet Wint, dass er recht hatte.

»Was wollen Sie?«, fragte Sito.

Wint kratzte sich am Kopf und lächelte. Er streckte ihm die Hand entgegen. »Nun, ich bin einfach überrascht, dass Sie schon da sind. Das ging ja schnell. Freut mich, ich bin Kommissar Wint«, stellte er sich vor.

Sito entgegnete zwar den Händedruck, seine Haltung aber blieb abweisend. »Wie meinen Sie das?«, fragte er.

»Was? Also, ich …« Wint spürte Sitos Ablehnung. »Na ja, gut, dass Sie schon da sind, meinte ich. Dann könnten wir –«

»Die Zeitung hat ja ganze Arbeit geleistet. Bin ich jetzt schon interessant für die hiesige Polizei?«, fragte Sito.

Wint verlor sein Lächeln. »Ich weiß nicht, wovon Sie reden. Welche Zeitung? Und wie können Sie denn schon hier sein? Ich dachte, Sie sind –«

»Ich hätte gern meine Ruhe. Ich bin offiziell im Urlaub. Das können Sie sich vom Präsidium in Konstanz bestätigen lassen.« Sito drehte sich um und ließ Wint einfach stehen.

»Das gibt's doch nicht.«

»Ach, hallo, dass du noch den Weg zu mir findest?« Rosa stand plötzlich neben Wint.

»Was ist denn mit dir?«, fragte sie und folgte seinem Blick. Da Sito schon weg war und Wint folglich ins Leere starrte, zupfte sie an seinem Ärmel. »Hey, Heinrich, hast du einen Geist gesehen?«

»Irgendwie könnte man das wohl so sagen«, erklärte er, »guten Morgen übrigens.«

»Also, verrätst du mir nun, welchen Geist? Nur damit ich vorbereitet bin«, scherzte Rosa.

»Kommissar Paul Sito ist zu Gast bei dir?«, fragte Wint.

»Ja, ist er, Heinrich. Wieso interessiert dich das?«

»Wann ist er denn angekommen? Heute Morgen? Oder schon gestern?«

Rosa sah Wint verwirrt an. »Du machst ein Gesicht, als hätte er etwas ausgefressen. Dabei sind er und seine Freundin sehr angenehme Gäste, und außerdem ist er auf meine Einladung hin hergekommen.« Rosa räumte zwei Gläser von der Theke. »Übrigens schon in der Nacht vom 28. auf den 29. Dezember, falls das irgendwie von Bedeutung ist. Er braucht ein wenig Abstand, ich habe ihn eingeladen, und er ist gekommen. Wär schön, wenn er hier seine Ruhe hätte.«

»Am 28. Dezember?«, wiederholte Wint. »Aber das ist doch nicht möglich«, murmelte er im Gehen.

»Hey, was ist denn nun mit morgen Abend?«, rief Rosa ihm nach.

»Ich komme«, sagte er, ohne sich noch einmal umzudrehen. Draußen schlug ihm der Schnee ins Gesicht, und er beeilte sich, zum Auto zu kommen. Fané erwartete ihn bereits vor dem Auto. »Ich wollte grad nachsehen, ob Sie sich gemütlich zum Frühstück gesetzt haben.«

Kaum saßen sie beide im Wagen, fragte er: »Wann haben Sie versucht, Sito zu erreichen?«

»Bitte? Ich hab mir gerade die Beine abgefroren.«

»Hören Sie, es tut mir leid, dass ich Sie so lange hier habe sitzen lassen. Aber Sie werden nicht glauben, was gerade passiert ist. Also, es ist wirklich wichtig. Wann haben Sie bei Sito angerufen?«

Fané schüttelte verständnislos den Kopf. »Das hatten wir doch gerade. Gestern. Am 29. Dezember also, weil ja heut der 30. ist, oder irre ich mich?«

Wint bemerkte wieder diesen Spürsinn, der an ihm nagte und irgendwie aus diesem Verlies wollte, in das er gesperrt worden war. »Weil er schon seit dem Achtundzwanzigsten hier ist«, sagte er. »Angeblich im Urlaub. Angeblich offiziell.«

»Ach was.« Fané sah ihn an. »So ein Zufall«, stellte sie fest.

Wint griff nach Fanés Arm. »Hören Sie«, sagte er, »Zufall hin oder her. Wir haben hier einen Mordfall und ein merkwürdiges Gefühl, nicht wahr?«

Sie nickte.

»Gut, dann sind wir uns einig.«

✳✳✳

Sito war nicht unglücklich über ein paar Stunden allein. Er hatte Miriam nach Hemmenhofen zum Haus von Otto Dix gebracht, der hier seine Ruhe gefunden hatte. Schon in den wenigen Minuten seiner Anwesenheit, während er Corinna Liska begrüßte und Miriam verabschiedete, spürte er die besondere Atmosphäre des Hauses.

Corinna Liska war Künstlerin und außerdem Dozentin an jener Kunstakademie, für die Miriam einst ein Stipendium erhalten hatte. Sie hatte Miriams Ausstellung im vorletzten Jahr besucht, da hatte er sie bereits kennengelernt. Dann war sie bei einer Kunstaktion in der Innenstadt von Konstanz dabei gewesen, als Miriam in einer Unterführung live bei »Art under traffic« gemalt hatte, mit zahlreichen anderen Künstlern zwar, aber erneut war Miriam aufgefallen. Sito hatte mit Liska telefoniert und erfahren, dass sie in der Gegend war, um zu malen. »Der Bodensee im Winter«, so lautete Liskas aktuelles Thema für eine neue Bilderreihe. Sie liebte das Morbide, den heraufziehenden Nebel über dem See, der dort hing wie eine abgestürzte Wolke, die Baumgerippe, die die Allee rüber zur Reichenau säumten, das leer gefegte Seeufer, das changierende Grau des Sees, wenn er den Wind sammelte und in seine Wellen verschluckte. Liska war nach wie vor sehr angetan von Miriams Können und sofort bereit zu einem Tag gemeinsamer Arbeit.

Mittlerweile war Sito eine Stunde mit Zeus spazieren gewesen und erreichte gerade wieder den Untersee. Dort allerdings war er nicht allein: Eine alte Frau saß einsam auf einer Bank. Sito setzte sich dazu und folgte ihrem Blick auf den See hinaus, hinüber nach Berlingen, wie er vermutete, oder vielleicht auch einfach nur ins Leere.

»Schön so ohne Touristen, nicht wahr?«, sagte er.

Sie lächelte. »Ach, wissen Sie, hier ist nie richtig viel los.«

»Nein?« Sito sah sie verwundert an. »Ich dachte, im Sommer tobt hier der Wolf.«

»Der Wolf?« Sie lachte. »Oh, der Wolf, der schmuggelt sich nicht nur zurück in unsere Wälder, sondern gleich auch in die Redewendungen.«

Sito stutzte, dann musste auch er lachen. »Ja, scheint so. Ich meinte natürlich den Bär, hier tanzt im Sommer doch bestimmt der Bär.«

»Ach, wissen Sie, weder tanzt der Bär noch steppt er noch tobt irgendjemand. Die Höri kann aus ihrem Schattendasein gegenüber Konstanz, Radolfzell und Stein am Rhein nicht heraustreten. Radler, ja, die kommen zuhauf, aber die sausen nur durch. Aber ich bin ganz froh, in Konstanz etwa tät ich es gar nicht mehr aushalten.«

Sito nickte. »Ich weiß genau, was Sie meinen. Viel zu viele Menschen auf viel zu wenig Raum.«

»Und jetzt eine Tote und ein Wolf und viel Zeit, darüber nachzudenken zwischen den Jahren. Das ist nicht gut.«

Bevor Sito nachfragen konnte, was sie meinte und was es mit diesem Todesfall auf sich habe, da er ihn nun schon das zweite Mal einholte, stand die Frau auf und legte ihre kalte Hand auf seinen Arm. »Ach, aber Sie sind ja nur zu Besuch, sonst würde ich Sie kennen. Vielleicht sollten Sie abreisen.«

Sie sah nach oben zum Himmel. »Hier braut sich einiges zusammen.«

Sito sah ihr nach, bis sich ihr grauer Mantel mit dem Weiß des Schnees vereinigte, ihre unheilvollen Worte noch im Ohr. Sie vermischten sich schleichend mit Miriams Gedanken, dass der Wolf gut in dieses Szenario passen würde. Plötzlich überfiel ihn ein Schauder, als wäre es auf einen Schlag noch kälter geworden. Den Mantelkragen hochschlagend erhob er sich rasch, pfiff nach Zeus, der sofort angerannt kam, und machte sich auf den Weg zum Hesse-Museum, von dem Miriam gestern so geschwärmt hatte. Abstand, Leichtigkeit, dachte er. Vielleicht konnte man oben auf dem Radweg bis nach Horn laufen, die Kirche dort sollte so schön sein, vor allem der Aussicht auf den See wegen. Ja, das war ein guter Plan.

Die Tote indessen ließ sich nicht so einfach abschütteln. Im Eingangsbereich zum Hesse-Museum unterhielten sich zwei Frauen über den mysteriösen Todesfall, als Sito gerade eintrat. Was hatte dieser Wint vorhin gesagt? Er hatte sich gewundert, dass Sito schon da war. Auch jener merkwürdige Anruf von einer ihm unbekannten Frau am Tag vor der Abreise in seinem Haus fiel ihm wieder ein.

Kurzerhand entschied sich Sito gegen den Besuch des Museums. Den Ruf der Kassiererin – »Hunde dürfen S' fei nicht mit reinnehmen« – im Rücken trat er hinaus und überlegte. Er sollte dringend ein paar Anrufe tätigen und Recherchen anstellen. Die Frau, die ihn angerufen hatte, deren Namen ihm aber beim besten Willen nicht mehr einfallen wollte, sie hatte ihn um ein Treffen gebeten, sie sei gerade am Bodensee, in … Er stockte, schlug sich mit der Hand gegen die Stirn. Das konnte unmöglich wahr sein.

Irgendwo in weiter Ferne meinte er ein Heulen zu hören.

※※※

Enzig wählte die Nummer, die vor ihm auf dem Schreibtisch lag, neben einer Tasse Kaffee.

»Fané.«

Enzig räusperte sich. »Hallo. Roman Enzig von der Mordkommission Konstanz. Sie haben bei uns angerufen gestern. Leider war kein Durchkommen.«

»Ja, richtig. Aber das hat sich erledigt. Ich wollte Sie deswegen auch schon anrufen. Jetzt waren Sie schneller.«

Enzig stutzte, merkte aber, dass diese Fané schon wieder auflegen wollte. Im Hintergrund konnte er Stimmen hören, daher beeilte er sich und hakte nach. »Moment, Moment. Sie sagten doch, Sie hätten einen Mordfall, und Dr. Parson von der Rechtsmedizinischen Abteilung in Singen hat uns auch schon … Eigentlich wollte ich gerade ankündigen, dass ich unterwegs bin«, erklärte Enzig.

»Ach, das ist schon richtig«, sagte Fané.

»Aber?«

»Na ja, es ist doch bereits jemand vor Ort«, erklärte Fané. »Wissen Sie das nicht?«

Enzig verstand überhaupt nichts mehr. »Aber –«, begann er, dann wurde er von Fané unterbrochen.

»Entschuldigen Sie, ich muss wieder an die Arbeit.«

Enzig wählte erneut Sitos Handynummer, erreichte jedoch zum wiederholten Male nur die Mailbox. »Paul, wo zum Teufel steckst du?«

Draußen schneite es wieder stärker. Was nun? Sollte er sich auch auf den Weg machen? Mürrisch blickte er auf die leere Keksdose, dann auf das Gutachten von Samuel Parson. Schließlich fiel sein Blick auf den Kalender. Der 30. Dezember, morgen schon würde auch dieses Jahr vorbei sein.

War Sito bereits in Gaienhofen, um bei dem Mordfall zu helfen? Aber wie und weshalb hatten die ihn offenbar erreicht, aber er nicht? Das war doch absurd! Enzig merkte beim Denken, dass er schon wieder wütend war auf Sito – konnte nie etwas ganz normal laufen? Konnte Sito nicht einfach sagen: Du, hör mal, ich bin dort und dort im Urlaub, aber …? Nein, konnte er nicht. Ständig musste er sich mit irgendeinem Geheimnis umgeben. Für einen Moment sah Enzig auf sein

Smartphone, überlegte, Sito einfach noch einmal anzurufen und ihn zur Rede zu stellen, aber dann dachte er, dass das nicht notwendig war, fand es sogar ein wenig kindisch. Er schaltete sein Smartphone aus, öffnete stattdessen seinen Laptop und begann mit der Überarbeitung einiger liegen gebliebener Gutachten. Für den unwahrscheinlichen Fall, dass er gebraucht würde, konnte Sito sich ebenso gut an das Präsidium wenden.

## Wölfe

*30. Dezember, nachmittags*

Wenn man ganz tief in einen anderen Menschen eintaucht, in seine Geschichte, in seine Gedanken, dann verliert man sich selbst irgendwann, ist nur noch im anderen, glaubt, nur noch im anderen existieren zu können. Anton Hubers Vater war es so ergangen. Nie hatte er die Hesse-Biografie fertig geschrieben, im Grunde hatte er immer weniger geschrieben, seinen Lehrstuhl an der Uni Konstanz völlig vernachlässigt, sich immer öfter zurückgezogen in die kleine Kammer im Dachgeschoss des Bauernhauses. Mutters Gesicht war schneller älter geworden in dieser Zeit als das Gesicht anderer Menschen, die Anton im Dorf sah. Die Kinder hatten schon gekichert, wenn er am Sonntag mit seinen Eltern in die Kirche gegangen war und der Vater in aller Öffentlichkeit in Hesse-Versen geredet hatte. Anfangs, ja, da hatten alle gelächelt, aber dann war aus dem Lächeln Befremdung geworden. Sie hatten ihn angesehen, dann der Mutter und Anton einen mitleidigen Blick geschenkt. Sie hatten angefangen, ihm auszuweichen. Sosehr sie alle Hesse schätzten, hier in Gaienhofen, das ging zu weit.

Das stimmte. Anton strich über die Bücher auf dem alten Schreibtisch. Der Vater hatte ihn selbstverständlich jenem Schreibtisch nachempfunden, an dem die Werke des Dichters entstanden waren und der nun im Hesse-Museum stand. Ach, was würde der Vater sich freuen auf den kommenden Sommer: ein internationales Hesse-Kolloquium, hier in Gaienhofen. Davon hatte er gewiss immer geträumt. Alle würden ihm zuhören, wenn er aus der Biografie vorlesen würde, die dann natürlich fertig auf dem Tisch, *diesem* Schreibtisch hier, liegen würde. Anton hatte ihn einfach stehen lassen in der Kammer unterm Dach. Für den Fall, dass der Vater wiederkommen würde. Nein, eigentlich nicht für diesen Fall, denn der See würde ihn nicht mehr hergeben. Mindestens fünfundneunzig Tote vermutete die Polizei im Bodensee, teilweise seien die Leute schon seit 1947 vermisst, hieß es in dem Artikel. Ja, dachte Anton, einer davon war sein Vater.

Wasser im Kopf.

So viel Wasser, das blubbert und fließt und ihn nicht denken lässt …

Hat Hesse auch über den See geschrieben? Über das Wasser, das irgendwann in jede Körperöffnung dringt, wenn man unter Wasser …

Ja, fiel ihm ein, und er sah sich suchend auf dem Schreibtisch nach einem Gedichtband um.

»Bläulich dämmert am Hügel hinab zum See
Matten Schimmers im Schmelzen der weiche Schnee,
In den Nebeln gestaltlos wie bleiche Träume
Schwimmen vielästige Kronen erstorbener Bäume.«

Der See und der Tod. Der Nebel und die kahlen Bäume. Der See ist schön im Sommer, dachte Anton und erinnerte sich an die vielen Kinder, die immer am Ufer planschten. Doch so schön der Sommer, so traurig und morbide war der Winter.

Wasser im Kopf – gefriert das eigentlich im Winter? Konnte Hesse jetzt Schlittschuh laufen in seinem Kopf? Anton Huber legte den Gedichtband zurück und verließ die Kammer seines Vaters.

\* \* \*

Miriam saß in dem Café vom Vortag und wartete. Sie war ganz aufgedreht. Der Vormittag im Haus von Otto Dix mit Corinna Liska war von solch einer Wucht über sie hereingeströmt, dass sie sich noch ganz atemlos fühlte. Zwar hatte sie dort auch durch Zufall von der ermordeten Studentin gehört und sich schon im Stillen gefragt, weshalb sich Mordfälle immer in ihrem unmittelbarem Umfeld ereignen mussten, dies aber schnell wieder verdrängt. Vor ihr lag ihr Skizzenblock. Sie hatte die Hände darauf wie auf einem Schatz und konnte kaum erwarten, jemandem davon zu erzählen. Am liebsten Sito, aber der war mit Zeus unterwegs, weil es mal nicht schneite und die beiden eine größere Tour machten und – Miriam hatte sofort diesen Verdacht gehegt – auf der Suche nach dem Wolf waren. So wie sie Sito kannte, wollte er ihm mitteilen, dass er sich schleunigst ein neues Gebiet suchen sollte, zu seinem eigenen Schutz. Miriam musste lächeln. Ja, es war Sito zuzutrauen, dass er mitten im Wald einfach in die Stille hinein seinen ausdrücklichen Rat an diesen ominösen Wolf rief. Sie hoffte, er würde auf Gehör stoßen. Einen erschossenen Wolf brauchte die Welt wahrlich nicht mehr.

Ein plötzliches Klopfen an die Scheibe ließ Miriam aufschrecken aus ihren Gedanken um Sito und diesen anderen einsamen Wolf. Sie blickte auf und erkannte Christine Fané, die ihr zuwinkte. Miriam lachte und bedeutete ihr, hereinzukommen. Fané schritt durch das Café und zog dabei Mantel und Schal aus.

Miriam stand auf und trat ihr einen Schritt entgegen. »Hi, wie schön, es klappt.«

Fané nickte. »So ein Zufall, ich versuche immer, diesen Tisch zu bekommen, wenn ich hier mittags was esse«, erklärte sie lachend.

»Und mit dem Klopfen wolltest du mich vertreiben?«, scherzte Miriam.

»Mitnichten, ich freu mich, dass du noch da bist, obwohl ich mich verspätet habe.«

»Na, dann nimm Platz«, bot Miriam an, setzte sich ebenfalls wieder und legte ihr Skizzenbuch zur Seite. »Was machst du eigentlich morgen Abend? Fährst du nach Konstanz rein? Ich meine, hier wird nicht allzu viel los sein. Früher war ich ein paarmal im Deli an Silvester tanzen, das war immer ganz schön.«

Christine Fané wiegte den Kopf. Sie grinste verlegen und zuckte mit den Schultern.

Miriam stutzte. »Du hast nichts vor?«, fragte sie. »Silvestermuffel oder unentschlossen?«

»Wahrscheinlich beides.« Fané sah sich um und hielt übertrieben die Hand an den Mund, als müsse sie ein Geheimnis schützen. »Um ehrlich zu sein, ich bin allein. Ich bin hier absolut gestrandet auf dieser Insel. Keine Ahnung, was man allein an Silvester macht.«

Miriam überlegte kurz. »Und was, wenn wir uns zusammentun?«

»Ich weiß nicht«, zögerte Fané, »du feierst doch mit deinem Freund? Störe ich da nicht eher?«

Miriam lachte. »Nein, sicher nicht, sonst würde ich es ja nicht anbieten. Paul ist wirklich umgänglich und Zeus auch.«

»Zeus?«

»Unser Hund.«

»Aha. Und du willst ihn sicher nicht erst noch fragen?«

»Den Hund?« Miriam lachte. »Nein, Quatsch, ich muss Paul nicht fragen. Er überlässt die Planung mit Freuden mir, und außerdem seid ihr ja beide aus derselben Branche. Das wird sicher spannend.«

»Aus derselben Branche? Wie heißt dein Freund noch mal?«

»Sito«, gab Miriam zur Antwort. »Paul Sito. Er ist von der Mordkommission Konstanz.«

»Ernsthaft?« Christine Fané ließ sich in ihren Stuhl zurückfallen.

»Oh.« Miriam nickte. »Du hast natürlich schon von ihm gehört, klar. Na ja, feierst du trotzdem mit uns? Wir sind in der Pension Rosa, und dort gibt es ein Abendessen und freie Sicht über den See bis nach Konstanz rüber. Hoffentlich haben wir gute Sicht, dann wird das bestimmt ganz wunderschön. Ach ja, einen Kamin gibt es dort auch und einen guten Rotwein am offenen Feuer, und ich bin auch dabei.« Miriam machte eine einladende Geste und lachte. »Wie viele gute Gründe brauchst du noch, um Silvester nicht allein zu verbringen?«

Fané nickte. »Klingt wunderbar. Wirklich, absolut wunderbar.«

✳✳✳

Wint sah auf seine Notizen vor sich. Parallel zum Manuskript hatte er auch im Tagebuch dieser Jana Smetlin gelesen, er wusste selbst nicht, weshalb er sich das antat, auch nicht, weshalb ihn plötzlich so eine innere Unruhe gepackt hatte, auf jeden Fall war sein Ehrgeiz zurück. Vielleicht auch wegen dieser Christine Fané, wegen ihrer Jugend, die sie ihm ständig vor Augen führte. Jetzt schlug er sich eben seine Nächte mit Lesen um die Ohren statt mit Trinken und Rauchen. Warum nicht?

Das Ganze allerdings schien nicht so recht zusammenzupassen. Das Manuskript hatte eine klare, sehr strukturierte Sprache. Die Autorin wusste genau, worüber sie schrieb. Satz für Satz trieb sie die Hauptfigur ihrem Ende entgegen, auch musste sie außerordentlich gut recherchiert haben, denn die komplexe juristische Seite des Falls war eindrucksvoll ausgelotet. Das Tagebuch indessen war das ganze Gegenteil. Sie fühlte sich verfolgt, war geradezu besessen von einem Menschen, über den es in der ganzen Wohnung keinen einzigen Anhaltspunkt gegeben hatte.

Wint kannte von seiner Zusammenarbeit mit Profilern den Begriff der »doppelten Buchführung«, er wusste, dass Menschen durchaus eine psychopathologische als auch eine gesunde Seite in sich ausbilden und am Leben halten konnten. Das Schreiben war sicher ein Teil dieser Selbsterhaltungsmaßnahmen gewesen. Wie Inseln wirkten darin jene verträumtromantischen Passagen über Smetlins Spaziergänge durch Konstanz, Radolfzell oder auch Gaienhofen. Sie schrieb von der Fähre zwischen Konstanz und Meersburg, von der Aussicht vom Bismarckturm oder dem Wasserturm Horn. Sie war in St. Georg auf der Reichenau gewesen und hatte die Fresken, die zum UNESCO-Weltkulturerbe gehörten, so verlockend beschrieben, dass sogar Wint Lust bekommen hatte, sie sich einmal anzusehen, und das, obwohl er eigentlich gar nichts für Kirchen übrig hatte. Mit ebensolcher Begeisterung hatte er Smetlins Beschreibung der Kapelle St. Mauritius gelesen. Schon oft war Wint daran vorbeigekommen, doch nie hatte er sie wirklich wahrgenommen. Aus dem 14. Jahrhundert, hatte er gedacht, unfassbar. Wie das Dominikanerinnenkloster in Konstanz, das heutige Inselhotel.

Wint blätterte in seinen Unterlagen, die er im Laufe des Vormittags gemeinsam mit Fané erstellt hatte. Das Gebäude gehörte einer Stiftung, die zweimal im Jahr ein Stipendium für junge Schriftsteller, Komponisten sowie für Maler und Bildhauer und einmal jährlich auch für Übersetzer ausschrieb, die dann mit einem geringfügigen Taschengeld bestückt einige Monate ungestört ihrem Schaffen nachgehen konnten. Sitz der Organisation war Bremen. Die Künste sollten sich gegenseitig beflügeln. Wint erinnerte sich daran, dass Fané diesen Zeitungsartikel erwähnt hatte. Da hatten die Künstler sich im Rathaus vorgestellt und ihre Arbeiten präsentiert oder so ähnlich. Er musste sie noch einmal deswegen fragen.

Jana Smetlin hatte auf jeden Fall eines dieser begehrten Stipendien ergattert und daraufhin im September das Haus bezogen. Kurz nach ihrer Ankunft musste sie ihre Aufzeichnungen über die Region begonnen haben. Eines der ersten Schriftstücke war demnach ihr Bericht über die Abendrundfahrt mit italienischem Büfett von Gaienhofen über den Untersee, denn die fand nur im September statt.

Herrje, dachte Wint beim Lesen, ersoffene Romantik für Touristen. Anfangs hatten noch die anderen Künstler in dem Haus gewohnt. Fané wollte sich darum kümmern, was aber gewiss nicht leicht war um diese Jahreszeit. Ein denkbar schlechter Zeitpunkt für Recherchen in Ämtern, gleichwohl unerlässlich, wurde die Bedeutung der anderen im Haus für Jana in ihrem Tagebuch doch immer zentraler.

Wint stand auf, trat ans Fenster in der Hoffnung, dort ein freundlicheres Bild zu sehen, als ihm sein Kopf gerade suggerierte. Doch ihn erwartete nichts als Schneetreiben. Ein

Stöhnen machte sich in ihm breit, versuchte den Ehrgeiz zu übertrumpfen. Dieses Manuskript mit den vermeintlich deutlichen Hinweisen auf Sito – was sollte Wint damit anfangen? Er war in dieser entlegenen Gegend, gerade als ein Mord geschehen war, im Urlaub. Wint schnaubte hörbar aus. Ja klar, wieso bitte sollte ein Kommissar aus Konstanz in Gaienhofen Urlaub machen? Das war ganz und gar nicht glaubwürdig. Obwohl: Was machte er als LKA-Beamter in Gaienhofen? Urlaub, hatte er gedacht, bezahlten Urlaub, aber der war jetzt vorbei, definitiv, vor allem wenn an der Sache etwas dran war. So ein Kreuz aber auch.

Wint hatte sich per Fax Unterlagen zu dem Kunstverein schicken lassen, der in Kooperation mit der Akademie am Bodensee für zeitgenössische Kunst, der ehemaligen Kunstfabrik, und dem Hesse-Museum die Stipendien bundesweit vergab. Außerdem hatte er mit einer der Verantwortlichen von der Stiftung, Frau Angela Müller-Olenhusen, telefoniert. Das dreimonatige Stipendium von Frau Smetlin war bereits vor einem Monat ausgelaufen. Die Tatsache, dass Frau Smetlin sich über den geförderten Zeitpunkt hinaus noch in dem Haus aufgehalten habe, sei nur auf die durch übergeordnete Mächte hervorgerufene Unordnung innerhalb ihrer Stiftung zurückzuführen, da der Gründer der Stiftung, ein Herr Dr. Dr. Olenhusen, überraschend verstorben sei. Die Neuvergabe von Stipendien würde sich um weitere Monate verschieben, da zunächst die finanzielle Seite geklärt werden müsse, hatte Wint noch erfahren, bevor er sein Beileid gemurmelt und dann aufgelegt hatte.

Zurück blieb der Eindruck, dass man sich in der Stiftung anscheinend berechtigte Hoffnungen auf Erfolg seitens Jana Smetlin gemacht hatte, daher war er neugierig auf die Ausschreibungstexte, die Frau Müller-Olenhusen ihm versprochen hatte. In irgendeiner Weise musste die Stiftung ja einen Nutzen daraus ziehen, wenn einer ihrer Zöglinge reüssierte.

Wint hörte das Faxgerät anspringen. Das Rattern mischte sich in das lautlose Fallen der Schneeflocken. Ein Déjà-vu: Er, noch beim LKA, Schnee, ein Fax, eine Minute später wusste er, dass sein Partner ein Maulwurf war. Vielmehr meinte er es zu wissen. Aus und vorbei, keinen Fuß mehr hatte er in dieses Büro setzen wollen, alles war mit einem Schlag beschmutzt.

Mit den Blättern aus dem Faxgerät ging er zurück zu seinem Schreibtisch. Es klopfte, und Fané trat ein.

»Haben Sie etwas Neues?«, fragte sie ohne Umschweife.

Er hielt die Seiten hoch. »Das Fax mit der Ausschreibung für das Stipendium ist gekommen. Ich wollte es mir gerade ansehen, und vorhin hab ich mit dieser Frau Müller-Sonst-wie –«

»Olenhusen«, half Fané aus.

»Ja, richtig. Sie ist irgendwie merkwürdig. Außerdem scheint mir, dass Jana Smetlin schon während ihrer Zeit als Stipendiatin aufgefallen ist. Und die Adressen zu den anderen haben wir immer noch nicht. Die Dame scheint mir reichlich überfordert gerade, und ich bin genervt. Können Sie da vielleicht noch mal nachhaken?«

»Klar, mach ich. Sie war übrigens tatsächlich schwanger«, sagte Fané. »Dr. Parson hat heute Vormittag angerufen. Und es war tatsächlich ein Wolf, den wir gestern Morgen gesehen haben. Es ist jetzt offiziell.«

»Verdammt, das auch noch!«, brummte Wint.

»Was? Der Wolf oder die Schwangerschaft?«

»Hm?« Er fasste sich an den Kopf. »Ach, beides. Beides verheißt nichts Gutes. Beides weckt zu viele Emotionen. Eine Schwangere genauso wie ein Wolf.« Energisch drückte er sich gegen die Schläfen.

»Versteh schon, was Sie meinen. Die Presse lässt fragen, was wir vorhaben, um die Gemeinde zu schützen. – Kopfschmerzen?«, fragte Fané.

Er schloss kurz die Augen. »Schützen? Vor dem Wolf?«

»Oder dem Mörder.«

»Ja, ja, der Wolf und der Mörder – pah, da fällt wieder etwas zusammen, was nicht zusammengehört, und schon potenziert sich die Angst. Verrückt.« Er griff in die rechte Schreibtischschublade, die voll mit Tabletten war. Er war unkonzentriert, vielleicht auch mürrisch wegen des bevorstehenden Jahresausklangs, den man in der Regel mit Freunden und nicht allein in einer Bar verbrachte.

»Was um Himmels willen …?«

Wint zuckte zusammen. Er hatte nicht bemerkt, dass Fané an seinen Schreibtisch herangetreten war und nun unfreiwillig Zeugin des ungeheuren Medikamentenarsenals in seiner Schublade wurde.

»Sind Sie krank?«, fragte sie.

Er legte eine Hand auf ihre Schulter, bemüht, väterlich zu wirken. Dann tippte er sich mit dem Zeigefinger an die Stirn. »Der Kopf, es ist nur der Kopf. Migräne, aber ohne Befund, also bitte keine Sorgen machen.«

»Aber die nehmen Sie doch hoffentlich nicht alle gleichzeitig. Ich meine, so viele verschiedene Medikamente, da wird man doch …« Sie grinste verlegen und ließ ihren Zeigefinger neben dem Kopf kreisen.

»Natürlich nicht, ich probiere einfach, was mir hilft, das ist alles. Und«, er beugte sich zu ihr, »verrückt bin ich ja eh schon.«

Fané rückte ihren Rollkragen zurecht. »Entschuldigen Sie, das geht mich eigentlich gar nichts an. Ich hoffe, die wirkt jetzt«, sagte sie und deutete auf die Tablette, die sich Wint gerade in einem Glas Wasser auflöste.

»Mal sehen«, murmelte er.

»Gut. Ich habe nämlich ein kleines Attentat auf Sie vor.« Fané setzte sich, lehnte sich zurück, faltete die Hände und schlug ihre Beine übereinander. Die Absätze ihrer schwarzen Stiefel schlugen klappernd aneinander.

Wint schüttelte die Tablette in seinem Glas so lange hin und her, bis sie sich aufgelöst hatte, dann trank er das Glas auf einen Schluck leer. »Sie sehen aus, als hätten Sie gerade etwas gewonnen. Worum geht es?«, fragte er.

»Nun«, sie grinste und fuhr sich mit den gefalteten Händen über ihr Kinn, »sagen wir mal so, die Dinge fügen sich aufregend zusammen.«

»Fané, jetzt nehmen Sie mal Rücksicht auf mein Alter und meinen Kopf. Raus mit der Sprache.« Wint stützte sich auf seinen Schreibtisch und beugte sich vor, dabei hatte er das Gefühl, sein Kopf explodiere.

»Ich habe eine sehr nette Bekanntschaft gemacht. Miriam Kerler. Sie ist die Tochter des ehemaligen Polizeipräsidenten, Sie kennen ihn sicherlich. Sie ist aber auch«, Fané machte eine siegessichere Pause, und Wint ahnte, dass der Paukenschlag unmittelbar bevorstand, »sie ist auch die Lebensgefährtin von Paul Sito.«

Wint ließ sich in seinen Sessel fallen.

»Ja, ich war auch sprachlos. Ich bin eingeladen, mit den beiden Silvester zu feiern, und ich dachte mir, Sie begleiten mich.«

»Ich nehme an, wir feiern alle zusammen in Rosas Pension?«, fragte Wint.

»Gewiss. Sofern wir noch einen Platz bekommen. Miriam meldet sich noch deswegen …«

Wint hob abwehrend die Hand. »Das kann sie sich sparen. Wir haben auf jeden Fall Platz.«

»Wie kommen Sie darauf?«

»Na ja, heute Morgen bin ich doch schnell in die Pension gesprungen.«

»Ja und?«

»Ich war dort, um meinen Tisch für Silvester zu bestätigen.«

»Na wunderbar. Dann treffen wir dort zufällig aufeinander. Das ist ja noch viel besser. Und glaubwürdiger obendrein.«

»Zufällig, ja, so viele Zufälle hatte ich lange nicht mehr.«

»Ansonsten fürchte ich, dass wir nicht mehr sehr viel ausrichten können. Immerhin ist morgen der letzte Tag des Jahres«, sagte Fané und verabschiedete sich.

Wint massierte sich die Schläfen. Eine schwangere Tote, ein Wolf und Silvester mit Fané und diesem Sito. Er hätte sich Besseres vorstellen können. Es klopfte, und Polizeiwachtmeister Bernd Manzinger kam humpelnd an Wints Schreibtisch.

»Manzinger, was ist denn mit Ihnen?«

Er rieb sich die Hüfte. »Nicht schlimm, bin nur gerade draußen auf der Treppe ausgerutscht. Höllisch glatt da. Passen Sie bloß auf.«

»Schicken Sie jemanden zum Streuen raus, bevor sich noch jemand das Bein bricht.«

»Schon erledigt. Und hier«, er reichte Wint ein paar Blätter mit Zahlen drauf, »Sie wollten doch die Telefonauswertung von der Künstlervilla.«

Hastig nahm Wint sie an sich, wunderte sich selbst ein wenig über seinen Eifer, blätterte aber zielgerichtet auf die letzte Seite, und da war sie: die Telefonnummer, die Jana Smetlin zuletzt gewählt hatte, die Telefonnummer, die zu einer Adresse in Egg führte, zu einem Paul Sito.

✳✳✳

Alles ging so schnell, dass Marc Busch nicht einmal Zeit hatte, seinen Dienstausweis aus dem Revers zu kramen. Die Tür flog auf, und Personen mit Wolfsmasken stürmten den Raum des Vereinshauses der Jägervereinigung Bodensee. Sie wollten nur Angst verbreiten, das war Busch sofort klar, aber man sah ihnen auch die Wut an, mit der sie auf die Tische sprangen und verkündeten, dass sie es nicht zulassen würden, dass eine Horde wild gewordener Jäger wieder die Ausrottung des Wolfes vorantrieb.

»Von wegen wild gewordene Horde«, verteidigte sich ein älterer Herr mit grauen kurzen Haaren, der neben Busch am Tisch gesessen hatte. »Der Wolf wird bald hungrig, und dann muss er sich eine Beute suchen.«

»Ja, genau«, pflichtete ein junger Mann mit Seitenscheitel bei, der Busch schon seit einer Stunde unheimlich auf die Nerven gegangen war. »Wir wollen nur die Menschen in Gaienhofen beschützen.«

»Haben denn die Menschen von Gaienhofen irgendwelche Bedenken geäußert?«, mischte sich jetzt Busch ein, stand auf und zeigte seinen Dienstausweis.

»Typisch, die Polizei ist mal wieder auf der Seite der Jäger«, stöhnte einer der Wölfe.

»Das ist Blödsinn. Jetzt steigen Sie von den Tischen und verschwinden Sie«, sagte Busch ruhig.

»Bitte was?« Der gescheitelte Jüngling wieder. »Sie wollen die einfach so –«

Bevor Busch etwas sagen konnte, legte der ältere, grauhaarige Jäger dem Heißspund die Hand auf die Schulter und hielt ihn im Zaum.

An die Tierschützer gewandt sagte Busch: »Wir sprechen uns noch, aber nicht jetzt und nicht hier.«

Der Leitwolf nickte und blies zum Rückzug.

Als sie wieder allein waren, ereiferte sich der junge Mann. »Da sehen Sie, was das für Verrückte sind. Die Morddrohungen müssen Sie unbedingt ernst nehmen.«

Der Grauhaarige, der Erich Feist hieß, rieb sich das Kinn. »Ich weiß nicht, Kurt, die schicken keine Morddrohung und tanzen dann als Wölfe auf unseren Tischen. So dumm sind die nicht. Das passt nicht zusammen.«

Busch nickte bekräftigend. »Da geb ich Ihnen absolut recht. Wobei ich daraus eher schließen würde, dass auch die Morddrohung nicht ernst zu nehmen ist. Man will Sie einschüchtern.« Er drehte sich zu den Übrigen im Raum. »Ich appelliere an Sie alle. Bitte verhalten Sie sich ruhig. Ich will keine Schüsse hören, ich will auch keinen toten Wolf, verstehen Sie?«

»Das haben Sie nicht zu entscheiden! Wenn wir schießen wollen, dann –«, begann der jugendliche Jäger, doch Feist war schneller. Mit einer für sein Alter ungeheuer schnellen Bewegung mit der flachen Hand auf den Tisch und einem schneidenden »Kurt!« gebot er der Runde Stillschweigen. Der böse, da gedemütigte Blick Kurts traf Busch und sollte für den Rest des Tages an ihm haften bleiben.

## Bruderschaften


*Silvesterabend*

Sito war nicht so begeistert, wie Miriam es sich gewünscht hätte. Beinahe hatte es den Anschein, als habe er sich bis jetzt versteckt und müsste nun den sicheren Platz verlassen. Miriam stutzte, auch über ihre Gedanken. Vertraute sie ihm noch immer nicht? Wann hörte das endlich auf?

»Du wirst sehen, Christine ist wirklich sehr nett.«

»Hätten wir nicht einfach allein den Abend verbringen können?«

Miriam legte den Arm um Sito. »Nun komm, spring über deinen Schatten und freu dich auf neue Bekanntschaften. Oder traust du meiner Menschenkenntnis so wenig?«

Sito zog die Augenbrauen hoch. »Nun gut, wie du meinst«, gab er nach und küsste sie.

»Sie kommt um sieben hierher. Das heißt, wir haben noch ein bisschen Zeit für uns.« Sie ließ ihre Wimpern klimpern und legte den Kopf kokettierend auf die linke Schulter. »Ich mach's gleich wieder gut, Chéri«, scherzte sie.

»Himmel hilf«, wehrte Sito ihr Spiel ab, »bloß nicht.«

»Nicht küssen?« Miriam tat enttäuscht.

»Doch, natürlich, lass bloß das Augengeklimper, sonst wird mir schwindlig«, lachte Sito und zog sie zu sich auf den Sessel. »Und nenn mich nie wieder Chéri, sonst ...« Das, was dem »sonst« hätte folgen sollen, ging unter in Miriams Mund. Als sie sicher war, dass er nichts mehr sagen würde, setzte sie sich auf seinen Schoß, zog sich die Bluse über den Kopf und öffnete das Band in ihrem Haar. Seidig fielen ihre langen Haare nach vorn. Sito strich sie ihr aus dem Gesicht, legte sie aber über ihre Schultern und über die Brustknochen, sodass sie sich über ihre Brust schlängelten. Er zeichnete ihre Knochen nach, malte kleine Kreise um ihre Brustwarzen, spielte mit den Locken und kitzelte sie sanft. Sie musste lachen. »Hör auf«, flüsterte sie. Er griff nach ihren Hüftknochen, hielt sie fest, ein wenig zu fest, sie wehrte sich nicht. Von den zwei Stücken Nusskuchen am Vortag war absolut nichts zu sehen. Sie spürte den Druck seines Daumens an der Innenseite ihrer Hüftknochen. »Hör du auf«, sagte er, »hör du auf zu hungern.«

* * *

»Sei still«, hatte er gesagt, »sei einfach still, bitte.« Doch der kleine Bruder war nicht still, konnte einfach nicht aufhören zu weinen, war ja noch so klein. »Still, bitte«, hatte er gefleht, doch das »bitte« war wie das Flehen verhallt und hatte sich wie Metallsplitter in seinen Kopf gebohrt. Er war kein böser Mensch, nie war er das gewesen. Aber irgendwann hatte er angefangen, sich selbst zu verlieren. Vielleicht passiert das einem Menschen, wenn er zu oft in die enttäuschten Gesichter seiner Umgebung blickt, wenn er immer und immer wieder das Gefühl bekommt, zu versagen.

Nur die Rezitation der Hesse-Verse war Antons Vater immer gelungen, der tatsächlich Herrmann hieß, leider jedoch mit zwei r, aber immerhin. Herrmann Huber, Professor für Literatur an der Universität Konstanz.

Der Familienname hatte ihn auch nicht besonders glücklich gemacht, Huber klang so gewöhnlich, hatte er immer gefunden. Aber er war jemand gewesen, eigentlich hatte er nie versagt, eine schöne Frau hatte er obendrein gehabt, hatte sie sogar von Hamburg hier in den Süden lotsen können. Bei einer Reise hatte er sie kennengelernt. Und lieben, ja, geliebt hatte er sie sehr, aber sie war nie glücklich geworden, nie glücklich als Mutter zweier Kinder, nie glücklich in Gaienhofen, auch wenn der Sommer am See sehr schön war. Sehr schön eben nur und nicht die Elbe und nicht die Nordsee, nicht das Klima und nicht die gestochene Sprache.

Anton erinnerte sich gut an den Tag, als es geschah. Dieses

Baby, das einfach nicht aufhören wollte zu schreien. Schlimm war das. Daneben die Mutter, die alles versuchte mit einer Engelsgeduld, aber er hatte ihr angesehen, dass sie innerlich zersprungen war. Einfach nicht mehr konnte, nicht mehr mit diesem Herrmann mit zwei r zusammen sein konnte, der sie gar nicht mehr sah, sondern nur noch im Haus auf und ab lief und Hesse zitierte. Sie konnte einfach nicht mehr, und das Baby hörte nicht auf zu schreien. Und dann die Hand, sie flog und legte sich so sanft und beruhigend nieder, dass er glaubte, sie wäre auf seinem Gesicht gelandet.

Anton rieb sich über die Wangen, die glühten. Ihm war, als hörte er Babygeschrei, als hörte er die Stimme seines Vaters, die sagte, alles werde gut. Wie immer. Und dann hatte sich der Vater, Herrmann mit seinen zwei r, hingestellt, die Arme erhoben und in seiner fremden Stimme gesprochen:

»Sei nicht traurig, bald ist es Nacht,
Da sehn wir über dem bleichen Land
Den kühlen Mond, wie er heimlich lacht,
Und ruhen Hand in Hand.
Sei nicht traurig, bald kommt die Zeit,
Da haben wir Ruh. Unsre Kreuzlein stehen
Am hellen Straßenrande zu zweit,
Und es regnet und schneit,
Und die Winde kommen und gehen.«

Und Anton hatte den Mund geöffnet und nichts sagen können und zur Mutter geschaut, die kreidebleich gewesen war und den Vater mit weit aufgerissenen Augen angestarrt hatte. Und dann war nichts mehr. Ohnmacht hatte sich über seine Augen gelegt. Ihm war, als habe ihn die letzte Zeile mit den kommenden und gehenden Winden einfach mit sich gerissen. Fort, nur fort, hatte es in seinem Kopf getönt.

***

Den ganzen Tag hatte Wint sich den Kopf zerbrochen über diesen Silvesterabend. War das wirklich eine gute Idee? Ein freundschaftlicher Abend als Basis für eine Ermittlung? Er war so schon einmal gescheitert, hatte das Private mit dem Beruflichen durcheinandergebracht, bis die Flucht als einzige Rettung übrig geblieben war.

Das Taxi hielt vor Rosas Pension. Wint stieg aus, betrat Augenblicke später das Restaurant, das erfüllt war von heiteren Stimmen und guten Düften. Rosa kam, begrüßte ihn überschwänglich, doch fühlte er sich eigentümlich fremd, als gehörte er nicht dazu. Schließlich saß er an seinem Tisch, bemüht konzentriert auf die kleine Speisekarte blickend, die Rosa für diesen Abend erstellt hatte, verziert mit Glückssymbolen und einer Lebensweisheit, die Wint schon beim Durchlesen wieder vergessen hatte. Kalendersprüche waren für den Kaffeesatz, aber sonst für gar nichts gut. Die Buchstaben tanzten vor seinen Augen.

»Herr Wint?«

Obwohl er darauf gewartet hatte, zuckte er tatsächlich zusammen. »Sie sind es tatsächlich.« Fanés Stimme kam näher, und schon spürte er ihre Hand auf der Schulter. Erst jetzt erlaubte er sich aufzusehen und wurde überrascht. Fané trug ein beiges, eng anliegendes Strickkleid und rote, sehr hohe Schuhe. Ihre roten Haare waren zu einer eleganten Frisur hochgesteckt, der Pony war wegfrisiert, und überhaupt wirkte sie völlig anders.

»Dass Sie auch hier sind«, sagte sie lachend und winkte an einen anderen Tisch. Ihm indessen zwinkerte sie zu. »Wollen Sie zu uns kommen?« Sie spielte ihre Rolle verdammt gut, dachte er, er sollte sich merken, wie gut sie schauspielern konnte.

»Ich weiß nicht so recht«, gab er so laut zurück, dass die anderen es hören mussten.

»Na, kommen Sie schon. Sie müssen doch nicht zwei Tische entfernt allein Silvester verbringen.«

Wint erhob sich und folgte Fané an ihren Tisch, wo Miriam ihn sofort herzlich begrüßte.

»Und das ist ihr Lebensgefährte«, begann da gerade Fané.

»Wir kennen uns bereits«, sagte Sito, stand auf und reichte Wint die Hand.

»Flüchtig.« Wint erwiderte den kühlen Blick und Händedruck. Rosa kam hinzu und fragte, ob sie die Tische zusammenlegen sollte. »Aber sicher«, sagten Miriam und Fané wie aus einem Mund und lachten.

»Warum nicht«, meinte Sito, und alle Augen richteten sich auf Wint.

Der setzte sich mit gemischten Gefühlen Sito gegenüber. Miriam und Fané verfielen sofort in einen lockeren Plauderton. Die Kellnerin kam, brachte einen kleinen Gruß aus der Küche und erkundigte sich nach den Getränkewünschen. Sie entschieden sich für einen Rotwein und bestellten noch Wasser dazu. Wint beobachtete Sito, wie dieser seine Freundin ansah. Keine Frage, er hätte den Abend lieber mit ihr allein verbracht. Er konnte es ihm nicht verdenken.

Wint räusperte sich. »Nun«, begann er und räusperte sich abermals, »wie gefällt es Ihnen hier?«

Sito wandte sich ihm zu. »Es gefällt mir sehr gut«, entgegnete er. »Aber es ist auch nicht neu für mich.«

»Eben, Sie kommen ja aus Konstanz. Wie kommt man denn auf die Idee, in Gaienhofen den Urlaub zu verbringen?«

Sito holte tief Luft. »Nur ein paar Tage. Rosa, die Wirtin der Pension, hat mich eingeladen. Sie arbeitet für das Konstanzer Präsidium, das werden Sie wohl wissen.«

»Paul …« Miriam legte Sito die Hand auf den Arm. Der schnippische Ton war ihr offensichtlich nicht entgangen. Auch unter dem Tisch kam Bewegung auf.

Wint rutschte auf seinem Stuhl herum. »Nanu? Was war das?«, fragte er. Zeus kam unter dem Tisch hervor und setzte sich zu Wints Füßen. »Du bist aber ein Schöner.« Wint hielt dem Hund die Hand zum Schnuppern hin. »Ihr Arbeitskollege?«, fragte er lächelnd, während er begann, Zeus hinter den Ohren zu kraulen.

Auch Fané beugte sich zur Seite. »Wirklich schön, euer Hund.« Sogleich aber wandte sie sich wieder Miriam zu. Sie lachten. Wint überlegte, ob Fané ihre Rolle spielte oder sich wirklich mit Miriam angefreundet hatte. Er konnte sie einfach nicht einschätzen, und während er mit sich haderte, dass er sich auf diesen Abend eingelassen hatte, merkte er, dass Sito ihn längst beobachtete.

»Sie fühlen sich so unwohl wie ich?«, fragte er und lächelte.

Wint nickte und kratzte sich verlegen am Kopf. »Es ist, na ja, ich wollte hier nicht so reinplatzen, und die beiden«, er schielte zu Miriam und Fané, »die sind ja schon wie beste Freundinnen. Vielleicht sollte ich einfach …« Er deutete auf den Tisch hinter sich.

»Unsinn«, sagte Sito und hielt sein Weinglas hoch, »wir müssen uns eben abfinden miteinander.«

»Sie haben recht.« Wint prostete Sito zu und entspannte sich. Nach einer Weile fragte er: »Womit beschäftigen Sie sich derzeit?«

»Sie meinen, ob ich gerade einen Fall verfolge?«

»Ja.«

»Nein, es ist wirklich nur Urlaub. Ein paar Tage eben. Wie gesagt, es hat sich zufällig ergeben, weil Rosa uns eingeladen hat.«

So viele Worte über die Zufälligkeit, dachte Wint. »Sie hatten aber auch ein hartes Jahr, nicht wahr?«, fragte er.

Sito musterte Wint schweigend, dann nickte er. Da legte Miriam ihren Arm um ihn und küsste ihn auf die Wange.

»Wie lange sind wir nun zusammen?«

Sito sah sie erstaunt an. So hatte er das noch nie formuliert.

»Na egal, so ein Dreivierteljahr vielleicht«, erklärte sie Fané und fügte hinzu: »Wir sollten uns alle duzen. Wenigstens für heute Abend. Das Sie ist so ungemütlich. Und ja, ich weiß, dass nicht ausgerechnet ich als Jüngste das hätte vorschlagen dürfen. Herr Wint, ich hoffe, Sie verzeihen mir.«

»Selbstverständlich. Warum auch nicht.« Wint hielt sein Glas in die Mitte des Tisches. »Heinrich«, sagte er.

»Christine«, »Paul«, »Miriam«. Dann stießen sie alle miteinander an und ließen dabei ihre Gläser klirren.

»Ich freue mich, dass wir in dieser kleinen Runde zu-sammengekommen sind. Ich wünsche uns einen schönen Abend«, sagte Miriam und prostete noch einmal allen zu.

Das Essen wurde serviert, was Miriam nicht davon abhielt, fröhlich weiterzuerzählen.

Wint konnte nicht anders: »Ist sie immer so?«, fragte er Sito, sodass alle am Tisch es hören konnten.

»So aufgekratzt?« Sito spielte mit und zwinkerte Miriam zu.

»Hör mal. Ich muss doch sehr bitten«, empörte sich prompt Miriam und boxte Sito in die Seite. Von Zeus kam ein leises Knurren.

Wint musste lächeln. Die junge Frau erinnerte ihn ein wenig an seine Tochter, wenn sie erzählte. Er fühlte sich langsam doch wohl in dieser Gesellschaft. Gerade erzählte Miriam von ihrem Aufenthalt in der Toskana, wo sie klischeehafterweise zum Malen hingereist sei, und von den anderen Kursteilnehmern. Jeder Einzelne sei seine eigene Karikatur gewesen, was sie dazu veranlasst habe zu überlegen, welche Karikatur von sich sie wohl in den Augen der anderen darstellte. Und dann erzählte Miriam von ihrer ersten Begegnung mit Sito.

»Ihr könnt euch das gar nicht vorstellen. Es war sofort eine gewaltige Spannung zwischen uns«, spöttelte sie.

»Weil du mich belogen hast«, ergänzte Sito.

»Na, nicht belogen, nicht absichtlich zumindest.«

»Du warst am Tatort und hast falsche Angaben gemacht.«

»Was? Wie konnte ich annehmen, dass du nicht weißt, wer ich bin?«, fragte Miriam.

»Unsere erste Begegnung war auch sehr explosiv«, erzählte Fané. »Er hat mich gehasst.«

»Sie war aber auch eine Nervensäge«, erklärte Wint. »Jetzt ist das viel besser geworden«, fügte er hinzu. »Jetzt ist sie nur noch hin und wieder eine Nervensäge.« Ein schelmischer Blick und dann nahm Wint schnell einen Schluck aus seinem Weinglas, leerte es damit und griff nach der Flasche Rotwein.

»Aha«, sagte Miriam grinsend, »es wird also besser?«

Sie tranken und lachten.

»Man hat damals so verwirrende Sachen in der Presse gelesen. Es ist schon selten, dass Ermittlungsarbeiten in Deutschland derart spektakulär in die Öffentlichkeit treten«, kommentierte Wint.

Miriam wurde ernst, und auch Sitos Blick verfinsterte sich.

Wint erschrak. »Oh, entschuldigt, ich wollte keine alten Geschichten hervorwühlen. Es ist nur, weil – also, na ja, wir haben das eben verfolgt.«

»Schon gut. Woran arbeitet ihr denn gerade?«, erkundigte sich Sito.

»Es hat einen Mord an einer jungen Frau gegeben. Vor ein paar Tagen«, erzählte Wint.

»Ach, dann stimmt es, was ich im Ort gehört habe?« Miriam spießte eine Olive auf, verlor sie jedoch auf dem Weg zu ihrem Teller und musste nachfassen.

»Ja. Eine Schriftstellerin. Sie war Stipendiatin hier in der Künstlervilla.«

»Und sie wurde erschlagen«, sagte Miriam

»Du bist ja bereits gut informiert«, sagte Wint.

Miriam zuckte die Schultern. »Alles nur aufgeschnappt.« Und an Sito gewandt fügte sie hinzu: »Ist das nicht geradezu grotesk? Ein Mord passiert, während wir hier Urlaub machen. Passiert doch gewiss nicht oft, oder, Heinrich?«

Wint schüttelte den Kopf. »Nein. Weder dass hier ein Mord passiert noch dass zeitgleich ein Kommissar hier seinen Urlaub verbringt. Übrigens sollten deine Kollegen eigentlich schon hier sein«, sagte er zu Sito, »wenn nur der Schnee nicht wäre.«

»Wann ist der Mord denn passiert?«, fragte Sito.

Wint hielt dem Blick von Sito stand. »In der Nacht vom 28. auf den 29. Dezember.«

Sito nickte langsam. »Verstehe«, sagte er, und Wint wusste sofort, was Sito verstand. Es war eine Schnapsidee, ihn hier bei einem Abendessen aufs Glatteis führen zu wollen. Was hatten er und Fané sich nur gedacht? Sito war doch niemand, der sich einfach so überrumpeln ließ.

»War es ein Einbrecher?«, fragte Miriam gerade.

Wint hob die Schultern kurz an. »Wir wissen es nicht, aber es sah ganz danach aus. Im Haus herrschte ein ziemliches Chaos.«

»Und woran hat sie gearbeitet? Sicher doch an einem Roman?« Miriam schob sich die Olive, die einige Umwege genommen hatte, endlich in den Mund. »Das ist ja ungeheuer spannend«, sagte sie, während sie kaute. »Stellt euch mal vor, sie hat an einem Roman gearbeitet und das Thema stellt das Motiv für den Mord dar.«

Wint fixierte Sito, konnte aber keine Reaktion erkennen. Für ein paar sich hinziehende Sekunden war es ruhig am Tisch. Wint hielt den Atem an und überlegte, den Telefonanruf zu erwähnen, aber nicht einmal Fané hatte er bislang davon erzählt. Ein Bellen schließlich durchbrach die angespannte Stille.

»Zeus, was …« Sito versuchte, seinen Hund noch zu fassen zu bekommen, doch Zeus rannte schwanzwedelnd auf die Tür zu. Alle Blicke folgten ihm, und Sito brach in lautes Gelächter aus. Wint sah den weißen Schäferhund bei einem großen, schlaksig wirkenden Mann, dick eingepackt in Wintermantel, Schal und Mütze. Mit mürrischem Gesichtsausdruck sah er sich im Raum um und kam dann direkt auf ihren Tisch zu. Noch immer lachend stand Sito auf, ging mit ausgebreiteten Armen auf den anderen zu und umarmte ihn herzlich.

»Roman Enzig, mein alter Freund, was treibt dich denn hierher? Konntest du Silvester nicht ohne mich feiern? Wo ist Anna? Leg doch ab, sonst vergehst du. Abreisen willst du dieses Jahr wohl hoffentlich nicht mehr.«

Wint sah zu Fané, die ebenso verblüfft wirkte, wie er selbst es war. In diesen Tagen passierten merkwürdige Dinge. Das war also der Profiler Dr. Roman Enzig, der dastand wie ein begossener Pudel, sich gerade aber Mütze und Schal abnahm und für Wint erkennbar wurde. Doch er schien unzufrieden. Vermutlich mit der Gesamtsituation, dachte Wint, innerlich grinsend. Wohl bemerkte er die Unsicherheit Enzigs, als Sito ihm den Mantel abnahm.

»Das, lieber Heinrich, liebe Christine, ist mein Kollege

Roman Enzig«, erklärte Sito. »Der berühmte Roman Enzig.«
Sito lachte und machte eine Geste wie auf einer Bühne. Enzig
blickte verlegen in die Runde.

»Wie kommst du hierher?« Miriam fasste Enzig erfreut an
die Schulter.

»Ich bin hergefahren. Wie sonst?«

Wint konnte jetzt ganz deutlich spüren, dass zwischen
Enzig und Sito etwas vorgefallen war, das fügte sich in seinen
Verdacht, dass es eben kein normaler Urlaub war, den Sito
hier in Gaienhofen verbrachte.

»Haha, ich meinte, weshalb?«

»Komm, setz dich zu uns. Kommt Anna auch noch?« Sito
zog für Enzig einen Stuhl vom Nachbartisch heran.

»Danke. Und nein, Anna kommt nicht«, sagte dieser. »Das
Baby der Parsons hat Fieber, also war ich –«

»Du wolltest Silvester gern bei uns sein, gib's doch einfach
zu«, scherzte Miriam, reichte Enzig ein übrig gebliebenes Glas
und schenkte ihm Wein ein.

»Das ist ja schön, dass ich Sie nun auch noch kennenlerne,
Dr. Enzig. Ich habe Ihren Werdegang in der Zeitung verfolgt«,
sagte Wint freundlich, wenn auch zu förmlich.

»Roman, bitte«, erwiderte Enzig prompt und bekam von
der Kellnerin gerade die Speisekarte gereicht. Er wandte sich
an Sito: »Ich muss jetzt aber wissen, was hier los ist«

»Was meinst du?«

»Warum meldest du dich nicht?«

»Wie bitte? Ich bin hier im Urlaub«, gab Sito zurück. »Das
weißt du doch. Außerdem habe ich angerufen, aber dein
Handy war ausgeschaltet.«

»Erst nachdem ich erfahren habe, dass du bereits hier bist
und arbeitest.«

»Ich verstehe nicht.«

Wint nahm sein Weinglas und trank einen Schluck, doch
es half ihm nicht über dieses flaue Gefühl im Magen hinweg.
Auch Fané neben ihm rutschte unruhig auf ihrem Stuhl hin
und her.

»Ja, du wolltest ein paar Tage wegfahren, das weiß ich schon, aber wir haben eine Anfrage vom hiesigen Polizeirevier erhalten, dass es einen Mord gibt und dass man dich …« Enzig hielt inne und sah zu Fané. »Wie heißen Sie gleich wieder?«

Sie verzog ihren Mund zu einem schiefen Lächeln. »Christine Fané. Ja, genau. Ich bin vom hiesigen Revier, und ich habe Sie angerufen.«

Wint rieb sich die Stirn, das lief alles ganz anders als geplant. Jegliches subtile Nachfragen nach Sitos möglicher Beziehung zu dieser Schriftstellerin hatte sich damit erledigt.

Enzig sackte in seinem Stuhl zusammen. »Jetzt versteh ich gar nichts mehr. Du sagtest doch gerade, dass du im Urlaub hier bist«, sagte er zu Sito.

»Herrgott«, brummte Sito, »das bin ich doch auch, Roman. Ich bin hier im Urlaub. Wo ist denn das Problem?«

»Meine Herren, meine Herren«, sagte Wint. »Lassen wir uns doch den schönen Abend nicht verderben durch ein dummes Missverständnis. Nicht wahr, Christine? Das war es doch, nur ein Missverständnis.«

Christine Fané hob entschuldigend die Hände. »Nur ein Missverständnis.«

»Jetzt seid ihr ja beide da, umso besser. Aber da wir heute ohnehin nichts, aber auch gar nichts an dem Fall ausrichten können, würde ich vorschlagen, dass wir einfach den Abend genießen«, erklärte Wint, schenkte allen nach und erhob dann sein Glas. »Salute.«

Sito kam ihm als Erstes mit seinem Glas entgegen, die anderen folgten. Das Klirren der fünf Gläser klang gespenstisch in Wints Ohren nach.

\* \* \*

Er witterte. Die Schneeberge erschwerten das Vorwärtskommen, dennoch fand er im dichten Wald noch immer Stellen, die der Schnee nicht erreicht hatte. Er grub und hielt sich mit Wurzeln und vermodertem Laub über Wasser. Ob er doch weiterziehen sollte? Aber er war zu schwach für einen längeren Lauf über Land, ohne sich im Schutz der Bäume ausruhen zu können. Ohne es beabsichtigt zu haben, war er in Richtung Waldrand gelaufen, dorthin, wo er zuletzt die Menschengruppe beobachtet hatte. Sie hatten gegraben. Ob …

Der Hügel war unter dem Schnee verschwunden, aber dennoch wusste er, wo er war. Unter dem Schnee wusste er die aufgewühlte Erde, witterte wieder, schrak zurück, witterte erneut, um sicherzugehen, und wusste dann, dass er sich nicht getäuscht hatte. Da unten, vielleicht ein, zwei Meter unter der Erde, lag ein Mensch. Totes Fleisch, verwest schon; sein Magen zog sich zusammen, seine Mundwinkel zuckten, die Pfoten wurden unruhig. Er sah sich um, dann begann er zu graben, doch die Erde war hart wie Stein.

# Teil 2: Casus

# Neujahr

*1. Januar, vormittags*

Alles war bereit. Der Weg erkundet. *Ihr* Weg. Sie wohnte oben am Hang von Gundholzen, beinahe am Ortsrand. Von dort lief sie jeden Sonntag hinüber nach Weiler zu ihrer Großmutter. Nicht weit, vielleicht einen knappen Kilometer. Ein kleines Stück des Weges führte durch die Ausläufer des Waldes der Schiener Berge. *Die Schiener Berge.* Er erinnerte sich, wie er sich mit seinem Kinderfahrrad abgemüht hatte, den Schienen hinaufzutrampeln. Immer und immer wieder hatte er es versucht und irgendwann endlich geschafft. Stolz war er nach Hause geradelt, hatte den irren Fahrtwind genossen, als er den Berg hinuntergeschossen war, mit einer Spur von Angst zu stürzen, seinem Vater von seiner Heldentat erzählt und … Sein Vater hatte, tief versunken in irgendein Gedicht, abwesend gelächelt.

Er selbst würde alles besser machen mit seiner Tochter.

Bald schon würde alles seine Richtigkeit haben, dann nämlich, wenn sie bei ihm war. Sie würde ihm dankbar sein irgendwann, da war er sicher. Er streichelte dem Streuner, der in der Wärme der Scheune seit einiger Zeit wieder Zuflucht suchte, über den Kopf und hieß ihm, in der Scheune zu bleiben. Anschließend machte er sich auf den Weg. »Sei nicht traurig, bald ist es Nacht«, raunte Hesse in seinen Gedanken.

Er erkannte sie schon von Weitem. Dass sie keine Angst vor dem Wolf hatte, der hier durch die Wälder streifte. Der Wolf – er hatte ihn einmal kurz gesehen. Ein weißer Wolf, wunderschön. Er liebte ihn seit diesem ersten Moment an, vielleicht weil er ihn an sich selbst erinnerte. Ausgestoßen. Ja, manchmal fühlte er sich ausgestoßen. Früher von seinem Vater, dann wegen seines Vaters und jetzt in den letzten Jahren vor allem wegen des verdammten Wassers in seinem Kopf.

Wenn das Verständnis für die schlimmen Ereignisse und das Mitleid nichts mehr bewirkten, dann wurden die Menschen irgendwann zornig. Wir haben doch alles getan, werde endlich wieder normal, steht dann in ihren Gesichtern, aber er konnte einfach nicht normal sein und wusste auch nicht mehr, was das eigentlich hieß.

Manchmal waren die Wörter nicht da, die er brauchte, dann stand er beim Bäcker und starrte nur auf die Auslage. Alles kam ihm sinnlos vor. »Du Depp«, hatte er schon oft gehört, weil die Leute dachten, er würde sich über sie lustig machen. Einmal hatten sie ihm hinterhergerufen: »Hätt die See dich doch auch behalten, so wie deinen Vater.« Das war schlimm und auch wieder nicht. Dann wäre er einer von den knapp hundert Leichen dort drunten und müsste sich nicht mit dem Wasser in seinem Kopf herumärgern, von dem doch niemand glaubte, dass es da war, obwohl er es blubbern hören konnte.

Vielleicht war er selbst der Wolf, ein Wolf, der hier einem Mädchen auflauerte. Ein Wolf, der immer einsam … Wie fröhlich sie lacht, dachte er. Ihre Haare, die in dem kalten Wind unter der Mütze hervorlugten. Lila und grüne Punkte hatte die Mütze und einen hellblauen Bommel. Auf die Ferne fühlte er schon, dass sie zu ihm gehörte, die ganze Zeit zu ihm gehört hatte, dass er es nur nicht verstanden hatte. Er hörte wieder Babygeschrei, in das sich Verse mischten wie Gesang. Ein Baby, auf das er achtgeben sollte … hatte geben sollen … *hätte* geben sollen. Der Konjunktiv gerann zur tödlichen Erinnerung, kränkte und verletzte ihn.

Nicht traurig sein, sagte er zu sich selbst. Wasser im Kopf, alles schwimmt, dachte er und klopfte an die Stelle in seinem Kopf, die seit damals immer blubberte. Rechts oberhalb der Schläfe, mitten im Kopf ein Wasserfall. Die Ärzte hatten ihn durchleuchtet, immer wieder, aber nichts gefunden. Ein Psychologe hatte versucht, das Plätschern wegzuverhandeln, aber es war geblieben. Immer da. Wie dieser Hermann immer da war, der mit dem einen r.

Ihm, nur ihm sollte sie bald gehören. Das musste doch möglich sein nach all den Jahren. Dann könnte er alles wiedergutmachen. Ein neues Kind!

Er versteckte sich hinter zwei Büschen, die am Wegesrand standen. Er beobachtete sie, wie sie näher kam, ihren Gang, ihre Fröhlichkeit, ihre Kindlichkeit, die aus all ihren Bewegungen sprach. Er fühlte sich wohl und sicher hinter seinen Büschen. Und er hatte keine Zweifel, dass er das Richtige tat. Er umgriff das Seil in seiner Jackentasche, das er für den unwahrscheinlichen Fall dabeihatte, dass sie sich wehren würde. Aber das hielt er für nahezu ausgeschlossen. Er löste den Griff um das Seil und schloss für einen Moment die Augen. Er bat Gott um Hilfe, dass das Richtige gelingen möge. Dann erhob er sich. Sie war nun auf Höhe der Büsche. Zögern. Nicht richtig, sagte plötzlich eine Stimme in ihm, aber dann sah er etwas anderes und wusste, das war ein Zeichen: Leuchtend hob er sich vor dem Weiß des Schnees ab, witterte. Sanft sah er aus.

Und dann war sie auf seiner Höhe, und er trat hinter den Büschen hervor. Ihr entgegen. Sie blieb stehen und sah ihn mit großen Augen an. Nichts geschah. Er stand auch nur da und wusste nicht recht, was nun zu tun war. Er lächelte, doch sein Lächeln misslang wohl, denn ihr Gesichtsausdruck schien ängstlich zu werden. Dann machte er einen Schritt auf sie zu, und sie machte einen Schritt zurück. Er sah sie hilflos an und versuchte einen weiteren Schritt, doch auch diesen parierte sie mit einem Ausweichschritt. Noch war kein Ton über ihre Lippen gekommen. Gerade wollte er aufgeben, das Ganze einfach vergessen. Er biss sich auf die Lippen, wollte sich abwenden …

Im Augenwinkel aber sah er wieder ihn, hinter ihr in der Schneelandschaft, die so unberührt in diesem neuen Jahr vor ihm lag. »Sieh mal«, flüsterte er und wies mit der Hand hinter sie, und sie drehte sich um zu dem wunderschönen Wolf. Dass das ein Zeichen war, ein gutes Omen, dass sie zu ihm gehörte, das wollte der Wolf bestimmt sagen. Doch sie erschrak, öffnete den Mund zum Schreien und wollte losrennen. Da packte er sie, eigentlich nur, um zu sagen, dass der Wolf nicht böse war. Es tat ihm so leid, ihre Angst. Der Wolf tat ihm leid, und er selbst, er tat sich auch leid. Sie riss sich los, er griff wieder nach ihr, sie riss sich wieder los und stürzte in den Schnee, schlug sich die Lippe auf, rappelte sich wieder hoch. Er erschrak, und noch ehe er wusste, was er da tat, griff er in seine Jackentasche und holte das Seil heraus. Bevor sie noch einmal schreien konnte, sprang er auf sie zu und packte sie am Arm. Durch die Wucht seines Sprungs stürzten sie zu Boden. Er saß halb auf ihr, starrte ihr ins Gesicht, in die angstvoll aufgerissenen Augen, sah plötzlich rote Tropfen auf ihr landen, auf ihrer hellen, zarten Haut, Blut, das aus seiner Nase kam, wenn er sich aufregte. Wie winzige Kirschen legten sie sich auf ihr Gesicht, ihr Haar, den Schal und zwei auch in den Schnee neben ihrem Kopf. Er schluckte. Das hatte er nicht gewollt. Mit schnellen Handbewegungen fesselte er ihr die Arme auf den Rücken und stopfte ihr ein weiches Seidentuch in den Mund.

Kein Ton war mehr über ihre Lippen gekommen.

Nur wenige Augenblicke später zuckte er zusammen. Der Wolf war verschwunden, stattdessen hörte er wieder ein Baby weinen, irgendwo in weiter Ferne, wusste nicht, was er da eben getan hatte, aus welcher Überzeugung und in welcher Deutlichkeit. Nein, »Dringlichkeit« war das passendere Wort, dachte er und biss sich in die Fingerknöchel. Nun gab es keinen Weg zurück. Es plätscherte unaufhörlich. Die See, sie kam mit aller Gewalt, holte sich, was ihr genommen worden war, damals auf dem Boot …

Gefesselt lag sie in seinen Armen, alle Kindlichkeit war mit einem Schlag aus ihrem Gesicht gewichen. Merkwürdig, dachte er, wie kann das geschehen? Wie kann alles einfach so … Er betrachtete sie. Wenn er jetzt einfach die Seile lösen würde … Und dann hörte er seinen Vater, zitierend, seine Schritte auf den knarzenden Holzdielen in der Kammer. Er hatte sich nach oben geschlichen und gelauscht, hoffend, dass sein Vater vielleicht in einem unbeobachteten Moment einmal einen normalen Satz sagen würde, einen menschlichen, einen,

der ihn wieder zum Vater machte, doch auch unbeobachtet
in seiner Kammer sprach der Vater nur in Hermann-Hesse-
Zitaten:

»Es war noch Zeit; ich konnte gehn,
Und alles wäre ungeschehn,
Und alles wäre rein und klar,
Wie es vor jenem Tage war!
Es musste sein. Die Stunde kam,
Die kurze, schwüle, und sie nahm
Unwandelbar mit jähem Schritt
Den ganzen Glanz der Jugend mit.«

\*\*\*

Es war gerade acht Uhr am ersten Tag des neuen Jahres, als
Sito mit Zeus an der Leine Rosas Pension verließ. Das einzige
Geräusch, das die Stille durchbrach, war der eiskalte Ostwind.
Schmerzhaft schlug er ihnen entgegen. Sito klopfte seinem
Hund, der leise winselte, ermutigend auf den Rücken. Eng an
sein Herrchen gedrückt schlich Zeus den Weg zum See, sodass
Sito, den Kopf tief zwischen den Schultern, um ihn gegen den
Wind zu schützen, sich Mühe geben musste, nicht über Zeus
zu stolpern. »Zeus«, ermahnte er ihn, »jetzt mach mal halblang.
Mir ist auch kalt.« Ein leises Murren kam zurück, aber die vier
Pfoten blieben beharrlich in Sitos Schrittbahn. Sito atmete tief
durch, als sie am Ufer ankamen. Trotz der widrigen Wetterver-
hältnisse hatte der See eine unwiderstehliche Anziehungskraft,
der Sito nach all den Jahren noch immer erlag. Vor allem so
allein und in dieser morbiden Winterstimmung war es wunderbar, am Wasser stehen zu können. Das Tageslicht hatte sich
noch nicht durchgesetzt, kämpfte an seinem äußersten Rand
und tauchte das Land in ein eigenartiges Zwielicht, das glauben
machte, die Welt schliefe noch.

Sitos Blick blieb an den schemenhaften Umrissen der
Reichenau hängen. Er dachte an Janina. Er und seine Frau

hatten einmal mit dem Fahrrad die Insel umrundet. Sie hatte immer gelacht, nur nicht an dem Tag, als sie starb. Da hatte sie geweint, weil ihre Hausspinne verschwunden war. Die kleine Spinne, die sich in der Küche über der Spüle eingenistet hatte. Und weil sie schwanger war und doch nicht wusste, weshalb sie weinte, und Sito hatte keine Zeit gehabt, sie in den Arm zu nehmen.

Zeus lief ein paar Schritte auf dem kleinen Strandstück auf und ab, meldete aber schließlich entschieden Einspruch wegen der Kälte. Sito gab nach, kramte in seiner Hosentasche nach dem Schlüssel für einen der Strandkörbe, in dem sie wenig später saßen, windgeschützt und in Decken gehüllt wie in einer Höhle aus blauen und roten Karos. Still war es noch immer um sie herum, so still, dass Sito meinte, ihrer beider Atem wäre das einzige Geräusch auf der Welt. Kein Schiff, kein Boot unterbrach die Aussicht. Zeus schlief ein, eine Pfote auf Sitos Bein, der den Schlaf seines Hundes bewachte, auch das war eine Form der Regeneration.

Sito atmete tief durch. Der Silvesterabend mit Wint und Fané und schließlich auch mit Enzig war sehr unterhaltsam gewesen, vor allem zu vorgerückter Stunde, als Enzig sich zum Tanzen hatte überreden lassen. Gleichwohl war Sito bewusst, dass Wint ein Verdacht im Kopf herumspukte, den er selbst auch nicht einfach so wegwischen konnte. Als ihm klar geworden war, dass es Jana Smetlin gewesen war, die ihn am Tag vor seiner Abreise angerufen hatte, genügte ein weiterer Anruf, um herauszufinden, dass sie aus der Künstlervilla angerufen hatte. Da musste Sito nur eins und eins zusammenzählen, um zu wissen, dass auch Wint das längst wusste. Vielleicht wäre es am besten, dachte Sito, den Urlaub abzubrechen und in die Ermittlungen einzusteigen. Er musste wissen, worüber diese Jana Smetlin geschrieben hatte.

Zeus wachte auf, gähnte und sprang aus dem Strandkorb. Froh, dass Bewegung in die Stille, aber auch in seinen Kopf kam, folgte Sito seinem Hund. Von irgendwoher spielten seine Gedanken ihm Hesses Gedichtzeile »Seltsam, im Nebel zu wandern« in den Sinn, ließen ihn in dem Bild der Einsamkeit verharren, das Baumgerippe weiter vorn am Ufer fiel ihm wieder ein und –

»Paaauuul!«

Sito lauschte. War das wirklich sein Name gewesen oder nur der Wind?

»Hey, Paul, warte mal!«

Die Stimme wurde vom Wind verzerrt. Sito drehte sich um, die Hände schützend über die Augen haltend. Enzig kam wild mit den Händen gestikulierend auf ihn zugelaufen. Zeus sprang ihm freudig entgegen. Als Enzig schließlich bei Sito angekommen war, keuchte er und rieb sich anschließend die Hände vor dem Mund, aus dem er heiße Luft blies. Sito musste grinsen und klopfte Enzig auf die Schultern.

»Geht's?«, fragte er.

»Oh Mann, ist das kalt«, antwortete Enzig und zog den Kragen seiner Jacke hoch. »Darf ich euch begleiten?«

»Klar. Dass du schon wach bist!«

Sito schlenderte weiter in Richtung Horn, wieder hinein in das Vogelschutzgebiet. Auf Höhe der Anschlagtafel mit dem Kleiber schielte er kurz zur Seite – sie war noch da, trug ein hübsches Häubchen aus Schnee. Zeus rannte einige Meter vorneweg, anscheinend hatte er sich mit der Kälte abgefunden.

»Frierst du nicht, Paul?«, fragte Enzig mit vibrierender Stimme.

»Man gewöhnt sich daran.«

Sie gingen einige Schritte, ohne etwas zu sagen. Um sie herum nur leises Murmeln, wenn der Wind das Wasser beharrlich an das Ufer trieb. Ein kurzes Bellen von Zeus, der irgendwo im Weiß unsichtbar geworden war, dann empörtes Vogelgeschrei. Sie hoben gleichzeitig die Köpfe und sahen drei Vögel über sich kreisen.

»Was ist mit Schewege?«, fragte Sito, den Blick noch am Himmel, der langsam blau wurde.

Enzig stöhnte. »Könnten wir vielleicht zunächst einige andere Punkte klären?«

»Na gut, was machst du hier?«, fragte Sito ohne Umschweife.

Enzig blieb stehen und sah verwirrt zu ihm. »Wieso ich? Was machst *du* denn hier?«

»Also, Roman, jetzt muss ich mich schon wundern. Ich habe mich doch hochoffiziell für ein paar Tage Urlaub abgemeldet«, entgegnete Sito und ging unbeirrt weiter.

»Ja, natürlich, aber warum hier?«

Sito blieb stehen und sah Enzig belustigt an. »Roman, was ist los? Muss ich dir sagen, wohin ich in Urlaub fahre?«

Roman Enzig fuhr sich durch die Haare, wie immer, wenn er verlegen war. Seine Ohren waren schon ganz rot. »Nein, natürlich nicht, ich war ein wenig in Sorge. Schewege, der Wolf und dann der Anruf wegen des Mordes hier.«

Sito stutzte. »Was hat denn das eine mit dem anderen zu tun?«

»Was?«

»Na, der Wolf mit dem Mord zum Beispiel.« Sito sah sich um. »Zeus, komm her!«

»Nichts natürlich. Es kam nur alles an einem Tag: Marc Busch, der mir von den Streitereien wegen des Wolfes erzählt hat, der Anruf aus Gaienhofen, dass du nicht reagiert hast auf meine Anrufe. Ich …« Enzig starrte auf seine Stiefel. »Ich hab gesehen, dass du am Weihnachtsabend im Krankenhaus mit Dr. Maling geredet hast.«

»Du machst dir Sorgen?« Sito legte Zeus wieder die Leine an. Auf dem Weg vor ihnen, der sich durch die Heckenreihen schlängelte, sah er Spaziergänger. Ein Stück weiter hinten um die nächste Biegung wären sie schon fast beim Strandbad Horn.

»Ist denn alles in Ordnung?«, fragte Enzig vorsichtig. »Nur wegen des abrupten Urlaubs.«

Sito schluckte. Wie Miriam vermutete also auch Enzig eine Flucht. »Beruhige dich, Roman, alles ist gut. Ich bin gesund.«

»Puh, mir fällt ein Stein vom Herzen«, sagte Enzig.

»Lass uns umdrehen«, schlug Sito vor. »Und nun zu Schewege. Was ist passiert?«

»Zunächst: Es ist noch inoffiziell. Ich habe es von Marc.«

»Was denn?«

»Scheweges Anwalt will ein Ermittlungsverfahren. Er sagt, du hast ihn derart bedrängt und er hätte sich durch dich bedroht gefühlt. Mehr als einmal wärst du zudringlich geworden.«

Sitos Gesicht war ernst. »Aha. Aber die Beweislage ist doch eindeutig«, brummte er.

»Gegen dich auch«, sagte Enzig und hob leicht die Schultern. »Wir denken, also Marc und ich, dass es gut wäre, wenn es gar nicht so weit kommt, sondern du dich von selbst –«

»Stellst?« Sito lachte. »Entschuldige, Roman, das klang gerade so, als wäre ich ein gesuchter Verbrecher, der sich ...« Noch während Sito das sagte, spürte er eine harte Stelle in seinem Magen. Er legte Enzig eine Hand auf die Schulter. »Ich werde das aufklären, sobald ich zurück bin. Es ändert nichts an der Beweislage, er will mich da einfach mit runterziehen in seinen Abgrund. Keine Sorge, das wird nicht passieren. Aber nun erklär mir bitte, wieso du hier bist.«

Enzig holte tief Luft. »Ganz einfach, wir wurden angerufen und um Ermittlungshilfe in einem Mordfall gebeten. Ich konnte nur nicht anreisen wegen des Schneechaos.«

Sito nickte. Nur ungern erinnerte er sich an den Anreisetag und den schrecklichen Unfall. Das war erst vier Tage her, kaum zu glauben. »Ja, ich weiß. Und weiter?«

»Ich hab versprochen zu kommen, sobald es geht. Dann hat Fané noch einmal angerufen und um dich persönlich gebeten. Da hab ich ihr gesagt, dass du im Urlaub bist«, erklärte Enzig.

Sito runzelte die Stirn. »Okay, das ist ja noch nicht ungewöhnlich. Und weshalb kommst du dann am Silvesterabend hierher? Heute hätte ja auch noch gereicht.«

»Natürlich nicht, die Sache wird noch merkwürdiger. Wie du dir sicher denken kannst, hatte ich mal wieder das Vergnügen mit unserem Freund, Staatsanwalt Balder. Der hat schon wieder Panik, dass du ihn in irgendwas mit reinziehst wie schon mal …« Enzig verdrehte die Augen. »Ausgerechnet der riskiert solche Sprüche, wegen ihm bist du damals fast draufgegangen.«

Sito zog die Augenbrauchen hoch. »Roman, wie redest du? So kenn ich dich ja gar nicht.«

Enzig winkte ab. »Der Typ nervt mich, ehrlich, der kehrt meine dunkelsten Seiten heraus. Er hat mir unmissverständlich zu verstehen gegeben, dass ich dich ausfindig machen soll. Hohenfels von der internen Ermittlung kratzt auch schon wieder an der Tür.«

Sito nickte. »Tut mir leid, du hast immer Ärger meinetwegen.«

»Lass gut sein. Aber weil ich keinen Anhaltspunkt hatte, habe ich in meiner Verzweiflung einfach bei Fané angerufen und nachgefragt, warum sie dich sprechen will.«

Sito lachte. »Also ich weiß ja, dass du um die Ecken denken kannst, aber das ergibt ja nun überhaupt keinen Sinn. Jemand, der mich sucht, soll wissen, wo ich bin?«

»Ja, ja, sehr witzig. Nenn es Intuition. Darauf berufst du dich ja gern.« Enzig legte die Stirn in Falten. »›Jemand vor Ort‹, hatte sie gesagt. Wer anders sollte das sein außer dir?«

»Stimmt. Also, was dann?«

»Nichts ›was dann‹. Ich hab Rosa gefragt und bin hergefahren.«

Für Sito bestätigte sich in diesem Moment allerdings auch sein Verdacht wegen Wints Fragen.

»Jetzt wird mir einiges klar. Weißt du schon, worum es geht?«

»Nein. Ich kenne nur den Bericht von Parson. Eine erschlagene Frau, Mitte dreißig, schwanger. Viel Gewalt. Mehr weiß ich nicht. Wie kommst du ins Spiel?«

Sito schnaubte. »Viele dumme Zufälle.«

»Zufälle?«

»Nein, nennen wir es Verkettung unglücklicher Umstände. Die Schriftstellerin Jana Smetlin wurde ermordet just in der Nacht, als Miriam und ich hier eingetroffen sind.«

»Und was hat das mit dir zu tun?« Enzig hob fragend die Hände.

Sito zog eine Grimasse. »Sie hat am Tag vor unserer Abreise bei mir angerufen.«

»Bitte was?«

Sito zuckte mit den Schultern. »Roman, du musst mir glauben, ich weiß nicht, weshalb, aber Wint hat das natürlich längst herausgefunden. Ich glaube, die haben auch noch etwas anderes in petto. Zudem muss es ihnen merkwürdig vorkommen, dass jemand aus Konstanz hier Urlaub macht und dann genau an dem Tag hier eintrifft, an dem ein Mord geschieht.«

»Mann.« Enzig fuhr sich durch seine Haare, mit beiden Händen, ein untrügliches Zeichen für Sito, dass es ernst war. »Paul, in was bist du da wieder hineingeraten? Ausgerechnet jetzt? Wenn auch wieder alte Geschichten … Soll ich nach dieser Jana – wie hieß sie gleich wieder?«

»Jana Smetlin. Ja, ich bin schon dran. In der Pension hab ich alles, was ich über sie herausgefunden habe. Ich bin mir sicher, in ihren Notizen oder in ihrem Roman oder wo auch immer steht etwas über mich.«

Sito sah, dass Enzig schluckte. Beinahe wirkte es, als würde er blass werden. »Du meinst, sie hat über dich geschrieben? Weißt du, was du da sagst?«

Sito nickte. »Wenn ich Pech habe, liefert die Lektüre ein Mordmotiv.«

Der nächste Windstoß trug ein unheimliches Heulen mit sich. Enzig zuckte zusammen. »Was war das?« Unwillkürlich hatte er nach Sitos Arm gegriffen und sich erschrocken umgesehen. »War das der Wolf?«

Bevor Sito etwas sagen konnte, setzte Zeus zu einem lang gezogenen und mehrmals anschwellenden Jaulen an. Anschließend herrschte Stille. Sito sah Enzig in die Augen. »Auch eine Antwort.«

*\*\**

Christine Fané betrat das Restaurant in Rosas Pension und rieb sich die kalten Hände. Sie hatten nachts verabredet, dass sie sich zum Neujahrsfrühstück treffen würden, anscheinend war sie die Erste.

»Guten Morgen, Christine, schon ausgeschlafen?« Wint stand plötzlich neben ihr und zog sich gerade den Mantel aus.

»Morgen.« Sie räusperte sich, ihr Hals kratzte. »Wo sind denn alle?«

»Mal schauen.«

»Was hältst du von ihm?«, fragte Fané, während sie sich im Raum umsahen, der erfüllt war von Kaffeearoma und dem Duft frischer Brötchen. Sie seufzte. Ihr Kopf schmerzte, mehr als Kaffee würde sie vermutlich nicht ertragen.

»Von Paul?«

»Nein, von dem Hund. Natürlich von Paul!«, sagte Fané.

Wint blieb stehen, dachte einen Moment nach, dann sagte er: »Ich mag ihn.«

»Das habe ich mir gedacht. Ihr hattet viele Themen, Zigarren, Musik, Jazz«, erwiderte Fané. Augenzwinkernd fügte sie hinzu: »Heinrich, Heinrich, ich muss zugeben, da brachen richtig menschliche Züge durch. Bei dir.« Sogleich wurde sie wieder ernst. »Fällt schwer, ihn als Verdächtigen –«

»So weit sind wir noch nicht«, unterbrach Wint sie.

Fané schniefte. Ihr Pony kitzelte plötzlich, doch sie widerstand, mit den Fingern daran herumzuspielen. Sollte sie Wint gestehen, dass sie in seinen Notizen zu dem Manuskript von Jana Smetlin gelesen hatte? Lieber nicht. Sie versuchte es stattdessen offensiv.

»Heinrich?«

»Ja, was denn?«

»Ich les mir parallel auch das Manuskript durch. Vier Augen sehen mehr und so.«

Er nickte, aber sie sah, dass es in ihm arbeitete.

»Hier drüben«, erklang da Miriams Stimme und riss sie aus ihren Gedanken. Miriam hob die Hand und murmelte Unverständliches. Sie war hinter der Kaffeekanne und einem übergroßen Saftkrug abgetaucht. Fané lachte und setzte sich zu Miriam auf die Bank.

»Was ist denn mit dir?«, fragte sie und schubste Miriam leicht von der Seite an.

Diese zeigte auf ihren Kopf, setzte sich dann aber auf und öffnete langsam die Augen. »Bist du etwa fit?«, fragte sie.

»Eigentlich nicht«, antwortete Fané und fügte hinzu: »Wo sind denn Paul und Roman?«

Wint indessen holte sich vom Büfett einen Teller mit Semmel, Wurst und einer Tomate und griff unterwegs noch in den Zeitungsständer.

»Die sind mit Zeus unterwegs, sollten aber gleich – ah, da kommen sie.«

Fané folgte Miriams Blick, auch Wint sah von seiner Zeitung auf. Ja, dachte Fané, es wird schwer, in Sito einen Verdächtigen zu sehen. Wint bot ihm gerade den Platz neben sich an. Fané ging auch das Bild nicht aus dem Kopf von den beiden, als sie weit nach Mitternacht im Wintergarten am Feuer saßen, eine Zigarre und ein Glas Barolo in der Hand. Selten hatte sie ihren Kollegen so friedfertig erlebt, keine Spur von den tiefen missmutigen Falten in seinem Gesicht.

»Und? Wie ist das Befinden?«, erkundigte sich Wint, legte die Zeitung weg und verteilte Kaffee.

Sito sah ihn freundlich an. »Bitterkalt draußen. Ich denke, es wird wieder schneien.«

»Wir haben den Wolf gehört«, sagte da Enzig.

»Ernsthaft?« Miriam saß sofort aufrecht da. »Paul, ist das wahr?«

Sito zuckte mit den Schultern.

»Das war unheimlich, kann ich euch sagen. Plötzlich dieses Jaulen und dann hat Zeus geantwortet.«

Sito lachte. »Roman, du übertreibst. Es kann auch ein Hund gewesen sein, also schon das erste Jaulen, meine ich.«

Wint kratzte sich am Kinn. »Das gefällt mir nicht. Je länger dieses Wetter anhält, desto bedrohlicher wird die Situation mit dem Wolf. Die Menschen – ach, egal.« Er schüttelte den Kopf.

»Ich weiß genau, was du meinst«, sagte da Sito.

Fané meinte, einen vertraulichen Blickwechsel zwischen Wint und Sito zu erkennen.

»Er wird nicht bis ins Dorf kommen, da bin ich sicher«, sagte sie, doch Sito winkte ab.

»Es geht weniger darum, was wirklich passieren wird, sondern darum, was in den Köpfen der Menschen passiert, wenn sie Zeit haben, sich schlimme Dinge auszumalen«, sagte er. »Hoffen wir, dass das Wetter – Roman, was zum Teufel machst du da eigentlich?«

Alle folgten Sitos Blick auf Enzigs Teller, wo der sich mit einem Frühstücksei abmühte, bei dem sich irgendwie die Schale nicht lösen wollte. Sie mussten alle lachen.

»Soll ich helfen?«, fragte Fané und hielt schon das Messer bereit. Enzig verdrehte die Augen und schlug selbst beherzt dem Ei den Kopf ab. »So, erledigt.« Triumphierend präsentierte er die kleinere Hälfte, von der das Eigelb tropfte.

»Sehr mutig und präzise.« Sito klopfte Enzig auf die Schulter. »Sollte der Wolf sich doch in den Ort wagen, dann schicken wir dich.«

»Haha, Paul, sehr witzig. Vorher hast du dem Wolf längst geraten, sich von uns Menschen fernzuhalten. Ich weiß genau, weshalb du hier in Gaienhofen …« Den Rest des Satzes schluckte er schnell mit der Eihälfte herunter.

Sito und der Wolf, Fané konnte nicht anders, als die beiden zusammenzudenken, gleichwohl wusste sie, dass ihr da ihre Wahrnehmung einen Streich spielte, weil sich der Hund Zeus immer wieder in ihre Gedanken mischte.

Ihre Pieper meldeten sich. Fané und Wint griffen gleichzeitig zu ihren Smartphones. »Ich ruf schnell in der Dienststelle an«, sagte Wint und verließ mit seinem leeren Teller in der Hand die Frühstücksrunde in Richtung Büfett, das Smartphone bereits am Ohr.

Als er wieder zurückkam, war sein Teller noch immer leer.

»Was ist?« Fané sah sofort, dass etwas passiert sein musste. Auch Miriam, Enzig und Sito waren verstummt. Wint stand vor ihnen, das Smartphone in der einen, den leeren Teller in der anderen Hand.

»Jetzt war er vielleicht doch schon da«, sagte er tonlos.

»Wer?«, fragten Miriam und Enzig gleichzeitig.

»Der Wolf?«, fragte Sito.

»Ein kleines Mädchen ist heute Morgen auf dem Weg zu ihrer Großmutter drüben bei Horn spurlos verschwunden. Ihre Eltern haben nur noch ihre Mütze gefunden.«

* * *

Sito und Enzig folgten dem Dienstwagen von Wint und Fané. Enzig, der ohnehin offiziell Ermittlungshilfe leistete, nötigte Sito noch während der Fahrt, im Präsidium Konstanz anzurufen und sich aus dem Urlaub offiziell zurückzumelden und gleich auch Marc Busch Bescheid zu geben, dass er wieder »im Land und im Dienst« war.

Als die Anrufe erledigt waren, atmete Enzig hörbar aus. »Jetzt ist mir wohler.«

Sie folgten der Hauptstraße hinaus aus Gaienhofen und fuhren in Richtung Moos. Die Winterlandschaft lag friedlich vor ihnen, der Himmel hatte sich aufgetan und strahlte trügerisch blau.

»Denkst du, Heinrich hat das ernst gemeint?«, fragte Enzig.

»Dass der Wolf das Mädchen geholt hat?« Sito schüttelte, ohne weiter darüber nachzudenken, den Kopf. »Es ist nur diese Verkettung merkwürdiger Umstände.«

»Verstehe«, sagte Enzig und drehte an der Klimaanlage herum. Am Ortsende von Horn bogen sie nach links ab. Nach ungefähr einem Kilometer erreichten sie schließlich eine Hofeinfahrt. Dort standen bereits zwei Polizeiwagen. Sito lief mit Enzig auf das Haus zu, wo Wint und Fané schon auf sie warteten. Sito glaubte, Wint unruhig zu sehen, gewiss die bevorstehende Situation mit den Eltern, sagte er sich, doch dann, bevor sie eintraten, hielt Wint ihn am Arm fest.

»Wäre es möglich, dass du das übernimmst? Ich fühle mich gar nicht in der Lage. Außerdem kenne ich die Frau.«

Sito musterte Wint, sah seinen hilfesuchenden Blick – nein, dachte er, er musste nicht nachfragen. Schnell nickte er, dann wurden sie auch schon ins Esszimmer geschoben. Am Tisch saßen die Eltern, sie leise schluchzend, er bemüht, sie zu beruhigen, zwei Polizisten hilflos daneben. Als der Mann Wint erblickte, ließ er von seiner Frau ab und stand auf.

»Kommissar Wint, gut, dass Sie da sind. Sie werden unsere Melli doch finden?«

Wint schüttelte die Hand des Mannes. »Herr Walters, das sind Kommissar Sito und Dr. Enzig aus Konstanz. Die beiden werden uns unterstützen.«

Die Frau hob aufmerksam den Kopf, ihr Schluchzen war verstummt. »Warum hast du noch zwei Leute mitgebracht?«, fragte sie ängstlich.

Sito lächelte sie freundlich an und erklärte schnell, dass er rein zufällig da sei für ein Projekt in den nächsten Tagen. Mit einem kurzen Blick zu Wint verständigte er sich darüber, dass dieser dem Ausweichmanöver folgte.

Wint nickte. »Es ist alles in Ordnung, Anette. Die beiden erzählen uns in den nächsten Tagen etwas über Kooperationsprojekte.«

»Und meine kleine Tochter?«, fragte Anette Walters und sah verzweifelt in die Runde. »Wo kann sie nur sein? Wer tut denn so etwas?«, rief sie aus und musste wieder schluchzen. »Es wird doch nicht der Wolf –« Sie unterbrach sich und sank in sich zusammen, ihr Mann versuchte noch, sie zu stützen.

»Aber nein«, sagte Wint betont ruhig.

»Können Sie uns bitte genau erzählen, wie der Tag heute verlaufen ist?«, fragte Sito.

Martin Walters sah zunächst ein wenig verwirrt von Wint zu Sito. Er hielt die Hände seiner Frau und begann zu erzählen, was er wusste. Fané machte sich Notizen.

»Und wann genau haben Sie bemerkt, dass Ihre Tochter verschwunden ist?«, fragte Sito.

»Meine Mutter hat angerufen«, sagte Anette Walters und wischte sich mit dem Handrücken die Tränen aus dem Gesicht. »Es war abgemacht, dass Melli zum Frühstück zu ihr läuft. Es sind nur achthundert Meter, vielleicht, nicht mehr ...« Sie brach ab und wurde erneut von einem Weinkrampf geschüttelt.

Ihr Mann fügte erklärend hinzu, dass ihre Tochter am Sonntag meistens zur Oma zum Frühstücken gehe, hinüber nach Weiler – tatsächlich kein Kilometer –, damit er und seine Frau ausschlafen konnten.

Da schnellte Anette Walters hoch und schrie hysterisch: »Damit wir in Ruhe Sex machen können, sag's doch, sag's doch!« Ihre Stimme überschlug sich, und sie rannte aus dem Raum.

Herr Walters wollte seiner Frau hinterher, doch Sito legte ihm eine Hand auf die Schulter und hielt ihn zurück.

»Lassen Sie sie, das ist die Sorge, da muss sie erst einmal allein durch.«

»Meinen Sie?«, fragte Walters skeptisch und sah durch die Tür auf den Gang hinaus, in dem schon lange niemand mehr zu sehen war.

»Ihre Schwiegermutter hat dann also angerufen und Ihnen mitgeteilt, dass Melli nicht angekommen ist. Wie spät war es da?«

»Äh, also ich, nun ...« Er kratzte sich am Kopf und schien bemüht, sich zu sammeln, doch es fiel ihm sichtlich schwer. Schließlich fuhr er fort: »Sie müssen sie verstehen, oder nein, eher mich. Ich bin die ganze Woche unterwegs, manchmal sogar zwei, und da möchte ich halt den Sonntag ... Ich, nun«, er lachte verlegen und fuhr sich durch die Haare, »ich dachte, sie wollte das auch.«

»In Situationen großer emotionaler Belastung sagt man schon mal Dinge, die man nicht so meint. Das kommt schon wieder in Ordnung.« Zur Betonung seiner Worte legte Sito dem nervösen Vater die Hand auf den Arm.

Da trat Frau Walters überraschend wieder in den Raum und an den Tisch. Im Stehen begann sie zu sprechen: »Meine Mutter hat um halb elf angerufen. Normalerweise kommt Melli immer um halb neun bei ihr an, weil sie so früh wach wird, und dann laufen sie zusammen in die Kirche, und danach gibt es dann immer noch ein Frühstück. Mit frischer Milch von den Kühen«, Frau Walters lächelte, »die mag Melli gern. Meine Mutter hat nämlich einen kleinen Stall mit ein paar Kühen, und deswegen ist Melli auch so gern dort.« Anette Walters' Blick verklärte sich, und sie nahm wieder Platz. Sie wirkte nun deutlich gefasster. Ihr Mann schien verunsichert ob der Gesinnungswandlung seiner Frau und wich ein Stück von ihr zurück.

»Und dann sind Sie den Weg zu Ihrer Mutter gelaufen?«, erkundigte sich Sito.

»Ja«, antwortete Frau Walters knapp.

»Wie lange braucht man für diese Strecke?«

»Melli braucht höchstens fünfzehn Minuten.«

»Könnte sie einen anderen Weg genommen haben?«

»Ausgeschlossen.«

»Wieso?«

Anette Walters sah zu ihrem Mann.

»Wir haben ihre Mütze gefunden«, sagte er.

Sito hatte das schon gewusst, dennoch traf ihn die Art und Weise, wie der Vater des vermissten Mädchens dies sagte und dabei wieder die Hand seiner Frau ergriff. Er sah zu Wint. »Die Leute von der Spurensicherung sind bereits dort, nehme ich an?«

»Das Team sollte schon dort sein, ja. Außerdem bringen sie auch Hunde mit, und momentan sind zwei Suchtrupps von der hiesigen Feuerwehr, so insgesamt vielleicht acht Mann, draußen und suchen das Gelände ab. Wir können uns gleich anschließen«, antwortete Wint und wollte sich erheben.

»Einen Moment noch«, sagte Sito und wandte sich wieder an die Walters. »Dürfte sich mein Kollege Dr. Enzig in dem Zimmer Ihrer Tochter umsehen?«

Die Walters tauschten kurz einen Blick, dann nickten sie. Herr Walters erhob sich schwerfällig und machte eine einladende Geste zu Enzig, der um den Tisch herumlief. »Kommen Sie, ich zeig es Ihnen.«

Fané stand ebenfalls auf und folgte Enzig. »Ich begleite sie«, murmelte sie mit einem kurzen Blick zu Wint, der noch immer am Tisch saß.

Frau Walters sah ihrem Mann nach, dann blickte sie zu Sito und lächelte ihn freundlich, wenn auch mit glasigen Augen an. »Sie sind ein guter Polizist, oder?«

»Ja, darauf kannst du wetten, Anette«, mischte sich Wint übertrieben heiter ein. Er biss sich auf die Lippen.

Doch Anette warf ihm nur einen kurzen Blick zu, dann konzentrierte sie sich wieder auf Sito. Sie griff nach seinem Arm. Sito blieb starr, die Annäherung war ihm unangenehm. »Das spüre ich«, sagte Anette Walters und lächelte wieder entrückt. »Sie sind ein guter Kommissar, der mir meine Melli wiederbringen wird, stimmt's?« Sie lächelte.

Sito legte seine Hand auf die Hand von Frau Walters, die schwer auf seinem Arm lag. »Wir werden unser Bestes tun«, antwortete er mit fester Stimme.

»Versprechen Sie's«, forderte Anette Walters, und ihr Lachen war verschwunden. Ihr Blick war zwischen verzweifeltem Flehen und hoffnungsloser Wut gefangen.

»Wie bitte?«, flüsterte Sito erschrocken.

»Versprechen Sie, dass Sie meine Melli zurückbringen«, wiederholte Anette Walters ihre Forderung, und ihr Griff schloss sich um Sitos Unterarm, bis es schmerzte.

»Ich …«, begann Sito.

Das Gesicht der Frau sah wie eine gespenstische Fratze aus.

»Ich verspreche es«, flüsterte Sito und sah auf ihre Hand, die sich noch immer in seinen Unterarm krallte.

Da lockerte sie ihren Griff. »Dann ist ja gut. Dann wird ja alles gut.«

Martin Walters kam zurück, gefolgt von Enzig und Fané. Wint und Sito standen auf.

Während Wint zu einem der Polizisten schritt, der soeben

den Raum betreten hatte, sagte Sito: »Ich muss Sie das nun noch mal fragen. Melli ist also regelmäßig am Sonntagmorgen zu ihrer Großmutter gegangen?«

Frau Walters warf ihrem Mann einen leeren Blick zu, die Arme fest um ihren Körper geschlungen, und er antwortete: »Immer wenn ich zu Hause war, ja.«

»Könnten Sie uns eine Liste mit all Ihren Freunden machen, die davon gewusst haben?« Und zu Fané sagte er: »Nimmst du das auf?«

Fané nickte und setzte sich wieder an den Tisch.

»Aber Sie denken doch nicht …«, begann Herr Walters aufgeregt und sah zu Sito, schien sich dann aber zu besinnen und setzte sich neben Fané.

Wint gab ein Zeichen, dass er gehen wollte. Frau Walters griff noch einmal Sitos Hand, sah ihn verschwörerisch an, dann bewegte sie die Lippen und sagte »Versprochen«, ohne dass auch nur ein Ton über ihre Lippen gekommen wäre. Sito bekam eine Gänsehaut.

Als er schon fast aus dem Zimmer war, fiel ihm noch etwas ein. »Eine Sache verstehe ich nicht«, begann er langsam, »Sie haben gesagt, Ihre Tochter ist um halb neun losgelaufen. Und dass sie das immer so gemacht hat.«

»Wenn ich zu Hause war, ja«, antwortete der Vater der Verschwundenen und hob fragend die Schultern. »Worauf wollen Sie hinaus?«

»Wieso hat dann die Großmutter erst um halb elf angerufen?«

Anette Walters starrte ihren Mann an. Die Sekunden hingen wie schwere Rauchwolken im Zimmer, Sito hatte das Gefühl, die Luft zum Atmen würde knapp. »Martin, was hast du getan?«, schrie sie plötzlich und trommelte mit ihren Fäusten auf ihn ein.

Er hob abwehrend die Hände, während Wint von hinten nach den Armen von Frau Walters griff und sie zu beruhigen versuchte. »Was hast du getan?«, wiederholte sie leise und sackte in sich zusammen.

»Ich habe das Telefon leise gestellt, damit …« Er verbarg sein Gesicht in den Händen.

»Wann kam der erste Anruf von der Großmutter?«, fragte Sito in ruhigem Tonfall.

»Um kurz nach neun. Er ist auf dem Anrufbeantworter«, flüsterte Herr Walters.

## Kommissar Matthäi

*1. Januar, mittags*

Versprochen, hämmerte es in Sitos Kopf. Er biss sich auf die Lippen und ärgerte sich über seinen »matthäischen« Leichtsinn. Wie jener Kommissar Matthäi in Dürrenmatts Kriminalroman »Das Versprechen« hatte auch er einem Opfer das Versprechen gegeben, den Fall wohlwollend aufzuklären und das Kind wohlbehalten zurückzubringen.

Er folgte Wint nach draußen und wartete, während dieser telefonierte. Wie hatte er sich nur dazu hinreißen lassen können? Hatte dieser Matthäi nicht gezeigt, dass dies kein gutes Ende nahm? So oder so? Niemals durfte man Angehörigen von Opfern Versprechen machen, man brachte sich selbst in unmittelbare persönliche Nähe zum Opfer, war nicht mehr außenstehender und objektiver Ermittler, sondern Betroffener. In Gedanken schlug sich Sito gegen die Stirn. Unprofessionell, schalt er sich.

Kommissar Matthäi. Die Tragödie eines Mannes, der nicht glauben kann, dass das Verbrechen gelöst ist, wenn auch ohne sein Zutun. Die Tragik des ewig vergeblich Wartenden. *Warten auf Godot.* Auf das nie Eintreffende, auf den unmöglichen Zufall. Matthäi. Die hoffnungsvollste und traurigste Gestalt in der Geschichte der Verbrechen und gebrochenen Herzen. Matthäi. Der am Zufall Gescheiterte, der nicht damit hätte leben können, dass dieses Mal, nur dieses eine Mal der Zufall für ihn war, nicht gegen ihn. Matthäi. Der Anfang und das Ende, der Angefangene und nie Beendete. Kommissar der Herzen bis zu dem Punkt, wo man nur noch Mitleid für ihn hatte. Dann brachen die Herzen, und das Mitleid gewann. Hasste man ihn nicht sogar für seine Unfähigkeit, zu erkennen?

Sito überlegte. Die Hoffnung, den bereits eingetretenen und unwiderruflichen Zufall rückgängig zu machen, hatte er die im Grunde nicht auch? Die ursprünglichste aller Hoffnungen. Die Urhoffnung.

*Die auf Widerruf gestundete Zeit wird sichtbar am Horizont ...* Besser konnte man es nicht sagen als Ingeborg Bachmann in ihrem Gedicht. Seine Zeit wurde auch sichtbar. Der Wolf bringt sie mir, dachte Sito.

Er blickte auf den See hinunter. War das hier schon der Zeller See? Ja, musste es sein. Hinter der nächsten Biegung lag bereits Radolfzell, und gegenüber lag die Reichenau zum Greifen nahe. Zeus setzte sich neben ihn. Der Hund, der noch kein Jahr alt war und doch irgendwie alt wirkte. Sito betrachtete ihn mit Wehmut, streichelte ihm die Schnauze und ging langsam weiter. Die Urhoffnung war eigentlich, zu überleben, dachte er.

Wint tauschte sich gerade mit Fané aus, dann winkte er. »Wir gehen noch einmal den Weg zur Großmutter«, erklärte er.

Sito nickte und folgte Wint. Sein mulmiges Gefühl wurde er nicht los. Wint hatte ihm bereits auf der Schwelle einen vielsagenden Blick zugeworfen. Wenn man etwas in jahrelanger Polizeiarbeit lernte, so war das sicherlich die Wahrung der Distanz zu den Opfern. Aus diesem Grund hatte Wint ihn ja auch gebeten, die Befragung durchzuführen, weil er eben um seine eigene Fähigkeit, jene Distanz zu wahren, besorgt gewesen war. Der Wind blies Sito übers Gesicht, strich über seine Augen und das Bild von Anette Walters. Es begann wieder zu schneien.

Wint blieb stehen und richtete den Blick zum Himmel. Schützend hob er die Hand gegen das grelle Weiß. »Verdammt«, murmelte er, »auch das noch.«

Der Wind war scheidend kalt, das Blau hinter dicken Wolken verschwunden. In der Ferne sahen sie zwei Wagen der Spurensicherung. Die Hundestaffel hörten sie nur – ein Jaulen drang unheimlich über die Landschaft. Die Spurensicherung hatte im Gebüsch neben dem Weg zwar Spuren entdeckt, doch bald schon waren auch diese wieder verschwunden. Zwei Männer ließen ihre Schäferhunde an der Mütze schnuppern.

Lila und grüne Punkte, die aus dem Weiß hervorstachen. Die Hunde liefen los, doch nach kurzer Zeit hatten sie die Fährte im Schnee verloren. Unruhig kamen sie zurück und sprangen wieder ins Auto.

»Danke, dass du mit Anette gesprochen hast«, sagte Wint. Sito nickte. »Kein Problem. Ich hab vorhin mit den Kollegen in Konstanz telefoniert, ich bin offiziell im Dienst hier.«

Jetzt nickte Wint und kickte ein Häufchen Schnee weg. »Und danke, dass du nicht gefragt hast. Du hast etwas gut bei mir.«

Sito ließ seinen Blick über die weiße Landschaft schweifen, dann sagte er leise: »Gut, Heinrich, vielleicht komme ich darauf zurück.«

»Und das Versprechen, das sie dir abgenötigt hat, vergiss es ganz schnell, hörst du?«

Sie liefen den Weg bis zum Haus der Großmutter, wo Sito stehen blieb und sich umsah.

»Was ist?«, fragte Wint.

»Der Weg ist weit und übersichtlich. Es gibt überhaupt nur eine Stelle, wo man dem Kind unbemerkt auflauern kann.«

Wint folgte Sitos Blick zurück. »Dann hat der Täter es geplant.«

»Vermutlich«, sagte Sito. Vor ihnen tauchten Enzig und Fané auf. Sie waren mit dem Auto einen kleinen Umweg gefahren.

»Sollen wir mit der Großmutter reden?«, fragte Fané.

Wint nickte. »Wir sehen uns dann im Büro.«

Schweigend liefen sie zurück zum Elternhaus von Melli. Sito musste einen klaren Kopf bekommen. Es nützte nichts, über Matthäi nachzudenken, im Gegenteil, das war kontraproduktiv. Wie sollte es nun weitergehen? Hier nach einem entführten Kind suchen und den rätselhaften Tod einer Schriftstellerin aufklären, die irgendetwas über ihn geschrieben hatte? Die Unterlagen, schoss es ihm durch den Kopf. Er sollte Heinrich nach den Unterlagen dieser Smetlin fragen. Sie kamen gerade wieder an der Stelle vorbei, wo die Mütze im Schnee gelegen hatte. Und was, wenn er zurück in Konstanz war? Wenn Hohenfels endlich seine Ermittlungsergebnisse gegen ihn vorbrachte? Wie weit war er wohl gekommen, der Mann vom internen Ermittlungsausschuss?

»Wir sind da«, sagte Wint.

Bevor Sito sich dem Auto zuwandte, sah er eine Bewegung im Haus. Dort stand hinter einem Fenster Anette Walters, halb verdeckt von einem rosa geblümten Vorhang. Langsam hob sie die Hand zum Gruß und lächelte. Dieses Zeichen ihrer Hoffnung warf Sito beinahe um.

**Jana Smetlin**


Was, wenn das Leben einen Sinn ergeben würde? Ich bin mir nicht sicher, denn allein schon die Suche und die uns alle bewegende Hoffnung machen doch schon einen großen Sinn aus. Ein Sinn, der im Suchen und Hoffen besteht, ein Sinn, der nur so lange ergiebig bleibt, solange er unerfüllt ist. Bei der Arbeit merke ich mehr und mehr, dass ich mich übernommen habe.

Heute war ich einkaufen, unten im Dorf, bin ich versucht zu sagen, aber es ist ja eigentlich kein Dorf, auch wenn Gaienhofen mir immer kleiner vorkommt. Im Herbst ging es ja noch, da waren die Radler und Touristen und Hesse-Freunde, wobei mir das Haus von Otto Dix ja am besten gefallen hat. Dort war mir, als stünde die Zeit still. Ich saß dort oben auf einer Bank in seinem Garten, sah zwischen den Bäumen den See, ein paar Wolken darüber, und vergaß zu atmen; dann war mir, als müsste ich nicht atmen dort oben, als würde der Geist des Hauses mir seinen Atem schenken, ja einhauchen. Nein, ich bin nicht verrückt, noch nicht, aber es war so. Die Zeit stand still, alles um mich herum stand still, als hätte mir jemand den Hals zugedrückt und ich hätte dies dankend angenommen. Es klingt doch verrückt. Danach war ich wie benommen, konnte den ganzen Tag nicht mehr klar denken, war verzweifelt und mutlos, wollte unbedingt wieder dort hinauf, die schmale Treppe hinter dem Haus benützen, vorbei an den schön verschlungenen Bäumen, Buchen werden es wohl sein, sie umarmen einander – aber etwas hielt mich zurück. Inzwischen glaube ich, dass Otto Dix an diesem Ort noch ruht und mir in diesem stillen Moment gesagt hat: Mädchen, komm zu dir. Die Dinge laufen falsch, dein Leben läuft falsch. Daher konnte ich nicht mehr atmen. »Etwas Schlimmes passiert!«, sagte diese Stimme.

Ich war also einkaufen im Dorf, bin den steilen Eberloher

Weg nach unten gelaufen – was passiert hier eigentlich bei Glatteis? Wir werden sehen. Habe ein, zwei Leute begrüßt, aber nur flüchtig im Vorbeigehen, ist mir peinlich, dass ich noch hier bin, obwohl ich schon weg sein müsste. Auf der Hauptstraße reger Verkehr, warum auch immer. Ich musste warten. Gegenüber dann im Vorbeigehen eine Semmel auf die Hand, am Ortsende in den großen Biomarkt, Gemüse holen. Für wen eigentlich?, fragte ich mich. Die Semmel habe ich verfüttert am See unten. Hier saß ich nun, starrte auf den Ministreifen Untersee, überlegte, auch die Schweizer Gemeinden noch zu besichtigen, solange ich noch hier war, warf einen Stein ins Wasser, womöglich zum letzten Mal.

Ich habe weitere drei Kilo an Gewicht verloren, keine Ahnung, warum. Ich habe einfach keinen Appetit mehr, außerdem habe ich *ihn* wieder gesehen. Nur einen Schatten, aber ich bin mir sicher, dass *er* es war. Mir ist es inzwischen egal, soll *er* mich doch verfolgen, mich kriegen und vielleicht sogar töten. Mir egal. Ich werde hierbleiben, nicht flüchten, nie mehr flüchten. Mich wunderte allerdings, dass keine neuen Leute kamen. Ich hatte gedacht, ich würde in Erklärungsnot geraten, dass ich noch nicht zur Abreise bereit bin. Abreise gleich Heimreise kam nicht in Frage – wo sollte ich auch hin? Als ich dann erfahren habe, dass die Stiftung quasi pleitegegangen war, nickte ich mir selbst zu: Es hätte mich auch wirklich gewundert, wenn mal etwas glattginge.

Heute habe ich mich hingesetzt in der festen Absicht, dennoch etwas zu schreiben. Für den unwahrscheinlichen Fall, dass die Stiftung fortbesteht und man sich auch nach Ablauf des Stipendiums und trotz meines absonderlichen Verhaltens noch für mein schriftstellerisches Werk interessiert.

Wohl denn, da saß ich, stundenlang. Ich starrte vor mich hin, zum Fenster hinaus, und dachte immer, gleich kommt *er*.

*Er*, der bisher nur Schatten, nur Makulatur war, kam nicht. Auch an diesem Tag hielt *er* mich auf Distanz, ließ mich aber in der Gewissheit, dass *er* da war, irgendwo.

Ich starrte. Das weiße Papier vor mir blieb ein Mahnmal bis in die tiefe Nacht. Ich zog dann irgendwann mein Manuskript hervor und las, womit ich die Jury begeistert hatte, aber alles war mir fremd, ja es schien mir, als würde ich die Worte zum ersten Mal lesen. Ich kehrte zu dem Ausgangspunkt zurück, an dem ich mir vorgenommen hatte, die Wahrheit zu schreiben. Was war die Wahrheit? Welche Wahrheit? Meine oder die eines anderen?

Während der drei Monate meiner Anwesenheit in der Villa bin ich zu dem Schluss gelangt, dass das so lange erhoffte Stipendium mir nicht den gewünschten Erfolg bringen kann, wie auch die Begegnung mit den anderen Künstlern mich nicht inspirierte, obwohl, immerhin beginne ich gerade, unsere Geschichte aufzuschreiben. Ich sollte also vorsichtig mit meinem Urteil sein. Wir: ein Maler, eine Bildhauerin, ein Komponist, ein Übersetzer. Ach ja, und ich.

Der eine hatte sich für unwiderstehlich gehalten, mich »genommen«, ohne mein »Nein« zu hören, gleich in der ersten Woche.

Die Bildhauerin hatte mich in krankhafter Eifersucht gemieden nach jenem »Vorfall«. Ihr pathologischer Besitzerdrang, dieser musste es sein, der ihr das Gefühl gab, nur so entstünde Nähe. Sie verglich irrtümlicherweise alles Gefühlte, jede Empfindung mit ihren eigenen Regungen, die sie überkamen, wenn sie einen Stein bearbeitete. *Eine Machtergreifung.* Eine Machtergreifung war das höchste aller Gefühle, daher ihre grausame Eifersucht, die mich traf. Zu Unrecht, wie ich fand, ich kam mir vor wie Medusa.

Sie, die Bildhauerin, ich nenne sie F (in Erinnerung an Dürrenmatts »Der Auftrag«, den ich sehr schätze, an jene F, die ein Gesamtporträt unseres Planeten erstellen wollte, was mich schon früh begeisterte), diese F also kam dazu, als er sich an mir verging – welch hübsche Formulierung für diesen Vorgang.

F verließ stürmisch die Gartenlaube, in der es gelinde gesagt sehr ungemütlich war, zudem schon viel zu kalt. F rannte ins Haus und hackte in ihren Stein und entsprach damit viel mehr meiner Empfindung ... Wobei ich diejenige war, die aus dem Stein sich hätte freiklopfen wollen, nicht in ihn eindringen.

Der Komponist merkte von alledem nichts, zog sich zurück und schrieb ein Liedchen. F schmollte nicht schlecht, dachte sie noch immer, ich hätte ihn ermutigt. Von diesem Tag an mobbte sie mich, und ich war drauf und dran, mein Stipendium hinzuschmeißen, doch dann brach ein gewisser Ehrgeiz in mir durch, es ihr zu beweisen. Im Grunde hat ihre Wut am meisten geschürt, dass ich nicht aufgegeben habe.

Während ich mich lange gegen den in mir aufkeimenden Plan der Rache gewehrt habe, ließ F keine Gelegenheit ungenützt, dem Komponisten, den ich nun K nennen will, zu zeigen, dass sie ihn vergötterte. Er schmetterte dies zumeist nieder, indem er sie ins Lächerliche zog. Sie war auch nicht gerade schön. Vielleicht verbarg sich auch hierin ihre Motivation, den Stein zu beschlagen, etwas Schönes wenigstens zu erschaffen.

Sie prostituierte sich, zunächst vorsichtig, auf eine naive Art, unangenehm, wie ich es empfand, dann immer aufdringlicher und wütender zugleich, weil immer deutlicher auf Ablehnung stoßend. Es war schlimm, das Szenario immer wieder mitansehen zu müssen und dann auch noch dafür gehasst zu werden, dass ich die Vergewaltigte war.

Eine Weile war ich wütend auf sie, die doch nichts dafür konnte, und wütend auf mich, dass ich nicht arbeiten konnte. Aber nun, da ich hier sitze und unsere Geschichte aufschreibe, frage ich mich, ob dies der eigentliche Sinn war.

Für die Öffentlichkeit waren wir eine perfekte und sehr homogene Gruppe, die sich gegenseitig inspirierte und unterstützte. Keiner stellte wirklich wichtige Fragen, und keiner sah hinter unsere Fassade.

Der Maler, M, um es wirklich einfach zu machen, präsentierte sich als sensibler, ja empfindsamer Künstler. Er umgab sich mit einer geheimnisvollen Aura, doch er war nicht sehr kreativ darin, kam selten über Allgemeinplätze hinaus. Er hat mich im Gegensatz zu K verführt, und ich habe es geschehen lassen in der festen Absicht, mir zu beweisen, dass der Vorfall mit K keine Bedeutung für mein Leben haben würde. Hatte es doch, sodass ich mit M, an ihm und durch ihn scheiterte.

K benahm sich mir gegenüber, als wäre nichts passiert. Obwohl, nein, das stimmt so nicht. Die Wahrheit ist: Er behandelte mich zehn Tage lang wie einen Kumpel. Aus Schmerz wurde Scham, dann stülpte sich ein befremdliches Schuldgefühl über mich. Über *mich*! Ich verstand es zunächst nicht.

Die Geschichte meiner Vernachlässigung erreichte ihren Höhepunkt, als K Besuch von seiner Freundin erhielt. M war derzeit solo, wie F und ich auch, sodass wir uns nicht wirklich rund in dieser Situation bewegten, wenn ein knutschendes Paar allgegenwärtig war. Das Stöhnen nachts drang an mein Ohr und raubte mir den Schlaf.

Und dann kam Ullrich ins Spiel, der Übersetzer portugiesischer Lyrik, der bereits Preise gewonnen hatte und ein völlig durchgeistigter Poet war, allerdings keinen Erfolg in seiner *eigenen* Sprache erzielt hatte. Er lief durch den Tag und zitierte die großen Meister. Er war ein bisschen verrückt, aber auch sehr charmant. Ullrich fing an, sich um F zu kümmern, nicht wie ein Mann sich um eine Frau kümmern würde, sondern eher wie ein Minnesänger. Ich denke nicht, dass er zu einer körperlichen Erfüllung dieser Liebe mit einer Frau in der Lage gewesen wäre (zeitweise schien er mir mehr Gefallen an M gefunden zu haben), aber gerade das demonstrative Verhalten von F schien ihn zu motivieren, ihr seine empfindsamere Seele zu offenbaren.

Sie reagierte zunächst abweisend, verfiel ihm schließlich mehr und mehr und nutzte seine Annäherungen, die sie jedoch völlig falsch interpretierte, um dem offensichtlichen Liebespaar, das K und seine Freundin abgaben, Paroli zu bieten.

M und ich waren recht amüsiert. Ein schales Gefühl blieb

mir jedoch, weil ich nicht umhinkam, mich abgeschoben zu fühlen. Was mich ärgerte. Auch bildete ich mir ein, dass K mich immer öfter anzwinkerte, auch wenn er seine Freundin auf dem Schoß hatte oder sie gerade umarmte. *Mich* sah er dabei an. Er fasste ihr einmal zwischen die Beine und sah mir geradewegs in die Augen. Ich sah weg, aber nur kurz, dann verfolgte ich seine Hand, was sie tat. F zog sich beleidigt zurück.

Ich versuchte, mich an den Vorfall zu erinnern, versuchte, mir die Vergewaltigung ins Gedächtnis zu rufen. Es war merkwürdig, es wollte mir nicht gelingen. Ich konnte nur »Vorfall« denken, so wie F es einmal genannt hatte. Verblasste das Blut, das am Morgen aus mir geflossen war, tatsächlich so schnell? Der Schmerz war wie wegradiert, es machte mich wütend und hilflos, und eine Sehnsucht wuchs in mir, genau dahin zurückzukehren, um sicherzustellen, dass es ein Schmerz war, und herauszufinden, was diesen aus meiner Erinnerung verdrängt hatte.

Schließlich arrangierte ich eine Begegnung, bei der K Zeuge von meinem Versuch mit M werden sollte. Er war mit seiner Freundin spazieren und musste zwangsläufig an jener Stelle im Garten nahe der Gartenlaube vorbeikommen. Sie waren stehen geblieben. Ich bildete mir ein, dass wir uns in die Augen gesehen haben. In jener Nacht war es still in seinem Schlafzimmer. K wirkte verändert, auch enttäuscht. Der Vergewaltiger, dessen Gewalt nicht mehr wirkte.

Dabei wollte ich einen Roman über das Dilemma eines Autors schreiben, der zu Beginn seines Buches bereits weiß, dass seine Hauptfigur am Ende des Romans sterben muss.

## Geheimnisse

*1. Januar, abends*

Es schneite wieder, schöne kleine Flocken. Sie tanzten in den geschwungenen Laternen rund um das Bürgerhaus, landeten anschließend zart auf dem eisigen Boden, verharrten kurz in ihrer einmaligen Form, um dann sich doch zu verlieren in dem ganzen Weiß. Um diesen Lichtkegel herum war es Nacht. Sito stand seit einer kleinen Weile vor Rosas Pension. Nicht Sorge ließ ihn zaudern, vielmehr die Erkenntnis, dass ihn gerade das einholte, was er längst überwunden glaubte. Ein Anruf hatte genügt, um herauszufinden, dass Jana Smetlin mit seiner Frau Janina befreundet gewesen war, mehr noch, sie hatten ein Jahr in einer WG zusammengewohnt. Er kannte seine Frau, wusste, dass sie sich vorbehaltlos öffnete, wenn sie jemanden mochte. Die Antwort auf einen weiteren Anruf erwartete Sito noch voller Unbehagen.

Als er die Pension betrat, hörte er bereits die Stimmen von Enzig und Miriam. Er fand sie an demselben Tisch wie am Vorabend. Zeus begrüßte die beiden und legte sich auf Miriams Füße. Sie streichelte den Hund, warf Sito eine Kusshand zu. Es war merkwürdig vertraut, und Sito schalt sich im selben Moment, dass er das als befremdlich empfand. Vertrautheit. Etwas in ihm wehrte sich, noch immer, als erlaube er sie sich nicht – diese Selbstverständlichkeit des Glücks. Dennoch beugte er sich vor, um ihr einen Kuss auf die Stirn zu geben.

»Na, ihr beiden? Roman, bei dir alles in Ordnung?«, erkundigte sich Sito.

Roman Enzig fuhr sich durch sein Haar und nickte. Sein Blick wirkte besänftigt. Miriam hatte wieder dieses Strahlen in ihrem Gesicht, noch mehr Befremdung befiel Sito. Immer wenn alles gut war, quälten ihn die Erinnerungen. Die Angst, sie stand hinter Miriam, winkte und sagte: Du kannst sie nicht beschützen. Angst nimmt die Fähigkeit zum Glück. Düster drängte sich auch sein Versprechen an die Oberfläche.

»Habt ihr schon etwas zu essen bestellt?«, fragte Sito und legte Miriam die Hand auf die Schulter. Alles gut, sagte er sich.

»Nein, Paul, haben wir natürlich nicht. Wir wollten auf dich warten. Und auf Heinrich und Christine. Sie hat mich vorhin angerufen und gefragt, ob sie uns Gesellschaft leisten dürfen. Nur kurz, aber sie müssten gleich kommen.«

»Aha«, entgegnete Sito.

»Komm, Paul, setz dich zu uns«, forderte Miriam ihn auf und zog den Stuhl neben sich ein Stück vom Tisch weg.

Sito wehrte ab. »Ich muss schnell hoch ins Zimmer und eine heiße Dusche nehmen, Zeus etwas zu fressen machen, dann komme ich wieder.«

Eine Kusshand flog ihm entgegen, darauf das heitere Gelächter zweier Damen am Nebentisch. An der Bar saß ein Mann vor einem Bier. Einsam sah er aus. Sito verschwand ohne ein weiteres Wort, wie ein Schatten folgte ihm Zeus die Treppe hinauf in den ersten Stock. Oben angekommen hörte Sito die Nachrichten auf seinem Smartphone ab.

Janinas Vater bestätigte, dass im Sommer eine Jana Smetlin bei ihm gewesen war, um ihn nach der Vergangenheit zu befragen. Das Wort »Vergangenheit« war ihm schwer über die Lippen gekommen, zweimal hatte er ansetzen müssen. Sito starrte auf das Smartphone, nun gab es keinen Zweifel und auch kein Entrinnen mehr. Er dachte an die Schneeflocken und an den Wolf, der in diesem Weiß verschwunden war.

Als er wenig später wieder nach unten kam, saßen Wint und Fané bereits am Tisch und unterhielten sich mit Miriam und Enzig. Er hielt einen Moment inne. Die Runde wirkte komplett, auch ohne ihn. Aber Miriam entdeckte ihn, also setzte er sich dazu, bestellte sich eine asiatische Reisgemüsepfanne und legte sich im Stillen einen Plan zurecht, wie er weiter vorgehen würde in der Sache Smetlin.

»War eine gute Idee, kurz essen zu gehen«, sagte Fané gerade zu Wint. »Der Tag war schrecklich bislang. Wenigstens eine halbe Stunde Ablenkung.«

Wint nickte und wandte sich an Enzig. »Ich hab ein wenig über Sie gelesen, Sie sind ja schon ganz schön rumgekommen, nicht wahr?«

Enzig nickte und erzählte, während Rosa die Teller mit dem Essen brachte. Ganz nebenbei erfuhr so auch Sito, dass Enzig an der University of Liverpool im Zentrum für Ermittlungspsychologie nicht nur studiert, sondern auch unterrichtet hatte und zuletzt in Hamburg lebte.

»Und dann von Hamburg nach Konstanz, nicht schlecht«, sagte Wint.

»Ja, aber ich muss sagen, beide Städte haben ihren ganz eigenen Reiz. In Konstanz bin ich aufgewachsen. Ich bin hier wirklich heimatlich verwurzelt. Alles ist überschaubar, leicht zu erreichen, dennoch ist es weit mondäner, als eine Kleinstadt dieser Größe es üblicherweise ist. Es gibt eine Vielzahl guter Restaurants und auch schöne Bars, und last, but not least, es gibt den See«, schloss Enzig und klang recht überzeugt.

Wint nickte zustimmend. »Ein Gewässer zu haben, ist natürlich prima. Die Elbe hatte auch etwas«, fügte er schmunzelnd hinzu, »und die Nordsee erst.« Doch dann fuhr er nachdenklich fort: »Wenn nur der ständige Wind nicht wäre. Der machte mich ganz mürbe.«

Miriam pflichtete ihm bei. Den Wind, sagte sie, könne sie auch nur schwer ertragen. Fané unterdrückte ein Lachen.

Wint räusperte sich, dann sah er auf die Uhr. »Entschuldigt, aber ich muss los. Das lässt mir keine Ruhe, dass irgendwo die kleine Melli …« Er erhob sich.

»Warte, Heinrich«, Fané nahm schnell noch einen Löffel Suppe, »ich komme gleich mit.«

»Ach, Quatsch.« Miriam legte Fané die Hand auf den Arm. »Du bleibst hier, und du, Heinrich, kannst auch hierbleiben. Ihr könnt euch ebenso gut hier austauschen. Ich geh mit Zeus einfach nach oben. Ich weiß ja, dass ihr sonst nicht reden könnt.«

Wint lächelte, dann nickte er. »Gut, dann machen wir das. Rosa? Bringst du uns eine Runde Kaffee?«

Miriam küsste Sito und verabschiedete sich.

Wint räusperte sich, nahm eine Serviette und wischte sich damit über den Mund. »Also, die Spurensicherung konnte leider nichts finden, das hatten wir ja bereits befürchtet. Der Schneefall wurde immer stärker. Die Hunde haben lediglich noch einen Schuh aufgespürt, der Melli gehört. Am Nachmittag waren Christine und ich bereits bei den Freunden der Familie, aber nichts.«

»In welchem Umkreis ist denn der Schuh gefunden worden?«, fragte Enzig.

»Nicht weit weg«, erwiderte Wint und wiegte dabei nachdenklich den Kopf. »Christine, weißt du das genauer?«

»So an die fünfzig Meter. Wieso?«

»Hm«, brummte Enzig und nippte an seinem Weinglas.

»Wie ist das mit der Entfernung des Schuhs, Roman? Deine Frage hatte doch sicherlich einen Hintergrund, oder?«, erkundigte sich Wint.

Enzig nickte. »Wieder einmal die Statistik.«

»Und die besagt?«, hakte nun Fané nach.

»Ganz allgemein: Wenn das Entführungsopfer bereits tot ist, findet man die Leiche in einem Umkreis von acht Kilometern und hier wiederum nur vierzig Meter von einem befestigten Weg entfernt.« Enzig starrte auf das Weinglas und wechselte auf Wasser. »Was ich mir aber eigentlich überlege, ist Folgendes: Der Täter hat den Ort bewusst gewählt. Er hat sie weggebracht, aber kein Anruf wegen einer Erpressung, hab ich recht?«

»Stimmt, kein Anruf«, erwiderte Fané.

»In der Regel – das heißt, in der Statistik – überlebt ein kindliches Entführungsopfer vierundzwanzig Stunden, und meist liegen sexuelle Motive vor.«

Es herrschte schmerzvolles Schweigen am Tisch.

»Wenig erbaulich«, brummte Wint. Rosa kam, brachte eine Kanne Kaffee und vier Tassen sowie einen Teller mit Weihnachtsgebäck, die leeren Teller nahm sie mit.

»Unsere Chancen, die Kleine lebend wiederzufinden, sinken also von Minute zu Minute«, sagte Fané.

»Statistisch betrachtet, ja.« Enzig machte eine Pause. »Der Schuh, weshalb hat sie ihn erst so spät verloren? Ein kleines Kind, überwältigt, fünfzig Meter später ein Schuh. Hat sie sich so lange gewehrt? Oder welchen Grund könnte es gegeben haben, die Flucht zu unterbrechen, sodass ein Schuh verloren gehen kann? Es war doch gewiss ein Stiefel, den verliert man nicht einfach so.«

Sito nickte. »Roman hat recht. Es muss einen Grund gegeben haben, dass es zu einem erneuten Gerangel kam nach fünfzig Metern.« Er hielt inne, ein Gedanke war da plötzlich in seinem Kopf. »Habt ihr Wolfsspuren gefunden?«

Wint stutzte. »Was meinst du?«

»Ich weiß nicht, kam mir gerade nur in den Sinn. Es wird niemand sonst unterwegs gewesen sein am Neujahrstag um neun Uhr morgens dort draußen in der verschneiten Landschaft. Ein kleines Kind kann sich auch nicht großartig wehren. Aber das plötzliche Auftauchen eines Wolfes könnte die Flucht unterbrochen haben.«

»Okay, wir fahren morgen noch einmal zum Fundort des Stiefels und spielen die Möglichkeiten durch.«

»Morgen.« Christine senkte den Blick.

»Und was ist mit der ermordeten Autorin? Dieser Jana Smetlin?«, fragte Enzig.

Sito hielt den Atem an. Wollte Enzig provozieren? Er wusste doch, worum es in dem Fall ging. Wint rückte auf seinem Stuhl hin und her, Fané nahm einen Schluck Kaffee.

»Nun«, begann Wint, »gut, dass du es ansprichst, Roman. Wir, also Christine und ich, haben überlegt, dass wir uns aufteilen sollten. Für die Fälle, meine ich. Die Weisungsbefugnis liegt freilich bei dir, Paul.«

Damit waren aller Augen auf Sito gerichtet.

Der nickte. »Gut. Roman und Christine bleiben an der Mordsache, wir beide, Heinrich, an der Entführungssache.«

Wint wirkte erleichtert, das entging Sito nicht.

»So, ich denke, wir sollten uns ein wenig ausruhen«, sagte Wint. Dieses Mal konnte ihn nichts aufhalten. Fané folgte ihm. Schweigend blickte Sito den beiden nach, wissend, dass sie ins Präsidium fahren und sich über Jana Smetlin und das Manuskript austauschen würden – oder machte Wint da einen Alleingang?

»Paul?« Enzigs Kaffeelöffel kreiste durch die Tasse.

»Ja?« Sito sah in Enzigs Gesicht, in dem groß und deutlich ein Satz stand: Jetzt ist der Moment der Wahrheit.

»Ich weiß, was du denkst. Es steht dir auf die Stirn geschrieben.«

»Also? Was soll nun werden? Soll ich für dich bei Fané spionieren?«

»Ich bin mir nicht sicher, ob sie von dem Manuskript weiß.« Enzig stutzte. »Was soll das heißen?«

»Ich weiß nicht genau.« Sito rückte näher an Enzig heran. »Wenn es das ist, was ich denke, dann habe ich ein Problem.«

Enzig lachte hilflos. »Du hast viele Probleme, Paul.«

»Lass das, jetzt ist nicht die Zeit für Scherze.«

»Okay, entschuldige. Dann erklär mir, worum es geht.«

»Gehen könnte«, verbesserte Sito. »Meine Frau.«

»Um deine Frau? Janina? Um ihren Tod?«

Sito schluckte. »Beruhige dich, Roman. Nein, nicht um ihren Tod. Mein erster Fall. Da ging es um meine Frau. Sie stand unter Verdacht, einen Mord begangen zu haben.«

»Oh«, entfuhr es Enzig. »Das steht in –«

»Ich weiß es nicht. Aber es könnte sein. Diese Jana Smetlin hat im Sommer bei Janinas Vater recherchiert.«

»Das weißt du seit wann?«

»Seit vorhin erst. Jana Smetlin hat auch bei mir angerufen kurz nach Weihnachten, sie wollte mich treffen.«

»Ja, das hast du mir schon gesagt. Wenn das stimmt, wenn sie über deinen ersten Fall geschrieben hat und über Janina und – Moment, du hast damals deine Frau gedeckt? Ist das etwa das große Geheimnis?« Enzig fiel in seinem Stuhl zurück, die Arme auf seinen Schoß sinken lassend.

Sito biss sich auf die Lippen, überlegte, entschied, dass das reichen musste. »Gewissermaßen, und ja, du brauchst mir jetzt nicht zu erklären, dass das ein glasklares Mordmotiv wäre. Aber mal ehrlich, wäre ich als Kommissar so dumm und hätte ausgerechnet das Manuskript liegen gelassen?«

✳✳✳

Auf dem Weg nach Hause hielt Fané vor dem Gebäude der Polizeidienststelle. Im Erdgeschoss brannte in zwei Fenstern noch Licht. Ihre Kollegen Georg Schrader und Bernd Manzinger von der Nachtschicht wünschten ein »gutes Neues«, als sie hereinkam und sich den Schnee vom Mantel klopfte.

»Gibt es Neuigkeiten im Fall Walters?«, erkundigte sich Fané und sah hoffnungsvoll zu Manzinger, der gerade Kaffee kochte.

Müde schüttelte er den Kopf und holte zwei Tassen aus dem Schrank. »Leider nein. Aber an so einem Tag kann man auch nicht wirklich mit aufmerksamen Bürgern rechnen, oder? Schon gar nicht zu der frühen Stunde«, sagte er. »Es war ja erst neun. Verdammt, die armen Eltern, was ein Start in das neue Jahr.«

»Stimmt. So ein Mist.« Fané warf die Handtasche auf ihren Tisch. »Schenken Sie mir auch eine Tasse ein.«

»Wollen Sie uns etwa Gesellschaft leisten, Christine?«, fragte Schrader überrascht, und der andere Polizist blickte von seinen Akten auf.

»Ich will mir ein paar Notizen machen, schlafen kann ich ohnehin nicht.«

»Und die Kollegen aus Konstanz? Die haben Feierabend?«

Fané dachte an Enzig und Sito und schüttelte, ohne groß nachzudenken, den Kopf. »Nein, glaube ich nicht. So wie ich die beiden einschätze, wälzen die auch irgendwelche Akten. Sagen Sie mal, Schrader, gibt es neue Wolfssichtungen?«

Schrader verdrehte die Augen. »Dutzende. Man glaubt ja nicht, wie gut sichtbar ein weißer Wolf in weißem Schnee ist. Irre, die Leute, echt.« Er holte aus seiner Schublade ein Sandwich und biss hinein. »Ein Freund hat einen weißen Schäferhund, hab ihm schon gesagt, dass er ihn besser nicht von der Leine lassen soll.« Ein Tropfen weißer Soße fiel vom Sandwich auf den Boden. »Mist.« Schrader wischte mit einem Taschentuch flüchtig über den Fleck, dann stand er auf, holte eine Tasse frischen Kaffee und brachte ihn Fané.

»Danke, das ist nett.«

»Oh, Sie hier?«

Fané sah sich überrascht um und erkannte Wint, der sich wie sie zuvor ebenfalls den Schnee vom Mantel abklopfte. »Hallo, Georg, hallo, Bernd«, grüßte Wint die Kollegen, während er seinen Mantel über einen Stuhl vor der Heizung hängte. »Da hatten wir wohl die gleiche Idee, Christine.«

»Scheint so«, sagte Fané. »Ich will mir Notizen machen und – sag mal, die Fallaufteilung? Eine spontane Idee?«

Wint setzte sich ihr gegenüber und zuckte die Schultern. »Was sollte ich denn machen? Ich hatte noch nicht genug Zeit, um nachzudenken. Du etwa?«

»Mitnichten.«

»Georg, machen Sie uns noch mehr Kaffee, bitte«, sagte Wint.

Fané zog sich ebenfalls den nassen Mantel aus. »Hoch gepokert.«

»Ist mir bewusst«, entgegnete Wint.

»Ich bring Ihnen gleich den Kaffee, muss nur eben neuen kochen. Auf so viel Besuch waren wir freilich nicht eingestellt«, sagte Schrader und starrte demonstrativ in die fast leere Dose mit dem Kaffeepulver.

Wint beugte sich nach vorn. »Christine. Willst du mir vielleicht etwas sagen, bevor wir weiter über den Fall verhandeln?«

Sie sah kurz unter sich, dann musste sie lachen. »Durchschaut. Ich hab bereits in dem Manuskript geblättert, als du geschlafen hast.«

Wint nickte. »Dachte ich mir schon. In meinen Notizen auch?«

Sie hielt seinem Blick stand, reagierte aber nicht, allein seine Unterstellung reichte aus.

»Okay. Tu das nie wieder. Unterschätze mich nie wieder.«

Fané schluckte.

»Und? Wie ist deine Einschätzung?«

Sie seufzte. »Es wäre ein Mordmotiv, gewiss, aber dann muss er ordentlich gestört worden sein, sonst hätte er das cleverer angestellt.«

»Vielleicht auch ein Wolf?«

»Nein, Heinrich. Wenn wir Sito als Verdächtigen in Betracht ziehen wollen, dann bräuchten wir zunächst eine Verbindung zwischen Jana Smetlin und Paul Sito. Außerdem etwas über diesen alten Fall, denn alles kann frei erfunden sein, und so wie ich das beim Überfliegen gesehen habe, fehlen etliche Passagen.«

Wint nickte. »Entscheidende, ja. Allerdings gibt es die Verbindung bereits. Sie hat ihn angerufen.«

»Bitte was?«

»Einen Tag vor ihrer Ermordung. Jana Smetlin hat Paul Sito angerufen.«

»Verdammt. Und nun?«

»Nun wirst du mit Enzig gemeinsam dieses Tagebuch studieren.« Wint deutete auf die beiden Stapel und zog demonstrativ seinen ein wenig näher zu sich heran. »Und ich mache mir Gedanken, was ich mit Paul bespreche. Bevor wir einen Kollegen zum Fallen bringen, will ich wissen, was ihn überhaupt in diese Situation gebracht hat.«

Fané tippte mit den Fingerspitzen auf den Schreibtisch. »Heinrich?«

»Was ist?«

»Bevor ich einen Fehler mache – wir sind uns schon einig, dass wir Sito nicht für einen eiskalten Mörder halten, sondern den Verdacht vielmehr entkräften wollen?« Sie sah sich kurz nach Schrader und Manzinger um, beide waren sie mit ihrem Mitternachtssnack beschäftigt.

Wint atmete tief ein und aus. »Spielt das eine Rolle? Im

besten Fall finden du und Enzig einen anderen Mörder. Allerdings stehen wir noch vor einem ganz anderen Problem, Christine.«

Es dauerte, bis Fané begriff, was Wint meinte. Das Manuskript war nun einmal da, ganz unabhängig davon, wie der Fall Smetlin ausgehen würde, sie waren nun Mitwissende.

»Und daher«, setzte Wint nach, »werden wir uns jetzt gemeinsam dieses Tagebuch weiter vorknöpfen.«

Sie spürte, dass ihre Mundwinkel zuckten, vermied aber ein Grinsen.

»Da staunst du, was? Ich bin nicht der alternde, lethargische Idiot, für den du mich anfangs gehalten hast. Ich war lediglich müde, berufsmüde, aber das ist nun vorbei. Los geht's.«

\*\*\*

Er hatte seinen kleinen Bruder nicht beschützen können. Der Vater, ganz in seiner Hesse-Welt gefangen, war nicht einen Augenblick in die Realität zurückgekehrt, und das eigentlich Schlimme daran war, dass sie alle nicht gemerkt hatten, wann diese innere Abkehr sich in aller Kompromisslosigkeit vollzogen hatte. Heimlich, still und leise hatte es diesen irreversiblen Zustand erreicht. Er hatte den Schock darüber in den Augen seiner Mutter lesen können. In dem einen Moment, als …

Nur fünf Jahre habe Hesse am Bodensee gelebt, in Gaienhofen, von 1907 bis 1912, doch sei sein Haus dort das einzige, das er selbst gebaut habe, das müsse doch etwas bedeuten, hatte der Vater ihnen früh erklärt. Gemeint hatte er: Die Heimat bleibt im Herzen. Ja dann, hatte die Mutter erwidert, dann könne man doch auch wieder umziehen, und er, der Vater, solle seine Heimat gefälligst im Herzen tragen, wie dies auch Hesse offensichtlich getan habe, als er Gaienhofen verließ, um nach Bern zu ziehen. Ausgerechnet Bern, das hatte den Vater mehrfach beschäftigt, beinahe gekränkt. Wieso nur? Ach, wir sollen nach Bern?, hatte der Vater spitz gefragt, und die

Mutter war schon wieder den Tränen nahe gewesen. Sie waren geblieben. Am Bodensee.

Anton Huber sah auf das Bündel vor sich, sah plötzlich wieder seinen Bruder, sah wieder den Vater, der das Kind packte, als wäre es ein Laib Brot, es einwickelte, als wollte er es bewahren vor dem Vertrocknen. Nichts mehr war zu sehen gewesen von dem kleinen Bruder. Und erst dann war Anton aufgefallen, dass Stille herrschte – für einen kurzen Augenblick bahnte sich kein Vers den Weg in die Freiheit, verblieb im Gehirn seines Vaters. Für die Dauer des »Verpackens« des Bruders. Das war unheimlich, abwegig. Weshalb schwieg sein Vater? Sobald er damals das Bündel geschnürt hatte – was der Vater so fachmännisch und zielstrebig erledigt hatte, dass man denken konnte, er hätte das Ganze beabsichtigt und geplant oder, wenn schon nicht beabsichtigt, so doch kommen sehen –, hatte er freundlich gelächelt und zweimal in die Hände geklatscht, um dann anzustimmen: »Wohlan denn, Herz, nimm Abschied und gesunde!«

Und er? Heute am Wegesrand? Dort im Schnee? Was hatte er sich nur gedacht? Er war wie sein Vater. Das Wasser in seinem Kopf plätscherte leise vor sich hin. Noch könnte er alles ungeschehen machen, das Kind einfach auswickeln aus den Decken und zurückbringen, noch war nichts geschehen. Dieses fremde Mädchen. Nur ein Moment war vergangen … Nur ein Jahr hatte begonnen. Noch war nichts geschehen, noch könnte er …

Da bewegte sich etwas unter den Decken. Zweimal hörte er Hände klatschen, dann drang wie aus weiter Ferne eine Stimme an sein Ohr: »Wohlan denn, Herz, nimm Abschied und gesunde!«

\*\*\*

Es war die erste Nacht seit Langem, in der sie nicht miteinander schliefen. Sito hatte Miriam im Arm gehalten, bis ihr Atem ruhig und gleichmäßig geworden war, dann hatte er sich vorsichtig befreit und war aufgestanden. Warm in Decken gehüllt, hatte er sich auf den Balkon gesetzt und eine Zigarre angezündet.

Die Glut leuchtete hell auf in der eisigen Nacht. Der erste Tag des neuen Jahres ging zu Ende. Vor ihm lag schwarz der Bodensee. Am anderen Seeufer waren Lichter zu sehen. Dort drüben lag auch das Schloss von Steckborn, das aus dem 14. Jahrhundert stammte. Miriam war mit ihrem Kunstdozenten dort gewesen und hatte Sito davon erzählt. Irgendein Abt von der Reichenau hatte es errichten lassen, und es hatte eindrucksvolle vier Stockwerke und mehrere Türme, so viel wusste Sito noch. Erstaunlich eigentlich, dass er mit Janina nicht dort gewesen war. Immerhin waren sie durchgefahren auf ihrem Weg nach Klingenzell, ein Aussichtsplatz oberhalb von Mammern. Janina hatte ihn dort zu einem Picknick eingeladen, das Schloss in Steckborn hatten sie dafür freilich links, nein, rechts liegen gelassen, und auf dem Rückweg war es bereits dunkel gewesen. So wie jetzt.

Zwei Fälle an dem Ort, wo er hatte Ruhe finden wollen. Er überlegte, wie wahrscheinlich es war, dass diese beiden Fälle *nicht* zusammenhingen. Aber wie könnten die ermordete Schriftstellerin und die entführte Tochter der Walters zusammenhängen? Hatte diese etwas gesehen? War sie vielleicht Zeugin der Ermordung geworden?

Sito rief sich ins Gedächtnis, was er bislang von dem Fall Jana Smetlin erfahren hatte. Die junge Autorin hatte ein Stipendium für ein Buchprojekt erhalten. Sie war allerdings über die Dauer des Stipendiums hinaus noch in der Künstlervilla geblieben, unbemerkt anscheinend, aber das war jetzt nicht sehr verwunderlich, denn wieso sollten die Gaienhofener Fragen bezüglicher der Dauer des Stipendiums stellen? Und sie hatte über ihn geschrieben, ja ihn sogar sprechen wollen. Weshalb? Wollte sie seine Stellungnahme zu diesem ersten Fall seiner Karriere? Hatte sie Zweifel an dem, was Janina ihr erzählt hatte von dem als Jagdunfall deklarierten und zu den Akten gelegten Todesfall? Hohenfels, der Mann von der internen Ermittlung, war schon lange dran an diesem ersten Fall, der so viele böse Schatten nach sich zog, dabei hatte Sito wie stets versucht, moralisch zu entscheiden, gerecht und nicht nach Recht. Ein wenig kam er sich vor wie die Hauptfigur in einem antiken Drama – es gab einfach nicht die eine richtige Entscheidung.

Die Zigarre glomm und schmeckte nach bitterer Schokolade. Sito war sich sicher, dass es einen Zusammenhang gab. Einfach weil es sehr unwahrscheinlich war, dass sich zwei voneinander unabhängige Verbrechen an einem so friedlichen und exponierten Ort ereigneten. Die Tochter der Walters konnte nicht Zeugin gewesen sein, denn die Tat war ja nachts geschehen, da sprang keine Fünfjährige umher. Was also könnte Melli für den Täter interessant machen?

Sito hielt inne, sah, dass ein Licht auf dem See blinkte, wusste, dass es die Seewacht war, und hoffte, sie würden nichts finden, kein Silvesteropfer, niemanden, der seine Einsamkeit in der Stille des Sees zu ertränken versucht hatte. Bei der Eiseskälte wäre ein solcher Versuch gewiss erfolgreich gewesen. Sito schüttelte den Gedanken schnell ab. Die Nachrichten morgen würden es berichten.

Das große Geheimnis also blieb: Was verband Jana Smetlin mit Melli Walters? Wenn die Verbindung nicht in den Personen lag, dann doch mindestens in der räumlichen und zeitlichen Nähe der Fälle. Alles andere wäre ein grausamer Zufall, der den Ermittlern unnötig das Leben erschwerte. Gerechtigkeit. Konnte der Zufall eigentlich auch gerecht sein? Was, wenn er Janina damals ausgeliefert hätte? Oder sich? Oder einfach nie die Beherrschung verloren hätte?

Während Sito an seiner Zigarre paffte, hörte er plötzlich ein Jaulen. Intuitiv dachte er sofort an Zeus, drehte sich abrupt um und stieß die Balkontür auf, doch sein Hund lag friedlich vor dem Bett und schlief. Langsam ließ sich Sito auf den Gartenstuhl sinken, die Decke glitt von seinen Beinen, doch es störte ihn nicht. Sein Körper war erfüllt von einer Hitzewelle, die der Schreck in ihm hinterlassen hatte. Das Jaulen war nicht mehr fern. Sito schloss die Augen, hatte das Gefühl, es gelte ihm, als würde es ihn rufen, nein, eher willkommen heißen in dieser finsteren Welt da draußen. Der Wolf, er hatte ihn also gefunden.

# Jana Smetlin

Da waren wir. In einem kleinen Dörfchen am Bodensee, den jeder kannte, auch Hesse kannte jeder, aber kaum einer kannte Gaienhofen. Wir saßen an den ersten Abenden schweigend am Tisch, schüchtern irgendwie, womöglich hat auch jeder erwartet, das Umfeld von so bekannten Namen wie Hermann Hesse oder Otto Dix müsse irgendwie belebter sein. Waren wir enttäuscht? Ein wenig, muss ich zugeben. Als ich das erste Mal unten am See war, der hier ja nur Untersee heißt und mehr Fluss als See ist, da war ich enttäuscht. Eine alte Frau, die dort saß und mich beobachtete und offensichtlich auch aus der Zeitung kannte, die von unserer Ankunft im Künstlerhaus berichtet hatte, legte mir den Arm auf die Schulter: »Wenn du was Mondänes suchst, dann musst du nach Konstanz. Aber beschwer dich nicht über die unmondänen Touristen.« Sie lachte und ließ mich stehen.

Unmondäne Touristen. Ich wusste genau, was sie meinte. Ich war in Konstanz. Extra ein paar Tage früher angereist, hatte ich dort Urlaub gemacht und den Ort, über den ich schreiben würde, auf mich wirken lassen. Das Problem war, dass die Touristen nicht mehr wegen der schönen Altstadt kamen, sondern vor allem wegen der vielen Läden und Restaurants. Es widerte mich an, überall wurde gefressen, ständig hatte jemand ein Eis oder ein Pizzastück in der Hand, dann roch es wieder nach den Zwiebeln in den Dönern oder nach Fisch und Knoblauch. Ich finde, man sollte das Essen nur zu bestimmten Zeiten erlauben, das wäre wesentlich angenehmer und respektvoller – gegenüber anderen Menschen, aber auch gegenüber dem Essen selbst. Im Künstlerhaus aßen alle ganz manierlich, zum Glück.

Ich rief mir einen nach dem anderen ins Gedächtnis und fragte mich, ob wohl einer von ihnen außer Ullrich wirklich etwas geleistet hatte. Von F habe ich gar nichts gesehen. Ob in der Garage noch Spuren sind?

Ks Freundin war abgereist. Eine leicht frostige Atmosphäre war nicht zu leugnen, und F warf mir einen triumphierenden Blick zu, von dem ich nicht wusste, wie er zu deuten war. Hatte sie angenommen, für jenen flüchtigen Abschied verantwortlich zu sein? War sie stolz? Ich hatte vielmehr ein schlechtes Gewissen. Was hatte ich denn gewonnen, wenn sich K mit seiner Freundin entzweite?

M behielt einen lockeren Umgang mit mir bei, das empfand ich als sehr angenehm, wenngleich ich ein Knistern provozierte, sobald K in der Nähe war. Ich weiß selbst nicht, jetzt, da ich allein bin, was mich dazu getrieben hat. Ich denke, ich wollte ihn bestrafen. Sicherlich nur ein schwacher Versuch, aber irgendwie doch eine Verzweiflungstat. So wie die von F wenige Wochen später.

Mit dem Töten ist das so eine Sache. Wann beginnt es? Wann hört es auf? Erst mit dem Tod des anderen oder bereits mit seinem Sterben? Ich weiß es heute immer noch nicht. Aber ich weiß, dass ich es aus der anderen Perspektive erfahren werde, und bin mir sicher, dass ich mich als getötet empfinden werde, sobald ich keine Hoffnung mehr auf Rettung sehe. Also schon, wenn der andere nur das Messer erhoben hat.

F begann, auf eine seltsame Art und Weise zickig zu werden. Zunächst dachten M und ich, als wir uns einmal nachts nach zwei Flaschen Wein darüber austauschten, sie hätte nur ihre Tage, doch einige Zeit später unterhielten wir uns erneut über F und waren uns sicher, dass es da noch etwas anderes geben musste.

M und ich mimten inzwischen das Liebespaar. Ein seltsames Paar, schliefen wir doch so gut wie nie miteinander. F beäugte uns misstrauisch, und K reagierte patzig.

Das Eigenartige an Fs Verhalten war, dass sie mehr und mehr die Hausfrauenrolle in unserer Wohngemeinschaft – oder sollte ich sagen Zwangsgemeinschaft? – übernahm. Sie putzte, kochte, deckte den Tisch und rief uns zum Essen. Wir trotteten aus unseren Verstecken wie an Mutters Tisch. Ullrich dankte es ihr als Einziger. K machte sich lustig über sie, und M und ich taten, als wäre alles unauffällig normal. Doch F fing andererseits auch an herumzukommandieren, wenn wir nicht aufräumten, wenn etwa unsere Klamotten herumlagen.

Eigentlich müsste ich diejenige sein, die zickig wird, schließlich war ich es, die vergewaltigt worden war. Vergewaltigt. Ob die Erinnerung zurückkehrt, wenn ich es oft genug aufschreibe?

F platzte einmal in mein Zimmer, als M und ich wirklich Sex hatten. Eine geradezu kindische Freude erfasste mich, dass sie es so getroffen hatte, einen der wenigen intimen Momente zu erwischen. Sie blieb wie angewurzelt im Türrahmen stehen und starrte uns mit offenem Mund ungläubig an. Was ist?, fragte M, ohne großes Erschrecken preiszugeben. Und was sagte sie? Ich dachte, ich könnte meinen Ohren nicht trauen. Sie schimpfte mich eine Hure. Ich war fassungslos, doch M fing mich sogleich wieder auf, indem er loslachte. Schließlich fiel ich mit ein in sein Lachen, und wir beide lachten so laut, dass ich mir wiederum sicher war, dass sie es hören musste, obgleich sie längst geflüchtet war. Geschieht ihr recht, dachte ich mir.

Heute denke ich, meine Aggression gegen F hatte unter anderem mit ihrer Unversehrtheit zu tun. Mein Selbstmitleid für all das, was mir widerfahren ist, schien sich in Aggression zu entladen. Gegen die andere Frau. Die Unberührte. Warum konnte ich nicht einfach ihn hassen?

Sie hatte mir ganz am Anfang gestanden, dass sie noch Jungfrau war. Sie stammte aus einem streng christlichen Elternhaus und hatte in ihrem jungen Leben noch nicht allzu viel Spaß gehabt. Ihre Kunst war ihre Phantasiereise in eine andere Welt. Sie meißelte Liebende nur aus der Vorstellung. Der unbehauene Stein war sie selbst, und sie machte daraus all das, was sie sich in ihrer Einsamkeit ausmalte. Zwei Gläser Wein später – sie hatte auch keinerlei Erfahrung mit Alkohol, sodass er schnell anschlug – verriet sie mir, dass dies ihr erster unbewachter Ausflug war und sie hier ihre Jungfräulichkeit verlieren wollte. Ich lachte, und sie zog sich beleidigt zurück, weil sie dachte, ich würde sie auslachen, was nicht der Fall war. Ich versuchte einzulenken, indem ich ihr erklärte, dass sie auf den Richtigen warten sollte. Jemanden, den sie lieben würde und der sie ebenfalls liebte ... Das alte Geschwätz eben. Doch vermutlich war bereits in diesem Moment etwas zerbrochen.

Irgendwann zwischen der sechsten und siebten Woche ließ man uns wissen, dass interne Schwierigkeiten in der Stiftung aufgetreten seien, die es unmöglich machten, regelmäßig in Kontakt mit uns zu treten. Bis zu diesem Zeitpunkt war nämlich einmal die Woche ein Vertreter der Stiftung vorbeigekommen und hatte sich nach unserer Arbeit erkundigt. Fortan würde also niemand mehr kommen. Gut, nicht schlimm, dachten wir.

Jetzt weiß ich es besser. Vieles wäre wohl anders gekommen, hätten wir wenigstens diese eine Kontrolle von außen, diesen letzten Bezug zur Außenwelt gehabt, aber nun ist es zu spät, einen Gedanken daran zu verschwenden.

Was mich zu dieser Zeit viel mehr beschäftigte, war die Frage, warum ich nicht arbeiten konnte. Ich hatte mir immer diese Chance erhofft, einmal nichts anderes tun und an nichts anderes denken zu müssen als an mein Manuskript. Die Bestätigung, meine Arbeit sei gut, förderungswürdig und gar zukunftsträchtig, hatte mich förmlich umgehauen, und alles war bestens gelaufen – bis zu meiner Ankunft hier. Ich war wie gelähmt. Seltsamerweise hat der Tod dieses Reporters meine Lähmung nicht etwa verschlimmert, sondern gelöst. Ich schrieb in nur einer Nacht mein Manuskript beinahe zu Ende. Aber halt: Das ist ja schon fast das Ende der Geschichte.

In einem schmerzlichen Moment erfuhr F, dass Ullrich nett und freundlich zu ihr war, sich aber weder angezogen von ihr fühlte noch bereit war, sie in sexuelle Handlungen einzuführen. Es war schon eine besondere Tragödie. Sie war zu mir gekommen, wieder mal leicht angetrunken, und hatte mir triumphierend mitgeteilt, dass es nun so weit sei. Ich habe erst gar nicht verstanden, worauf sie hinauswollte, zu überrascht ob ihrer Freundlichkeit. Ich solle nur nicht so scheinheilig tun, ich wüsste doch genau, was zwischen ihr und Ullrich laufe. Ich zuckte immer noch die Schultern, doch ahnte ich inzwischen, worauf sie anspielte, und mir schwante nichts Gutes. Heute Nacht wollte sie sich ihm hingeben. Ich staunte nicht schlecht, war ich mir doch sicher, dass Ullrich ganz andere Neigungen hatte. Doch jeglicher Rat von mir wurde abgetan als blanker Neid, dass ich Ullrich nicht auch noch habe für mich gewinnen können. Ich versuchte sie noch zu überzeugen, dass ich niemanden für mich gewinnen wollte, allein sie glaubte mir kein Wort.

Gestern Nacht heulte ein Wolf vor dem Haus. Im Dorf haben sie darüber gesprochen. Ein Wolf war gesehen worden, und ich dachte sofort, wie schön, sie kommen wieder, doch den Leuten beim Bäcker stand die Angst im Gesicht. Manche Dinge ändern sich nie. Sie haften in den Köpfen der Menschen wie bleischwere Gedanken, lassen sich einfach nicht wegspülen. Mich hat man gefragt, ob ich nicht Angst hätte, wenn ich so allein durch die Gegend zöge, und ob ich auch schon einmal dem verrückten Anton begegnet sei bei meinen Streifzügen. Haha, der lasse sich auch gut in ein Buch einbauen – ich schriebe doch Krimis, sagten sie. Ja, ja, ihre Gegend sei schon etwas Besonderes mit dem See und dem Wald ... Und jetzt mit dem Wolf. Sie lachten, die Beklemmung war gewichen. Und einen Verrückten haben wir auch, sagte eine Frau und lachte. Wieso verrückt, hatte ich gefragt. Weil er sagt, dass er Wasser im Kopf hat, erklärte mir eine andere Frau, und ich dachte erst, er hätte einen Wasserkopf, was es ja auch gibt, aber nein, sie schob sofort nach, als sie mein entsetztes Gesicht sah, dass er gesund sei, aber Wasser in seinem Kopf höre, ein stetiges Plätschern, aber sie wundere das nicht. Aber harmlos sei er und eigentlich ganz nett. Verrückt dürfe man ja nicht sagen bei dem, was er durchgemacht habe. Auch das sei Stoff für einen Krimi, sagte eine andere, und dann kamen sie wieder auf den Wolf zu sprechen, der jetzt vor meiner Tür heulte. Anton und der Wolf, zwei einsame Wesen, die nachts dort draußen umherzogen, der eine Wasser im Kopf, der andere auf der Suche nach einer Heimat. Ich mag Wölfe, habe ich gesagt und die Bäckerei verlassen. Diesen Anton sollte ich vielleicht einmal besuchen, vielleicht inspiriert er mich. Ein Mensch, der Wasser im Kopf hört, kann nicht so schlecht sein, da bewegt sich etwas, da fließen Gedanken.

Wir haben mittlerweile den 27. Dezember. Ich habe das Gefühl, ich muss mich beeilen.

Der Tod des Reporters also, endlich konnte ich arbeiten … Als wäre mit ihm meine Beklemmung gestorben.

## Todesfälle

*1. auf 2. Januar, nachts*

Es war weit nach Mitternacht. Schrader hatte das letzte Kaffeepulver verkocht, Wint schon mehrfach die Vorratsschränke nach Essbarem durchwühlt, und Fané versuchte gerade verzweifelt, ihre Füße warm zu bekommen. Doch auch die Heizung reichte mittlerweile nicht mehr.

»Heinrich?« Sie sah zu Wint hinüber, der sich nicht gerührt hatte.

Nahezu fieberhaft las er Seite um Seite, ohne einmal den Blick zu heben. Als hätte er alles um sich herum vergessen. Fané musste lächeln. Er hatte den Stapel auf seine Knie gelegt und den Kopf auf die Brust gesenkt. Die Hände hatte er unter die Oberschenkel in das Sofa gegraben und zog jedes Mal die rechte Hand heraus, um die gelesene Seite mit der Schrift nach unten auf den stetig wachsenden Stapel neben sich zu legen. Im Moment biss er sich gerade auf die Unterlippe. Irgendetwas musste seine Aufmerksamkeit erregt haben. Mit beiden Händen griff er nach dem schon gelesenen Stapel und blätterte an den Anfang zurück.

»Heinrich?«, versuchte sie es noch einmal. »Wir haben vielleicht ein Problem.«

Er sah auf.

»Der tote Reporter? Bin gerade an der Stelle.«

»Puh«, Fané stöhnte, »insgesamt harter Tobak. Diese Vergewaltigung, die dann doch keine gewesen sein soll, oder wieder doch. Was denkst du?«

»Ich weiß nicht recht. Die ist Autorin.« Wint rieb sich das Kinn, wo sich Bartstoppeln munter ausbreiteten. »Was, wenn das alles auch eine Geschichte ist?«

»Wie das Manuskript?«

»Warum nicht? Einiges wiederholt sich. Die Figur der F …«

Wint beugte sich zur Seite und blätterte in einem anderen, maschinenbeschriebenen Stapel. »Hier.« Er reichte ihr eine Seite, auf der er einige Stellen gelb markiert hatte.

Fané las und nickte. »Okay, ich verstehe, was du meinst. Das ähnelt sehr der Szene im Tagebuch.«

Wint nahm die Seiten zurück. »Allerdings. Dennoch, wenn wir annehmen, dass es ein Tagebuch ist, dann haben wir jetzt eine Handvoll Verdächtige.« Er legte die Seiten vor sich auf den Tisch. »Weshalb haben wir eigentlich noch immer nicht die Daten der anderen Stipendiaten?«

»Die Leiterin der Stiftung berief sich auf Datenschutzbestimmungen. Ich werde mich morgen darum kümmern, notfalls eben mit einer richterlichen Anordnung.« Fané spielte mit dem Stift in ihrer Hand. »Aber welchen Grund sollten die Mitstipendiaten haben, Jana ein paar Wochen sich selbst zu überlassen, dann zurückzukehren und sie zu erschlagen?«

Wint zuckte mit den Schultern. »Vielleicht ist der tote Reporter von Bedeutung. Himmel, diese Müller-Sonst-wie, das zieht sich jetzt aber hin.« Er wollte gerade wieder aufstehen.

»Lass es, Heinrich. Es gibt im ganzen Revier nichts Essbares mehr.«

Er fuhr sich mit der Hand über die Stirn. »Das macht mich wahnsinnig.«

»Was genau?« Fané lachte. »Das fehlende Essen oder diese Frau Müller-Olenhusen?«

»Beides. Kennst du das Gefühl, zum Warten verdammt zu sein?«

Fané nickte, das kannte sie nur zu gut. »Morgen, Heinrich, morgen beginnt offiziell das neue Jahr, dann kommen wir gewiss weiter. Und weißt du was? Ich bin froh, wenn wir weitere Verdächtige für den Mord an Jana haben.«

»Wegen des Reporters«, begann Wint, doch das Klingeln des Telefons unterbrach ihn. Beide sahen sofort auf die Uhr. Zwei Uhr in der Nacht.

Fané spürte eine Beklemmung im Brustkorb, als würde ihr jemand die Kehle zuschnüren. Sie beobachtete Wint, wie er zum Telefon ging, den Hörer nahm, zuhörte. Es schien Fané, als geschehe alles in Zeitlupe, gleichzeitig meinte sie zu wissen, was dieser Anruf bedeutete. Sie sah oder bildete es sich zumindest ein, dass Wints Hand zitterte.

In ihrem Kopf überschlugen sich die Gedanken und Erinnerungen, schwappten durcheinander und übereinander, verdichteten sich schließlich zu einem Film, wie sie ihren ersten Toten gesehen hatte. Dann der Abschied von ihren Eltern, als sie zur Polizeischule ging, ihre Mutter, die sich daher von ihr distanzierte und ein Jahr lang nur spärlich mit ihr kommunizierte, ihr Freund, den sie heiraten wollte, der jetzt aber nicht mehr an ihrer Seite war. Fané sah wieder den Arzt vor sich, wie dieser ihr mitteilte, sie sei schwanger, und sie im selben Moment dachte, dies wäre der großartigste Augenblick in ihrem Leben und gleichzeitig auch der schlimmste. Keiner von ihnen beiden wollte ein Kind, und dennoch hatte sie diesen kurzen Moment des Glücks, als der Arzt ihr gratulierte. Später sollte sie tagelang weinen, nachdem sie das Kind verloren hatte, weinen um das ungeborene Glück, das in dieser Gestalt nie wieder würde existieren können, und ihr wurde die Einmaligkeit eines jeden Geschöpfes schon von Beginn seiner Zeugung an bewusst. Und auch der Tod war schmerzhaft einmalig. Sie sah wieder ihren Freund am Steuer des Wagens, wie sie stritten, wie der Wagen ins Schleudern kam, der Unfall, die vielen Lichter und fremden Stimmen. Die Schreie, die Schmerzen, das Blut.

Fané schluckte schwer. Sie sah, dass Wint den Kopf senkte. Er sah aus wie der Arzt im Krankenhaus, der ihr mitteilte, dass sie das Baby verloren hatte. Dahinter hatte ihr Freund gestanden. Sein Blick war dem ihren ausgewichen, aber umgehend hatte sie das Gefühl gehabt, dass er im Grunde erleichtert war. Sie hatte ihm sicher unrecht getan.

»Man hat sie gefunden«, sagte Wint.

Fané riss sich von ihren Erinnerungen los. Wints Gesicht

lag im Schatten neben der Stehlampe aus den Sechzigern, fahl und eingefallen, seine Augen leer.

»Nein«, flüsterte Fané.

»Melli, sie ist tot.«

\* \* \*

Die Lampen der Spurensicherung hatten den Fundort in ein grelles Licht getaucht, wie ein angestrahltes Gemälde lag er in der finsteren Nacht. Wint hatte angerufen, seitdem waren vielleicht zwanzig Minuten vergangen, in denen Sito immer wieder an Mellis Mutter denken musste – und an sein Versprechen. Jetzt standen er und Enzig dort am Rand dieser Insel aus Licht in einem Berg aus düsteren Gedanken und warteten mit Wint und Fané, bis die Spurensicherung ihnen das Okay gab.

»Ein totes Kind ist das Schlimmste«, flüsterte Fané.

Sito nickte kaum merklich. Endlich winkte jemand, befreite sie von dieser Minuten währenden Last des Wartens. Stumm machten sie sich auf den Weg, nur wenige Schritte weiter lag das tote Mädchen, daneben kniete Dr. Samuel Parson. Er nickte Sito zu, und der legte seinem alten Freund kurz die Hand auf die Schulter.

»Was hast du für uns, Samuel?«

Es war so kalt, dass Sito das Gefühl hatte, seine Lippen seien festgefroren. Ein am Fußende des Mädchens aufgestellter Scheinwerfer überwarf den kleinen Körper mit unnatürlicher Helligkeit. Das Mädchen war bekleidet, aber ohne ihren Mantel, sodass ihre zierliche Gestalt deutlich zu erkennen war. Ihr Gesicht strahlte weiß und wirkte übergroß – und unversehrt.

Parson leuchtete der Kleinen mit einer Taschenlampe in die Augen, sodass die drei Übrigen die Vielzahl an geplatzten roten Äderchen erkennen konnten. »Vielleicht Erstickungsanzeichen.«

»Verdammt.« Wint rieb sich seine Hände gegen die Kälte. Er sah zu Fané, die unverwandt auf die Kinderleiche starrte. »Christine? Du kannst gehen, wir sind genug hier«, sagte er.

»Sonstige Gewaltanwendung?« Enzig ließ seinen Blick am Körper des Mädchens hinabgleiten.

»Dem äußeren Anschein nach nur diese leichten Würgemale hier.« Dr. Parson zog den Pullikragen hinab und wies auf helle rote Flecke. »Die haben kaum gereicht, einen Erstickungstod herbeizuführen. Aber seht mal«, Parson deutete mit seinem behandschuhten Zeigefinger auf rote Linien, die etwas tiefer lagen, »merkwürdig sind diese kleinen Schnitte hier über dem Kehlkopf. Das sieht nicht nach dem Versuch aus, ihr die Kehle aufzuschneiden. Es muss einen anderen Grund dafür geben.«

»Ein Zeichen?«, fragte Wint.

»Schon möglich«, sagte Parson.

»Aber sie sollte nicht erwürgt werden, hab ich das richtig verstanden, Samuel?«, fragte Sito und sah sich um. »Heinrich, kannst du mir sagen, wie weit das nächste Haus entfernt ist?«

»Christine?« Enzig sprang auf und stürzte zu Fané, die einfach so in sich zusammengesunken war.

»Geht schon, ich …« Fané rieb sich über ihr Gesicht. »Entschuldigung, ist mir sehr unangenehm.«

»Das muss es nicht.« Sito sah Anette Walters vor sich, wie er sie zuletzt am Fenster hinter dem Vorhang mit den rosa Blüten gesehen hatte, ihm war sofort übel. »Heinrich hat recht, Christine, wir sind genug hier. Roman, bringst du sie nach Hause?«

Als die beiden weg waren, sah Sito fragend zu Wint. »Also?«

»Also? Ach so, das Wohnhaus. Von ihrem Wohnhaus sind wir gute drei Kilometer entfernt, glaube ich, so genau kann ich das bei Nacht natürlich nicht sagen. Das nächste Gehöft? Nun, vielleicht einen Kilometer? Ich bin mir nicht sicher, hier draußen bin ich nicht allzu oft. Was denkst du, Paul, ist hier passiert?«

»Nun, es hat für mich den Anschein, dass sie nicht unbedingt sterben sollte. Sie liegt hier und wirkt nahezu unberührt. Oder sehe ich das falsch, Samuel?«

Der Rechtsmediziner richtete sich auf. Müde sah er aus,

müde und traurig ob seiner Arbeit. Er starrte in den Nacht-
himmel und legte die Hände in den Nacken.

»Alles okay mit dir?« Paul streckte die Hand nach Parsons
Arm aus. »Zu Hause alles okay?«

Parson lächelte schwach, in Richtung Wint erklärte er: »Wir
sind alte Freunde, müssen Sie wissen.«

Wint nickte nur und versenkte die Hände in seinen Mantel-
taschen.

»Ein totes Kind«, begann Sito, aber Parson hob nur die
Hand.

»Wir wissen beide, woran wir dabei denken. Jeder für sich,
lass uns keine Wunden mehr aufreißen.« Parson holte tief Luft.
»Und nein, Paul, das siehst du nicht falsch. Das Ganze wirkt
sehr unorganisiert. Da hat etwas überhaupt nicht nach Plan
geklappt, beinahe könnte man glauben, der Täter wusste nicht
so recht, was er mit der Kleinen machen soll. Wer hat sie überhaupt gefunden?«

»Weiß ich noch gar nicht. Moment mal.« Wint wandte sich
an einen der umstehenden Polizisten, dann erklärte er: »Ein
Mann war mit seinem Hund unterwegs.«

»Hier draußen und zu dieser Zeit?«, wunderte sich Sito.
»Ist er noch vor Ort?«

Wint leitete die Frage an den Polizisten weiter und erklärte
wenig später: »Hier ist er nicht mehr, aber wir haben seine
Personalien. Wir können ihn morgen ja fragen.«

»Ja, sollten wir«, sagte Sito. Da standen sie – er, Wint und
Parson – in ihre Wintermäntel gehüllt, während vor ihnen der
kleine Körper von Melli angehoben und in den Metallsarg gelegt wurde. Vorsichtig, als hätten die beiden Männer Angst, ihr
wehzutun. Alles geschah mit Vorsicht, die Vorsicht legte sich
über sie wie ein Schleier, als könne sie das Unausweichliche
verdrängen. Als der Deckel mit einem klackenden Geräusch
geschlossen wurde, in seiner Endgültigkeit wie ein Schuss,
schnürte es Sito die Kehle zu.

»Ich muss zu den Eltern«, sagte Wint in die Stille, und im
ungeschützten Raum der Nacht stand unübersehbar die Bitte,

Sito möge ihn begleiten. Der nickte stumm, schloss für einen Moment die Augen, sog die ganze Kälte in sich auf, erspürte den Schmerz und die Erschöpfung und wünschte sich an einen anderen Ort.

## Die längste Nacht

*1. auf 2. Januar*

Nachdem Enzig Fané nach Hause gebracht hatte, fuhr er zurück in die Pension, verpasste jedoch die Abzweigung, schon verließ er unfreiwillig den Ort und fluchte leise. Die Müdigkeit fiel mit all ihrer Schwere über ihn herein, dennoch wusste er, dass er nicht würde schlafen können. Es war nach vier Uhr morgens, und sie hatten gerade vor einem toten Kind gestanden, das vor vierundzwanzig Stunden noch in seinem Kinderbett gelegen hatte, nicht wissend, dass sein letzter Tag anbrechen würde.

Die Willkür des Todes traf Enzig mit voller Gewalt, und er musste an den Straßenrand fahren und anhalten. Mit beiden Händen auf dem Lenkrad starrte er nach draußen. Er dachte an seine beiden Töchter, die er seit vier Monaten nicht gesehen hatte, weil sie die Weihnachtsferien nicht wie verabredet bei ihm, sondern mit ihrer Mutter und deren neuem Freund in Südafrika verbrachten. Enzig schlug mit den Händen aufs Lenkrad. Verdammt, dachte er, das war nicht in Ordnung, es war nicht in Ordnung, dass Kinder vor ihrer Zeit aus dem Leben der Eltern verschwanden, dass Eltern ihre Kinder nicht beschützen konnten.

Enzig holte tief Luft, rief sich die ersten Melodieläufe von Bachs »Italienischen Konzerten« ins Gedächtnis und brachte so seinen Kopf in Ordnung. Der Fall, ein Täterprofil, nein, zwei Täterprofile galt es zu erarbeiten.

Eine Viertelstunde später traf er Sito an der Bar in Rosas Pension. Als er ihm mit einer fragenden Geste entgegentrat, hob Sito nur abwehrend die Hand. Sein Gesicht verriet Enzig, dass der Besuch bei den Eltern nicht thematisiert werden musste, um zu wissen, wie schrecklich es gewesen war.

»So eine verdammte Scheiße«, murmelte Sito, und Enzig

schrak förmlich zurück. Er erlebte seinen Freund selten bei einer verbalen Entgleisung.

»Ist Fané gut heimgekommen?«, fragte Sito.

»Ja sicher.«

»Hm. Trinkst du einen Whisky mit mir, Roman?«

Enzig warf einen verlegenen Blick auf die Uhr. Kurz nach halb fünf. Es war eigentlich Zeit für einen Kaffee. »Klar, aber nur einen sehr kleinen.«

Sito schritt wie selbstverständlich hinter die Theke und fingerte nach der Beleuchtung für die Bar. Dann suchte er nach einer Flasche Whisky und zwei Gläsern, die er umgehend füllte.

»Dürfen wir das überhaupt?« Enzig sah sich vorsichtig um, doch die ganze Pension lag noch in tiefem Schlaf.

»Mir scheißegal«, entgegnete Sito, und abermals zuckte Enzig zusammen ob der Ausdrucksweise.

Sito lächelte ihn schwach an. »Entschuldige, es ist nur – alles geht unter, alles ist umsonst, nur umsonst … verdammt.« Sito starrte vor sich hin, und Enzig konnte seinen Gedanken nicht ganz folgen. Er gewann den Eindruck, dass es nicht das tote Kind allein war, das Sito so wütend machte.

»Was ist, Paul?«

Nach einer Pause fragte Sito: »Wusstest du, dass Miriam Gedichte schreibt?«

»Woher sollte ich das wissen?«

»Na, ich dachte, sie hat vielleicht mit dir – ach, vergiss es. Ich versuche nur, mich abzulenken.«

Enzig nickte. »Ein totes Kind, das ist grausam.«

Als Sito ihm erneut Whisky einschenken wollte, bedeckte er sein Glas mit der Hand. »Das wird gewiss ein harter Tag. Vielleicht sollten wir zu Kaffee übergehen. Oder willst du noch ins Bett?«

Sito schüttelte den Kopf. »Was denkst du, Roman?«

»Über die beiden Fälle?«

»Ja. Ich zerbreche mir seit gestern Abend den Kopf, wie sie zusammenhängen könnten.«

Enzig nickte und schielte zur Kaffeemaschine. In der Küche ging gerade das Licht an.

»Also, Roman, was könnten eine Schriftstellerin und ein Kind gemeinsam haben?«, hakte Sito nach.

Enzig starrte in Richtung Küche, das Licht war wieder erloschen. Vielleicht nur ein Bewegungsmelder, der eine Maus entdeckt hatte. Er seufzte tonlos. »Ich weiß es nicht, Paul. Aber dass die Fälle irgendwie verbunden sind, heißt nicht, dass es derselbe Täter sein muss oder dieselbe Motivation. Es kann auch schlicht derselbe Auslöser sein.«

»Wie meinst du das?«, fragte Sito, nebenbei fuhr er mit dem Zeigefinger über den Rand seines Whiskyglases. Ein hohes Pfeifen ertönte.

Enzig zog die Schultern unwillkürlich nach hinten, um den Schauer im Rücken zu vertreiben. »Es können in einem bestimmten Zeitraum an einem Ort auch verschiedene Dinge passieren, die von ein und demselben Ereignis ausgelöst werden. Das meinte ich.«

Sito stutzte. »So habe ich das noch überhaupt nicht betrachtet. Das hieße, dass es durchaus zwei verschiedene Taten sind, die aber denselben Grund haben. Interessanter Ansatz, Roman, interessanter Ansatz.«

In der Küche ging wieder das Licht an, und Rosa erschien. Sie betrachtete die Gläser auf der Theke.

»Eine lange Nacht, wie mir scheint«, sagte sie.

»Machst du uns einen Kaffee?«, fragte Sito und sagte: »Melli ist tot.«

Rosa zog die Lippen nach innen. Wortlos bewegte sie sich zur Kaffeemaschine, deren Zischen für die nächsten Minuten das einzige Geräusch war.

\* \* \*

Es klingelte, und Fané schreckte hoch. Ihre Lippen waren pelzig, der Hals rau, und es ergriff sie ein Kältezittern. Sie blickte um sich, alles war finster. Sofort meinte sie, das Klingeln nur geträumt zu haben, doch dann klingelte es erneut, etwas zaghaft, aber deutlich vernehmbar, und Fané sah verdutzt auf die Uhr. Es war halb sechs. Sie stand auf, fuhr sich durchs Haar und verharrte mit den Händen an den schmerzenden Schläfen.

Langsam kehrte die Erinnerung wieder. Enzig hatte sie heimgebracht, irgendwann um vier Uhr, und sie hatte ihren Anrufbeantworter abgehört. Sie erinnerte sich an die vier Anrufe, an den ihrer Mutter, dann waren da der Vater und eine Freundin und dann – sie stockte und fühlte sich plötzlich hellwach – ihr Ex-Freund. Er hatte angerufen, um ihr ein gutes neues Jahr zu wünschen, mit Verspätung, ja, dafür umso herzlicher, und um ein Treffen hatte er sie gebeten. Fané schielte zu ihrem Anrufbeantworter, den sie mehrmals zurückgespult hatte, nur um seine Stimme noch einmal zu hören.

Sie war auf dem Sofa eingeschlafen, halb im Sitzen, und jetzt hörte sie wieder dieses drängend-zaghafte Klingeln an ihrer Tür. »Ich komme schon«, rief sie und stützte sich auf dem Couchtisch nach oben.

Als sie die Tür öffnete, stand Wint vor ihr.

»Ah, du bist wach, das dachte ich mir schon. Darf ich reinkommen? Ich habe frische Brötchen mitgebracht und deine Unterlagen. Ich konnte nicht schlafen und dachte, dir geht es sicher genauso. Ich hatte doch recht, oder?«

Wint war völlig überdreht, das war nicht zu übersehen, der Schlafmangel, die Anspannung wegen der beiden Fälle. Als er die Hand mit den Brötchen ausstreckte, zitterte sie wieder. »Was ist los, Heinrich?«

»Oh, du hast doch geschlafen, das – also das ist mir jetzt peinlich, ich hätte nicht kommen sollen«, stotterte er und wandte sich bereits zum Gehen, »ich bin schon wieder weg. Ich lege dir einfach deine Unterlagen hier auf den Boden, siehst du, dann gehe ich, und wir vergessen, dass ich überhaupt hier war.«

Fané griff nach seinem Ärmel und hielt ihn auf. »Blödsinn, macht doch nichts, ich bin auf dem Sofa eingeschlafen, war ohnehin sehr unbequem. Komm einfach rein.«

Auf dem Weg in die Küche dachte sie, dass es einen Grund geben musste, weshalb Wint seine Arbeit beim LKA aufgegeben hatte und hierhergeflüchtet war. Ganz plötzlich war ihr das in den Sinn gekommen, als sie ihn so verzweifelt vor ihrer Tür hatte stehen sehen. Während der Kaffee durchlief, stellte sie zwei Teller, Butter und Marmelade auf ein Tablett. Als sie wieder ins Wohnzimmer kam, saß Wint bereits auf dem Sofa und grinste sie verlegen an. Sie stellte das Tablett neben die Brötchentüte.

»Dass du Sito gern raushalten würdest, Heinrich, das hat noch einen anderen Grund, vermute ich?«

Er sah auf, hielt eine gefühlte Ewigkeit ihrem fragenden Blick stand, dann nickte er. »Du bist gut, du wirst es weit bringen, Christine.«

»Ich hoffe, das war als Kompliment gemeint und nicht ironisch.«

»Es war als Kompliment gemeint. Und zwar als ehrliches. – Es gibt einen Grund, ja, obwohl, es ist bislang eher eine Mischung aus Menschenkenntnis und Erfahrung. Ich hoffe, sie lässt mich nicht im Stich.«

Schweigend tranken sie ihren Kaffee.

»Wollen wir einfach weiterarbeiten?«, fragte Wint. »Ich meine, das lenkt uns beide ab, und es muss ohnehin gemacht werden. Und auch wenn Enzig das jetzt übernimmt – ich will da einmal ganz durch.« Er tippte auf die Unterlagen. »Und Manzinger recherchiert zwischenzeitlich wegen dieses Reporters.«

»Himmel«, Fané schlug sich mit der Hand gegen die Stirn, »ich fasse es nicht, das hätte ich auch gleich veranlassen –«

»Lass gut sein, das war ein unglaublich langer Tag.«

»Ja. Reich mir meinen Stapel und bitte ein Croissant.«

Wint nickte. »Diese Nacht, sie hört einfach nicht auf.«

**Jana Smetlin**

F und ihr richtiges Gefühl für Zeitpunkte. Ullrich war derart überrumpelt worden durch den Angriff bei Nacht, dass er nicht die nötige Poesie aufbrachte, F schonend zu erklären, dass er nicht der Richtige für eine erste Verführung sein könne, weil er sie ja gar nicht liebe, und nein, ich hätte ganz bestimmt nichts damit zu tun. Blanker Hass stand in ihren Augen, als sie auf mich losgegangen war.

Später stand ich am Fenster und beobachtete K und M, die im Garten Basketball spielten. Die Gefühle zu ihnen vermengten sich mehr und mehr, irgendwann konnte ich nicht mehr zwischen beiden unterscheiden. Merkwürdig. Ich wusste nicht, was vor sich ging, nicht mehr, wer der Vergewaltiger war. Nicht einmal, ob ich überhaupt vergewaltigt worden bin, und überhaupt, was ich mit M erlebt hatte.

*Der Versuch.*

Ich beobachtete die beiden und stellte mir K über mir vor, wie er mich »nimmt«, ohne zu fragen. Ein Zucken und Reißen ging durch meinen Körper, ein völliger Verlust jeglicher normaler Empfindung. Ich stand da am Fenster und musste mich auf der Fensterbank abstützen, weil mir schwindelte. Die Männer spielten wie Kinder, stolperten mit dem Ball in der Hand in Richtung Korb, rollten über den Boden, jubelten einander zu. Ich stellte mir vor, mit beiden zu schlafen, gleichzeitig beide in mir zu spüren, ihre Hände auf meinem Körper, aus drei Körpern einen machen … Ich stellte mir vor, dass wir ineinander verschwinden. Doch dann wurde mir klar, dass nur ich es war, die verschwand, langsam, aber sicher. Ich wurde wütend auf die Männer da draußen vor meinem Fenster und wütend auf mich.

Plötzlich flüsterte mir eine hohe und erregt klingende Stimme ins Ohr, ich könne mich wohl nicht entscheiden. Es war so plötzlich jemand an mich herangetreten, dass ich zutiefst erschrak und mir ein leiser Schrei entglitt. Ich drehte mich um und sah wieder den blitzenden Blick von F, die sich angeschlichen haben musste. Was das solle, fragte ich sie, weshalb sie mich so erschrecken müsse, und sie lachte mich aus. Als ob du noch vor etwas erschrecken würdest, du schreckst ja ohnehin vor gar nichts zurück. Am Ende willst du noch beide, schmiss sie mir an den Kopf und kränkte mich damit am allermeisten. Weil sie in ihrem krankhaften Wahn ausgerechnet die Wahrheit ausgespuckt hatte aus ihrem verwirrten Kopf. Dann zog sie sich wieder in ihre Höhle zurück.

M und K waren aufmerksam geworden, anscheinend war mein Schrei doch lauter gewesen, und sahen zu mir herüber. Ich lächelte verlegen und winkte ihnen. Beide, und das war sonderbar, ja, beide winkten zurück.

Ullrich kam in die Küche und machte sich ein Brot. Er fragte mich, ob ich auch etwas wollte, doch ich verspürte keinen Hunger, im Gegenteil, der Gedanke an Essen ließ mich beinahe würgen. Er sehe mich immer seltener essen, das könne nicht angehen, ich sei schon ganz abgemagert, erklärte er. Das sei mir gar nicht aufgefallen, und natürlich würde ich am Abend essen, wenn wir alle, wie geplant, zusammen kochen würden. Na gut, gab sich Ullrich zufrieden und verschwand mit seinen Broten in seinem Zimmer. Ich sah an mir hinab. Tatsächlich, ich musste abgenommen haben, das war mir gar nicht aufgefallen, doch die Jeans, die einst knapp saß, hing locker über meinen Hüften, und die Hüftknochen waren das Einzige, was die Hose hielt. Erschrak ich? Ich weiß es nicht. Eigentlich gefiel ich mir. Eigentlich gefiel mir das Leben hier, es war zu meiner kleinen Welt geworden beziehungsweise zu dem, worum sich meine Welt drehte.

Wenn mich jemand heute fragen würde, was das Ereignis, der Tag oder der Augenblick war, in dem alles einen Wendepunkt erreichte, so würde ich sagen, es war dieser Abend, diese Entgleisung.

Es begann so harmlos, dass es mir nun schwerfällt, das ganze Vorspiel nicht verkürzt wiederzugeben, weil meine

Gedanken zu schnell auf den Hauptpunkt zusteuern. Nun, kurze Zeit später, ich stand noch immer allein in der Küche, kamen K und M (schon erstaunlich, dass ich K immer zuerst schreibe, ganz automatisch) und berieten kurz, wer als Erster ins Bad dürfe. Sie balgten immer noch, waren verschwitzt, und M boxte mich wie einen Kumpel. M ging schließlich zuerst ins Bad, nachdem er ein Glas Wasser hinuntergestürzt hatte. K zog sich seinen nassen Pulli aus und stand mit nacktem Oberkörper vor mir, lachte mich an, als wären wir Freunde. Ich war wie gelähmt. Da stand er, der mich vergewaltigt hatte, direkt vor mir, und ich dachte an die Magie der Bildhauerei oder der Aktmalerei – das Bannen des Muskelspiels, das Festhalten der Schönheit in einem einzigen Augenblick, das Einsperren einer verrenkten Bewegung, weil in jener der Muskel am schönsten zutage tritt.

K nahm sich eine Flasche Saft aus dem Kühlschrank und setzte sie an seinen Mund. Ich starrte ihn an, nein, wahrlich nichts in mir erinnerte an ein Gefühl der Vergewaltigung. Ich schämte mich. Ich hätte abgenommen, sagte er mir, und ich blieb stumm, ich sähe toll aus, fuhr er fort, und ich starrte ihm auf die Brust, ich sei sexy, fügte er unbarmherzig hinzu, und ich sah ihm unterwürfig in die Augen. Er muss das gespürt haben, sonst hätte der Abend nicht so laufen können, wie er gelaufen ist.

Ich sah uns beide zu Boden gehen, übereinander, schmerzhaft. Ich suchte immer wieder, diesen Schmerz zu finden, der mich erinnern würde. Ich forderte ihn in Gedanken auf, mich umzuwerfen und einfach zu tun, was er tun wollte mit mir. Ich dachte das Wort »ficken«, und es tat mir noch im selben Augenblick weh. Alles tat weh, mein Körper, der harte Boden unter meinem Körper, auf den mein Kopf immer wieder aufschlug, meine Schulterblätter, die gewiss auch zu weit herausragten. Ich weiß, wie ich aussehe, wenn ich zu dünn bin, weiß, wie sich Knochen dann anfühlen, wenn sie spitz hervortreten. Und trotz all dieser Schmerzen konnte ich nur eines denken: Bitte wirf mich zu Boden, füge mir all diese Schmerzen noch einmal zu, damit ich mich erinnern kann. F betrat die Küche und unterbrach meine Gedanken, ihr Auftauchen beschämte mich, ich fühlte mich ertappt durch ihren Blick. Es war, als hätte mich die Suche nach der Erinnerung erneut vergewaltigt. K, als wüsste er, was eben vorgegangen war – und dessen bin ich mir im Moment, da ich es schreibe, bereits sicher –, lachte und begrüßte F scherzhaft (boshaft) als unsere »Anstandsdame«. Fs Gesicht verzerrte sich, und sie verschwand, ohne dass ein Grund für ihren Auftritt in der Küche ersichtlich geworden wäre. Ich meine, sie hätte sich wenigstens einen Joghurt nehmen können.

K sah mich an und zuckte die Schultern, dann murmelte er etwas von »blöder Ziege« und verschwand nach oben. Ich musste mich setzen, denn zum zweiten Mal an diesem Tag wurde mir schwindlig. Irgendetwas in meinem Körper rebellierte.

Der Abend begann ausgelassen wie lange nicht mehr. Auch F war lustig und entspannt, als wir eine Flasche Wein öffneten und die Arbeit für das Abendessen verteilten. Wir hatten von Beginn unserer gemeinsamen Zeit an einen Tag in der Woche dazu auserkoren, ein umfangreiches Essen zuzubereiten. Mit gemeinsamem Kochen, gutem Wein und mehreren Gängen. Es war das achte Mal, dass dieser Abend nun stattfand. Bereits bei den Vorbereitungen hatten wir die erste Flasche geleert, und K öffnete die zweite. Ullrich schnitt Zwiebeln und ließ sich von F die Tränen trocknen. Ich war zunächst zusammengezuckt, als er sie darum gebeten hatte, doch F nahm Ullrichs Wunsch locker zur Kenntnis und tupfte wie eine Krankenschwester von Zeit zu Zeit die Tränen von Ullrichs Wangen. Sie scherzte mit uns, auch mit mir, als wäre es unser erstes gemeinsames Essen. Nichts von ihrer Wut war zu sehen, nichts von ihrer Enttäuschung. Vielleicht hatte sie mir und uns an diesem Abend versucht, die Hand zu reichen, und ich sollte sie Stunden später so schmählich von mir werfen. Nun denn, zunächst tranken wir die zweite Flasche Wein aus, aßen Brot und Käse dazu und deckten den Tisch. K zündete Kerzen an und verteilte sie im Esszimmer. Mehrmals hatte er mich im Vorbeigehen berührt, scheinbar zufällig. Einmal fuhr seine Hand über meinen Po, einmal wollte er mich zur Seite rücken und griff mit seiner Hand unter mein Shirt, berührte ganz sanft meine Hüftknochen. Ich sah verwirrt zur Seite und konnte erkennen, dass M uns beobachtet hatte. Ich erschrak.

War es ein abgekartetes Spiel? War es verabredet? Ich weiß es bis heute nicht, manches spricht dafür, wenn ich auch lieber an den zufälligen Ablauf der Dinge glauben möchte. Ich hatte Probleme, die dritte Flasche zu öffnen, weil ich inzwischen den Alkohol deutlich spürte; mir war so heiß, dass ich am liebsten die Jeans ausgezogen hätte. K trat von hinten an mich heran und presste meinen Körper an die Ablage, dann umgriff er von hinten meine arbeitenden Hände und betätigte mit mir gemeinsam den Korkenzieher. Ich fühlte seine Erregung. Als die Flasche offen war, applaudierte M, und ich fragte mich, wofür. Verlegen sah ich zu F, doch keine Reaktion, nur Gelächter und Schäkern mit Ullrich. Wir setzten uns nun mit all unseren Speisen an den Tisch und hatten jede Menge Spaß, unbestritten. Es war in der Tat so, als würden wir uns eben erst kennenlernen. F scherzte über sich und ihre Aufgabe, auf uns aufzupassen, da sie als Jungfrau einen ganz ungetrübten Blick auf die zwischenmenschlichen Spielchen haben könne … Es war nicht zu fassen, wie sie sich an diesem Abend benahm, charmant und ausgesprochen selbstsicher. Ich weiß nicht, wie viel wir getrunken haben, M war in der Küche verschwunden und hatte Prosecco mit Gläsern zurückgebracht, dazu Kekse, Schokolade und Knabbergebäck. Zum Öffnen stellte er mir die Flaschen hin, und K nutzte die Gelegenheit, sie wieder gemeinsam mit mir zu öffnen, indem er sich hinter mich auf den Stuhl quetschte. Der Korken knallte, der Prosecco sprudelte, und dieses Mal klatschten alle.

Sie stecken unter einer Decke, dachte ich mir, sie führen etwas im Schilde, alle, auch F und Ullrich hecken etwas aus. K blieb hinter mir sitzen, legte seine Hände auf meine Schenkel und fuhr langsam an der Innenseite nach oben. Er griff ungeniert in meinen Schoß. Gewehrt habe ich mich nicht. Wieso eigentlich nicht?

Da rief Ullrich plötzlich, wir sollten testen, wie gut unsere Reaktion noch sei, und er forderte uns auf, eine Art Völkerball mit ihm im Hof zu spielen. K sprang auf und ließ mich los. F und ich sahen uns an und mussten lachen, dann folgten wir den Männern und reihten uns ins Spiel, das Spaß am Schmerz voraussetzte, da unsere Reaktion gleich null war. Einer durfte Tennisbälle auf die anderen werfen, die ihrerseits versuchen mussten auszuweichen. Ein Spaß, grenzenlos bescheuert, aber lustig. Wir lachten und weinten und balgten, kamen am Boden zu liegen, ich auf M, und K stürzte sich auf uns und flüsterte mir ins Ohr, dass er mich genauso wolle ...

Wir gingen zurück ins Esszimmer, erhitzt und durstig, und tranken durcheinander, was wir so fanden. Wir fütterten uns gegenseitig mit Obst und Keksen oder Käse, spielten mit verbundenen Augen Nahrungsmittel erkennen, schließlich küssten M und ich uns, während K mir ungeniert unter mein Shirt griff, es mir schließlich vom Körper riss, sodass ich mit nacktem Oberkörper auf der Bank saß. Doch es störte mich nicht, und ich ließ es und alles Folgende geschehen.

Ullrich und F zogen sich zurück, und ich blieb allein mit den beiden Männern und ihren Phantasien. Ich weiß noch, dass sich mehr und mehr der Verdacht aufdrängte, M und K (sic!) seien nüchtern geblieben und hätten das alles arrangiert.

Irgendwann trafen meine Blicke die von F, die uns zusah, nackt, und ich meinte, hinter ihr auch Ullrich nackt sehen zu können.

Was geschah dort um mich herum? Was war Einbildung? Was und wo war ich? In diesem Handgemenge, in diesem Körpergemenge aus K und M und mir. Wir waren verschlungen, und ich fühlte sie in mir und auf mir und war völlig eingeschlossen, eingesperrt, verzerrt. Sie verschlangen mich ... bei lebendigem Leib.

## Rotkäppchen

*2. Januar, morgens*

Miriam wachte auf und sah, dass Zeus schon unruhig vor der Tür auf und ab ging. Schnell zog sie sich an, band sich ihre Haare zusammen und schnappte sich die Leine und ihr Smartphone. Eine SMS von Sito: »Bin an der Bar«. Gesendet um halb fünf. Miriam warf einen Blick auf ihre Armbanduhr: Viertel nach acht. Bestimmt war Sito von der Bar gleich zum Frühstück gewechselt. Miriam legte sich Mantel, Schal und Mütze über den Arm und verließ eilig das Zimmer. Zeus rannte fiepend vorneweg die Treppe nach unten, vorbei an der Bar und der Rezeption und sofort nach draußen. Miriam hatte ein schlechtes Gewissen, dass sie ihn so lange hatte warten lassen, aber sie war wieder eingeschlafen und offensichtlich tief.

»Miriam, warte, ich komme mit.«

Sito. Er kam mit schnellen Schritten hinter ihr her, umarmte sie kurz und gab ihr einen Kuss. »Ich brauch dringend Ablenkung.«

Sie roch den Whisky, sah ihn an und merkte, dass er erschöpft war. »Lange Nacht?«, fragte sie.

Er nickte und ließ den Kopf hängen. »Manchmal sind wir zu nichts zu gebrauchen.«

»Sag doch so etwas nicht. Was ist passiert?«

»Das Mädchen, es ist tot.«

»Was? Oh mein Gott!« Miriam schüttelte den Kopf. »Das darf doch nicht wahr sein. Da machen wir zum ersten Mal ein paar Tage zusammen Urlaub und dann ...« Sie biss sich auf die Lippen. »Bitte entschuldige. Was rede ich da nur für einen Blödsinn, Himmel!« Wie konnte sie an den Urlaub auch nur denken? »Die armen Eltern.«

»Hat Zeus noch geschlafen, nachdem ich gegangen bin?«

»Ja, tief und fest. Bis vor einer Viertelstunde. Du hast getrunken? Am Morgen?«

Sito zuckte die Schultern und sah sie schief an. »Die Nacht war ja noch nicht mal zu Ende.«

In der Kurve an der Hauptstraße, bevor sie zum See abbiegen mussten, blieb Miriam stehen und wies nach oben zu den beiden Figuren auf dem Denkmal.

»Die weisen den Weg zum Haus von Otto Dix«, erklärte sie.

»Aha.« Sito runzelte die Stirn. »Und sind bestimmt von Lenk. Aber ich weiß jetzt nicht so recht ...«

»Du solltest dorthin.«

»Ernsthaft?« Sito starrte zu den beiden Figuren nach oben.

»Ja, glaub mir, du solltest dorthin. Es ist, ach, bevor ich platte Worte benütze – glaub mir einfach. Setz dich dort eine halbe Stunde in den Garten. Dir begegnen alle wichtigen Menschen aus deinem Leben, auch jene, die gegangen sind. Sie werden dir sagen, was sie denken.«

Sito sah Miriam erstaunt an. »Das klingt nach Jüngstem Gericht. Bist du sicher, dass ich das will?«

»Was?« Miriam sah noch immer nach oben, ihr Blick verlor sich in den fernen Wolken. »Nein, nicht Jüngstes Gericht, einfach nur stille Einkehr.«

»Lass uns weitergehen. Ich kann hier nicht stehen und mit dir philosophieren, dafür ist es viel zu kalt.«

Unten an der Schlossstraße stoppte sie der Aufsteller mit dem Plakat, das von Kälte und Schnee schon ganz verblichen war. Irgendjemand hatte ihn umgeworfen, so lag er mitten im Weg und machte noch immer Werbung für die »sommerliche Abendrundfahrt« auf dem Bodensee. Miriam drückte sich enger in Sitos Umarmung.

»Möchtest du mal?«, fragte er.

»Ja, ich glaube, mit dir möchte ich sogar so eine kitschige Ausflugsfahrt machen.«

»Ist nicht kitschig.« Sito pfiff einmal, und Zeus kam angerannt, im Schlepptau einen kleinen Dackel, der wild kläffte und dessen Ohren vor Begeisterung durch die Luft segelten. »Nanu«, sagte Miriam und wartete, ob wohl noch ein Mensch dem Dackel hinterherkam. Es kamen gleich zwei – ein Pärchen –, die aber so gar nicht zu einem Dackel zu passen schienen. Noch jung waren sie, und sportlich wirkten sie obendrein, ihr Hund indessen musste sich schwer ins Zeug legen, Zeus durch den hohen Schnee am Ufer zu folgen.

»Entschuldigen Sie«, begann der Mann, »er haut uns sonst eigentlich nicht ab. Ist der Hund meiner Eltern, müssen Sie wissen, aber die sind verreist, und da – na ja, wir sind nur die Babysitter. Simba, kommst du wohl her!«

»Simba?« Miriam konnte sich ein Lachen nicht verkneifen, obwohl Sito sie sofort fester in den Arm genommen hatte, genau dies vorausahnend. »Wirklich Simba? Wie der Löwe? Nicht Ihr Ernst.«

»Ja, ja, meine Eltern haben Humor. Aber ich glaube, die kennen den Film gar nicht. So, jetzt reicht es aber. *Simba!*«

Simba wurde an die Leine gelegt und verabschiedete sich schweren Herzens und jaulend von Zeus.

»Leute gibt's«, murmelte Miriam.

»Gibt schlimmere.«

»Was ist mit der Schriftstellerin?«

»Jana Smetlin?«

»Gibt es noch weitere ermordete Schriftstellerinnen in Gaienhofen, von denen ich nichts weiß?«

»Du bist unerbittlich, Süße, ehrlich unerbittlich«, schimpfte Sito mit seiner Freundin. »Wir treffen uns nachher alle auf der Wache, dann werde ich sicher mehr erfahren.«

»Und mich sofort in Kenntnis setzen, hörst du?«, sagte Miriam in gespieltem Ernst.

»Einen Teufel werde ich tun«, entgegnete Sito. »Am Ende löst du unseren Fall.«

»Hm, schon möglich«, sagte Miriam, hielt an und starrte zur Reichenau hinüber. »Weißt du, ich frage mich, wie das alles zusammenhängt. Wir sind hier, eine Schriftstellerin wird ermordet, ein Kind entführt und später ebenfalls ermordet.

Irgendwie hat das was von einem David-Lynch-Film, ja, irgendwie sogar was von ›Twin Peaks‹.«

Sito sah Miriam erstaunt an und runzelte die Stirn, als wüsste er nicht, wovon sie sprach.

»Kennst du die Serie nicht?«, hakte sie daher nach.

»Kann mich dunkel erinnern.«

»Es wird immer abstruser, aber genau darin liegt System.«

»Na bitte, wenn du meinst. Dann habe ich noch etwas für dich: Ein Wolf ist auch immer mit dabei.«

Miriam rückte von ihm ab, legte den Kopf schief und sah ihn lange an. »Wie bei Rotkäppchen?«

»Rotkäppchen?«

»Das Märchen.«

»Ich kenne das Märchen«, sagte Sito. »Aber wie kommst du jetzt darauf?«

»Na, das Mädchen, diese Melli, sie war doch auf dem Weg zu ihrer Großmutter, oder?«

»Als sie vom Weg abkam«, flüsterte Sito mehr zu sich selbst als zu Miriam.

»Der Wolf. Der Wolf von Gaienhofen. Vielleicht ist er tatsächlich das verbindende Glied in der Geschichte.«

\* \* \*

»Die dreht ja völlig durch«, sagte Fané und sah von ihrem Manuskript auf. Ihr gegenüber saß Heinrich noch immer in derselben Haltung auf dem Sofa, der Kopf war ihm auf die Brust gesunken, wie kürzlich im Büro. Fané fuhr sich über die Stirn, um anschließend den Pony wieder in Form zu legen. Für den Moment war sie froh, dass Wint schlief. Und sie war froh, dass Enzig diesen Text ebenfalls las, denn allmählich beschlich sie der Verdacht, dass diese Jana überschnappte. Übergeschnappt *war*, korrigierte sie sich. Das Klingeln eines Telefons riss Fané aus ihren Gedanken. Erschrocken sah sie auf ihre Uhr. Halb neun, jetzt war die Nacht vorbei. Sie stand auf und ging zu Wint.

»Heinrich«, flüsterte sie und berührte ihn an der Schulter, »dein Smartphone.«

Sofort war er hellwach. Ruckartig richtete er sich auf. »Was ist, wo – herrje, entschuldige, Christine. Ich bin wohl eingeschlafen.« Er fuhr sich mit den Händen über das Gesicht. »Wo ist …?«

Sie reichte ihm sein Telefon, das immer noch klingelte, und spürte, dass sie fröstelte, wobei sie vermutete, dass es die Müdigkeit war, denn in ihrer kleinen Wohnung war es warm. Wint nickte mehrmals am Telefon, fuhr sich mit der freien linken Hand über die Haare, sah kurz zu ihr, dann legte er auf.

»Ich muss los«, erklärte er, während er schon seine Sachen zusammensuchte.

»Soll ich gleich mitkommen?«, fragte sie.

Wint schüttelte den Kopf. »Wir treffen später Paul und Roman auf der Wache. Mach dich in Ruhe fertig.« Er war schon in der Tür, als er sich noch einmal umdrehte und das Manuskript holte. »Und vergiss die Notizen nicht. Roman wird alles wissen wollen.«

Fané nickte, dann fiel ihre Tür zu, und sie hörte die eiligen Schritte von Wint im Treppenhaus. Sofort dachte sie wieder an das Tagebuch von Jana Smetlin und jenen unheimlichen Unterton, der zunahm und eine Katastrophe vorherzusagen schien. Irgendwie gewann sie auch den Eindruck, das könnten alles Metaphern sein, als würde Jana zwar vordergründig die Geschichte von den fünf Stipendiaten erzählen, sich dahinter aber etwas völlig anderes verbergen – was war mit diesen Sexgeschichten? Ging es nicht um Beherrschen und Bestrafen? Jedes Mal?

Fané wollte gerade in die Dusche steigen, als ihr Telefon klingelte.

»Hallo, Christine. Hier ist Miriam. Ich wollte dich fragen, ob wir uns heute zum Mittagessen treffen können. Irgendetwas Merkwürdiges geht hier vor, und ich weiß nicht weiter.«

Fané stutzte. »Was ist denn, du klingst komisch. Ist etwas passiert?«

»Nun, ja, nein, ich weiß es nicht. Enzig, Wint, Paul, die haben alle ein Geheimnis, sie verbergen irgendwas, Verschiedenes – ich weiß auch nicht, vielleicht bilde ich mir das alles nur ein, aber meine Intuition sagt etwas anderes. Sito hat heute Morgen noch Whisky getrunken, das ist kein gutes Omen.«

»Okay.«

»Also?« Miriams Stimme klang bittend.

»Ja, das wird schon klappen. Ich rufe dich um eins mal an, wie weit ich gekommen bin. Ich kann dir nichts versprechen, heute ist der erste Werktag, und ich muss eine Menge erledigen, Paul und Roman treffe ich dort ja auch gleich. Aber es wird schon irgendwann im Laufe des Mittags klappen, in Ordnung?«

»Gut, danke.«

Fané legte auf und grübelte. Sito hatte getrunken, und Wint war heute Morgen geflüchtet. Konnte es einen Zusammenhang geben? Waren beide so mitgenommen von dem Tod des Mädchens? Oder wusste Sito inzwischen, dass er in irgendeiner Verbindung mit dieser Jana Smetlin gesehen wurde? Eine Minute später genoss Fané das heiße Wasser auf ihrem Körper. Sie ließ es eine ganze Weile einfach über ihren Kopf laufen, stellte es sogar noch ein wenig heißer. Sito war eine Spürnase wie sie und Wint. Sie drei waren einander ähnlich, nicht einfach Polizisten, die ihre Arbeit erledigten, sie hatten alle dieses investigative Gen in sich, das sie stets suchen ließ.

Fané trat aus dem Wasserstrahl heraus und lachte übertrieben. Ihr Spiegelbild gegenüber zeigte ihr den Vogel. Natürlich wusste Sito längst Bescheid. Er wusste von einer Toten, wusste, wann er in Gaienhofen angekommen war und – was hatte Jana von ihm gewollt, als sie ihn angerufen hatte? Ob Miriam etwas wusste? Schnell stellte sich Fané wieder unter das Wasser und wusch sich den Schaum von der Haut.

## Ermittlungen

*2. Januar, früher Vormittag*

Es war der Anruf von Schrader gewesen, der Wint so abrupt hatte aufbrechen lassen. Vor der Wache sammelte er Schrader ein, um gemeinsam mit ihm zu Dr. Parson ins Gerichtsmedizinische Institut nach Singen zu fahren. Parson hatte die Nacht durchgearbeitet.

»Eine schlimme Sache das«, brummte Schrader und gähnte. Verlegen hob er sogleich die Hand.

»Sie brauchen sich nicht zu entschuldigen, Sie haben sicherlich nicht geschlafen heute Nacht.«

»Kaum eine Stunde«, erklärte Schrader und rieb sich die Schläfen. »Aber Sie doch gewiss auch nicht«

»Kopfschmerzen?«

»Nein, nein, nur einen Druck von der Übermüdung. Wie war es bei den Eltern?«

»Einfach schrecklich«, stöhnte Wint und dachte nur ungern an die gestrige Nacht zurück. Anette hatte bereits bei seinem Anblick zu so später Stunde aufgeschrien, und eigentlich hatten er und Sito nichts sagen müssen. Es gab keine vernünftige Erklärung dafür, dass zwei Polizisten eine Familie weit nach Mitternacht aufsuchten – außer eine schlimme Nachricht. Später, auf der Heimfahrt, hatte Sito Wint erzählt, dass er so einen seiner besten Freunde, den Rechtsmediziner Samuel Parson, kennengelernt habe, als er diesem nämlich vom Tod des Sohnes berichten musste.

»Was erwartet uns bei Parson? Hat er Ihnen schon was gesagt?«, erkundigte sich Wint und warf Schrader einen kurzen Blick zu.

»Sie meinen, ob die Kleine missbraucht wurde?«

»Hm.«

»Nein, er hat nichts gesagt, ist also alles offen«, antwortete

Schrader und fügte hinzu: »Wenn das meiner Tochter passieren würde, ich würde ...«

»Ich weiß, das denken wir alle«, sagte Wint und dachte an seine Kinder. Dann wählte er die Nummer von Sito und sprach ihm auf die Mailbox, dass er in die Rechtsmedizin nach Singen unterwegs sei.

Wint fühlte sich erstaunlich munter, obwohl er am Morgen höchstens eine halbe Stunde geschlafen hatte. Bei Fané auf dem Sofa, ausgerechnet, immerhin konnten sie miteinander arbeiten, ohne immer gleich in Streitereien zu fallen. Wieso eigentlich? Wint trommelte auf das Lenkrad, klar, er war nicht mehr so giftig zu ihr, und das lag einzig und allein daran, dass er wieder in die Arbeit eingetaucht war. Ohne seine Arbeit war Wint offenbar unzumutbar. Neben ihm schnarchende Geräusche von Schrader, der schon nach kurzer Fahrt eingeschlafen war.

Als Wint später das Auto auf dem Parkplatz stoppte, schreckte Schrader hoch. »Herrje, Entschuldigung.«

»Macht nichts. Wir sind da. Sind Sie bereit?«

»Aber sicher«, entgegnete Schrader schwach.

Sie betraten das Gebäude und schritten mit einem angedeuteten Gruß am Empfang vorbei. Die Dame nickte ihnen zu und griff zum Telefon, um Parson zu informieren, wie Wint annahm. Parson erwartete die Herren im Aufenthaltsraum mit einem Becher Kaffee in der Hand.

»Möchten Sie auch einen?«, fragte er.

»Vielleicht später«, wehrte Wint ab.

»Gut, dann wollen wir gleich an die Arbeit.«

Parson führte die beiden wieder nach draußen und zu einem Seiteneingang. Von dort ging es die Treppe nach unten. Die Rechtsmedizinische Abteilung, die es nur gab, weil Parson eine Koryphäe auf seinem Gebiet war und sich für den Erhalt starkgemacht hatte, lag in dem alten Gewölbekeller. Kaum waren sie eingetreten, zuckte Wint zusammen. Schrader zog die Brauen hoch und machte einen Schritt rückwärts.

»Was zum Teufel ...?«, entfuhr es Wint.

»Ach, ein Unfall, das heißt, eine Explosion in einer Möbelfabrik. Sechs Tote und alle zu mir. Das haben wir nun davon, dass die Pathologien landesweit geschlossen werden. Haben Sie nichts von dem Unfall gehört? Wir sind jetzt total überlastet, ich habe an die zehn Leichen, die alle so schnell wie möglich drankommen wollen, daher habe ich heute Nacht die Kleine vorgezogen, sonst wäre ich die ganze Woche nicht dazu gekommen.«

»Aha.« Wint rieb sich die Stirn. Er spürte ein Pochen. Der Anblick der vielen Toten auf den Bahren vor den Kühlkästen hatte ihn erschreckt, auch Schrader wirkte noch blasser als zuvor im Auto.

»Hier drüben, kommen Sie, da liegt das Mädchen.« Hinter ihnen waren Schritte zu hören. Parson drehte sich um. »Guten Morgen, Paul. Und bevor du fragst: eine Explosion in einer Möbelfabrik.«

Sito sah sich um und blies die Backen auf. Dann folgte er gemeinsam mit Wint und Schrader dem Rechtsmediziner, vorbei an den schrecklich entstellten Leichen. Wint bemühte sich, gleichmäßig zu atmen. Einem Toten fehlte das Gesicht, wie er im Vorbeigehen bemerkt hatte. Aus den Augenwinkeln konnte er noch weitere grauenhafte Entstellungen erkennen. Hier lag ein Arm neben dem Toten, dort ein offener Brustkorb, zumeist schwarze Gesichter, ausgebrannte Körper, dann ein Tisch, auf dem sich nur abgetrennte Gliedmaßen befanden, die wohl keiner Leiche zugeordnet werden konnten. Ein paar Kollegen in weißen Mänteln reichten sich Werkzeuge, und Wint richtete seine Augen stur geradeaus auf den Boden vor sich. Parson war so schnell durch den Raum geschritten, dass er neben dem Tisch mit der toten Melli auf sie warten musste.

»Ja, meine Herren«, sagte er, »das ist heute hier das reinste Schreckenskabinett, nicht wahr? Furchtbar, kamen alle heute Nacht hier rein, mit oberster Priorität, versteht sich, weil angenommen wird, dass irgendwelche Sicherheitsvorschriften seitens der Unternehmensleitung nicht eingehalten wurden.«

Dicker Versicherungsfall, wenn das stimmt.« Parson holte tief Luft. »Nun aber zu der Kleinen.«

Er zog das weiße Leinen von dem Tisch und entblößte den zierlichen Körper. Wint schluckte. Sie war makellos.

»Als würde sie nur schlafen«, flüsterte Schrader.

»Ja, in der Tat, aber leider ist es bloß eine Täuschung. Sehen Sie hier?« Parson deutete auf die Druckstellen am Hals und legte seine linke Hand vorsichtig darüber. »Er hat sie so gepackt. Das war aber nicht gefährlich, zumal nur mit einer Hand. Nur ein bisschen fest zugepackt.«

»Ein Linkshänder?«, murmelte Wint.

Sito stand schweigsam daneben und konnte den Gedanken an Rotkäppchen und den Wolf nicht abschütteln.

»Nein, nicht unbedingt, da ja keine Tötungsabsicht vorlag, kann der Täter auch einfach die rechte Hand nicht freigehabt haben. Es wäre doch unwahrscheinlich, dass eine Tötungsabsicht vorlag und der Täter nicht in der Lage war, ein so zierliches Mädchen – also, ich hab natürlich versucht, einen Abdruck zu nehmen, aber ihr wisst, das ist eher unwahrscheinlich, dass es klappt.«

»Verstehe. Ist sie …?« Wint hatte die Hände in die Hüften gestemmt.

»Nein, ist sie nicht. Sie ist ansonsten völlig unversehrt, keine blauen Flecken, keine Schrammen, das bedeutet, dass sie ihre Kleidung wohl nicht abgelegt hat. Die Kleidung ist übrigens gleich gestern Nacht ins Labor gekommen, auch diese Ergebnisse sollten mir im Laufe des Tages zugehen.«

»Gut, wenn das so schnell geht«, sagte Wint.

»Ja, wissen Sie, ich habe selbst eine Tochter. Ich – kurz und gut, das Labor weiß noch nichts von den neuen Fällen hier, ich habe also der Bearbeitungszeit etwas auf die Sprünge geholfen.«

»Samuel, woran ist das Mädchen eigentlich gestorben?«

Schrader hob die Hand. »Dürfte ich vielleicht nach oben?« Wint nickte und wünschte sich insgeheim, auch er könnte diesen Ort sofort verlassen.

Parson hob die Schultern. »Ich muss zugeben, ich weiß es nicht exakt.«

»Ach so? Ich dachte …«

»Sie hat Anzeichen eines Erstickungstodes, die Punkte in den Augen, das wohl, aber …«, begann Parson.

Und Sito vollendete seinen Satz: »Aber es gibt keine Anzeichen dafür, wodurch der herbeigeführt wurde, nehme ich an.«

Parson nickte. »Die Abdrücke sind nicht deutlich genug, Faserspuren konnte ich nicht finden, also kein Knebel im Mund, vielleicht ein ganz glatter Stoff, aber auch sonst keine Anzeichen von Gewalt, und eine Fünfjährige –«

»Würde sich wehren.«

»Ja, Paul, das würde sie gewiss.«

Sito kaute auf seiner Unterlippe, dann wandte er sich an Wint. »Ich habe ein komisches Gefühl. Irgendetwas stimmt hier nicht. Das war kein Mord, aber das Auflauern und die Entführung waren geplant. Wir müssen noch einmal zur Familie.« Und an Parson gewandt: »Das siehst du doch genauso, oder?«

Parson nickte wieder. »Ja, es ist durchaus merkwürdig. Der Tod scheint mir eher ein Unfall gewesen zu sein als Absicht, und die Schnitte haben wir bislang ja noch gar nicht beachtet.« Er zeigte auf die Schnitte am Hals. »Er hat versucht, hier einen Kehlkopfschnitt durchzuführen.«

Sito kniff die Augen zusammen, auch Wint beugte sich vor und sah dann erstaunt zu Parson.

»Aber dann hat er ja versucht, sie zu retten.«

»Er oder sie«, sagte Parson.

✳✳✳

Bernd Manzinger begrüßte Fané höflich, als sie die Wache betrat. Heiße Luft und der Geruch von Wurstsemmeln empfingen sie. Umgehend wurde ihr übel. »Was ist los? Spinnt die Heizung?«, fragte sie nur flach atmend.

»Wieso?«, wunderte sich Manzinger und biss in seine Semmel. »Ach so, weil's so heiß ist, ja, in gewisser Weise, die lässt sich nicht mehr runterdrehen. Der Heizungstyp will nachher vorbeikommen. Man gewöhnt sich dran.« Er kaute und biss noch einmal in seine Semmel.

Eilends ging Fané in ihr Büro und setzte sich an ihren Schreibtisch. Ihr Smartphone piepte zweimal kurz hintereinander. Zwei Nachrichten, eine von Miriam, die schrieb, dass sie ab halb zwei ohnehin in »ihrem« Café sitzen würde, Fané könne dann einfach dazustoßen, die andere war von ihrem Ex-Freund. Es war eine Rose. Fané musste lächeln. Als es klopfte, legte sie eilig ihr Smartphone zur Seite.

»Der Heizungsmann ist jetzt da. Wint und Schrader sind übrigens bei Parson wegen des toten Mädchens. Wint hat uns schon gesagt, dass Sie sich jetzt mit einem Roman Enzig um die Smetlin-Sache kümmern«, erklärte Manzinger. »Wollen Sie Kaffee?«

»Ja und ja, bitte«, sagte Fané und staunte darüber, wie viel in dieser Nacht tatsächlich passiert war.

»Also erstens, ich bin Ihnen heute zugeteilt. Zweitens kam hier schon eine Menge an Anrufen rein, weil doch heute die Anzeige in der Zeitung erschienen ist. Ist alles notiert, und wir können die gemeinsam durchgehen. Drittens soll ich Ihnen von Wint noch ausrichten …«

»Ja?«

»… dass Sie ihm dann bitte ein Protokoll zukommen lassen sollen. So, das war's.« Er wollte gerade gehen, sah kurz auf seinen Notizblock und drehte sich noch einmal um. »Ich weiß, das hätte ich wohl nicht lesen sollen«, er hielt ihr ein Fax entgegen, »aber ich war in Ihrem Zimmer wegen der Heizung und …«

Fané nahm das Papier entgegen. Es kam aus dem Präsidium Konstanz. »Reine Routine, vergessen Sie es einfach.«

Er nickte. »Dachte ich mir schon.«

»Gut. Gibt es was Neues wegen des Reporters? Oder vielleicht von den Mitstipendiaten?«

»Nichts, über Silvester und Neujahr war da wirklich gar nichts zu erreichen.«

»Okay, das muss heute erledigt werden. An die Arbeit.«

Fané schaltete ihren Laptop ein, schrieb schnell einige Zeilen zu dem Manuskript von Smetlin und sendete sie per E-Mail an Wint. Roman Enzig setzte sie gleich ins CC. Anschließend ließ sie sich mit der Direktorin der Literaturstiftung verbinden und erfuhr von dem Anrufbeantworter, dass diese bis auf Weiteres aus persönlichen Gründen nicht zu erreichen sei. Mist, dachte Fané und wählte die für den Notfall angegebene Nummer einer Frau von Sternitz.

»Von Sternitz am Apparat, was kann ich für Sie tun?«

»Hallo, Frau von Sternitz. Ich rufe Sie von der Polizeidienststelle Gaienhofen an, weil ich Frau Müller-Olenhusen nicht erreichen konnte, aber immer noch dringend eine Auskunft über Ihre Stipendiaten in unserem Künstlerhaus benötige. Ich hatte gehofft, entsprechende Daten schon auf meinem Tisch zu haben, ehrlich gesagt. Immerhin geht es um den Tod einer Ihrer Stipendiaten.«

»Ich grüße Sie. Ja, ja, man hat mir bereits mitgeteilt, dass Sie sich an mich wenden würden. Nur leider kann ich Ihnen kaum weiterhelfen, da sich alle Akten bei Frau Müller-Olenhusen befinden, diese aber zur Kur ist. Wirklich ein ungünstiger Zeitpunkt, zu dem Sie uns da erwischt haben. Sie wissen ja, dass ihr Mann kürzlich verstorben ist, eine schlimme Sache für unsere Stiftung und für die arme Frau Müller-Olenhusen erst … Allerdings war sie die letzten Tage so geistesgegenwärtig und hat mir einen Umschlag bereitgelegt, den ich Ihnen zukommen lassen soll, womöglich hat sie doch einiges Material für Sie gesammelt. Sagen Sie mir doch die Adresse, an die ich die Post senden soll.«

Du meine Güte, dachte Fané, was für eine umständliche Person. Der Umschlag hätte heute schon da sein können.

»Hallo? Frau Fané? Sind Sie noch da?«

»Ja, klar, aber könnten Sie das bitte faxen? Das geht schneller.«

Die Dame am Telefon druckste herum. »Also, nein, ich habe hier kein Fax. Ich bin ja nicht die Bürodame hier. Also«, sie räusperte sich, »ich weiß nicht, wie das geht.«

Himmel, dachte Fané. »Irgendjemand, der helfen könnte?«

»Post wäre mir schon –«

»Wissen Sie was? Ich schicke Ihnen einen Kollegen, der holt die Akten und faxt sie dann an uns. Einverstanden?«

Fané erkundigte sich nach dem Kurort von Frau Müller-Olenhusen, um dort eventuell anrufen zu können. Nach längerem Geplänkel seitens Frau von Sternitz' rückte diese endlich mit der Telefonnummer raus. Anschließend schrieb Fané weiter an ihren Notizen und wollte diese gerade wieder an Wint und Enzig mailen, als es klopfte und Wint eintrat.

»Guten Morgen«, sagte er mit belegter Stimme. »Was Neues?«

»Ich hab dir grad eine Mail geschrieben. Ach, und wir bekommen endlich die Adressen von der Stiftung. Manzinger kümmert sich dann sofort darum. Du warst in der Gerichtsmedizin?«

»Ganz recht. Es sieht so aus, als sei Mellis Tod ein Unfall gewesen.«

»Oh nein.« Fané starrte aus dem Fenster. »Heinrich?«

»Ja?«

»Bist du fertig mit dem Manuskript?« Fané legte eine Hand auf die Heizung, um zu prüfen, ob sie endlich kühler wurde. Ihr war tatsächlich das erste Mal in diesen Tagen zu warm.

»Ich wollte schon mit dir sprechen«, sagte Wint mit gedämpfter Stimme und sah sich unwillkürlich um. Leise schloss er die Tür hinter sich.

Fané setzte sich auf ihren Stuhl und wartete. Ein ungutes Gefühl beschlich sie, und sie dachte an Miriams Worte, dass etwas nicht stimme. »Was ist?«

»Es fehlt der Schluss, aber – kurzum: Du kannst mir vertrauen, dass du das Manuskript nicht für den Fall Smetlin brauchst.«

»Also ich – du weißt, dass ich dir ein solches Versprechen nicht geben kann, es hat immerhin mit meinem Fall zu tun.«

»Nein, das denke ich nicht.«

»Aha. Intuition oder Faktenlage?« Fané merkte, dass ihr Tonfall zu barsch geraten war. »Versteh mich nicht falsch, aber das kommt jetzt etwas abrupt.«

Wint holte tief Luft. »Verstehe. Dennoch wiederhole ich meinen Hinweis, der auch eine Bitte enthält, dass du dieses Manuskript nicht für die Aufklärung von Smetlins Tod benötigst«, insistierte er. »Ich habe einmal einen folgenschweren Fehler gemacht, das stimmt. So wie ich dich kenne, hast du das auch längst herausgefunden.«

Fané schluckte.

»Macht nichts, hätte ich an deiner Stelle auch getan. Es war klar, dass du dich fragst, warum ich das LKA verlassen habe und was ich hier in Gaienhofen mache. Aber sei dir einer Sache gewiss«, er beugte sich vor und sah Fané mit einem Blick in die Augen, der keine Fragen offenließ, »ich, Heinrich Wint, konnte mich mit dieser einen Ausnahme immer, wirklich immer auf meine Menschenkenntnis verlassen. Und noch eine solche Ausnahme wird es nicht geben.«

Fané setzte sich aufrecht hin, Wints Blick nicht ausweichend. »Und welchen Fehler hast du gemacht?«

»Also schön«, begann Wint und schob seine Hände in die Hosentaschen. Sein Blick sank kurz zu Boden, Fané sah, dass es ihm schwerfiel. »Ein junger Kollege vor ein paar Jahren beim LKA. Seine Schuld schien erwiesen, uns verraten zu haben. Ich war geblendet, wie gelähmt, um auch nur einen Moment an dieser Version zu zweifeln.«

Fané behielt ihre aufrechte Haltung, doch es kostete sie Kraft. »Manchmal drängt sich das Naheliegende eben vor unsere Menschenkenntnis«, sagte sie leise.

»Er, der Kollege, hat das mit dem Leben bezahlt.«

Fané atmete hörbar aus, dann nickte sie. Sie glaubte zu wissen, dass dieses Manuskript bei Wint in guten Händen war, und beschloss, das, was sie gelesen hatte, vorerst zu vergessen. »Na gut, Heinrich, ich vertraue dir.«

»Danke. Ich muss los, Paul wartet. Wir wollen zu den Eltern.«

Kaum hatte sich Wint verabschiedet, betrat Enzig ihr Büro.

»Roman, guten Morgen. Setz dich doch.«

»Danke für das Protokoll. Ich hab's schon gelesen.«

»Merkwürdig, oder?«

»Durchaus … und auch besorgniserregend. Weißt du schon was wegen –«

Die Tür ging auf, und Bernd Manzinger kam herein, ein Notizbuch in der einen, eine Tüte Chips in der anderen Hand. Umständlich zog er mit dem Fuß einen Stuhl an Fanés Schreibtisch zurecht, ließ sich darauf nieder und legte dann erst seine Sachen auf den Schreibtisch. Ein Päckchen Kaugummis rutschte aus dem Notizbuch. Die Tüte Chips drehte er so, dass auch Fané hätte zugreifen können. »Bedienen Sie sich«, bot er an. »Sie auch, Dr. Enzig.«

Fané lehnte dankend ab. »Was haben wir?«

»Nun, die ganzen Anrufer, diejenigen, die man ernst nehmen konnte, stimmten dahin gehend überein, dass keiner der Künstler mehr nach dem 20. Dezember gesehen worden ist, sodass die meisten im Dorf annahmen, das Stipendium wäre eben vorbei.«

»Das Stipendium war Ende November bereits vorbei«, sagte Fané. »Gesehen haben können die nur noch Jana Smetlin.« Fané betrachtete die Chipstüte, der ein aufdringlicher Geruch entströmte. »Was hat Jana nur allein gemacht all die Zeit? Jetzt im Winter, wieso ist sie geblieben?«

Enzig holte sein Notizbuch aus seiner Aktentasche und öffnete es. »Vielleicht gerade *wegen* der Einsamkeit«, sagte er schreibend.

»Gut möglich, war verdammt einsam da oben, vor allem seit dem harten Wintereinbruch an Weihnachten«, sagte Manzinger. In seinem Mund knackten die Chips. »Allerdings, und das ist merkwürdig, haben mehrere Leute aus dem Dorf die Person auf dem Bild wiedererkannt.«

»Wieso merkwürdig?«

»Nun, sie haben gesagt, dass dieser ›junge Mann‹ zeitgleich mit dem Verschwinden der anderen aufgetaucht ist.«

»Der junge Mann?« Fané war verblüfft.

»Ja. Das ist ja das Merkwürdige. Die Leute hätten Jana Smetlin eigentlich erkennen müssen, denn sie haben die Künstler auch schon als Gruppe erlebt, aber sie haben sie auf dem Foto nicht wiedererkannt, sondern einen jungen Mann gesehen.«

»Und den haben sie im Dorf auch in der zweiten Dezemberhälfte gesehen?«, fragte Enzig.

»Ja, genau.«

»Das ging uns nicht anders. Auch wir haben zuerst gedacht, der Tote wäre ein Mann. Viele weibliche Züge hatte Jana wirklich nicht mehr«, sagte Fané zu Enzig.

Enzig nickte und kaute auf dem Stift. »Aber das Gesicht? Sollte man nicht das Gesicht wiedererkennen?«, fragte er.

Fané dachte an die Textpassage, in der Jana Smetlin über ihren Gewichtsverlust schrieb.

»Was ist?«, fragte Enzig.

»Ich muss nur gerade an etwas denken, was ich gelesen habe. Der Gewichtsverlust und ...«

»Ja?«

»Bernd, Wint hat Sie doch beauftragt, wegen eines Reporters zu recherchieren, der im Künstlerhaus war in den vergangenen Wochen irgendwann. Haben Sie da schon was?«

Manzinger schüttelte kauend den Kopf.

»Versuchen Sie es weiter. Am besten, Sie rufen bei allen Zeitungen hier aus der Umgebung an, vielleicht wird ein freiberuflicher Mitarbeiter vermisst. Oder vielleicht gibt es auch eine spezielle Literatur- oder Musikzeitschrift oder eine für bildende Kunst, keine Ahnung. Machen Sie sich schlau im Internet. Vielleicht auch ein Berufsmagazin für Künstler, irgendetwas. Klappern Sie alle ab, die an einem Bericht über die Künstler interessiert sein könnten.«

»Okay, verstehe.« Manzinger packte seine Tüte Chips, hielt dann aber inne. »Oder soll ich die dalassen?«

Enzig hob abwehrend die Hand, und Fané sagte: »Bloß nicht.«

Als Manzinger verschwunden war, schrieb Enzig noch immer.

Fané stützte ihren Kopf auf beide Hände. Vermutlich würde der Text sie direkt zu dem Mörder führen, zumindest aber erklären, was passiert war, doch es war immer schwieriger, die Seiten in eine sinnvolle Reihe zu bekommen, vieles wiederholte sich, Seitenzahlen stimmten plötzlich nicht, die Handschrift wurde unleserlich.

»Christine, es gab doch zwei Texte, nicht wahr? Worum geht es in dem anderen?«

Fané wurde es heiß und kalt zugleich. »Du hast ja keine Vorstellung, wie viele Seiten wir eingesammelt haben. Hast du dir die Tatortfotos mal angesehen? Die waren ja alle in der Akte, die du bekommen hast. Keine Ahnung, was sie noch alles geschrieben hat«, log sie und erkannte im selben Moment, dass Enzig ihr nicht glaubte.

\* \* \*

Marc Busch tippte mit dem Bleistift fortlaufend auf das Papier vor sich. Die Stelle war bereits schwarz. In der anderen Hand hielt er den Telefonhörer. »Hören Sie, solange es keinen Vorfall … Hören Sie mir jetzt einmal … Ich glaub's nicht, so etwas Stures wie Sie … Es wird nicht geschossen, nicht auf Tierschützer und auch nicht auf … Zum Teufel noch mal! Kommissar Sito ist bereits vor Ort. Setzen Sie sich doch … Bitte? Guten Tag noch. Und rufen Sie nie wieder …«

Rosa Eckert öffnete vorsichtig die Tür. »Alles okay bei Ihnen?«

Busch rieb sich das Gesicht. »Ja, ja, alles okay. Das macht mich fertig, diese Engstirnigkeit. Ich kann mich mit solch dummen Leuten einfach nicht mehr – herrje.« Der Bleistift in seiner Hand war zerbrochen. »Rosa? Sito wohnt doch bei Ihnen in Ihrer Pension in Gaienhofen, oder?«

Rosa nickte. »Ja, er ist auch schon wieder mittendrin in der Arbeit.«

»Ich weiß. Ich habe vorhin mit Enzig telefoniert. Haben Sie auch den Wolf gesehen?«

Rosa lachte. »Ja, ja, der Wolf. Irgendwie haben ihn alle gesehen und dann doch wieder niemand, doch, zwei haben ihn wirklich gesehen.«

»Tatsächlich? Lassen Sie mich raten ...«

Rosa schüttelte den Kopf. »Ich weiß, was Sie denken, aber es waren Kommissar Heinrich Wint und seine Kollegin Christine Fané. Als sie die tote Schriftstellerin gefunden haben.«

»Ach was.« Busch lehnte sich in seinem Bürostuhl zurück und spielte mit der Bleistifthälfte. »Am Fundort des Mordopfers war der Wolf?«

Rosa nickte und zuckte die Schultern. »Merkwürdige Stimmung gerade, als läge etwas in der Luft.« Sie schloss die Tür hinter sich und lehnte sich an. »Sie haben ihn nicht direkt am Fundort gesehen, aber als sie dort vor der Villa standen und zum Wald hinblickten, da war er: der weiße Wolf.«

»Das ist ja ein Ding!«

»Heinrich, also Herr Wint, hat davon erzählt, weil es ihm so vorgekommen war, als hätte der Wolf sie beobachtet. Es war unheimlich und mystisch zugleich, hat er gesagt.« Rosas Stimme war leiser geworden.

»Tatsächlich also ein weißer Wolf.« Busch legte die Stirn in Falten. »Und Sito mit seinem weißen Schäferhund vor Ort. Das gefällt mir gar nicht.«

Rosa nickte. »Ich hab ihm schon gesagt, er soll bloß aufpassen.« Sie zog den Kopf ein wenig tiefer zwischen die Schultern. »Manchmal denke ich, unser Freund zieht das Unglück magisch an. Ich hoffe inständig, ihm kommt kein Jäger in die Quere. Ich will nicht, dass er –«

Busch haute mit der Faust auf den Tisch. »Hier wird niemand schießen! Ich werde dafür sorgen.« Damit stand sein Entschluss fest.

✳✳✳

Gegen halb zwei betrat Christine Fané das Café. Miriam winkte ihr, deutete auf den Platz in der Ecke am Fenster, den sie wieder ergattert hatte, und hielt den Daumen hoch. Wenig später saß Fané ihr gegenüber, und sie bestellten beide dasselbe Mittagsmenü: vegetarische Grünkernbratlinge mit Salat.

»Also, was ist los?«, fragte Fané.

»Das wollte ich dich fragen«, entgegnete Miriam.

Fané wusste nicht, was sie Miriam sagen sollte. Schnell trank sie einen Schluck Wasser. »Vielleicht hat der Tod der kleinen Melanie Sito so mitgenommen, das wäre doch möglich, oder nicht?«

Das Essen wurde serviert, und Fané schlang den Salat hinunter.

»Bist du so ausgehungert oder im Stress?«

»Hm? Ja, tut mir leid, Miriam, ich habe wirklich wenig Zeit, und ich kann dir auch gar nicht weiterhelfen. Ich wüsste nicht, wie.«

»Wint war auch so komisch. Und dann die Sache mit der toten Schriftstellerin. Irgendetwas stimmt da überhaupt nicht. Wenn ich es nicht besser wüsste, dann würde ich annehmen, Heinrich hat Paul irgendwie in Verdacht.«

»Was?« Fané verschluckte sich an einem Stück Bratling und musste husten.

Miriam stutzte und nahm ihre Freundin genauer in Augenschein.

»Wie kommst du denn nur auf so etwas, das ist doch völliger Quatsch!«

»Ja, ja, schon gut. Ich werde still sein, dann verschluckst du dich auch nicht mehr«, erklärte Miriam.

Fané spürte den Argwohn und versuchte ein versöhnliches Gesicht. »Sieh mal, wir haben gerade wirklich alle Hände voll zu tun, da kann es schon sein, dass Heinrich sich mal ungünstig ausgedrückt hat oder dass wir uns manchmal merkwürdig verhalten. Aber Sito kann doch gar nichts mit einem der Fälle zu tun haben, also sei unbesorgt.«

»Hm, wenn du meinst.«

Keine halbe Stunde später verabschiedete sich Fané, und Miriam blieb nachdenklich zurück. Sie sah aus dem Fenster auf die Straße hinunter. Der Schnee türmte sich am Gehwegrand, und am Himmel brauten sich große schwarze Wolken zusammen, sodass neuer Schnee zu erwarten war. Miriam bestellte sich einen Cappuccino und schrieb Sito eine SMS, dass sie in »ihrem« Café sitze und er vorbeikommen könne, sofern er Zeit habe. Er hatte ihr versprochen, von sich zu erzählen in diesen Tagen hier, und was war passiert stattdessen? Ein Mord und ein totes Kind und er mittendrin, keine Aufklärung von Geheimnissen, dafür schienen neue hinzuzukommen.

Sie wartete einen Augenblick, dann rief sie ihren Vater an. Sie hatte ihm zwar am Vortag ein gutes neues Jahr gewünscht, aber er war zu sehr mit seinem Besuch beschäftigt gewesen – ihre Mutter, von der er seit einem Jahr getrennt war. Einiges deutete darauf hin, dass die beiden wieder zueinanderfanden, und Miriam war nun doch sehr neugierig. Während es bei ihr zu Hause klingelte, sah sie nach draußen und beobachtete die Passanten. Es hatte tatsächlich wieder angefangen zu schneien, zwei Kinder formten Schneebälle und warfen sie gegen die Ampeln. Plötzlich kam ein Mann im Zickzack auf dem Gehweg den Berg heraufgelaufen. Die linke Hand hielt er vor den Bauch. Ein Déjà-vu. Miriam überlegte einen Augenblick, dann wusste sie, dass sie den Mann schon einmal gesehen hatte. Einige Passanten blieben stehen und betrachteten ihn, blickten ihm nach oder mussten ausweichen. Plötzlich hielt er inne, sah sich hektisch um und lief in die andere Richtung.

Miriam erinnerte sich, dass es dieser Anton war, der in der Buchhandlung ein Buch geklaut hatte. Da hatte er die Hände auch so schützend vor den Bauch gehalten. Vielleicht hatte er wieder geklaut?

Erneut hatte Anton seine Richtung geändert und lief nun direkt auf das Café und damit auf Miriam zu. Er hatte inzwischen auch die rechte Hand gehoben und presste seine linke damit noch fester auf den Bauch. Vor dem Café blieb er stehen und hob den Kopf. Sein Blick traf genau den ihren, und Miriam schauderte. Sein Gesicht war schmerzverzerrt. Mehrere Sekunden mochten sie einander in die Augen gestarrt haben, bevor ein Kellner Miriam ansprach, ob sie noch Wünsche habe. Sie zuckte zusammen.

»Oh, entschuldigen Sie, ich wollte Sie nicht erschrecken.«

»Ich – es ist nur wegen …« Sie wies nach draußen. Der Kellner folgte ihrer Geste und beugte sich weit über den Tisch, doch als Miriam auch wieder nach draußen sah, lief Anton bereits weg. Geradewegs und schnellen Schrittes.

»Ach, das war nur der Huber Anton, der ist nicht ganz richtig …« Der Kellner machte kreisende Bewegungen mit seinem Stift neben seinem Kopf. »Den haben seine Eltern kaputtgemacht, wie, weiß keiner so genau.« Ohne ein weiteres Wort räumte er den Tisch ab.

Miriam sah Anton schweigend nach und kam nicht umhin, zu glauben, dass der Blick ein Hilferuf gewesen war. Sie beschloss, ihm zu folgen, und zahlte daher im Gehen an der Theke. Zügig verließ sie das Café, schloss ihren Mantel und zog den Schal halb über den Kopf. Ein klirrend kalter Wind blies ihr um die Ohren, der die dunklen Wolken zwar vertrieb und ein Fenster für die Januarsonne schuf, aber eben auch eisig war, und da wurde ihr schlagartig bewusst, dass dieser Anton gar keine Jacke getragen hatte …

# Silhouetten

## 2. Januar, vormittags

*Das Gefährliche am Verdrängen ist der Moment, wenn man sich ertappt. Ich wusste nicht, wann dieser Moment kommen würde. Hätte ich nur den Anflug einer Ahnung gehabt, so hätte ich meine Koffer gepackt und wäre geflohen, weit weg, hinter die sieben Berge, zu den ... Was rede ich? Wer bin ich?*

*Etwas passiert hier. Das ist nicht gut. Ich habe gestern an meinem Manuskript gearbeitet, das heißt, ich wollte es. Ich habe den Computer angeschaltet und war gerade dabei, die letzten Zeilen durchzulesen, da stand dieser Satz. Dieser Satz, den ich nicht geschrieben hatte. Überhaupt kam mir der letzte Absatz, der sich über eine ganze Seite ausstreckte, ungewohnt holprig vor. Ich las, und es war, als würde ich etwas Fremdes lesen, als könnte ich mich nicht erinnern, diese Zeilen geschrieben zu haben. Ich schob es auf den gestiegenen Alkoholkonsum und die Ereignisse mit K und M.*

*Dann dieser alles überwerfende Satz.*

*Der alles auslöschte und jeden Zweifel in mir schüren musste. »ICH WILL TÖTEN!« Das stand da in Kapitälchen, Fettdruck. Kursiv. Ich las noch einmal die vorhergehenden Zeilen und war mir schließlich sicher: Das hatte nicht ich geschrieben.*

*Ich stand verwirrt auf und ging in die Küche. Die Küche war leer. Dann klopfte ich an Ks Zimmer. Er lag im Bett und blätterte gelangweilt in einem Buch. Als er mich sah, lachte er, und ich wurde mit einem Schlag verlegen. Ich fragte ihn recht unvermittelt, ob er an meinem Computer gewesen sei, und kam mir schon bei der Frage blöd vor. Natürlich verneinte er. Auch M reagierte spontan über-*

rascht und verwies auf F, die wohl am ehesten solche Scherze machen würde. »Welche Scherze?«, fragte ich ihn argwöhnisch, doch musste ich schnell erkennen, dass ich mehr in seine Antwort hineininterpretiert hatte, als da war. Würde F an meinen Computer gehen? Wohl kaum. Ohnehin sah man sie nur noch selten im Haus.

Ich suchte sie und fand sie in der Garage, die sie zu ihrem Arbeitsplatz gemacht hatte. Bei dem Weg über den Hof war ich vom strömenden Regen völlig durchnässt worden. Sie sah an mir hinunter und schenkte mir ein Lächeln. Einer der wenigen freundlichen Augenblicke der letzten Wochen. Mir war klar, dass ich meine Frage gar nicht erst stellen musste. Also lud ich sie auf einen Kaffee in die Küche ein. Doch die Zeilen gingen mir nicht aus dem Kopf.

Was M und K anbelangt, es war das andere Merkwürdige jener Tage. Eine gewisse Entspannung war über uns hereingebrochen, als hätte sich ein Sturm gelegt, der sich lange und mächtig aufgebaut hatte und nun endlich über uns hinweggefegt war. Da war wieder eine Leichtigkeit in unserem Tun, und die Kaffeepause mit F war symptomatisch für diese neu eingekehrte Stille. Fühlte nur ich eine Gespenstigkeit in dieser Stimmung? Die Mumienhaftigkeit, die Leere, die Fleischlosigkeit? Was passierte da? Am ersten Tag danach, als wir uns in der Küche trafen und ich Angst hatte, den Blicken von Ullrich und F standhalten zu können; dann, als K vom Markt Salat brachte und ihn gemeinsam mit F zubereitete – ein Komplott, nichts anderes konnte ich mehr denken. Sie haben alle auf mich oder gegen mich oder um mich gewettet. Jetzt, da sie alle gekriegt haben, was sie wollten, da sie mich so weit aus mich herausgestürzt haben, jetzt, da ich langsam verschwinde ... Jetzt schien alles gut. Ich sah zu Ullrich, doch auch seine Miene verriet nichts. Nichts, was meinen Argwohn bestätigte. Ich konnte nichts essen und entschuldigte mich. Mit einem Glas Wein und einer Decke

*verzog ich mich auf die Terrasse. Ullrich kam und brachte*
*mir ein Stück Baguette. Ich müsse essen, sagte er väterlich*
*und setzte sich zu mir. Ich sah ihn an und musste lächeln.*

Fané sah auf. Sie musste sich kurz besinnen, der Text berührte
sie, legte ihr seine kalten Hände direkt um den Hals. Ihr war
unheimlich zumute, was angesichts der Tageszeit und der Anwesenheit von mehreren Menschen im Nebenzimmer absurd
war. Aber diese Unruhe in ihr – sie musste aufstehen und im
Zimmer auf und ab gehen.

Was war da nur so entsetzlich schiefgelaufen, dass Jana Smetlin am Ende ermordet wurde? Wer von den vier Mitbewohnern
hatte ein Motiv gehabt? F aus kranker Eifersucht? K und M,
weil sie sich schließlich doch in Jana verliebt hatten?

*Blödsinn.* Fané verwarf diesen Gedanken sogleich wieder,
das war doch allzu romantische Schönmalerei. Keiner von den
Männern schien je in Jana verliebt gewesen zu sein. Und doch
war sie schwanger. War die Schwangerschaft das Motiv für den
Mord? Hatte Jana einen der Männer unter Druck gesetzt, oder
war eine Lebensgefährtin aufgetaucht und in Rage geraten?

*Nein.* Fané verwarf auch diese Spur. Da war noch etwas
anderes, etwas Größeres, das ihre Unbehaglichkeit begründete.
Die geradezu betörende Entrücktheit dieser jungen Frau aus
dem Blickwinkel zu lesen, dass sie sterben würde, hatte etwas
Tragisches. Fané nickte, ja, die Gegenwärtigkeit des Textes
verführte sie zu glauben, Jana sei anwesend, dann aber prallten
ihre Gedanken immer wieder gegen die Realität des Todes.

Fané ging zu den Toiletten, schöpfte sich Wasser ins Gesicht,
starrte auf ihr Spiegelbild. Und plötzlich begriff sie, was sie so
in Unruhe versetzte: Es war dieser Ton, der jeden der Sätze
von Jana begleitete und der Fané eigentümlich vertraut vorkam, dieser verheißungsvolle, fast schon prophetische Stil – die
Ankündigung der Magersucht, die vollkommene Androgyni-
sierung. Fané prüfte ihre Wangenknochen. Nachdem sie sichergestellt hatte, dass die Tür zu den Toiletten ebenfalls verriegelt
war, zog sie ihren Pullover aus, knöpfte die oberen Knöpfe

ihrer Bluse auf und betrachtete ihre Hals- und Schulterpartie. Erste Anzeichen? Anorexie ist keine Krankheit, sondern eine Entscheidung, hämmerte es in ihrem Kopf, das Mantra ihrer Jugend. Schnell zog sie sich an und ging in ihr Büro, bemüht, ihre Erinnerungen aus dem Fall herauszuhalten.

*Als ich mich abends auszog und vor dem Spiegel stand, erschrak ich. Es war, als hätte meine Brust sich vollends verflüchtigt. Sie war nahezu nicht mehr zu sehen. Auch kein Bauch, kaum noch meine Schenkel, die ich immer zu dick fand. Ich wusste nicht, was ich denken sollte, und zog mir schnell einen Pyjama an, dann setzte ich mich wieder an meinen Computer und öffnete die Datei mit meinem Manuskript. Insgeheim hoffte ich wohl, dieser eine Satz, der fremde Satz, wäre nicht mehr da, doch sobald sich alle Seiten geöffnet hatten, da sprang er mich geradezu an: »ICH WILL TÖTEN!«*
*Ich musste aufspringen, ins Bad rennen und mich übergeben. K hatte das wohl mitbekommen und kam mir nachgeeilt. Er wirkte ehrlich besorgt und kochte mir einen Tee. Wenig später schliefen wir miteinander in seinem Bett, sanft, leicht, melancholisch, als würde er das Ende bereits kennen. Das Ende unseres Lebens, das Ende dieser Nacht und –*
*Oder war es M?*
*Herrgott noch mal, das ist doch noch nicht allzu lange her. Wer hat mit mir geschlafen? In dieser Nacht? Oder, halt, ich habe das Bett des einen um eins verlassen und bin in meins gegangen, da war dann der andere, je nachdem, in wessen Bett ich zuerst geschlafen hatte. Oh mein Gott ...*
*»ICH WILL TÖTEN!«, steht noch immer in großen Lettern auf meinem Bildschirm, und langsam befällt mich eine Ahnung.*

*Kein Blut. Das ist beunruhigend.*

*Das Manuskript hat heute plötzlich dreißig (!) Seiten mehr. Wer war in meinem Zimmer? K, der mit mir schlief, oder M? Haben sie beide mit mir geschlafen? Womöglich waren beide in meinem Zimmer, einer vergewaltigte mich, und der andere schrieb meinen Roman fertig. Ja, es scheint mir fast so, als müsste ich nur mehr den Schluss formulieren ... Der Schluss, der Schluss, der doch von Anfang an mich schon quält, weil ich weiß, wie es ausgehen soll. Aber wie kann ich diesen Schluss schreiben, gegen den sich von Beginn an schon mein ganzes Inneres wehrt? Das ist doch nicht möglich. Und jetzt passieren auch noch all diese Ereignisse – wer quält mich so? Es muss F sein. Ich gehe jetzt in die Küche, da wird sie schon stehen und das Essen vorbereiten, dann werde ich sie zur Rede stellen.*

*Ich ging ...*

*Es war seltsam. Da waren sie alle. Sie saßen oder standen in der Küche, und es glich einem Theaterstück. Die Küche war die Bühne, K, M und Ullrich standen bei dem Tisch, F saß in der Ecke. Wieder einmal schmollend, und wieder nahm offensichtlich keiner Notiz von ihr. Ich beobachtete sie einen Augenblick, und sie sah mich funkelnd an. Vorbei die Freundlichkeit der Kaffeepause, aber immer noch diese unwirkliche Ruhe. Ullrich bemerkte mich und lächelte. Ich sähe aus, als hätte ich einen Geist gesehen. Auftritt: ich. Ich verneine. Sie muss es gewesen sein, denke ich mir und erkundige mich nach dem Essen, das ich doch nicht essen werde.*
*Am Tisch ist für vier Personen gedeckt. Ich bin verwirrt und schon drauf und dran, in mein Zimmer zu verschwinden, doch M hält mich zurück.*
*Wer schreibt meinen Roman, den ich hinauszögern will, um IHN nicht zu beenden? Ich will mich so lange wie möglich im Dazwischen befinden, im Prozess, denn in*

*diesem Zustand ist alles möglich, alles kann sich noch zum*
*Guten verändern. Penthesilea, ach, könnte ich doch mit*
*dir jetzt hier sitzen, dir alles erklären. Ach, du Schöne,*
*Liebevolle, Demütige. Ach, Penthesilea. Alles zum Guten*
*wenden, flehend, hoffend ... Ganz anders als in meinem*
*Leben. Vielleicht will ich mir auch daher die Utopie des*
*Romans so lange wie möglich erhalten, das Ende bis zum*
*Äußersten hinauszögern.*
*Warum macht sich keiner Sorgen um die Schriftsteller?*
*Sie erfinden eine Figur und schreiben sie dann zu Tode –*
*kann man das so einfach erwarten? Den feinen Tod kann*
*es nur in der Literatur geben, die letzte wirkliche Utopie,*
*die letzte wahre Reinheit, die Rettung. Und die hängt*
*an mir.*
*Doch wer treibt mich voran? Wer quält mich? F oder die*
*Männer? Wer hat in meinem Bett mit mir geschlafen? Er*
*hat nie wirklich mit mir gesprochen, ich weiß, das Gerede*
*vom feinen Tod und so, das ist in mir. Ach, Penthesilea,*
*könnten wir doch ...*

*Jana, komm zu dir, was redest, oder besser, was schreibst*
*du denn da? Du warst wieder so besoffen, dass du gar*
*nichts mehr peilst? Ach, Scheiße, ist ja auch egal, mit*
*wem ich rumficke, wer mich wann und wo und wie oft*
*irgendwie fickt ... alles eins. Alles mir egal. Ich will töten.*
*Stimmt doch!*

Fané sah von dem Stapel vor sich auf. Wieder hatte der Text
eine unerwartete Wendung genommen. Sie war gefesselt und
schockiert zugleich, versucht, die Lektüre abzubrechen, und
doch getrieben zum Weiterlesen. Die Sprache war gekippt wie
die Stimmung. Spielte Jana Smetlin mit ihr? Mit ihren Lesern?
War sie einfach eine gute Autorin?
Penthesilea. Wer war das gleich? Antike Tragödie, zwölfte
Klasse, schoss es ihr durch den Kopf. Sie kaute auf der Unterlippe, als würde das helfen, und tatsächlich ging da eine Schub-

lade in ihrem Kopf auf. Eine klassische Tragödie von Kleist, allerdings verschiedene Auslegungen, ja, Fané erinnerte sich. Penthesilea, die Unglückliche, die Heldin, die Liebende, die Verzweifelte. Die Liebende?

Fané wandte sich dem Computer zu und suchte nach »Penthesilea«. Während sie in den Ergebnissen stöberte, mischte sich in ihre Gedanken das Bild eines Feuers. Sie versuchte es zu verdrängen, aber es klebte an diesem wiederkehrenden Verweis auf Janas Unfähigkeit zu essen. Jana. Fané konnte diese Frau nur noch als Jana denken, nicht als Mordopfer, nicht als Smetlin, nur als Jana.

Das Feuer hatte damals reinigende Wirkung besessen und war Teil eines Programms für essgestörte Jugendliche gewesen, nachdem jeder gezwungen worden war, sein Tagebuch zu lesen, sich einzelne Passagen anzustreichen, in denen man sich besonders vertraut oder besonders fremd vorkam. Diese Passagen wurden dann von den Leiterinnen des Programms vor der versammelten Mannschaft vorgetragen, eine schmerzhafte, aber heilsame Erfahrung. Dennoch blieb es eine Lebensform.

Fané starrte auf den Bildschirm, Penthesilea zog sich quer hindurch und winkte ihr zu, doch ihre Gedanken hingen weiter in diesem Feuer. Am meisten war sie damals über die Tatsache erschrocken, wie sehr sich die Passagen glichen. Obwohl es sich um völlig unterschiedliche Menschen handelte, so hatte das Schicksal der gemeinsamen Krankheit eine homogen denkende Gruppe aus ihnen gemacht. Sie wusste, dass nicht wirklich Überzeugung sie von der Krankheit weggebracht hatte, sondern ebendieser Schock, gleich zu sein wie alle anderen. Genau um diese Äquivalenz zu verhindern, mit aller Macht und unter Inkaufnahme hässlichster Schmerzen, hatte sie sich doch für diese Lebensform entschieden. Die Entscheidung für eine Kontrolle über das Leben einer gewissen Einzigartigkeit war misslungen. Sie hatte sich nicht im Traum ausmalen können, dass es für diese Krankheit einen Namen gab, geschweige denn, dass mehr Menschen, als man sich vorstellen konnte, an dieser Krankheit litten. Sie verlor ihren besonderen Reiz. Das hatte sie insgeheim gekränkt.

Je länger sie über Jana Smetlin nachdachte, desto sicherer wurde sie, dass sie sich dieser Person nicht weiter nähern durfte als unbedingt notwendig. Sie griff zum Telefon und rief in Rosas Pension an.

## Verdächtigungen

*2. Januar, früher Nachmittag*

Zeus sprang als Erster aus dem Auto und lief auf die Rechts-medizin zu. Sito hatte Wint Bescheid gegeben, dass er noch einmal mit Parson sprechen wollte, vor allem, weil am frühen Nachmittag auch die Eltern von Melanie vorbeikamen, um ihre Tochter zu identifizieren. Ein Polizeibeamter musste zugegen sein, er würde das übernehmen und sich damit auch Frau Wal-ters stellen. Nicht ohne Grund hatte Sito Zeus mitgenommen. Auch damals, als er Samuel Parson die Nachricht vom Tod seines Sohnes überbracht hatte, war sein Hund der Tröster gewesen, damals war es Pollux.

Parson erwartete ihn am Eingang. »Komm, lass uns in die Cafeteria gehen. Wir haben noch Zeit, bis die Walters kom-men. Himmel«, er zog seinen Arbeitskittel etwas fester zu, »diese Kälte! Kaum zum Aushalten.« Schnell eilten sie über den schneebedeckten Platz vor dem Krankenhaus und zum Haupteingang hinein.

»Keine Hunde«, kam von der Dame an der Information.

Sito zückte seinen Ausweis, und Parson erklärte schlicht: »Polizeieinsatz.« Dann bogen sie auch schon ab in das kleine Café am Eingang. Parson holte zwei Tassen Tee, und sie setzten sich in eine Ecke.

»Weißt du was Neues?«, fragte Sito und nahm den Tee-beutel heraus. Irgendeine Kräutermischung, die kaum Farbe im heißen Wasser hinterlassen hatte.

Parson zog die Augenbrauen hoch. »Ist keine zwei Stun-den her, dass ihr bei mir wart. Was denkst du, was ich mache? Zaubern?«

»Das tust du doch immer.« Sito lächelte seinen Freund an.

»Ja, also, mein Verdacht ist ein völlig anderer, aber den kann ich noch nicht sicher belegen.«

»So?«

»Ich glaube, das Mädchen ist an etwas ganz anderem gestorben.«

»Das habe ich mir vorhin schon gedacht. Es liegt keine Tötungsabsicht vor, nicht wahr?«

»Nein, absolut nicht. Ich tippe auf Herzstillstand, vielleicht sogar ein angeborener Herzfehler. Ich wollte erst mit den Eltern reden, bevor ...« Er sah an Sito vorbei. »Ich glaube, das sind sie.«

Sito drehte sich um und konnte Anette Walters erkennen, hinter ihr, gebückt und irgendwie kleiner als bei ihrer letzten Begegnung, ihr Mann. Er nickte zu ihnen herüber. Anette Walters kam mit schnellen Schritten auf sie zu. Sito stand sofort auf und trat ihr entgegen. Er wusste, dass nun der erste Schock überwunden war. In der Nacht hatte Anette Walters gar nichts sagen können, doch nun war er gewappnet.

»Aber Sie haben es doch versprochen«, kam prompt von ihr, begleitet von einem lauten Schluchzen.

»Beruhige dich.« Ihr Mann legte ihr einen Arm auf die Schulter.

»Lass mich«, schrie sie unvermittelt und schüttelte den Arm ab. »Sie haben's versprochen.« Sie tippte Sito mit dem Zeigefinger gegen die Brust. »Sie haben versprochen, dass Sie meine Tochter wieder nach Hause bringen. Sie haben ...« Sie sackte in sich zusammen, und Sito konnte ihr gerade rechtzeitig unter die Arme greifen.

Parson stand ein wenig hilflos daneben. »Wenn Sie noch Zeit brauchen, erst einen Tee oder so nehmen wollen, dann ...«

Sie schüttelte den Kopf und ließ sich von Sito stützen. Langsam gingen die vier durch den Gang und auf den Fahrstuhl zu, der nach unten führte. Ängstlich sah sich Anette Walters um, als der Fahrstuhl sich in Bewegung setzte. Es ruckelte zweimal, dann öffneten sich die Türen. Es quietschte, und für einen Augenblick schien es so, als wollte Frau Walters nicht aus diesem Aufzug heraus, nicht in die Endgültigkeit hinaustreten, die ihr bevorstand.

»Kommen Sie?«, fragte Parson.

»Noch nicht«, flüsterte sie, doch dann schob ihr Mann sie nach draußen und drängte sie vorwärts, als wollte er sagen: Nur schnell, nur schnell wieder weg von hier.

Zwanzig Minuten später standen Sito und Parson oben am Ausgang des Krankenhauses und sahen den Walters nach.

»Du hast ihr versprochen, ihre Tochter wiederzufinden?«, fragte Parson.

Sito nickte. »Ein Fehler, ich weiß. Das wird sie mir nie verzeihen.«

»Doch, das wird sie, das wird sie, Paul, sobald sie begreifen kann, dass du nichts dafür kannst, dass ihre Tochter tot ist.« Parson legte Sito eine Hand auf den Arm. »Du hast mitbekommen, dass es in ihrer Verwandtschaft schon einmal einen Fall mit einem Aneurysma gab?«

»Ja, habe ich.«

»Ich werde sofort entsprechende Untersuchungen veranlassen.«

»Und was ist mit dem Halskettchen?«, fragte Sito. »Frau Walters sagte etwas von einem Kettchen, als sie die Liste mit den Sachen ihrer Tochter durchgesehen hat.«

»Ja, ich weiß. Eine Halskette mit einem Anhänger. Aber wir haben keine gefunden. Allerdings sind die Kleidungsstücke noch in der KTU, vielleicht ist es da noch dabei, bekomme ich bestimmt auch heut im Laufe des Nachmittags …«

»Wir warten also auf die Ergebnisse aus dem Labor und von der KTU wegen der Kleidung.«

»Ja, Paul, wir müssen uns gedulden. Vielleicht hatte sie das Kettchen an diesem Tag auch gar nicht an. Das muss nichts bedeuten.«

Sito nickte. Weil er das alles wusste. Nur glaubte er trotzdem etwas anderes.

***

Nahezu gleichzeitig kamen Wint und Sito wieder in Gaienhofen vor der Polizeidienststelle an. Wint bog zuerst mit dem Wagen in die Stichstraße vor das hellblaue Gebäude der Polizei, als ein dumpfer Schlag das Auto traf. Schrader bremste scharf und sah gleich in den Rückspiegel, ob Sito im Wagen hinter ihm noch rechtzeitig zum Stehen kommen würde.

»Was zum Henker …?«

Die Windschutzscheibe war zerbrochen und glich einem Spinnennetz. Auf der Motorhaube kam ein Stein zum Liegen.

Schrader duckte sich in seinem Sitz und sah vorsichtig auf die Straße.

»Was war das?«

Auch Wint sah sich verstört um und entdeckte am Straßenrand einige Männer, die sie mit finsteren Blicken anstarrten.

»Das ist ja wohl die Höhe«, schrie Wint und stieg aus dem Auto. Mit energischen Schritten trat er zu der Gruppe. »Was soll denn der Scheiß?«

Schrader folgte in einigem Abstand und hatte die Hand an seiner Waffe.

»Finden Sie den Kindermörder!«

»Tun Sie endlich was!«

»Unsere Kinder sind hier nicht sicher, solange dieser Dorfdepp rumläuft.«

Wint stutzte. Er stand vor den Männern und baute sich vor ihnen auf. »Was meinen Sie denn, was wir hier tun?«

»Sie haben ihn aber noch nicht verhaftet«, rief wieder einer.

»Oder meinen Sie etwa, einer von uns hat das getan?«

»Wir haben alle selbst Kinder. Holen Sie sich endlich den Mistkerl.«

»Ja«, rief ein anderer und trat Wint entgegen. Mit den Händen in den Hüften baute er sich auf. »Kein Fremder ist hier, bleiben also nur wir und dieser Verrückte mit seinem Wasser im Kopf. Also?«

»Die Straßen sind längst frei, und Hotels gibt es auch, hören Sie auf mit Ihren Verdächtigungen«, sagte Wint, doch der andere hielt wütend die Faust hoch. Wint machte noch einen Schritt auf den Mann zu. »Sie drohen mir? Ich werde gleich *Sie* verhaften.«

Der Mann wich zurück.

Schrader war bei Wint angekommen. Wint flüsterte ihm zu, ob er die Leute kenne. Als dieser »Nur teilweise« raunte, lief Wint wortlos zum Auto zurück. Ohne die Männer noch einmal anzusehen, zeigte er auf die zerbrochene Scheibe. »Das werden die mir bezahlen! Schreiben Sie alle auf, Schrader, alle, die da drüben stehen.«

Wint nahm den Stein von der Motorhaube und legte ihn hinter den Fahrersitz auf den Boden. Sie stiegen ein, und Wint fuhr los. »Schrader, haben Sie verstanden, was die wollten?«

Schrader blickte aus dem Fenster.

»Von wem haben die gesprochen? Wen sollen wir verhaften?«

Schrader stöhnte. »Stammtischgeschwätz. Die haben von Anton Huber gesprochen, den kennen Sie bestimmt. Er ist nicht ganz – wie soll ich sagen? Wie heißt das politisch korrekt?«

Wint sah zur Seite. »Ist mir egal, wie das politisch korrekt heißt. Was ist mit ihm?«

»Man nennt ihn manchmal den Dorfdepp. Stammtischgeschwätz eben. Er ist anders, und das verunsichert manche. Jetzt denken die, dass er –«

»Du meine Güte, wir leben doch nicht mehr im Mittelalter. Was ist das denn für ein Mist?« Wint parkte und stieg aus. »Kümmern Sie sich gleich um die Windschutzscheibe, so kann ich ja nicht weiterfahren, und schreiben Sie eine Anzeige gegen die entsprechenden Personen.«

Sito kam zum Wagen und sah auf die Scheibe. »Volltreffer.«

»Was?«, fragte Wint und folgte überrascht Sitos Blick.

Der zuckte mit den Schultern. »Na ja, genau in die Mitte eben.«

»Na, du hast Humor.«

»Eigentlich nicht«, sagte Sito und sah auf der gegenüberliegenden Straßenseite Miriam vorbeilaufen. Sie bemerkte ihn nicht und hatte es offensichtlich eilig.

\*\*\*

Enzig hatte zwei Stunden in dem Manuskript von dieser Jana Smetlin gelesen. Mehrfach fand sich inzwischen der Hinweis, dass sie an einem Roman gearbeitet hatte. Diese anderen Notizen, von denen Fané behauptet hatte, dass sie nicht wisse, was darin stand …

Er hatte ihr schon vorhin in ihrem Büro nicht geglaubt, aber jetzt war er sich sicher, dass sie ihn angelogen hatte. Aber warum? Wusste Wint mehr? Hatten die beiden Sito ursprünglich sprechen und nach Gaienhofen bestellen wollen, gar nicht zur Unterstützung bei den Ermittlungen, sondern vielmehr weil sie ihn verdächtigten? So wie Sito das längst befürchtete? Nein, Enzig sagte es laut in den Raum: »Nein«, das glaubte er wiederum auch nicht, sonst hätten sie ihn längst befragt. Aber mal angenommen, Wint hatte belastendes Material, was sollte er damit anfangen?

Enzig rückte seine Brille zurecht und starrte an die Wand ihm gegenüber. Er stellte sich vor, die Wand wäre sein geliebtes Flipchart, er hätte Stifte dabei und könnte losschreiben. Jana Smetlin, die Autorin, schrieb an einem Manuskript, in dem es um Sito ging. Jetzt war sie tot.

In Gedanken beschrieb Enzig die ganze Wand, lief in seinem Zimmer auf und ab, vertiefte sich in den Mörder von Jana, stellte sich vor, dass er wütend war, weil sie etwas tat, was ihm nicht gefiel, weil sie etwas schrieb, was ihm nicht gefiel. Er litt so sehr darunter, dass er komplett die Beherrschung verlor und auf sie einschlug, bis sie an den Schlägen starb. Diese willkürliche und über sich hinausschießende Gewalt war Folge einer Ohnmacht, einer länger gehegten Verzweiflung, des sicheren Gefühls, in irgendeiner furchtbaren Umklammerung zu stecken. Enzig schluckte. Was um Himmels willen hatte Sito an diesem ersten Abend in Gaienhofen getan? Umklammerung,

Ohnmacht, Verzweiflung … Aber Miriam, sie war doch bei ihm die ganze Zeit, oder?

Enzig fuhr sich durch die Haare, rieb sich die Gedanken aus dem Gesicht, die sich gerade in ihm ausbreiteten. Er starrte auf die weiße Wand, die in seiner Vorstellung vollgeschrieben war, und dann machte er eine Entdeckung zwischen all den imaginären Notizen: Jana Smetlin hatte eine fremde Geschichte geschrieben, die Geschichte von jemand anderem, so viel stand fest. Sie hatte sich das, was ihr zu einem Stipendium verholfen hatte, nicht selbst ausgedacht, sondern nur eigenhändig als Krimi verpackt. Hatte sie tatsächlich herausgefunden, dass Sito einen Mord vertuscht hatte? Oder gab es noch eine schlimmere Variante der Geschichte? Enzig meinte sehr genau zu wissen, dass Sito noch immer ein Geheimnis hatte. Was, wenn Jana Smetlin genau darüber ihre Geschichte geschrieben hatte?

»Was wiederum Sito doch nicht gewusst haben kann, oder?«, fragte Enzig in den leeren Raum. Schließlich ließ er sich in den dunkelgrünen Sessel fallen. Er war erschöpft, wie immer, wenn er sich so durch die Gedanken der Täter bewegte und versuchte, in sie einzutauchen. Minuten später war er eingenickt.

Das Telefon riss ihn aus einem kurzen Tiefschlaf, aber er konnte nicht sofort abheben, weil er in seinem Traum verharrte: Mit einem Gleitschirm steht er an einer Klippe, und viele Menschen um ihm herum rufen lachend: »Spring schon, nun mach endlich!« Er aber entgegnet: »Der Schirm wird nicht halten, er ist kaputt.« – »Ach, Quatsch, du hast ja nur Angst.« – »Doch, bitte glaubt mir, der ist kaputt.«

»Spring schon!« Und dann rennt er los … Und der Schirm fällt wie Regen zu Boden, wie viele kleine bunte Regentropfen. Er kann ihnen zusehen, wie sie unter ihm zu Boden rieseln, während er schwebt, ohne jeden Schirm …

***

Fané sah nach draußen auf die Straße. Ein paar Männer hatten sich dort versammelt, irgendetwas bahnte sich da an. Während Wint die Sicht auf den See genießen konnte, hatte sie den Platz vor dem Eingang und damit auch den Blick auf die Melanchthonkirche, die zum Evangelischen Ambrosius-Blarer-Gymnasium gehörte. Als sie diesen Bau aus den Sechzigern das erste Mal gesehen hatte, war sie regelrecht erschrocken, selten hatte sie einen solch hässlichen Kirchturm gesehen. Ebendort standen sie jetzt herum, Männer und Frauen aus der Gemeinde, jedoch wollten sie nicht in die Kirche, stattdessen starrten sie zu ihr herüber, als erwarteten sie irgendetwas.

Entweder ging es um den Wolf, der angeblich in der Stadt gesehen worden war in der letzten Nacht, oder es ging um Anton Huber, denn so viel hatte sie aufgeschnappt im Café und beim Bäcker, es war anscheinend naheliegend und auch wirkungsvoll einfach, Anton Huber zu verdächtigen, die Taten begangen zu haben. Bei den Witterungsverhältnissen herrschte kein großer Durchgangsverkehr, zwei schlimme Verbrechen hatten innerhalb weniger Tage stattgefunden und waren so unterschiedlich und verwirrend, dass sie scheinbar nur von ein und derselben verwirrten Person begangen worden sein konnten.

Fané seufzte. Es würde nicht lange dauern, dann würden die Männer es wagen, hereinzukommen. Wegen des Wolfes oder wegen Anton Huber – was wäre schlimmer? Sie wusste es nicht. Sie wollte sich mit keinem der beiden Themen auseinandersetzen.

Endlich klopfte es an der Tür, und Enzig kam herein. Er schüttelte sich den Schnee von den Haaren, sah die Pfütze auf dem Boden und sagte: »Oh je, entschuldige, ich wusste nicht, dass es so viel –«

»Macht nichts. Mir tut es leid, dass ich dich vorhin geweckt habe.«

»Himmel, ich bin mitten bei der Arbeit, also nein, kein Grund zur Entschuldigung. Irgendwie hab ich die Zeit aus den Augen verloren, weiß gar nicht, wann Tag und Nacht ist.«

»Geht mir genauso«, murmelte Fané.

»Ich bin aber recht weit gekommen, nur noch nicht ganz

fertig.« Er rieb sich die Hände warm und setzte sich ihr gegenüber. »Also, fang du an. Das heißt, bevor du anfängst – könnte ich einen Kaffee haben? Und kannst du mir kurz erklären, was da draußen los ist?«

»Du meinst die kleine Versammlung?« Fané schnaubte. »Die sind nicht zufrieden mit unserer Arbeit, haben Wint schon einen Stein in die Windschutzscheibe geschleudert heute.«

»Bitte was?« Enzig sah wieder nach draußen. »Das ist aber ein starkes Stück. Was macht ihr? Und was werfen die euch überhaupt vor?«

Fané stand auf und füllte Pulver in die Kaffeemaschine. Mit der Kanne holte sie Wasser, vergoss ein wenig und wischte es kurzerhand mit ihrem Ärmel weg. Wenig später schon strömte Kaffeeduft durch das Zimmer. Die Heizung knisterte. Sie schloss die Augen und wünschte sich für einen Moment, dass das Knistern aus einem Kamin stammen würde. »Du kennst das doch, Roman. Sie wissen alles besser. Sie wollen den Wolf endlich erschießen, diese Jana Smetlin loswerden und den Kindsmörder lynchen.«

»Merkwürdige Stimmung draußen.«

Fané nickte und suchte für Enzig nach einem Becher. »Himmel, gibt es hier keine vernünftigen …?« Sie fand einen und hielt ihn ihm entgegen. »Hier arbeitet ein Genie«, stand darauf, und als Enzig grinste, drehte sie die Tasse, damit er die andere Seite lesen konnte: »Nur beachtet wurde es noch nie.«

Er lachte. »Egal, Hauptsache, Kaffee.« Er nahm den vollen Becher entgegen und trank einen Schluck. »Also mein Kollege in Konstanz, Marc Busch, hat mir auch erzählt, dass die Leute total durchdrehen wegen des Wolfes. Sie notieren die Wolfssichtungen –«

»Welche Leute? Und wieso in Konstanz? Der Wolf ist doch angeblich hier unterwegs.« Fané stellte sich ans Fenster und sah nach draußen zu dem Mob. »Dass denen nicht kalt wird«, wunderte sie sich.

»Der Jägerverein trifft sich in Konstanz.«

»Hör mir bloß auf mit denen. Wenn es nach mir ginge – aber lassen wir das. Das ist gar nicht unsere Entscheidung.«

»Das ist denen da draußen aber egal«, sagte Enzig und schob seine Brille dichter vor die Augen. »Hoffentlich passiert nichts. Das ist so eine aggressive Stimmung. Sie wollen jagen, verstehst du? Und irgendwann ist auch egal, wen oder was.«

»Du meinst ...« Fané sah wieder nach draußen. »Weißt du, woran mich das erinnert?«

Enzig überlegte kurz, dann verneinte er. »Hilf mir auf die Sprünge!«

»Kennst du das Theaterstück ›Der Besuch der alten Dame‹ von Dürrenmatt?«

Enzig nickte. »Ich versteh aber ... Oh, du meinst die Jagd auf den Panther in der Geschichte. Sie jagen doch einen Panther, oder?«

»Ganz recht, Roman, sie jagen einen Panther. Und Ill, den jagen sie auch.«

»Den Mann, für dessen Ermordung die alte Dame ein Kopfgeld ausgesetzt hat. Ja, jetzt fällt es mir wieder ein.« Enzig schielte zu der Pfütze am Boden. »Aber hier ist keine Million im Spiel«, sagte er.

»Nein, keine Million, aber ich habe irgendwie das Gefühl, dass es eine Prüfung ist für uns alle hier.« Sie lächelte verlegen. »Klingt verrückt, ich weiß. Ist einfach nur diese merkwürdige Stimmung.«

Schnell zog sie die Vorhänge zu und setzte sich an ihren Schreibtisch gegenüber von Enzig, blätterte in ihren Unterlagen, in denen überall Fragezeichen waren. Ganz plötzlich wurde ihr bewusst, dass sie dem berühmten Profiler Dr. Roman Enzig gegenübersaß. Sie holte tief Luft. »Die Vergewaltigung. Ich verstehe nicht genau, was da passiert ist bei Jana Smetlin. Eine junge Frau, die vergewaltigt wird, aber im Nachhinein die Vergewaltigung nicht mehr als solche sieht. Was ist da los?«

»Diese Jana kämpft dagegen an, was passiert ist. Manchmal verschieben sich dann die Wahrnehmungsparameter. Das Unterbewusstsein verdrängt das Erlebte, bis es gar nicht mehr real erscheint.« Er räusperte sich. »Christine, um noch mal drauf zurückzukommen: deine Gedanken zu Dürrenmatt und dem Panther und dieser Menschenjagd. Ich halte das durchaus für eine ernst zu nehmende Gefahr. Ich hab das vorhin auch schon meinem Kollegen in Konstanz gesagt. Irgendwann geht es nur noch um das Jagen, ob es dann der Wolf ist oder nicht. Das ist einfach der Drang –«

»Nach Vergeltung, meinst du?«

»Im Grunde ja, auch wenn es nicht gerechtfertigt ist. Die Leute brauchen das Gefühl, dass sie die Kontrolle zurückgewinnen, die ihnen derzeit vermeintlich entglitten ist.«

»Das ist dann die Belohnung? Keine Million, aber das Wiedererlangen der Kontrolle?«

»Na ja«, Enzig kratzte sich mit dem Stift am Kopf, »vielmehr ist es die Wiederherstellung der Ordnung.«

»Okay, ich werde mit Heinrich darüber sprechen. Jetzt zu Jana. Sie analysiert fortwährend. Wie passt das denn zusammen?«

Enzig nickte. »Das stimmt, das ist mir auch aufgefallen. Sie will unbedingt begreifen, was passiert ist, umso mehr, als sie merkt, dass ihr die Erinnerung entgleitet. Da spielt ihr das Unterbewusstsein einen Streich. Ihre Magersucht ist weit fortgeschritten, diese Gedanken des Verschwindens …«

Fané schluckte. Unwillkürlich legte sie sich eine Hand auf den Bauch. *Verschwinden …*

»Aber sie verschwindet ja nur äußerlich, wenn ich das so sagen darf, ihr Innenleben wird immer präsenter in der Villa. Oder sehe ich das falsch? Ich hatte irgendwann den Eindruck, dass sich alles um Jana dreht. Die Männer, die Streitereien mit dieser F.« Fané hielt inne. »Roman?«

»Ja, ja, das siehst du ganz richtig. Sie hat Anzeichen einer Borderline-Erkrankung, da sind depressive Züge, wenn sie über ihren eigenen Tod nachdenkt und die Sinnlosigkeit des Lebens, dann auch diese Selbstabwertung, dass es vermeintlich nicht einmal eine Rolle spielt, dass dieser Mann ihr Gewalt angetan hat. Das Hungern passt ins Bild, sie richtet die

Vernachlässigung gegen sich. Und dann diese Aussagen, dass es egal ist, was mit ihr passiert. Ihre Sprache kippt und wird derb, beinahe brutal, sie entfernt sich, aber etwas stimmt nicht. Ich weiß noch nicht genau, was es ist, aber etwas stimmt da überhaupt nicht.«

»Was vor allem nicht stimmt, ist das Ende. Dass sie nämlich tot in der Rechtsmedizin liegt, verdammt.«

\*\*\*

Zurück in der Pension bestellte Enzig sich eine Kanne Kaffee und Kuchen auf sein Zimmer. Die erste Tasse trank er ganz bewusst, ohne auch nur einen Blick auf die weiße Wand zu werfen, die in seinen Gedanken noch immer vollgeschrieben war. Wenn Manzinger doch endlich die anderen Stipendiaten erreichen würde. Die Adressen hatten sie ja mittlerweile. Fané hatte versprochen, ihn sofort anzurufen.

Enzig legte sich die Hände in den Nacken, er war wieder mittendrin, mittendrin in einer vermeintlichen Intrige, mittendrin in einem Geheimnis von Sito. Was war diesem Mann nur zugestoßen damals in seinem ersten Fall? Enzig hegte keinerlei Zweifel an Sitos Integrität, wenn etwas schiefgelaufen war, dann aufgrund der Verkettung unglücklicher Umstände – wie zuletzt auch bei ihren beiden Mordfällen in Konstanz. Die Hände noch immer im Nacken, lehnte er sich zurück.

Sito hatte bei seinem ersten Fall also seine Frau gedeckt. In der Akte, die er angefordert hatte, las Enzig nachlässige Ermittlungen und die Schlussbemerkung, dass es ein Unfall gewesen war. Der Jäger Ernst Joller war von seinem Hochsitz gefallen, dabei hatte sich offensichtlich ein Schuss gelöst, der ihn tödlich getroffen hatte. Dass ein weiterer Schuss gehört worden war, der unaufgeklärt blieb, schien niemanden weiter interessiert zu haben. Sito hatte das Schließen der Akte unterzeichnet.

Enzig setzte sich entschlossen auf, bestimmt lag der Schlüssel für Jana Smetlins Tod längst vor ihm, er erkannte ihn nur nicht. Also nahm er noch eine Tasse Kaffee und machte sich daran, alles aufzuschreiben, was er am Mittag in Gedanken an die weiße Wand gekritzelt hatte, und auch alles, was ihm zu Sito einfiel, alles, was er, Roman Enzig, eben wusste darüber. Wenig später lagen elf Seiten vor ihm auf dem Boden nebeneinander. Er ordnete sie, betrachtete sie, dann ordnete er sie neu. Als es an seiner Tür klopfte, zuckte er zusammen.

»Ja?«

»Hey, Roman, ich bin's, Paul.«

»Äh, Moment, bitte.«

»Was ist los? Bist du in Unterhosen?«

Draußen vor der Tür ein Lachen, während Enzig fieberhaft nach einem Versteck für seine Notizen suchte. Er schob sie schließlich unter sein Bett und öffnete Sito die Tür. Dieser sah sich belustigt um.

»Wo ist sie?«

»Wer?« Enzig rieb sich das Kinn.

»Herrje, Roman, komm schon, du versteckst irgendwas vor mir – ich kenn dich doch.«

Enzig lachte verkrampft. »Blödsinn. Setz dich. Was gibt es?«

»Na gut. Also, wegen heute Morgen, die zwei Whisky – es ist nicht so, wie du vielleicht denkst.«

»Ich denke gar nichts, keine Sorge, Paul.« Enzig schielte auf den Boden vor dem Bett, ein Stück von dem letzten Notizblatt stand ein klein wenig hervor, doch Sito schien nichts zu merken. »Wie war es bei Samuel? Ihr wart doch in der Rechtsmedizin, oder?«

Sito nickte. »Es sieht so aus, als wäre Mellis Tod ein Unfall gewesen.«

»Hm, das hab ich vermutet. Aber die Entführung bleibt.« Enzig schenkte sich Kaffee nach und wollte Sito auch einen anbieten, als ihm klar wurde, dass er ja gar keinen zweiten Becher hatte.

Sito holte tief Luft, und Enzig glaubte zu wissen, was kommen würde.

»Hat Fané denn schon was gesagt wegen des Manuskripts von Jana?«

»Nein«, sagte Enzig.

»Ich stecke ganz schön in der Klemme. Sag ehrlich, hast du die Ermittlungsakten von meinem ersten Fall angefordert?«

Enzig spürte, wie ihm die Röte ins Gesicht stieg. Ihm war, als würden die Blätter unter dem Bett sich in Bewegung setzen.

»Es ist nicht so, wie du denkst. Ich will –«

»Mach dir keinen Kopf«, sagte Sito, »ich verstehe das, glaub mir. Du willst gerüstet sein, falls es wirklich darum geht.«

»Es ist nicht so, dass ich dir misstraue, Paul. Aber sie hat dich angerufen, und sie hat bereits ermittelt, das legt den Verdacht einfach nahe –«

»Ich weiß«, sagte Sito, »genau zu diesem Schluss werden Wint und Fané auch gelangen. Die Frage ist nur, wann.«

»Wint ist ein ehemaliger LKA-Mann, ich weiß nicht, ob du das wusstest. Er weiß also längst Bescheid. Fané ist ehrgeizig, die hat gewiss auch längst ermittelt. Die Frage ist also, ob es nicht besser wäre, wenn du mit den beiden sprichst.«

Enzig behielt Sito genau im Auge, sah, dass er nachdachte und seinen Blick schweifen ließ, bis der sich schließlich auf die Blätter unter Enzigs Bett heftete.

»Notizen über mich?«, fragte er.

»Wirst du mit ihnen reden?«

Sito schüttelte den Kopf. »Finde heraus, wann Jana Smetlin gestorben ist. Vielleicht habe ich schlichtweg ein Alibi, dann ist die Sache vom Tisch. Alles Weitere müssen die beiden selbst entscheiden. Ich will das nicht beeinflussen.«

Sito stand auf und wandte sich zum Gehen, doch Enzig hielt ihn am Arm fest.

»Weißt du, Paul, dass du Janina damals gedeckt hast, ist die eine Sache. Aber dass du immer noch etwas vor mir verbirgst, beunruhigt mich doch sehr.«

# Entdeckungen

## 2. Januar, nachmittags

Es schneite immer stärker, allmählich wurde Miriam müde. Anton war querfeldein durch den tiefen Schnee gestapft, aus Gaienhofen raus und steile Berge nach oben, schließlich über ein Feld, doch dafür war Miriams Kleidung wahrlich nicht geeignet, dennoch folgte sie ihm beharrlich. Als er zum wiederholten Mal die Richtung abrupt wechselte, beschlich sie der Gedanke, dass er sie an der Nase herumführte. Was, wenn er längst bemerkt hatte, dass sie ihm folgte, und sie immer weiter weg von der Stadt lockte?

Sie spürte die eisige Nässe an ihren Füßen, auch ihre Hände schmerzten. Die Dämmerung zog über die verschneite Landschaft herauf, sie musste langsam, aber sicher eine Entscheidung treffen. Warum wollte sie diesem Anton eigentlich folgen? Was hatte sie dazu bewogen, das warme Café zu verlassen? Außerdem würde sich Paul bestimmt Sorgen machen. Gerade als Miriam sich dazu durchgerungen hatte, den Heimweg anzutreten, erkannte sie im Schneegestöber schemenhaft die Umrisse eines Hofes. Und jetzt wirkte Antons Laufen wieder zielstrebig. Er schien sie also doch nicht bemerkt zu haben.

Ohne sich umzublicken, betrat er die Scheune, und Miriam verbarg sich hinter den Bäumen des Gartens. Als in der Scheune Licht anging, wagte es Miriam, den Schutz der Bäume zu verlassen und an eines der Fenster zu treten. Drinnen stand Anton neben einem Pferd und streichelte diesem zärtlich mit der rechten Hand über die Nüstern. Die Linke hielt er nach wie vor angewinkelt vor seinem Bauch. Dann setzte er sich auf den Boden und wiegte sich hin und her. Ein Hund kam von der Seite angetrottet und rieb seine Schnauze an dem Arm seines Herrchens. Ein Déjà-vu, ein Stich in ihren Magen. Miriam nahm ruckartig Abstand von dem Fenster und wandte sich ab.

Die Szene berührte sie auf eine Weise, die sie sich nicht erklären konnte. Sie wollte nur noch zurück, zu Sito und Enzig und eigentlich am liebsten sofort zurück nach Konstanz zu ihren Eltern. Ihr Magen krampfte sich zusammen, die Kälte in ihrem Körper, die Erschöpfung von dem langen Marsch – doch wo war sie eigentlich? Sie sah sich um, spürte, wie sie nervös wurde, hielt schützend die Hände übers Gesicht gegen den Schnee und hatte plötzlich das Gefühl zu schwitzen, sah sich von einem Fahrrad fallen auf einem Waldweg und dann gerettet werden in eine Villa unter dem Sternenhimmel, sah Blut an ihrem Bein hinabfließen und Steine über ihren Körper rollen. Lebendig begraben in dieser Erinnerung.

Atmen, ruhig, sagte sie sich. Da drüben in der Dämmerung liegt Horn. Aber sie waren nicht durch den Ort gelaufen, sondern querfeldein, wenn sie jetzt nach Horn lief, dann würde sie vielleicht einen riesigen Umweg gehen, und dann würde sie in die Dunkelheit geraten. Also? Miriam sah auf die Uhr. Es wurde knapp mit dem letzten Licht des Tages, dennoch entschied sie sich, über die Felder zurückzulaufen. Wenn sie Horn links von sich liegen lassen würde, müsste sie ja früher oder später nach Gaienhofen gelangen. Wieder ein Déjà-vu: Sie erinnerte sich an den Sommer, als sie nachts von Sito heimgeradelt war ins Musikerviertel von Konstanz. Da hatte sie an einer Weggabelung gestanden und überlegen müssen, ob sie den Weg durch den Wald oder den längeren über die Straße nehmen sollte. Damals hatte sie sich geärgert über ihre Angst, die Sito immer wieder in ihr weckte – um ihn, aber auch um sich, also hatte sie den Weg durch den Wald genommen, den kürzeren, wie heute, fern der Dörfer. Vielleicht würde der Wolf sie retten.

✳✳✳

*Es ist etwas Komisches passiert, ja, komisch muss man es wohl nennen. Plötzlich war das ganze Haus mit all seinen kauzigen Bewohnern in heller Aufregung. Ich weiß nicht mehr, wo ich mich befand, doch plötzlich stand ich in der*

*Küche, nein, vielmehr kniete ich am Boden bei einem Mann. Ein Fremder, den ich nie zuvor gesehen hatte.*

*Oder doch? Das war ja das Komische, ich konnte mich nicht erinnern, wie ich, geschweige denn er dort hingekommen war. Nun denn, warum viele Worte um eine kleine Sache machen? F hockte heulend in der Ecke, K und M standen fassungslos im Türrahmen – der Mann am Boden war tot.*

*Was also war nun zu tun? Wir ließen ihn zunächst liegen und tranken im Wohnzimmer einen Schnaps, vielleicht auch mehrere. Ullrich hatte uns dazu angestiftet, uns hergerufen, die Gläser verteilt, mir als Erstes ein randvolles. Oder geschah das alles andersherum? Nun, wenig später standen wir hinter dem Gartenhäuschen, da sah ich ihn plötzlich. Ich wollte den anderen noch etwas sagen, aber dann behielt ich ihn für mich, diesen erhabenen Anblick. Wir blickten einander in die Augen, er und ich, da spürte ich, es waren gute Augen. Der Wolf war gekommen, um mich zu retten. Saß dort am Waldrand ein wenig entfernt von uns und starrte zu uns herüber und wunderte sich gewiss über unser Tun, das noch erschwert wurde durch den harten Boden. Ich lächelte, nickte ihm kurz zu. Mir war, als würde er auch mir zunicken, dann erhob er sich, und sein weißes Fell verschwand im Wald.*

*Die Beerdigung war geschafft.*

Fané stockte.

»Die Beerdigung war geschafft?«, wiederholte sie für sich und überlegte, ob sie etwas überlesen hatte. Sie überflog den Abschnitt darüber und wusste, wo sie suchen musste, dann griff sie zum Telefon und rief bei Wint und Enzig an.

Eine knappe Stunde dauerte es, bis sie schließlich zwischen den beiden hinter dem Gartenhäuschen nahe dem Waldrand die Männer von der Spurensicherung bei der Arbeit beobachten konnte, während die sich zwar vorsichtig, aber entschieden abmühten, den Boden aufzuschlagen.

»Ich dachte, du wärst gern dabei, auch wenn –«, begann Fané.

»Selbstverständlich. Ich nehme an, wir finden den Reporter. Hat sie geschrieben, warum er tot war?« Wint hatte die Hände in der Manteltasche und zog die Schultern hoch.

»Nein, bis jetzt noch nicht. Ich hab auch erst mal nicht weitergelesen. Nach dem Satz mit der Beerdigung wollte ich erst alles Nötige in die Wege leiten. Um zu überprüfen, ob es wirklich einen Toten gibt.«

Manzinger kam zu den beiden und rieb die Hände aneinander. »Nicht leicht, der Boden ist zugefroren, aber bald werden wir wissen, ob es ein Grab ist.«

»Hm«, murmelte Fané, und ihre Zähne klapperten.

Wint sah zu ihr. »Scheußlich, diese Kälte, nicht wahr?«

Fané nickte. »Furchtbar, ja.«

»He, wir haben was.« Schrader rief von der Suchtruppe zu ihnen herüber.

Sie liefen durch den Garten. In dem Loch war ein in Lumpen gewickeltes längliches Bündel zu erkennen.

»Ist das …?«, fragte Fané.

»Die Ausmaße deuten auf eine Leiche, ja. Die sind wegen der Kälte auch nicht sehr tief gekommen. Gut für uns. Wir werden ihn so mitnehmen und vorsichtig auftauen.«

Enzig, Wint und Fané standen vor dem Grab und sahen, wie das Bündel emporgehoben und in einen Sarg gelegt wurde. Der Versuch, den Stoff abzuwickeln, scheiterte.

»Na gut«, brummte Wint. »Also noch ein Toter. Was ist da passiert, Christine?«

»Ich verstehe es auch nicht. Es wird zunehmend bedrohlich.«

»Wie meinst du das?« Wint hustete, und kleine Wölkchen stiegen vor seinem Gesicht auf.

»Ich bin mir noch nicht sicher, aber im Lauf des Tagebuchs scheint Smetlin regelrecht durchzudrehen. Oder es waren alle gegen sie.«

»Aha. Roman?«

»Ja, es ist in der Tat sehr komplex, vielleicht sollten wir im Büro …?«

»Oh bitte, ja«, sagte Fané und presste sich die Hand auf den Mund, um das Klappern ihrer Zähne aufzuhalten. »Wie sieht es bei dir aus?«, fragte sie auf dem Weg zum Auto.

Wint stöhnte. »Ein totes Kind. Ein Mob, der schon einen Schuldigen hat, und dann diese dämliche Attacke auf uns.«

»Ja, so etwas war zu erwarten. Ich hab sie vor der Wache stehen sehen. Wollte mit dir eh noch drüber reden.« Fané stieg zu Wint ins Auto. »Du kannst den Leuten keinen Vorwurf machen.«

»Nein? Sie haben einen Stein auf unser Auto geworfen!«

»Ja, weiß ich doch. Und wen wollen sie hängen sehen?«

Wint startete den Motor. Die Räder drehten kurz durch. Er winkte Enzig, dass er vorfahren sollte. »Sag das bloß nicht laut und zu niemand anderem. Die Wut ist groß.«

»Ach, komm, das war ein Scherz.«

»Ein schlechter, Christine.«

Sie schluckte. »Enzig meint, die fühlen sich hilflos und wollen nur die Ordnung zurück, und da liegt es nahe, dass –«

»Dass sie einen als Mörder präsentieren, der ohnehin nicht richtig zur Gesellschaft gehört?«

»Anton? Anton Huber soll Jana Smetlin ermordet haben?«

»Und Melli.«

Fané stutzte, dann schüttelte sie vehement den Kopf. »Das ist absurd. Anton ist ein wenig schrullig, aber er ist doch kein Mörder.«

»Schrullig? Ach, du weißt von der Geschichte? Ich meine, dass –«

»Dass die Stadt sich einen Deppen hält?«

»Du meine Güte, Christine, wo leben wir denn? Wieso ist mir so etwas noch nie zu Ohren gekommen?«

»Ich weiß nicht. Aber das spricht sicherlich für dich. Ich war auch schockiert, als ich die Leute so über Anton habe sprechen hören. Aber es ist schlicht die Angst, die aus ihnen spricht, das musst du verstehen.«

»Nein, ich muss gar nichts.« Wint fuhr etwas zu schnell, für einen Moment kam der Wagen ins Schlingern.

Fané griff nach dem Armaturenbrett. »Heinrich, was machst du? Pass doch auf!«

»Die Menschen werden sich nie ändern, oder?« Wint hielt vor dem Gebäude der Polizeidienststelle Gaienhofen. »Es ist dieselbe Geschichte wie mit diesem Wolf.«

Fané saß da und hatte plötzlich ein eigenartiges Gefühl. Vorsichtig blickte sie zur Seite, ob die Menschen vom Nachmittag noch da waren, aber der Platz war leer. Sie erinnerte sich an ihr Gespräch mit Enzig über die Jagd auf den Wolf und auf den Mörder. Und plötzlich fiel es ihr ein: Jana Smetlin hatte ihn auch gesehen, den weißen Wolf, am Grab des Reporters. Er hatte dort am Waldrand gestanden, wo sie selbst ihn auch gesehen hatte an dem Tag, als sie die Leiche gefunden hatten. Er war immer da, der Wolf, als würde er sie an die Angst erinnern, daran, was Angst aus einem Menschen machen konnte.

»Kommst du oder willst du im Auto bleiben?«

Wint war längst ausgestiegen und stand nun bei ihr auf der Beifahrerseite. Schweigend folgte sie ihm.

Im Flur beschlossen sie mit Enzig, sich in zwei Stunden, also um neunzehn Uhr, zu treffen und die Fälle zu besprechen. Er sollte Sito Bescheid geben. Bis dahin wollte jeder für sich weiterarbeiten.

Fané zog sich in ihr Büro zurück, setzte sich und versenkte sich wieder in den Text von Jana Smetlin. Auch der zweite Tag des Jahres schien ein endloser Tag zu werden.

*2. Januar, früher Abend*

> *Und dann die Sache mit dem Manuskript. »ICH WILL
> TÖTEN!«, hatte da gestanden, und einige Tage hatte ich
> nicht gewagt, weiterzuarbeiten. Und schließlich habe ich
> den Überblick verloren. Da waren so viele Manuskripte,
> so viele Zettel, dass ich nicht mehr wusste, was wohin ge-
> hörte. Ich musste Ordnung in diese Zettelwirtschaft brin-
> gen und alles in den Laptop tippen. Den würde ich dann
> verstecken, damit niemand dazwischenschreiben konnte.*

Fané zog die Augenbrauen hoch. Ein Laptop? Aber sicher,
welcher Schriftsteller würde heute noch ohne Laptop arbeiten?
Einen Computer hatten sie sichergestellt, der war Eigentum
der Stiftung. Sie bestellte Manzinger zu sich.
»Was gibt es?«
»Wurde im Haus eigentlich ein Laptop gefunden?«
»Hm«, Manzinger überlegte, »nun, soweit ich mich er-
innere, nein. Wieso?«
»Also, ich denke, wenn den Laptop keiner geklaut hat, dann
muss er dort irgendwo sein. Schicken Sie doch jemanden von
der Spurensicherung hin. Der soll noch mal alles absuchen,
vielleicht mit diesen Suchgeräten, die piepen, wenn sie auf
Metall stoßen.«
Manzinger grinste. »Okay, mit Metalldetektoren durch den
Garten, habe verstanden.« Salutierend verließ er das Büro.
Fané blätterte um.

> *Diese Unordnung war wirklich nicht mehr länger zu er-
> tragen. Doch im Laptop entdeckte ich das gleiche Chaos,
> das sich auch in meinem Zimmer ausgebreitet hatte. Es
> war zum Aus-der-Haut-Fahren. Schließlich schloss ich*

*mich für zwei Tage in mein Zimmer ein und sortierte. Meine Gedanken, meine Zettel, meine Dateien. K, M, Ullrich und sogar F kamen und klopften an meine Tür, um mich zum Essen zu holen, doch ich konnte nicht an Essen denken. Allerdings geschah etwas Merkwürdiges während meiner Aufräumarbeiten, und das war das zweite Un-erklärliche oder Komische, wenn man so will, denn jedem Unglück wohnt auch eine Komik inne, vor allem nach dem Tod des Reporters. Erst viel später habe ich erfahren, dass es ein Reporter war, der uns interviewen sollte.*

*Also, zurück zu dem aktuell Merkwürdigen: Ich wusste nicht mehr, welches das eigentliche Manuskript war. Will sagen, dass mich langsam der Verdacht beschlich, das Wesentliche seien meine eigenen Aufzeichnungen, mein Tagebuch sozusagen, und nicht der Roman, wegen dem ich dieses Stipendium erhalten hatte. Vielleicht, weil diese fremden Zeilen im Roman aufgetaucht sind, von wegen: »ICH WILL TÖTEN!« Das Manuskript entzog sich mir. Wenn ich mir dagegen meine eigenen Aufzeichnungen ansehe bis zu diesem Punkt – das habe ich bis eben getan in den letzten Stunden –, dann spüre ich eine Nähe und Lebendigkeit und eine Wahrheit. Auch eine narrative Struktur lässt sich nicht verleugnen, also: Nicht das Ma-nuskript, sondern das Tagebuch wird der Roman. Warum auch nicht?*

✳✳✳

Miriam betrat völlig durchnässt und durchgefroren die Pension und stellte sich zitternd an die Theke. Es war kurz nach siebzehn Uhr und bereits dunkel.

»Bringen Sie mir einen Tee?«

»Aber Kindchen, wo kommen Sie denn her?« Rosa griff mütterlich nach den Händen von Miriam und rieb sie zwischen ihren eigenen, warmen Händen. »Ich gieße Ihnen einen Schluck Rum dazu, das vertreibt die Kälte schneller.«

»Gern. Ist denn Paul schon wieder zurück?«

»Das weiß ich nicht. Ich bin erst seit eben wieder da, war heute wieder in Konstanz im Präsidium.«

»Das ist ganz schön viel, oder? Die Arbeit im Präsidium, die Pension hier? Eigentlich zwei Fulltime-Jobs«, sagte Miriam und umklammerte die Teetasse, die Rosa ihr hinstellte.

»Schon, aber ich mache beide Jobs gern, und dann empfindet man es wohl gar nicht so sehr als Belastung. Und mein Mann hilft hier, wo er kann.«

Miriam sah sich grinsend um. »So? Ich seh ihn kaum.«

»Er ist der Koch«, zwinkerte Rosa ihr zu.

»Ach was.« Miriam nahm einen Schluck. »Oha, der hat es aber in sich.«

»Der Koch?« Rosa Eckert lachte. »Scherz beiseite. Wann möchtet ihr denn essen heute Abend? Und was? Noch kann ich Sonderwünsche anbringen.«

Miriam schielte zur Uhr über dem Weinregal an der Wand. Sie hatte Hunger. »Gute Frage, Rosa, eine sehr gute Frage. Ich mach mich mal auf die Suche nach meinen Männern.«

»Sito und Enzig?«

Miriam lachte. »Ich meinte jetzt eigentlich Sito und Zeus, aber ja, Enzig suche ich gleich mit.«

Miriam rief bei Sito an und erfuhr, dass er sich mit den anderen um neunzehn Uhr für eine Besprechung verabredet hatte. Sie solle einfach allein essen, er würde dann nachkommen. Ob sie ihre Besprechung nicht in Rosas Pension abhalten könnten, fragte sie und wusste, dass das sehr naiv klingen musste. »Es ist eine offizielle Besprechung, Miriam«, sagte Sito, und damit war das Thema vom Tisch. Miriam seufzte und sagte Rosa nur, dass sie später allein zum Essen kommen würde. Ihr war schlagartig der Appetit vergangen. Sie sah sich im Restaurant nach einem Platz um und entdeckte Enzig. Als sie an seinen Tisch trat, blickte er erschrocken zu ihr auf, klappte eilig, wie es schien, die Mappe auf seinem Tisch zu und legte sie neben sich auf die Bank.

»Miriam, hallo. Ich habe dich gar nicht kommen hören.«

»Das sehe ich. Geheimnisse?«

»Das? Nein, das Manuskript von Jana Smetlin.« Enzig machte eine abwehrende Handbewegung. »Setz dich doch zu mir, ich habe mir gerade Abendessen bestellt.«

»Ich dachte, du bist bei den anderen auf dem Revier, hab eben mit Paul telefoniert.«

»War mir zu laut dort, und Hunger hatte ich auch. Aber ich muss noch mal hin.« Enzig sah auf die Uhr. »In eineinhalb Stunden, um genau zu sein. Und du? Was hast du gemacht? Du siehst ganz durchgefroren aus.«

»Ja, ja, war lang unterwegs. Ich muss mich auch schnell umziehen. Falls wir uns nicht mehr sehen, habt eine gute Besprechung.«

Miriam entfernte sich und beobachtete, wie Enzig die Unterlagen von der Bank nahm und wieder vor sich auf dem Tisch ausbreitete. Nebenbei löffelte er eine Suppe, die ihm Rosa gerade hingestellt hatte. Kurzerhand fasste Miriam einen Entschluss.

»So, und jetzt will ich endlich wissen, was hier gespielt wird.«

Enzig schrak auf. Miriam saß neben ihm, die Arme verschränkt.

»Ich … Was meinst du?«

»Komm schon, Roman, wir kennen uns doch inzwischen ganz gut, und wir wissen beide, dass du überhaupt nicht lügen kannst. Also, was ist hier los?«

»Wir haben nachher wirklich eine offizielle Besprechung.«

»Das meine ich nicht.«

»Miriam, du kennst das doch. Ich darf dir nichts sagen«, insistierte Enzig.

»Aber sicher, das reicht mir auch schon. Ich wusste doch, dass etwas im Busch ist. Unsere Flucht aus Konstanz – ich wusste es.«

Enzig griff nach ihrer Hand. »Miriam, bitte, es ist wichtig. War Sito die ganze Nacht bei dir, als ihr angekommen seid?«

Miriam entzog sich seinem Griff. »Ich weiß nicht, weshalb

du mich das fragst.« Sie sah den flehenden Blick Enzigs, betrachtete ihr Handgelenk, an dem sie noch den Druck seiner Hand zu spüren glaubte.

»Selbstverständlich«, sagte sie dann, erkannte jedoch sofort, dass Enzig ihre Lüge bemerkte.

Minuten später legte sie sich ins Bett. Eine Weile starrte sie einfach an die Decke und rief sich wieder die Szene in der Scheune in Erinnerung. Sie sah Anton mit dem Pferd, dann den Hund, und dann plötzlich wusste sie, warum sie so berührt gewesen war: Diese Einsamkeit hatte sie an Paul denken lassen. Antons scheinbar unentschlossener und doch zielgerichteter Weg aus der Stadt, über die Felder und ihr Versuch, ihm zu folgen, dann die Entdeckung des abgeschiedenen Asyls, ihre Ausgeschlossenheit aus diesem, all das war doch eine Metapher für ihre letzten Tage mit Paul. Sosehr sie sich ihm nahe wähnte, sosehr sie sich auch immer bemühte, ihm zu folgen, den mühsamen Weg durch den Schnee, beschwerlich und so vergeblich, sie blieb ausgeschlossen aus seinem Leben. Hatte er ihr endlich von sich erzählen wollen, neulich unten am See, als die Möwen –?

Miriam rollte sich auf die Seite und starrte zum Fenster hinaus. Sie beschloss, diesen Anton am nächsten Tag wieder zu besuchen und mit ihm zu sprechen, doch sie wusste, dass sie eigentlich auf der Suche nach Sito war …

∗∗∗

Wint holte sich einen Kaffee. Als er zurück in sein Büro trat, wartete Schrader bereits auf ihn.

»Was gibt es denn, Schrader?«

Dieser trat unruhig von einem Fuß auf den anderen.

»Was ist denn mit Ihnen los? Nun reden Sie schon.«

»Es ist nicht leicht. Aber …«

»Jetzt aber raus damit! Haben Sie Neuigkeiten?«

»Ja. Parson hat angerufen. Sie haben tatsächlich was gefunden.«

»Wer jetzt?«

»Die Leute von der KTU. Die Kleidung war ja noch dort.«

»Aha.« Wint wurde mulmig zumute. Schrader hatte offensichtlich Mühe, mit der Wahrheit rauszurücken, das verhieß nichts Gutes.

»Auf der Kleidung von Melli war Blut und –«

»Blut? Aber sie war doch gar nicht verletzt«, unterbrach Wint Schrader, wusste jedoch schon, als er das sagte, was das zu bedeuten hatte.

»Es sind nur ein paar Tropfen. Vom Täter. Vielleicht hatte er Nasenbluten oder so, meinte Dr. Parson. Auf jeden Fall …«

Wint klopfte mit der Hand auf den Tisch. »Zum Kuckuck noch mal, Schrader, jetzt erzählen Sie endlich!«

Schrader wischte sich über das Gesicht, als würde er schwitzen. »Herrgott, es gab eine Übereinstimmung mit Melanie.«

Wint schüttelte den Kopf. »Wollen Sie mich in den Wahnsinn treiben? Was soll denn das?«

»Verstehen Sie nicht, Herr Wint? Das Blut, es wurde untersucht und mit dem von Melanie verglichen. Es gibt eine Übereinstimmung. Dr. Parson meinte, das Blut stammt sehr wahrscheinlich von ihrem Vater.«

Wint war, als hätte jemand den Boden unter seinen Füßen weggezogen. Ein Stich landete mitten in seinem Herzen. »Aber wie …« Er kam nicht weiter und sackte auf einen Stuhl. »Aber er kann es irgendwann …«

»Blutspuren auf der Kleidung der Tochter?«, fragte Schrader. Dann zuckte er hilflos mit den Schultern. »Glauben Sie mir, ich kann das auch nicht verstehen.«

»Verdammt noch mal, was ist das bloß für eine Welt!« Wint schlug sich mit der Faust in die Hand. »Schrader, jetzt müssen wir Schadensbegrenzung betreiben. Schicken Sie unauffällig einen Wagen zu dem Haus der Walters, das soll bloß niemand merken. Ich will sicherstellen, dass Melanies Vater zu Hause ist und dort bleibt. Wir können ihn heute Abend nicht unauffällig abführen, keine Chance. Morgen, morgen befragen wir ihn. Fluchtgefahr besteht eh nicht, so wie ich das sehe.«

»Okay. Ich hab auch schon angerufen, er ist zu Hause.«

»Gut gemacht. Was haben Sie gesagt?«

»Nur, dass ich mich erkundigen wollte, wie es ihm geht, keine Sorge, Chef.«

»So ein verdammter Mist.« Wint rieb sich das Gesicht. »Ich ruf jetzt mal Parson an und lass mir das alles noch einmal erklären. Informieren Sie bitte Kollege Sito. Wir sehen uns um neunzehn Uhr. Und dann überlegen wir gemeinsam, wie wir morgen vorgehen, um ihn unauffällig hierherzuschaffen. Das darf keiner in der Stadt mitkriegen, die lynchen ihn sonst.«

»Vor allem seine Frau.«

✳✳✳

Sito wartete vor dem Gebäude auf Enzig, der gerade die Hauptstraße entlanghastete. Er sah wieder aus wie vor einem Jahr, ein wenig linkisch und zerstreut.

»Wegen vorhin«, begann Sito.

»Was? Dass du zögerst, ob du mir vertrauen kannst?«

»Das ist es nicht, Roman. Ich weiß, dass ich auf dich zählen kann, und ich habe mir umgekehrt auch nichts vorzuwerfen. Glaub mir, ich bin so klar wie lange nicht mehr.«

Enzig stand vor ihm, breitete die Arme aus. »Also? Dann bleiben wir beide hier am Bodensee. Und Kollegen. Und Freunde auch.«

Sito streckte ihm die Hand entgegen. »Auf die Zukunft.«

Wenige Minuten später betraten sie den Konferenzraum und setzten sich zu Wint, Schrader und Manzinger an den Tisch.

»Wo ist Christine?«, fragte Enzig.

Heinrich wehrte ab. »Sie ist nach Hause, auf meinen Befehl sozusagen.« Er räusperte sich und erklärte dann die neuesten Erkenntnisse im Fall Melanie Walters.

Sito schluckte. Die Dinge in seiner Umgebung steuerten so zielgerichtet ins Verderben, dass er das Gefühl hatte, sie zögen ihn mit. Gerade noch hatte er mit Enzig die Zukunft begrüßt.

»Paul?« Enzig hatte ihm ein Papier gereicht. »Hier, das Fax von Parson mit den –«

Sito hob abwehrend die Hand, starrte darauf, dann sah er wieder auf. »Aber, wenn ich das richtig sehe, ändert das ja noch nichts an der ursprünglichen Feststellung, dass es womöglich gar kein Mord war, oder?«

Wint stutzte und sah verwirrt in die Runde. »Äh, nein, du hast vollkommen recht, ich war …« Er rieb sich mit der Hand den Nacken.

Manzinger blätterte in seinem Notizbuch. »Ging mir genauso, Chef, aber Hauptkommissar Sito hat natürlich recht. Wir wissen nicht einmal, ob es eine Tötungsabsicht gab.«

»Bleibt die Frage, weshalb er ihr aufgelauert hat und vor allem wann? Hat seine Frau geschlafen?«

»Moment«, wandte Enzig ein, »nur weil dort Spuren im Schnee waren, heißt das ja nicht, dass sie dort auch wirklich überrascht wurde von ihrem Angreifer.«

Wint nickte stumm.

»Du meinst, sie hat das Haus vielleicht gar nicht verlassen? Und die Walters haben das nur so aussehen lassen?«, fragte Sito, der nicht anders konnte, als an diesen Kommissar Matthäi zu denken, an das Gefühl der Ohnmacht.

»Stopp!« Wint hatte seine Hand demonstrativ in die Höhe schnellen lassen. »In diese Richtung wollen wir gar nicht – ich meine, für Anette lege ich meine Hand ins Feuer.«

»Kein guter Zeitpunkt, Heinrich«, sagte Sito nur und sah, dass Enzig ihn verwundert musterte.

Wint holte tief Luft, sagte aber nichts mehr. Sito wusste, dass das schwer war, doch er wollte Wint keinesfalls wegen Befangenheit aus dem Team werfen, lieber einmal kurz in die Schranken weisen. Sollten Enzig, Manzinger und Schrader sich einfach ihren Teil denken.

»Es führt kein Weg vorbei, wir brauchen ihn hier, also den Walters«, sagte Schrader. »Wie machen wir das?«

»Eine Idee?«, fragte Wint.

Sito nickte. »Ich fahre raus zu den Walters und werde mit

Mellis Mutter ein paar Schritte gehen. Zeus ist dabei, der wirkt Wunder. Ich wollte ohnehin mit ihr reden. Vielleicht lade ich sie auf eine Runde am See ein, unten in Horn.«

»Gut, das wäre gewiss das Einfachste«, sagte Wint, und an Schrader und Manzinger gewandt fügte er hinzu: »Könnten Sie noch bis morgen alles über ihn besorgen, was Sie finden können? Ich will morgen früh auf dem Schreibtisch seine komplette Biografie.«

Schrader unterdrückte ein Gähnen, während Manzinger sich sofort erhob. »Wird erledigt. Dann machen wir uns gleich daran.« Schrader folgte Manzinger, der salutierte und noch eine schlaflose Nacht wünschte. An der Tür drehte er sich noch einmal um. »Ach, jetzt hätte ich das fast vergessen. Ich hab zwei der Stipendiaten erreicht. Sie kommen morgen.«

Sito atmete tief durch, die anderen Stipendiaten, an die hatte er bislang überhaupt nicht gedacht. Er warf Enzig einen flüchtigen Blick zu. Verdammt, dachte er, ständig war er auf Unterstützung angewiesen.

»Sehr gut, Manzinger. Weiß Fané schon Bescheid?«

»Ja, die hab ich gleich verständigt vorhin«, sagte Manzinger im Hinausgehen.

»Das sollte uns doch endlich einen Schritt weiterbringen, oder?« Wint sah fragend zu Enzig.

»Ja, da bin ich mir sicher.« Nachdenklich fügte Enzig hinzu: »Zwei also schon morgen.«

»›Schon‹ ist gut«, sagte Wint.

»Na ja«, Enzig deutete auf den Kalender an der Wand, »ich finde ehrlich gesagt, dass es auch schlimmer hätte kommen können. Immerhin haben wir den 2. Januar, alle könnten schlichtweg im Urlaub sein.«

»Stimmt natürlich. Schlimmer geht ja bekanntlich immer. Nervt dennoch.« Wint griff nach seinen Unterlagen und wollte gerade aufstehen.

»Wegen des Tagebuchs. Also, Christine und ich haben uns mehrfach ausgetauscht.« Enzig rückte seine Brille zurecht. »Diese Smetlin schreibt über ihr Leben hier, und das Ganze liest sich wie ein Roman. Inzwischen ist sie an einem Punkt, wo sie nicht mehr genau weiß, was Realität und was Fiktion ist.«

»Bitte?« Wint lehnte sich zurück und verschränkte die Arme.

»Wie viel hast du denn gelesen?«, fragte Enzig.

Wint zuckte die Schultern. »Ich bin vielleicht bei der Hälfte, die Ereignisse haben sich überschlagen, wie du weißt.«

»Ja, ist mir bewusst. Auf jeden Fall schreibt sie an verschiedenen Projekten, doch es verschwimmen die Linien dazwischen. Das stelle jetzt nicht ich fest, denn ich kenne ja ihr anderes Manuskript noch nicht, sondern sie selbst.«

»Ist mir auch aufgefallen«, bestätigte Wint. »Ist diese ständige Selbstanalyse nicht geradezu paradox? Ich dachte sofort an doppelte Buchführung.«

»Richtig, Heinrich, man spürt hier deutlich zwei Komponenten, die Autorin und den Menschen, von Beginn an ist da ein Konflikt. Aber das ist nicht das Einzige, was ich nicht so richtig einordnen kann.« Enzig blätterte in seinen Notizen, schien aber nicht zu finden, was er suchte.

»Was ist denn, Roman?«, fragte Sito.

»Mist, ich kann den Zettel jetzt nicht finden. Die psychopathologische Seite gewinnt langsam, aber sicher die Oberhand. Das ist das eine, was mich beunruhigt, das andere ist die Figur der F.«

Wint kratzte sich am Kopf. »Worauf genau willst du hinaus?«

»Sie ist am besten beschrieben, aber sie hat dennoch kein Eigenleben.«

»Aha. Ich finde, sie hat enorm viel Eigenleben, sie macht ständig Probleme, Jana selbst schreibt doch, dass sie immer Ärger mit ihr hat, oder täusche ich mich?«, sagte Wint.

Sito fuhr sich über die Augenbrauen. Er sah, dass Wint müde war, er selbst spürte auch immer deutlicher die kurzen Nächte, die hinter ihnen lagen. »Roman, zweifelst du an Janas Urteilsvermögen?«

Enzig zog seine Lippen nach innen. »Na ja, ich kann sie eben nicht so richtig als Opfer fassen. Versteht ihr, was ich meine?«

»Also ich verstehe es schon einmal nicht, wenn ich ehrlich sein soll«, sagte Wint.

»Du meinst, dass du gerade eher an einem Täterprofil schreibst?« Sito sah zur Seite, und sein Blick traf direkt den von Roman Enzig. Du verstehst mich, schien er zu sagen, du mit deinen Intuitionen am Tatort, wenn du die Räume der Täter betrachtest und spürst, wenn da etwas nicht zusammenpasst. Ja, er wusste genau, was das bedeutete, wusste auch, dass es manchmal besser war, eine Intuition für sich zu behalten.

Enzig nickte. »Ist dir aufgefallen, dass F eigentlich immer so reagiert, wie wir das von Jana erwarten würden?«

Wint beugte sich nach vorn, das Auftreffen seiner Ellbogen auf dem Tisch erzeugte ein dumpfes Klopfen. »Hm, ich weiß nicht recht. Ist das so?«

»Diese starken Tendenzen zur Depersonalisation sind …« Enzig brach ab, und Sito konnte ihn förmlich denken sehen.

»Roman?«, fragte er.

»Heute Abend weiß ich mehr«, sagte Enzig bestimmt, packte die Unterlagen in seine Tasche und stand auf. Er hatte es plötzlich sehr eilig.

Wint hob die Hände fragend in die Höhe. »Äh, Roman? Das war's jetzt oder wie?«

Doch Enzig war schon an der Tür. »Ihr hört von mir«, sagte er im Hinausgehen.

Sito musste schmunzeln, Wint aber klopfte mit der Faust auf den Tisch. »Gibt's ja wohl nicht. Ich hatte beim LKA auch mit Profilern zu tun, und immer war es das Gleiche. Als hätten sie Angst, dass man ihnen beim Denken zu nahe kommen könnte.«

## Schmerzmomente

2. *Januar, später Abend*

*Ich arbeite nun also an meinem Tagebuch, denn jetzt sind es keine Aufzeichnungen mehr für den Privatgebrauch, sondern für den Abschluss dieses Aufenthalts gedacht. Wenn ich es mir recht überlege, dann ist das durchaus gerechtfertigt. Nur K und M werden sich nicht freuen, aber wahrscheinlich geht das auch noch als fiktives Tagebuch durch, mal sehen.*

*Ich bin gar nicht mehr da, ohnehin kaum zu sehen, also warum sollte nicht ich selbst die fiktive Gestalt in einem Roman sein, in meinem Roman, gut, das ändert die Sache, beeinflusst, erschwert, ja, ist aber doch höchste Fiktion. Ich erdenke mich selbst, ich, die knochige Gestalt, die sich selbst im Spiegel nicht erkennt und die nun traurige Gewissheit hat, dass sie schwanger ist. Ich habe mir in der Stadt einen Test geholt und ihn wenig später mit zitternden Händen positiv ausfallen sehen. Ich fühlte gar nichts. Mir ist auch nicht schlecht, ich habe nach wie vor keinen Hunger und musste mir in der Stadt erst einmal eine neue Hose kaufen – zwei Nummern kleiner als bei meinem letzten Einkauf. Wahrlich, von einem schwangeren Bauch sieht man nichts, Gott sei Dank.*

*Ich habe unauffällig ein Teelicht auf das Grab des Journalisten gestellt. Ein Tier hatte dort offensichtlich in der Erde gewühlt.*

*Der Wolf, sicher der Wolf. Er ist gekommen.*

*Und ich habe eine Kerze in meinem Zimmer für ihn angezündet. Für den Journalisten, oder eigentlich nein, doch eher für den Wolf. Mögen sie ihn am Leben lassen. Hab die Leute im Dorf schon reden hören ...*

M und K waren die dicksten Freunde, als sie sich ver-
abschiedeten. Wer ist der Vater? Was soll ich wem sagen?
Welcher Tag ist heute? Ich finde keinen Kalender. Ich bin
unruhig. Der 28. Dezember? Gehen die Tage so langsam?
Angefangen hat alles mit dem Dilemma, ihn in den Tod
schreiben zu müssen – die Hauptfigur in meinem Buch.
Zwei Stimmen streiten sich in mir, ob er nicht doch überleben könne. Überleben ist ausgeschlossen nach dem, was
da alles passiert, sagt die eine Stimme. Bevor die zweite
antworten kann, fällt mir ein: Wen schreibe ich nun in
den Tod? Die Hauptfigur bin doch inzwischen ich! Ob
ich mich da wieder herausschreiben kann? Ich fürchte,
nein, denn die Erinnerung ist zurück.
Ich sehe uns alle in der Küche, spaßend, gut gelaunt lachend und flirtend. K hält mich im Arm, und da sitzt der
Journalist. An unserem Küchentisch und trinkt mit uns.
Es fließen wieder ungeahnte Mengen Wein, Schnaps, Bier,
wir alle vertragen wesentlich mehr als zu Beginn dieses
Aufenthaltes. Auch F. Es scheint, dass wir alle unsere ver-
borgenen Probleme haben und viel mit Alkohol wettzu-
machen versuchen. Ich bin da nicht die Einzige.
Gut, der Journalist also. Sitzt da mit den Ellbogen auf dem
Tisch und seiner klischeehaften runden Brille auf der Nase.
Die Haare ganz kurz. Nicht hässlich, nein, das nicht, aber
so ein Besserwisser. Wir tanzen, sind volltrunken. F ban-
delt mit dem Journalisten an, doch – wie könnte es anders
sein? – er ist an mir interessiert. Dabei sehe ich aus wie
ein Skelett, krank und knochig. Ich sage ihm das, weil ich
dachte, er hätte es im Suff nicht bemerkt, doch gerade das
ist es, was ihm gefällt. Er fasst mich an, überall, ich wehre
ihn ab, tatsächlich. K und M mischen sich ein, ein Handgemenge, F explodiert, weil der Journalist nicht sie … Sie
rastet aus und schlägt auf mich ein. Ich wehre mich, Ullrich geht dazwischen. Der gute Ullrich, doch jetzt hält K
ihn zurück mit dem Argument, dass wir Frauen das endlich einmal klären müssen. Das Ganze eskaliert, F greift

*nach einem Messer. Ich weiche aus, und das Messer landet in dem Bauch des Journalisten. Er geht zu Boden, und schlagartig sind alle ruhig. Als würde er immer wieder zu Boden sinken, in Zeitlupe, in endlosen Wiederholungen, eine ständige Wiederkehr unseres Vergehens, makabrer Aufprall. Und wir stehen wie gelähmt, starren gebannt auf den Sterbenden. F schmeißt das Messer zu Boden, sieht mich funkelnd an und schreit, das hätte ich nun davon, wir alle seien schuld! K sieht zum ersten Mal ernsthaft bestürzt aus. Ich knie nieder und stütze dem Mann den Kopf, doch er spuckt bereits Blut, dann ist er tot.*

*Wir brauchen eine gute Stunde, bis wir uns gefangen haben. Derweil besudelt der Tote weiter unsere Küche mit seinem Blut. Zu viert sitzen wir im Wohnzimmer, alle wieder nüchtern, nur F hat sich in ihr Zimmer verzogen. In einem Anfall von Loyalität und Freundschaft, wo nie eine war, vielleicht auch wegen der Schuldgefühle eines jeden von uns, beschlossen wir, die Leiche hinter dem Gartenhaus zu vergraben. Da ist es nicht mehr weit bis zum Wald. Ich denke, es war auch der absurde Gedanke, durch das Verbergen eines Verbrechens einen Zusammenhalt zu schaffen. Wir wurden zu etwas Besonderem, befreiten uns aus der Normalität, Inbegriff der Angst eines jeden Künstlers, der sich in einer Krise befindet, und wir waren offensichtlich alle in einer gefangen, wenn auch die Gründe hierfür völlig unterschiedlicher Natur sein mochten. Auf jeden Fall umgaben wir uns mit einer anrüchigen Aura, die Ullrich, ausgerechnet der gefestigte Ullrich, sogar noch mit einem Schwur am Grab besiegelte. Es war unheimlich, doch wir fühlten uns groß – ich bin mir sicher, hier allen gerecht zu werden. Wir waren jetzt Geheimbündler, nicht mehr bloß gewöhnlich. Einzig F war nicht mitgekommen, doch keinen schien das zu interessieren.*

*Ich stehe vor dem Spiegel und sehe, dass ich verschwinde.*

Fané saß auf dem Sofa in ihrer Wohnung und legte die Seiten weg. Sie betrachtete sie einen Moment, wie sie dort auf dem Couchtisch ruhten, begriff, dass dort viel mehr lag als das Tagebuch einer Toten. Sie fühlte sich matt, wusste gleichzeitig, dass dies nicht auf den Anflug einer Krankheit zurückzuführen war. Müde hängte sie ihre Strickjacke an der Garderobe auf, streifte sich die Hausschuhe von den Füßen und besah sich in ihrem Spiegel auf dem Gang. Der Spiegel war der größte in ihrer Wohnung und erlaubte eine Ganzansicht. Sie ließ ihren Blick an ihrem Körper hinauf- und hinabgleiten, dann tat sie etwas, worüber sie selbst erschrak, was sie aber nicht aufhalten konnte. Sie riss sich ihre Kleider vom Leib, bis sie völlig nackt vor dem Spiegel stand. Wieder musterte sie genau ihren Körper und biss sich auf die Lippen. Da war es wieder, dieses Gefühl, von dem sie dachte, sie hätte es bereits besiegt.

»Zu dick«, sagte sie laut zu ihrem Spiegelbild und zog an der Haut über ihren Hüften und ihrem Bauch. Sie fühlte Wut aufsteigen, über sich, über diesen Bauch, diese Hautfalten, die doch eigentlich nicht da waren, und doch spürte sie sie ganz deutlich. Sie fühlte sich so schwer, dass sie sich nur mühsam wieder ankleiden konnte. Als sie wieder angezogen vor dem Spiegel stand, klopfte sie mit aller Kraft auf ihren Bauch, bis dieser schmerzte, dann ging sie ins Bad und durchwühlte die Schubladen der Kommode. Schließlich wurde sie fündig. Da war sie, unangerührt: eine Packung Abführmittel. Sie hatte sie aufbewahrt, warum auch immer.

Enzig würde nun an einem Profil über Jana Smetlin arbeiten, Wint und Sito würden gewiss noch bis in die Nacht hinein reden – sie hatte frei, und sie konnte auch nicht mehr. Hastig warf sie sich zwei Pillen in den Mund und trank das Wasser direkt aus dem Hahn. Zornig dachte sie an den Salat, den sie mittags gegessen hatte, und legte sich ins Bett.

\*\*\*

Als sie vor Rosas Pension standen, zögerten sie beide.

»Wollen wir noch ein Stück gehen?«, fragte Sito schließlich und schlug schon den Weg zum Hesse-Museum ein.

Enzig folgte ihm, ohne etwas zu erwidern. Wenig später saßen sie auf der Bank im Garten mit Blick zum See und starrten auf die Lichter im Ort und auf dem Wasser. Ein Suchscheinwerfer blinkte auf dem See.

»Hoffentlich suchen die nicht nach einem«, sagte Enzig in die Stille der Nacht hinein.

»Wonach sonst?«, entgegnete Sito und holte aus seiner Jackentasche zwei Zigarren. Er hielt Enzig eine hin, der nahm sie wie selbstverständlich. Wenig später glommen die beiden Zigarren, und ein angenehmer Tabakduft mit einem Hauch Kakao breitete sich aus.

»Cohiba?«, fragte Enzig.

»Ja.«

»Gut. Schmeckt sehr gut. – Also wieder ein Ertrunkener mehr.«

»Jahreswechsel, da steigt die Selbstmordrate.«

»Na ja, noch gibt es ja Hoffnung.«

»Ach, Roman, ich bin so froh, dass du und Anna, also, dass ihr wieder zusammen seid.«

»Ich auch, aber es wird noch ein weiter Weg, so wie für dich und Miriam, nicht wahr?«

»Irgendwie schon«, antwortete Sito, »aber soll ich dir was sagen? Ich glaube, wir sind hier einen guten Schritt gegangen.« Er zog an seiner Zigarre, behielt den Rauch im Mund, dann ließ er ihn langsam in die Nacht entweichen. »Roman, du hast da etwas Merkwürdiges gesagt, das beschäftigt mich schon die ganze Zeit.«

»Was denn?«

»Dass du Jana Smetlin nicht als Opfer siehst.«

»Ja, ich verlier sie ständig, wenn ich anfange, über sie zu schreiben.«

»Verstehe. Es gibt doch auch diesen toten Reporter.«

»Ja, aber wir wissen noch so gut wie nichts über ihn. Parson hat ja jede Menge zu tun wegen eines Unfalls in irgendeiner Firma.«

»Ich weiß schon. Schau mal, mir geht Folgendes durch den Kopf. Wir haben uns doch über diese Theorie unterhalten, dass zwei Fälle in solch einer zeitlichen Nähe an einem Ort irgendwie zusammenhängen. Beziehungsweise ist es nicht sehr wahrscheinlich, dass sie nichts miteinander zu tun haben. Stimmst du mir darin zu?«

Enzig nickte und machte ein paffendes Geräusch. Plötzlich ging die Laterne vor ihnen an, und Enzig zuckte zusammen.

»Gut, denken wir mit Licht weiter. Zwei Fälle, hier in Gaienhofen, und keine Übereinstimmung.«

»Worauf willst du hinaus, Paul?«

Sito lachte. »Ach, komm, Roman, du weißt genau, was ich gerade denke.« Er schwieg kurz und beobachtete Enzig, der konzentriert nach vorn starrte, dann fügte er hinzu: »Wenn wir den unwahrscheinlichen Zufall mal ausblenden, dann übersehen wir entweder die Übereinstimmung …«

»Oder wir haben keine zwei Fälle«, vollendete Enzig den Satz und ließ die Schultern hängen.

»Bleibt noch eine Sache zu klären«, sagte Sito.

»Welcher Fall kein Fall ist?«, fragte Enzig.

Sito betrachtete die Asche, die sich auf seiner Zigarre türmte. Er balancierte sie im Licht der Laterne. »Das auch, aber das klärt sich vielleicht von selbst, wenn du dein Profil hast und wir unser Gespräch mit Herrn Walters hatten.«

»Also?«

»Bleibt nur eine Sache zu klären«, wiederholte Sito und lächelte über den Ascheturm in seiner rechten Hand. Vorsichtig blies er dagegen und konnte verfolgen, wie sich die Asche im Licht auflöste und zu Boden rieselte.

»Paul?«

»Was hat der Wolf mit alldem zu tun?«

***

Er hatte doch nicht nach dem Menschen in diesem Loch gegraben. Die Erde war zu hart gewesen. Gewiss, er hatte Hunger, aber so sehr nun auch wieder nicht. An Hunger konnte
man sich gewöhnen.

Doch schon wieder war er Zeuge geworden, hatte gewittert
in dieser gottverlassenen weißen Weite, in der er so wunderbar
eintauchen konnte. Für einen Moment hatte er gedacht, einen
Artgenossen zu sehen, dann aber feststellen müssen, dass es
ein Menschen-Tier war, ein Abtrünniger, zudem einer, der
hinkte. Dann, wenig später, ein kleiner Mensch, der aus diesem
Weiß hervorstach wie eine rote Hagebutte im Schnee. Er war
diesem kleinen Menschen gefolgt, ein kleines Mädchen, wie er
riechen konnte, ohne böse Absicht freilich, einfach so. Nein,
vielmehr intuitiv, hatte gedacht, diese kleine lila Mütze mit den
grünen Punkten dürfe er nicht aus den Augen verlieren. Dann,
ganz plötzlich, hatte er noch einen anderen Geruch wahrgenommen, den eines Mannes, aber er konnte weit und breit
keinen sehen. Er erinnerte sich, dass er kurz gezögert hatte,
seinen Schritt verlangsamte, leicht zur Seite ausschwenkte, den
Blick auf die bunte Mütze gerichtet und die Nase witternd in
der Luft.

Und dann war ein Mann aus dem Gebüsch gesprungen.
Er hatte ihn nicht gesehen, obwohl er nur wenige Meter entfernt innegehalten hatte, starr vor Schreck. Der Mann hatte
das Mädchen gepackt und zu umarmen versucht, und als ein
kleiner Schrei zu hören gewesen war, hatte er es fortgezogen
mit sich ins Gebüsch. Der Schrei war erstickt in dem Weiß.
Langsam näherte er sich der Stelle – dort lag sie im Schnee. Er
hatte richtig gesehen: eine lila Mütze mit grünen Punkten und
einem hellblauen Bommel. Er schnupperte daran. Sie roch gut
und warm, und so gern hätte er sich daraufgelegt, aber er hörte
Stimmen aus dem Gebüsch und entschied, diesen zu folgen.

# Teil 3: Lacrimosa

## Auf der anderen Seite

*3. Januar, morgens*

Wint hielt vor der Wache und beäugte misstrauisch die Menschenansammlung vor dem Eingang. Es waren einige, die er vom Vortag kannte, aber auch Personen, die er noch nie in Gaienhofen gesehen hatte. Was passierte hier? Kamen Leute von auswärts, um hier Stimmung zu machen? Sie hatten ihn noch nicht bemerkt, also blieb er stumm in seinem Auto sitzen und musterte aus sicherer Entfernung die Gruppe, die hauptsächlich aus Männern bestand. Sie machten allesamt einen aggressiven Eindruck, hatten die Fäuste geballt erhoben und riefen etwas in Richtung Eingang, wo, wie Wint erst jetzt sah, Schrader bemüht war, die Menge zu beruhigen. Zwei Polizisten hinter ihm hatten die Hand an der Waffe, anscheinend zu allem bereit. Wint kurbelte seine Fenster herunter und lauschte.

»Sperrt ihn endlich ein, den Dreckskerl!«

»Worauf wartet ihr denn, ihr faulen Ärsche!«

»Wer soll es denn sonst gewesen sein?«

»Holt endlich den Deppen!«

»Ja! Sonst machen wir es!«

»Und erschießt endlich den Wolf.«

Wint lief es eiskalt den Rücken hinunter. Bei dem Gedanken, dass er Melanies Vater heute verhaften musste, wurde ihm schlecht.

»Da, seht, Wint ist da!«, rief einer und zeigte in seine Richtung.

Wint erschrak und wollte sich ducken, war sich aber sogleich der Unsinnigkeit dieses Vorhabens bewusst. Er atmete kurz durch, dann stieg er aus und baute sich zu seiner vollen Größe auf. Schon hatten die Ersten ihn erreicht und machten wieder Drohgebärden.

»Was soll der Mist?«, rief Wint mit donnernder Stimme.

»Warum tun Sie nichts? Muss erst noch ein weiteres Kind sterben?«

»Packen Sie den Perversen ein!«

Wint starrte dem Mann in die Augen. »Und wer sagt mir, dass nicht Sie es sind?«

»Was? Sind Sie noch bei Trost? Ich habe selbst Kinder!«

Eben, dachte Wint, eben. »Lassen Sie mich durch. Ich will arbeiten.«

»Nicht, bevor Sie uns versichern, dass Sie Anton verhaften lassen.«

Wint musste stehen bleiben, denn die Menge hatte sich vor ihm geschlossen. Ein Mann mit grimmigem Blick und von kräftiger Statur war einen Schritt vorgetreten und stand nun direkt vor Wint.

»Sie vergessen wohl, wen Sie hier vor sich haben«, sagte Wint. »Und außerdem: Kennen Sie Anton Huber überhaupt? Sie zumindest habe ich hier noch nie gesehen.«

»Ist mir scheißegal.« Der Mann sah triumphierend in die Menge. »Ist mir scheißegal, Bulle. Wir wollen unsere Kinder in Sicherheit wissen!«

»He, Tobias, beruhige dich«, meinte ein anderer aus der Menge. »Du bist doch nicht mal von hier, komm, lass gut sein.«

Der Mann namens Tobias riss sich los. »Was spielt das denn für 'ne Rolle? Lass mich bloß los. Ich hab eine Waffe, und wenn …« Er verstummte.

»Sie haben eine Waffe?«, fragte Wint. »Ich will sofort –«

Ein Handgemenge brach los. Wint beobachtete kurz die Menge und spürte, dass sie zweigeteilt war. Ein paar Aufrührer, vermutete er, womöglich gar nicht vom Ort. Als der Erste zu Boden ging und laut fluchte, griff Wint in aller Ruhe unter seinen Mantel und holte seine Pistole heraus. Ein Ausruf des Staunens ging durch die Menge. Wint hob die Pistole und schoss zweimal in die Luft. Dann richtete er seine Pistole auf sein Gegenüber: »Wenn Sie mich nicht augenblicklich durchlassen, verhafte ich Sie.«

Die Menge lichtete sich, murrend verteilten sich die Männer

über den Parkplatz. Schrader kam auf Wint zugelaufen und fasste ihn am Arm.

»Alles in Ordnung, Mann?«

»Ja, ja, alles in Ordnung, aber das kann so nicht weitergehen. Ich hätte nie gedacht, dass so etwas heute noch möglich ist.«

»Sie meinen, so eine Hetzjagd?«

»Ja, Schrader, zum Teufel noch mal, ich verstehe das nicht. Die sind so aufgebracht, dass Sie nicht einmal davor zurückschrecken, einen Polizisten zu bedrohen. Schicken Sie jemanden zu diesem Anton Huber, nur zur Sicherheit, okay?«

»Ja, mach ich. Und die Leute, na ja, das ist nur die Angst, Chef«, sagte Schrader.

»Oh nein!« Wint wandte sich entnervt ab.

»Was ist denn?« Schrader verfolgte Wints Blick und konnte ein Fernsehteam vom Regionalprogramm entdecken. »Ach herrje, die jetzt auch noch.«

»Die kommen mir gerade recht.« Wint winkte in deren Richtung. »Meine Herren, hier drüben bin ich. Kommen Sie nur her.«

»Bitte? Was haben Sie denn vor?« Schrader musterte Wint erstaunt.

»Ich räum hier auf«, antwortete Wint entschlossen.

Die Journalisten bauten sich auf. »Kommissar, gibt es schon neue Erkenntnisse über den Tod des kleinen Mädchens?«

»Was war das gerade für ein Aufmarsch?«

»Geraten Sie unter Druck?«

Wint räusperte sich, dann sah er lächelnd in die Kamera. »Meine Herren, wir machen hier alle unsere Arbeit. Wie immer erfahren Sie von uns alles, wenn es Hand und Fuß hat, nicht vorher, und keine Vermutungen. Aber Sie sollten über den moralischen Stand unserer Gesellschaft schreiben, die nichts Besseres zu tun hat, als ein Mitglied der Gemeinde als Täter zu diffamieren, ohne Beweise.« Damit drehte er sich weg.

»Chef, meinen Sie, das hilft?«, fragte Schrader.

Wint zuckte mit den Schultern. »Hauptsache, wir haben jetzt erst einmal Ruhe.«

»Entschuldigen Sie.« Einer der Reporter war zurück-gekommen.

»Was denn?«, brummte Wint.

»Mein Name ist Dominik van Bergen, und ich bin Journalist.«

»Was Sie nicht sagen.«

»Ich möchte Ihnen nur eine Frage stellen: Was macht Kommissar Sito hier? Hat er etwas mit der Toten im Künstlerhaus zu tun?«

Wint sah dem Mann ungerührt in die Augen. »Wie kommen Sie darauf?«

»Ich frage nur.«

»Nein, der Mann ist hier zu unserer Unterstützung. Wir haben ihn angefordert. Und jetzt lassen Sie uns in Ruhe.«

Wint schob den Reporter zur Seite und lief eilends über den Platz ins Gebäude. Aus der Menge drang plötzlich noch eine Stimme über den Platz: »Dann lasst uns wenigstens den Wolf abknallen ...«

Wint sah sich um, konnte den Rufer aber nicht ausmachen. »Schrader, wenn Fané noch nicht da sein sollte«, raunte er ihm zu, »rufen Sie sie an und warnen sie vor, besser noch, Sie oder Manzinger holen Fané ab.« Er sah sich noch einmal um und musste feststellen, dass die Leute weit davon entfernt waren, sich zu beruhigen. »Und, Schrader, warnen Sie bitte Sito vor wegen seines Hundes. Und jemand muss hier bei den Leuten bleiben und mit ihnen reden. Kontrollieren Sie die Waffenscheine, machen Sie irgendwas, um die zu beruhigen. Sie kennen die doch, oder? Zumindest einige davon?«

»Natürlich. Aber ich fürchte, das Jagdfieber ist ausgebrochen.«

\*\*\*

Miriam erwachte. Sie rollte sich zur Seite und wollte sich schlaftrunken in Sitos Arm legen, doch das Bett neben ihr war leer. Sie setzte sich auf und sah sich in dem Zimmer um.

Zeus war ebenfalls nicht zu sehen, gewiss waren die beiden schon spazieren, oder Sito hatte ihn mit auf die Wache genommen. Es war kurz nach acht am 3. Januar. Eigentlich gab es für sie keinen Grund, noch länger hierzubleiben. Sie könnte einfach zurück nach Konstanz, ihre Eltern treffen, endlich herausfinden, was aus den beiden nun würde. Am Frühstücksbüfett traf sie auf Enzig, der sich gerade Müsli in eine Schale häufte.

»Guten Morgen, Roman. War Paul schon hier?«

Enzig hielt einen weiteren vollen Löffel mit Müsli über seine Schale, überlegte es sich dann aber anders und legte ihn zurück. »Ich habe Paul nur gehen sehen. Er wollte früh zu Heinrich. Ich muss leider auch gleich los«, er warf einen Blick auf seine Schüssel, in die gerade noch Milch floss, »für mehr wird es nicht reichen.«

Miriam nickte. »Kein Problem. Du und Christine kümmert euch doch um diese Jana Smetlin, oder?«

Enzig nickte, steuerte zu seinem Tisch, wo schon eine Kanne mit Kaffee stand. »Hier, nimm dir. Ich kann eh nicht die ganze Kanne trinken. Wieso fragst du?«

Miriam setzte sich und schüttete sich Kaffee ein. »Ach, nur so. Paul und Heinrich und du und Christine also. Nicht so wichtig.« Sie trank einen Schluck. »Sag mal, Roman, kommt in dem Manuskript auch ein Wolf vor?«

Mitten im Kauen hielt Enzig inne. »Ein Wolf?«

»Also ja«, sagte Miriam und trank wieder. Dann erhob sie sich. »Okay. Ich bin dann weg.«

»Was?« Enzig sah überrascht von seinem Müsli auf. »Aber du hast doch noch gar nichts gefrühstückt. Ein paar Minuten hab ich schon noch. Willst du mir nicht ein wenig Gesellschaft leisten?«

Miriam griff sich vom Büfett einen Apfel und hielt ihn Enzig vor die Nase. »Das reicht mir. Ich muss los.«

»Wohin so plötzlich? Und was sollte das gerade mit dem Wolf?«

»Meine Spürnase«, Miriam tippte sich lachend auf die

Nasenspitze, »die zieht mich fort.« Sie wandte sich ab und spazierte pfeifend nach draußen. Unterwegs zog sie ihre Jacke und Handschuhe sowie Mütze und Schal an.

✳✳✳

Als Fané die Tür öffnete, stand Manzinger schon davor.

»Oh«, sagte sie, »so schnell?«

»Ich bin bereit, wenn Sie es sind.«

»Natürlich. Wir können sofort los. Und unterwegs erzählen Sie mir, was diese Eskorte eigentlich soll.«

»Auftrag von Wint. Er hatte eine unangenehme Begegnung vor dem Präsidium.«

»Schon wieder wegen Anton?« Fané biss sich auf die Lippen.

»Doch, ja, er hat sogar geschossen, um sich einen Weg durch die wütende Menge zu bahnen.«

»Was?« Fané war stehen geblieben und sah erschrocken zu Manzinger. »Aber es ist doch nichts passiert, oder?«

»Nein, nein, keine Sorge. Er hat nur zweimal in die Luft geschossen, trotzdem ärgerlich.«

Manzinger hielt ihr die Wagentür auf, und sie stieg ein.

»Heute kommen die Stipendiaten vom Künstlerhaus, nicht wahr?«

»Ja, genau. Ein Komponist namens Karl Wenger und ein Maler mit dem Namen – äh, weiß ich jetzt grad nicht mehr. Na egal, sie kommen heute im Laufe des Vormittags.«

»Gut, sehr gut. Und die anderen zwei?«

»Keine Ahnung. Wieso zwei?«, fragte Manzinger.

»Na, die anderen beiden Stipendiaten. Versuchen Sie heute unbedingt weiter, die zu erreichen.« Fané kramte in ihrer Handtasche nach einem Taschentuch und fühlte dabei die kleine Schachtel mit Pillen, die sie am Morgen als Erstes in ihre Tasche gepackt hatte. Beschämt schob sie sie in ein Seitenfach und zog den Reißverschluss zu.

Auf dem Parkplatz vor der Wache lungerten lediglich einige

Jugendliche herum. Sie schielten zwar zu ihnen herüber, sagten jedoch nichts.

»Wo sind denn alle?«, fragte Fané. Die Stille war beinahe beunruhigender als die Vorstellung von einem tobenden Mob. Irgendwohin musste die Wut ja gewandert sein.

Manzinger folgte ihrem suchenden Blick. »Das wüsste ich auch gern«, murmelte er.

»Ist jemand bei Anton Huber draußen? Der wohnt doch so abgeschieden, oder nicht?«

Manzinger nickte. »Eigentlich sollte Schrader – ach, da fällt mir noch ein, als ich auf dem Weg zu Ihnen war, hat die Spurensicherung angerufen. Sie haben tatsächlich einen Laptop gefunden.«

\*\*\*

Miriam lief den Weg vom Vortag, stapfte durch den hohen Schnee auf den Feldern, durchquerte das kleine Waldstück. Sie verzichtete auf die Zickzackläufe, sodass es wesentlich schneller ging. Nach nur einer Stunde sah sie den Hof, und wenig später betrat sie den Garten mit den alten Bäumen, hinter denen sie sich beim letzten Mal noch versteckt hatte. Heute lief sie geradewegs zur Haustür und klopfte beherzt. Keine Reaktion. Sie sah zur Seite und erkannte hinter dem Fenster Anton, der skeptisch nach draußen blickte und wohl glaubte, sie würde ihn nicht sehen. Lächelnd winkte sie, dann klopfte sie wieder. Als er immer noch bewegungslos am Fenster stand, gab sie ihm zu verstehen, dass ihr kalt war. Endlich trat er vom Fenster zurück und öffnete wenig später die Tür.

»Was wollen Sie?«

»Hallo, ich bin Miriam. Ich habe Sie gestern in der Stadt gesehen und wollte Sie kennenlernen.«

»Sie mich kennenlernen? Wieso denn?« Seine Stimme klang misstrauisch, beinahe ängstlich.

»Keine Sorge. Ich bin Malerin und würde Sie gern porträtieren. Nur, wenn es Sie nicht stört.«

Sein Gesicht erhellte sich, und ein Lächeln huschte über seine Lippen. »Sie wollen mich malen? Mich?«

»Ja, würde Sie das stören?«

»Ach, ich weiß nicht. Nein, eigentlich nicht. Mich hat noch nie jemand gemalt.«

»So? Das ist aber schade, Sie haben etwas ganz Besonderes an sich«, erklärte Miriam ohne Heuchelei.

Er lachte verlegen und fuhr sich durch die Haare. »Kommen Sie doch rein.« Er trat einen Schritt zur Seite.

»Gut. Vorher muss ich Ihnen aber noch etwas gestehen.«

»Ja?« Sofort war sein Gesicht wieder verkrampft.

»Ja. Ich bin Ihnen gestern schon nachgegangen und habe Sie in der Scheune beobachtet.« Miriam machte eine Pause, weil sie Antons entsetztes Gesicht bemerkte. Schnell fügte sie hinzu: »Tut mir sehr leid. Ich wollte das gar nicht. Aber das war so idyllisch, Sie und Ihr Pferd und Ihr Hund, ich habe es dann nicht übers Herz gebracht, Sie drei zu stören, das ist alles.«

»Ach so.«

Miriam folgte Anton in die Küche. Er blieb stehen, dann sah er sie an.

»Wollen wir jetzt auch in die Scheune? Ich habe dort einen Heizkörper. Wollen Sie die Tiere kennenlernen?«

Miriam nickte. Anton Huber hatte eine warmherzige Ausstrahlung, die sofort bewirkte, dass sie sich wohlfühlte. Ihr war ein Rätsel, wie jemand ihn als »Deppen« bezeichnen und eines Verbrechens bezichtigen konnte.

# Der Schamane

*3. Januar, vormittags*

> *Immer wieder habe ich mir ausgemalt, wie es wäre, ihn zu treffen. Ich könnte es ja, wir beide leben, doch wie mir scheint, sind meine Stunden nun wirklich gezählt. Das klingt pathetisch, ich weiß, aber es macht mich groß, größer, als ich bin, und nimmt mir die Angst. In meiner Phantasie sind wir uns begegnet, waren füreinander gemacht, weil auch er, Paul Sito, einen Hang zur großen Tragödie hat.*
> *Wir hätten uns verliebt, ja, ich bin mir sicher, denn immerhin war Janina wie eine Schwester für mich, wenn auch nur für eine kurze Zeit, und sie hat ihn schließlich geliebt. Mehr als ihr Leben sogar. Und auch er hat sie geliebt, so sehr, dass er ihr alles verziehen hat, was es zu verzeihen gab.*
> *Ich war schon immer mehr ein Freund des Tragischen, gewiss in seiner romantischen Ausprägung. Glück hinterließ für mich einen dumpfen Nachgeschmack, denn im Glück gab es nur den Gedanken an das Ende des Glücks als die unvermeidliche Tragödie eines jeden Glücks, dass es nämlich aufhört, weil das wiederum das Glück erst ausmacht: die zeitliche Begrenztheit.*
> *Warum also tat ich mich so schwer damit, ihn in einen würdigen Tod zu schreiben? Zumal diesem doch nur ein symbolischer Wert innewohnte? Ihn einfach als Figur in meinem Roman sterben zu lassen ...*

»Zumal diesem doch nur ein symbolischer Wert innewohnte«, wiederholte Enzig den Satz nun schon zum wiederholten Male in Gedanken, während er die Tür zum Büro von Wint öffnete und mit einer Bäckertüte winkte.

»Komm rein, Roman. Paul ist schon unterwegs zu Mellis Mutter raus, wie besprochen, aber Kaffee ist noch da, bedien dich.«

»Danke. Ich hab auch was zu essen dabei.« Enzig setzte sich an den Tisch und riss die Tüte auf. Wint nahm sich ein Brötchen und begann in Gedanken versunken zu essen. »Davon abgesehen: Ich komme wegen Paul«, begann Enzig ohne Umschweife.

»Ja? Was ist mit ihm?«

»Ich weiß, dass du ihn angerufen hast, weil sein Name im Zusammenhang mit Jana Smetlin aufgetaucht ist.«

»Oh.« Wint machte ein überraschtes Gesicht.

»Ja. Im Tagebuch von Jana Smetlin geht es irgendwann auch um das Buch, an dem sie arbeitete.« Enzig nahm sich eine Brezel aus der Tüte, entfernte das Salz über dem Abfalleimer und brach sich dann das Herz heraus. »War nicht schwer, eins und eins zusammenzuzählen.«

»Aha.« Wint musterte Enzig.

»Also, was hat es nun mit diesem zweiten Manuskript auf sich?« Enzig kaute auf der Brezel, dann beugte er sich vor. »Obwohl, wesentlicher scheint mir die Frage, weshalb du damit hinter dem Berg gehalten hast.«

»Tue ich ja gar nicht.« Wint atmete deutlich hörbar aus. »Es ist nur, na ja, Roman, ich habe Christine erklärt, dass es für euch keine Relevanz hat. Das muss jetzt mal reichen.«

Enzig wiegte den Kopf. »Also, Heinrich, wir machen das jetzt wie folgt. Ich erzähle dir, was ich vermute, und wenn du kein Veto einlegst, dann können wir vielleicht an einem Strang ziehen. In Ordnung?«

Wint nickte, aber seine Stirnfalten zeigten tiefen Unmut.

Enzig kratzte sich am Hinterkopf, dann fing er an. »Vorneweg: Ich bin Sitos Freund, und ich halte mich für absolut loyal. Ich vermute, dass dieses andere Manuskript mit Sitos Vergangenheit zu tun hat, genauer gesagt mit seinem ersten Fall.«

Enzig wartete kurz und beobachtete Wint, ob er ein Veto einlegen würde, aber er gab ihm stattdessen nur mit den Fingern ein Zeichen, fortzufahren. »Gut. Es gab da lange Unsicherheit, weswegen mich anfangs die interne Ermittlungsaufsicht gebeten …« Enzig verstummte. Wints Gesichtsausdruck war von skeptisch zu zornig gerutscht.

»Die von der Internen bitten nicht«, sagte Wint tonlos.

Enzig spürte ein Kribbeln in der Nase, er hoffte beinahe, ein Niesen würde ihn kurzfristig erlösen aus dieser Situation, in die er sich selbst hineinmanövriert hatte. »Hör mal, Heinrich, es ist nicht so, wie du denkst. Paul weiß davon, ich war von Anfang an auf seiner Seite, und das hab ich auch hinreichend bewiesen. Frag ihn, wenn du mir nicht glaubst.«

Enzig schniefte, das Kribbeln, es machte ihn nervös. »Paul und ich wissen von dem Anruf von Jana. Und«, Enzig machte eine Pause, in der er seine Brille zurechtrückte, um dem Folgenden Nachdruck zu verleihen, »ich glaube nicht, dass Paul irgendwie schuldig geworden ist, und vor allem glaube ich, dass er dir auch sympathisch ist und du daher dieses Manuskript nicht an Christine übergeben hast. Aber wir denken wohl alle drei, dass es um den ersten Fall von Paul geht und um seine Frau.«

Das war jetzt hoch gepokert, dessen war Enzig sich bewusst, aber er hatte kaum eine andere Wahl, wollte er den »Fall Smetlin« vernünftig abschließen. Abwartend lehnte er sich zurück.

»Hm«, sagte Wint nur.

Enzig räusperte sich. »Ich habe also recht. Könnten wir dann –« Er kam nicht weiter, denn Wint stützte sich mit seinen verschränkten Armen auf den Tisch und sagte: »Also, Roman, ich weiß nicht, ob ich dich richtig verstehe, aber was bei mir ankommt, ist, dass du hinter Pauls Rücken ermittelst, und davon halte ich überhaupt nichts. Jana Smetlin hat einen Kriminalroman geschrieben mit einem fiktiven Kommissar, der womöglich unserem Paul ähnelt, aber das ist auch schon alles. Wenn ich jemandem dieses Manuskript gebe, dann allerhöchstens ihm.«

Enzig wurde heiß, er lief sogar Gefahr, rot zu werden.

Genau das hatte er ja nicht gewollt, dass Wint ihm nun misstraute. »Das war missverständlich«, sagte er daher.

»So? Wie ist es denn dann?«

»Ich habe mich anfangs anwerben lassen, ja, das war ein Fehler, aber das habe ich auch sehr schnell bemerkt, denn die Vorwürfe habe ich nicht bestätigt gesehen.«

»Welche Vorwürfe denn?«, fragte Wint.

»Der interne Ermittlungsausschuss glaubt, dass es bei der ersten Mordermittlung von Paul nicht korrekt abgelaufen ist.«

»Inwiefern? Und weshalb interessiert die das überhaupt noch?«, fragte Wint.

»Sie meinen, Paul hätte einen Mörder entkommen lassen. Der angebliche Jagdunfall hätte so nie zu den Akten gelegt werden dürfen.«

Wint blieb der Mund offen stehen.

Er weiß es, dachte Enzig sofort. »Was ist?«, fragte er.

»Nichts, ich –« Wint wurde durch ein Klopfen an der Tür unterbrochen. Schrader trat ein und räusperte sich verlegen.

»Was ist denn?«

»Wir haben ihn jetzt hier.« Schrader sprach mit gedämpfter Stimme.

»Schon gut, Schrader, ich komme sofort. Im Vernehmungszimmer?«

Schrader nickte im Gehen.

Wint stand bereits. »Also, Roman, pass auf. Ich muss mit dem Vater von Melanie sprechen. Das hat jetzt Priorität. Was die andere Sache angeht: Ich werde dir das Manuskript auf gar keinen Fall aushändigen. Egal wie du argumentierst, so bleibt es für mich auf den ersten Blick ein intrigantes Spiel, das ich nicht toleriere. Andererseits glaube ich dir, dass du für Paul nur das Beste willst, daher verspreche ich dir, mit ihm zu reden. Ich, hörst du? Ich verspreche, dass ich im besten Wissen und Gewissen mit dem Material umgehe. Und dir rate ich, ebenfalls ein offenes Wort mit Paul zu reden.« Wint schüttelte Enzig die Hand und verließ den Raum.

Enzig blieb betreten zurück. Er hatte sich zu keinem Zeitpunkt derart schlecht gefühlt wie in diesem Moment, die Standpauke von Wint hatte gesessen. Dabei wusste Sito ja längst, dass er, Roman Enzig, angeworben worden war, nur nicht genau, was sie in der Hand hatten, und er, Enzig, weigerte sich beharrlich zu glauben, was sie behaupteten …

***

Fané stand vor dem kleinen Waschbecken in der Toilette der Polizeidienststelle und betrachtete ihr Spiegelbild. Konnte sie schon die ersten Erfolge sehen? Nach nur einem Tag? Das war eigentlich unmöglich, und doch war ihr, als sei sie schon ein wenig schmaler und blasser und die Augenringe ein wenig tiefer. Manchmal aber wünschte man sich die Erfolgserlebnisse so sehr, dass man sie sah, und manchmal sah man einfach gar nichts. Sie kramte nach einer Tablette und schluckte diese mit viel Wasser, dann lachte sie ihr Spiegelbild an. Es war wieder so weit, alles auf Anfang.

Kontrolle. Wann immer sie im Leben zu entgleiten drohte, richtete sie sich eisern gegen ihren eigenen Körper. Aber weshalb hatte sie überhaupt das Gefühl, ihr entgleite die Kontrolle? Weil Wint plötzlich nicht mehr der lethargische und sie auf lächerlichem Niveau hänselnde Kollege war, dem sie sich haushoch überlegen gefühlt hatte? Sie wusch sich ihr Gesicht mit warmem Wasser und schminkte sich, dann schritt sie elegant und aufrecht in Richtung des Besprechungszimmers. Als sie die Tür öffnete, hielt Schrader sie am Arm fest. Er war so schnell auf sie zugesprungen, dass Fané nun erschrocken herumfuhr.

»Warten Sie einen Augenblick«, sagte er.

»Mann, Sie haben mich erschreckt, was gibt es denn?«

»Der Vater der kleinen Melanie ist bei Wint, und Wint wollte Sie beim Verhör dabeihaben. Kommissar Sito ist derzeit bei Frau Walters.«

»Der Vater? Ich verstehe nicht ganz.« Fané sah bestürzt zu Schrader.

»Man hat seine DNA-Spuren auf der Leiche gefunden.«

»Seine? Aber waren die denn gespeichert?« Fané hob die Arme zweifelnd in die Luft.

»Also«, begann Schrader, »sie weisen eine große Übereinstimmung mit Melanies auf, was auf diesen Verwandtschaftsgrad hindeutet.«

»Aha.« Fané schüttelte den Kopf. Etwas störte sie.

»Aber das Ganze war ja wohl nur ein Unfall«, flüsterte Schrader.

»Nur ein Unfall? Schrader, was reden Sie? Das Kind ist tot, und der Vater … Verdammt, warum hat Wint mir das denn nicht früher gesagt?« Sie starrte in Gedanken wieder in den Spiegel, sah ihre schwarzen Ränder und wusste sehr genau, weshalb Wint ihr gestern nichts mehr von dem Fall erzählt hatte. Sie sah völlig fertig aus, *unbrauchbar*, um genau zu sein.

Schrader zuckte mit den Schultern. »Haben wir ja gestern erst – und da fühlten Sie sich nicht so wohl.«

Sie hob abwehrend die Hand. »Schon gut.«

»Kommen Sie nun? Die beiden Herren Künstler können ja wohl noch warten …« Er wandte sich schon ab.

Fané warf einen Blick in das Besprechungszimmer, von wo aus ihr Manzinger mit fragendem Blick entgegensah. Ihm gegenüber, mit dem Rücken zu Fané, saßen zwei Männer, einer mit kräftigem dunklen Haar, das ihm leicht gewellt auf die Schultern fiel. Jetzt drehte er sich um und lächelte Fané an. Sie war wie vor den Kopf geschlagen. Im selben Moment wusste sie, dass dies der sogenannte »K« sein musste.

»Was ist denn jetzt?«, drängte Schrader.

»Was? Ja, gut, ich komme gleich. Ich will nur kurz ein paar Fakten loswerden da drin. Sagen Sie Wint, in fünf Minuten bin ich da.«

Fané betrat das Besprechungszimmer, schloss die Tür hinter sich und ging zum Tisch. Sie reichte den Anwesenden die Hand und stellte sich vor. »Sie wissen, warum wir Sie herbestellt haben?«

»Nun ja, ich weiß nicht so recht«, antwortete der mit den dunklen Haaren, den sie für K hielt.

Fané kaute auf ihren Lippen und schielte auf die Unterlagen vor Manzinger auf dem Tisch. Karl Wenger (Komponist »K«) und Marius Koltenbeck (Maler »M«). Das waren sie also. Mit einem Nicken verständigte sie sich mit Manzinger, der die Tonaufnahme startete, dann begann sie: »Wir haben Sie herbestellt, weil Jana Smetlin ermordet wurde und weil wir eine weitere Leiche gefunden haben«, erklärte sie und stützte sich mit beiden Händen auf den Schreibtisch.

Karl Wenger wurde blass. »Jana ist tot?«, fragte er und starrte Fané entsetzt an.

Fané nickte und fühlte Mitleid in sich aufkeimen. Sie rief sich zur Raison. Dennoch: Das sollte ein Vergewaltiger sein?

»Ich weiß nicht, was ich sagen soll, sie war, nun ja, es ging ihr nicht besonders«, sagte der andere, Marius Koltenbeck. »Sie hat das nicht verkraftet.«

»Den Tod des Reporters?«

Koltenbeck massierte sich die Schläfen. »Ich würde gern telefonieren.«

»Sie können gern einen Anwalt anrufen, selbstverständlich. Eines sollten Sie noch wissen: Jana Smetlin war schwanger«, sagte Fané und bemühte sich um einen sachlichen Ton. Konnte der eine wirklich der Vergewaltiger K sein?

Der Gesichtsausdruck von Wenger zerlief wie Eis in der Sonne. Das hatte sie nicht erwartet. Das passte überhaupt nicht ins Bild, das sie sich von ihm gemacht hatte.

»Oh mein Gott, das darf doch nicht wahr sein. Was ist denn passiert?«, fragte Koltenbeck.

Fané holte tief Luft. Hatten die beiden gerade kurz Blickkontakt gesucht? »Hören Sie, wir haben hier einen anderen dringenden Fall, darum möchte ich Sie bitten, erst einmal eine Aussage über Ihren Aufenthalt in dem Künstlerhaus bei meinem Kollegen Herrn Manzinger zu machen. Erzählen Sie ihm alles, was Ihnen zu der gemeinsamen Zeit einfällt, Ihre Beziehung zu den anderen, vor allem zu Jana Smetlin, und wann Sie sie das letzte Mal gesehen haben. Ich komme bald wieder zurück.«

Sie wandte sich an Manzinger wie abgesprochen: »Kollege Manzinger, Sie nehmen Herrn Koltenbeck schon einmal mit ins Nebenzimmer. Und Ihnen, Herr Wenger, schicke ich fürs Protokoll gleich einen anderen Kollegen.«

Fané verließ das Zimmer, lehnte sich draußen kurz an die Wand und atmete tief durch.

# Kreiselbahnen

*3. Januar, mittags*

Sito saß neben Anette Walters. Sie waren nicht an den See nach unten gelaufen. Frau Walters hatte vorgeschlagen, nach Hemmenhofen zu fahren, ins Otto-Dix-Haus. Innerlich hatte Sito gestöhnt, Miriam hatte ihm von diesem Ort vorgeschwärmt, sodass er gern mit ihr dorthin gefahren wäre. Auch wenn er nicht glaubte, dass es magische Orte gab, so glaubte er doch daran, dass Miriam ihn zu einem hätte werden lassen können. Nun mit jener Frau diesen Ort aufzusuchen, der er versprochen hatte, ihr Kind zurückzubringen, und die dieses Kind doch niemals wiedersehen würde, kam ihm wie eine Bestrafung vor – und wie eine Brandmarkung des Ortes.

»Was ist, Kommissar Sito? Geht das nicht?«

Er nickte. »Doch, können wir machen. Kommen Sie, steigen Sie ein.«

Eine Viertelstunde später stiegen sie die Treppen durch den verwilderten Garten nach oben. Zeus lief nebenher und spielte mit einem Ast, der noch im Boden festhing.

»Hübschen Hund haben Sie da«, sagte Anette Walters plötzlich und hielt an. »Wollen Sie ihm helfen?«

Sito lächelte. »Nein, nein.« Er sah sich kurz um. »Wie lange hat Dix hier gelebt?«

Anette Walters holte tief Luft und ließ den Kopf in den Nacken sinken. »Spüren Sie es schon? Sie werden es, wenn Sie oben sind, ein ganz besonderer Ort.« Sie sah ihm in die Augen, lächelte, sah völlig entspannt aus, arglos geradezu, und Sito hatte ein schlechtes Gewissen. »Von 1936 bis 1969. Da ist er gestorben«, sagte sie, und etwas an ihrer Stimme erschreckte ihn.

Ein paar Minuten später saßen sie auf einer Bank auf einer kleinen Anhöhe neben dem Haus. Man konnte den Unter-

274

see zwischen dem Haus und den hohen Bäumen sehen, ein Ausschnitt wie ein Gemälde. Sito dachte an Miriams Worte, dass sie das Gefühl hatte, nicht selbst atmen zu müssen, und fühlte eine eigenartige Leichtigkeit. Er saß dort auf der Bank und hatte tatsächlich das Gefühl, dass im Moment nichts Gewicht hatte. Nicht Frau Walters, die bald ihre Tochter beerdigen würde, nicht er, der in Konstanz sich endlich seiner Vergangenheit stellen musste, nicht die Vergangenheit selbst, aber eben auch nicht die Gegenwart. Es war, als wäre dieser Ort der Zeit enthoben.

»Magisch, nicht wahr?«, flüsterte da gerade jemand direkt neben seinem Ohr, und Sito nickte einfach. Weiter unten streunte Zeus durch den Garten zwischen den Bäumen hindurch, und wieder dachte Sito, dass er aussah wie …

»Sieht aus wie der Wolf, den sie überall gesehen haben wollen.« Anette Walters lachte hell auf und legte Sito die Hand auf den Arm. »Ha, am Ende gibt es den Wolf überhaupt nicht, und die Leute haben immer Ihren Hund gesehen?«

Sito lächelte erst, dann fuhr es ihm eiskalt den Rücken hinab: Was hatte Enzig erzählt von seinem Gespräch mit Fané? Irgendwann geht es nicht mehr darum, was die Leute jagen, sondern nur noch um das Jagen an sich – das Jagen zur Befriedigung ihres Ordnungssinns. Wenn sich eine Handvoll Menschen einbildet, dass eine höhere Ordnung, die nur in ihren Köpfen nach Ordnung aussieht, wiederhergestellt werden müsste, dann …

»Was ist mit Ihnen, Sie sind ja ganz bleich?«

Sito schüttelte den Kopf. »Alles okay. Es tut mir so leid, dass ich Ihnen Ihre Tochter nicht zurückbringen konnte.«

Sie nickte, das Lächeln auf ihren Lippen blieb. »Schön, dass Sie mit mir hierhergekommen sind. Melli mochte es hier auch sehr.« Ihr Blick suchte Zeus, fand ihn, wie er endlich den Ast freilegte und sich freute. »Wobei sie natürlich lieber Ihrem Hund nachgerannt wäre.«

»Das hätte Zeus sehr gefallen.«

»Sie wollte auch immer einen Hund haben, aber ich war

dagegen. Macht ja viel Arbeit. Und ich hab auch ein wenig Angst, muss ich zugeben.«

»Ja? Davon hab ich nichts gemerkt.«

»Ach, Angst hat sich irgendwie überholt, finden Sie nicht?«

Sito nickte. »Ich weiß, was Sie meinen, und ich kann Ihnen nichts Tröstliches sagen. Ich habe auch ein Kind verloren. Das wird uns immer bleiben.«

Sie sah zur Seite. »Ach herrje. Und ausgerechnet Ihnen habe ich dieses alberne Versprechen abgerungen?«

»Das war nicht albern«, entgegnete Sito.

»Ich wusste, dass sie nicht wiederkommt. Gleich am Anfang. So sagen die Leute doch immer, nicht wahr? Dass man so was spürt. Ich hab das gespürt. Sie ist morgens aus dem Haus gegangen, hat gewinkt und gelacht und sich diese lila Mütze auf den Kopf gezogen, und ich stand oben an der Treppe und war so müde.«

»Sind Sie wieder eingeschlafen?«, fragte Sito.

Sie nickte. »Ich glaube schon. Mein Mann will ja immer, also, na ja, uns bleibt wenig Zeit für uns. Aber ich war einfach nur müde.«

Sito legte ihr eine Hand auf den Arm. Er fror.

\*\*\*

*Nach dem Tod des Reporters hatte sich das Leben wieder beruhigt, und immer wenn ich denke, es müsse ein Wendepunkt eintreten, dann werde ich überrascht, wie leicht sich doch die Dinge wieder fügen, in ihren gewohnten Gang, in das Vergessen, in den Alltag. Wie die zwei Seiten eines Reißverschlusses, der mir nichts, dir nichts wieder zusammengezogen wird. F war allerdings öfter als sonst teilnahmslos, und Ullrich übergab sich hin und wieder. Die letzte Woche brach an, und ich hatte Angst, dass es ein großes Gespräch geben würde – ließ sich dieses überhaupt vermeiden? Hätten wir rein theoretisch überhaupt auseinandergehen können ohne dieses Gespräch,*

*in dem jeder sein Stillschweigen schwor? Ich hatte ein*
*wenig Angst davor, auch vor dem Abschied von M und K,*
*meinen Liebhabern, den Vätern meines Kindes, das in*
*mir vor sich hin wächst und nicht weiß, was aus ihm*
*werden soll. Angst vor den letzten gemeinsamen Tagen,*
*Stunden, Minuten. Angst vor F. Sie war mir unheimlich,*
*und Ullrich würde nicht länger als Puffer da sein. Aber*
*sie wird bleiben. Bei mir. Unzertrennlich sind wir, was*
*schwer zu begreifen ist.*

*Ich habe es endlich getan. Ich habe ihn angerufen. Sito.*
*Wird er kommen? Was wird er tun, wenn er von dem*
*Buch erfährt? Wird er versuchen, mich umzustimmen?*

*Letzte Nacht habe ich geträumt, dass er mich umbringen*
*will. Ich war auf der Flucht, rannte durch den Wald,*
*und er rannte hinter mir her, kam näher, warf mich zu*
*Boden. Als ich mich umdrehte, war es nur ein weißer*
*Wolf, ein schönes Tier. Es fraß mich auf, aber ich spürte*
*keine Schmerzen. Ich erwachte – an meinem Bett saß F,*
*nackt, die Beine übereinandergeschlagen starrte sie mich*
*an, während Ullrich ihr den Nacken massierte ...*
*Sie war tatsächlich geblieben.*

✶✶✶

»Was wollen Sie denn von mir? Haben Sie den Mörder meiner
Tochter endlich gefasst? Hier in der Stadt hört man immer
wieder den Namen Anton. War er das Schwein, das meine
Tochter umgebracht hat?« Spuckefäden flogen aus Martin
Walters' Mund.

Fané setzte sich, während Wint unruhig im Zimmer auf und
ab zu laufen begann. Ihr war schwindlig. Das wenige Essen
und der fehlende Schlaf forderten Tribut.

»Nun reden Sie schon! Haben Sie das Schwein?«

Fané räusperte sich. »Zunächst einmal wissen Sie ja, dass wir von einem Unfall ausgehen, Ihre Tochter ist allem Anschein nach an einem Aneurysma gestorben.«

»Nachdem sie entführt wurde, der Schock, der muss schuld gewesen sein. Warum verhaften Sie den Kerl nicht einfach?«

»Um ehrlich zu sein, es verhält sich anders.« Zu dem Schwindel mischte sich dieser Zwang, schneller und flacher zu atmen. Eilig legte sie ihre Hände übereinander, um das Zittern zu verbergen.

Martin Walters sah verzweifelt von Wint zu Fané. »Was ist hier los? Scheiße, Mann, Heinrich, reden Sie schon.«

»Herr Walters«, begann Fané, »wir haben auf der Leiche Ihrer Tochter Blutspuren gefunden. Blutspuren von Ihnen.«

»Bitte? Wie soll denn …?« Er sah sich verwirrt um. »Halt, was wollen Sie damit andeuten?« Walters sprang auf und stützte sich auf den Tisch.

Wint eilte herbei und drückte ihn zurück auf seinen Stuhl. »Sitzen bleiben. Bitte. Wir wollen einfach die Wahrheit wissen.«

Walters blieb der Mund offen stehen, er schien erst langsam zu begreifen, was sich wirklich abspielte. »Sie denken doch nicht …?«

Wint deutete auf einen Kratzer an Walters' Hals. »Was ist das?«

Walters fuhr sich mit der Hand fahrig über die Stelle. »Wieso? Ich versteh nicht.«

»Von Ihrer Tochter? Hatten Sie Streit an dem Morgen, als sie verschwand?«

»Was? Nein!«, schrie Walters. »Das war beim Rasieren. Was soll das?«

»Herr Walters, es ist jetzt wirklich wichtig, dass Sie uns noch einmal ganz genau erzählen, was an jenem Morgen passiert ist. Alles genau der Reihe nach«, sagte Fané, ließ kurz ihre Hände frei, um zu sehen, ob das Zittern vorbei war. Die letzten Tage hatten sie völlig zermürbt, das Tagebuch von Jana Smetlin, das tote Mädchen, dass sie heimlich Erkundungen über Wint und Sito – ihr Ehrgeiz, der sie so fest im Griff hatte.

»Ich habe Ihnen das schon alles erzählt«, murmelte Walters, die Hand auf den Mund gepresst. Seine Beine wippten unentwegt auf und ab.

»Hören Sie, wenn Sie einen Anwalt wollen, dann —«

»Scheiße, Wint, Sie kennen mich. Nein, ich brauche keinen Anwalt.«

Fané drückte auf den Startknopf der Film-und-Ton-Aufnahme. »Dann erzählen Sie. Was war mit Ihrer Tochter an jenem Morgen?«

Walters sah Fané verzweifelt an. »Sie haben keine Kinder, nicht wahr?«

Fané schüttelte den Kopf, ihr Magen krampfte sich zusammen.

»Sie wissen nicht, wie das sein kann. Sie nehmen den größten Teil des Lebens für sich in Anspruch, saugen alles, was sie an Zuneigung kriegen können, förmlich in sich auf. Meine Frau war von Anfang an völlig vernarrt in die Kleine, alles drehte sich nur noch um das Kind, unser ganzes Leben.«

»Und da waren Sie eifersüchtig? Auf Ihr eigenes Kind?« Wint bemühte sich um eine tiefe Stimme.

»Nein, ich hab sie doch genauso geliebt, aber es war auch anstrengend.«

»Ich habe auch zwei Kinder, aber so würde ich das nie beschreiben«, sagte Wint.

»Ihre Frau hat vielleicht auch nicht Ihr ganzes Leben auf den Kopf gestellt.«

»Dann war an diesem Sexvorwurf doch etwas dran?« Fané bemühte sich, Walters' Blick einzufangen. »Herr Walters, sehen Sie mich an und sagen Sie mir, ob es einen Streit gegeben hat zwischen Ihnen und Ihrer Tochter.«

Fané sah, dass Wint ihr zunickte. Erleichtert wirkte er, dass sie das nun in die Hand nahm. Sie glaubte, ihr Herz pochen zu hören. Es war kein Mord, sagte sie sich, Totschlag in minder schwerem Fall, allerhöchstens, das konnte nur Parson herausfinden, wohl eher aber war es ein Unfall, ein zartes Versehen. Sie begriff, was sie sich da zuflüsterte, und erinnerte sich an ihr Gefühl, dass hier etwas nicht stimmen konnte. Nur was, das konnte sie noch immer nicht sagen.

»Oh mein Gott, ich habe ganz normale Bedürfnisse«, presste da Walters hervor.

Fané schwieg. In ihr verdichtete sich nicht nur die Übelkeit, sondern auch ein Verdacht. Sie gab Wint ein Zeichen.

»Da war die Kleine im Weg«, sagte der gerade, und Walters ereiferte sich in seiner Verzweiflung.

»Nein, um Himmels willen, nein! Sie verdrehen mir das Wort im Mund.«

»Hören Sie, wir haben Blutspuren auf der Kleidung Ihrer Tochter gefunden. Und diese stammen von –«

Fané fasste nach seinem Arm. »Heinrich? Kommst du mal, bitte?«

»Was?« Wint wandte sich überrascht um.

»Jetzt«, sagte Fané bestimmt und hatte ihre Hand schon auf der Türklinke.

Kaum waren sie draußen, begann sie: »Ich glaube ihm. Du nicht?«

Wint stöhnte. »Doch, ja.«

»Wenn wir ihm beide glauben, dann lässt das nur einen Schluss zu.«

Wint schlug sich mit der Hand gegen die Stirn. »Er ist nicht Melanies Vater.«

»Also? Redest du mit ihr?«, fragte Fané.

»Verdammt, wie konnten wir diese Möglichkeit außer Acht lassen?« Wint stemmte die Hände in die Hüften.

»Das Naheliegende, es macht manchmal blind«, flüsterte Fané, dachte an Jana Smetlin und ihr Tagebuch und an die beiden Künstler im Nebenraum, die so offensichtlich erschrocken ob der Todesnachricht waren. Sie hat es nicht verkraftet, hatte Marius gesagt. Es nicht verkraftet ... Was? Das Naheliegende ... Was ist das Naheliegende?

∗∗∗

Enzig tippte mit dem Kugelschreiber nervös auf sein Notizbuch. Das Gespräch mit Wint war nicht so verlaufen, wie er sich das gewünscht hätte. Nach einer kurzen Absprache mit Fané, wie sie mit den Kollegen von Jana Smetlin verfahren sollte, war Enzig zurück in sein Zimmer in Rosas Pension gelaufen und hatte an den letzten Sätzen über die Tote gefeilt. Noch immer fehlten ihm einige Seiten und kleinere Notizzettel, Puzzlestücke gewissermaßen, aber im Grunde hatte er bereits ein sehr geschlossenes Bild von der Schriftstellerin, aber auch von dem Menschen Jana Smetlin erhalten. Er meinte zu wissen, was mit Jana passiert war. Einzig ihr Entschluss, Sito nun doch zu kontaktieren und um ein Treffen zu bitten, bereitete ihm Kopfzerbrechen.

*Ich habe es endlich getan. Ich habe ihn angerufen. Wird er kommen? Was wird er tun, wenn er von dem Buch erfährt? Wird er versuchen, mich umzustimmen?*

So hatte es da gestanden, und Enzig konnte die Notizen recht genau dem Tag vor ihrem Tod zurechnen. Mochte es Ironie des Schicksals sein, dass Sito just an diesen Ort gereist war, wo Jana gearbeitet hatte und ihn sicher auch hätte treffen wollen – oder getroffen hatte? Enzig musste zugeben, dass er sich darin einfach nicht festlegen konnte. Waren die beiden aufeinandergetroffen? Jana hatte nichts darüber geschrieben. Aber Miriam hatte gelogen über die Nacht, dessen war er sicher, so gut glaubte er sie zu kennen.

Allerdings gab es noch eine andere Hoffnung auf ein Alibi für Sito. Er musste mit Samuel Parson telefonieren, um die ermittelte Zeitspanne für den Todeszeitpunkt von Jana Smetlin zu erfragen. Sito hatte von einem Unfall auf der A 81 erzählt, er war dort sogar einer der Ersten am Unfallort gewesen, hatte geholfen und mit einem Polizisten gesprochen. Das wäre ein Zeuge, und damit hätte Sito ein Alibi, wobei das nicht mehr notwendig, aber hilfreich sein würde, wenn Enzig die Bombe platzen ließ und recht behielt. Enzig schluckte, als ihm bewusst wurde, in welche Bahnen seine Analyse ihn gerade gebracht hatte: Er suchte nach einem Alibi für Sito. Nicht für sich, nein, aber für die Außenwelt und auch nur für den Fall der Fälle, falls er falschliegen sollte mit seiner Analyse von Jana Smetlins Tagebuch.

Enzig sah auf die Uhr. Gewiss war Fané bereits mit den beiden Künstlern im Gespräch, die man trotz der Feiertage endlich hatte auftreiben können. Der Komponist Karl Wenger und der Maler Marius Koltenbeck. Das würden interessante Gespräche werden. Mit Fané hatte er abgemacht, dass sie zuerst die beiden auf den neuesten Stand bringen sollte – am besten sehr direkt und ohne Umschweife – und dann sofort voneinander trennen. Das würde ihren Ermittlungen einen Vorteil verschaffen, falls die beiden noch nichts von Janas Tod wussten, wovon Enzig ausgegangen war.

Als er wenig später das Büro von Fané betrat, schenkte diese sich gerade Kaffee ein.

»Christine, du zitterst ja. Stimmt was nicht?«

»Gar nichts, Roman, gar nichts stimmt. Gut, dass du da bist. Kaffee hatte ich auch schon zu viel, aber ohne geht es nicht.«

»Was ist passiert?«

Fané schenkte ohne zu fragen auch eine Tasse für Enzig ein und reichte sie ihm. »Melanies Vaters sitzt in einem der Vernehmungszimmer.«

»Ja, ich weiß.« Enzig nahm die Tasse und stellte sie vor sich auf den Schreibtisch. »Wint hat es gestern von Parson erfahren und es uns bei unserem Treffen erzählt.«

»Ach so, ja, natürlich.« Sie nippte an ihrem Kaffee.

»Wie ist das Gespräch gelaufen? Hat er seine Tochter aus dem Haus geschafft?«

»Wir glauben das nicht«, stöhnte Fané und versuchte ein Lächeln.

»Ist Paul schon zurück?«

»Nicht, dass ich wüsste. Aber Frau Walters ist wieder daheim. Unser Kollege vor Ort hat angerufen und uns Bescheid gegeben. Paul kommt bestimmt bald. Und dann müssen wir mit Frau Walters reden.«

Enzig überlegte, was das bedeuten konnte, doch schnell

wurde es ihm klar. »Dann ist Martin Walters nicht der leibliche Vater von Melanie«, schlussfolgerte er.

»Das vermuten wir, ja.« Fané strich sich eine Haarsträhne aus der Stirn und nahm wieder einen großen Schluck Kaffee.

»Vielleicht solltest du lieber Tee …?«, fragte Enzig.

Fané winkte ab. »Die beiden Künstler, Wenger und Koltenbeck, schienen ehrlich überrascht über Janas Tod und auch über ihre Schwangerschaft. Sie sitzen jetzt in verschiedenen Räumen, wie du vorgeschlagen hast. Sollen wir gleich zu ihnen?«

Enzig schüttelte den Kopf. »Mir fehlen nur noch wenige Seiten von Janas Manuskript, zumindest von dem Teil, den wir zur Verfügung haben.«

Fané nickte. »Ich weiß, worauf du anspielst, aber Wint stellt auf stur.«

»Ich weiß. Aber das ist in Ordnung, denke ich.«

»Ja?«, wunderte sich Fané.

Enzig überlegte ganz kurz, dann nickte er. »Ja, aber ich denke, *wir* müssen uns unterhalten.«

Fané machte ein erschrockenes Gesicht.

»Ich meine, bevor wir mit den beiden reden. Mit Wenger und Koltenbeck.«

»Ach so.« Fané entspannte sich augenblicklich.

»Was hast du denn gedacht?«, wunderte sich Enzig und holte seine Notizen hervor.

»Also gut, dann sag ich nur schnell Manzinger Bescheid, dass wir später kommen. Außerdem kann ich dann gleich die Protokolle von Wenger und Koltenbeck mitbringen, die sind gewiss schon fertig.«

Enzig nickte, und Fané verschwand hinter einer der Türen. Enzig schlug die Beine übereinander und tippte mit den Fingern auf die Tischplatte. Er ahnte, was gleich kommen würde. Es dauerte nicht lange, da betrat Fané nachdenklich den Raum, in der Hand die Protokolle, die sie langsam auf den Tisch vor Enzig legte.

»Ich versteh das nicht, Roman. Du hast doch auch Janas Aufzeichnungen gelesen.«

»Was ist denn, Christine?«

Fané zeigte auf die Protokollseiten. »Hier steht nichts von einer weiteren Frau.«

∗∗∗

Miriam saß Anton seit geraumer Zeit in der Scheune gegenüber, den Zeichenblock auf ihren Beinen, und beobachtete seine Hand, die zärtlich wie am Vortag über die samtenen Nüstern des Pferdes strich. In bedächtiger Kontinuität setzten die Fingerspitzen etwas unterhalb der Augenhöhe auf der Haut des Tieres an und fuhren den Nasenrücken hinab, bis die ganze Hand auf dem weichen Fell auflag. Dann löste sich die Hand, und die Fingerspitzen fanden blind den Weg zu ihrem Ausgangspunkt zurück. Das Pferd hatte sich hingelegt, den Kopf in Antons Schoß. Allein dieser Anblick hatte Miriam in den Bann gezogen.

Ihre Augen wanderten zu Antons Gesicht. Er lächelte. Plötzlich begann er den Kopf zu wiegen, dann hob er seine freie Hand und bedeutete ihr, einen Moment genau zu lauschen.

»Was ist?« Miriam konnte nichts hören.

»Pst, Sie werden es gleich hören«, flüsterte Anton.

Miriam lauschte.

»Machen Sie die Augen zu, dann hören Sie es.«

Miriam schloss die Augen, lauschte, wartete geduldig, hörte das Atmen des Pferdes, bisweilen unterbrochen von einem leisen Schnauben und …

»Es schneit«, sagte Anton leise.

Miriam sah zum Fenster, draußen tanzten Schneeflocken, still legten sie sich auf den Busch. »Sie hören den Schnee?«

»Klingt das nicht wunderbar?« Anton strahlte sie an.

»Hm.« Miriam machte ein paar schnelle Striche auf ihrem Block und versuchte, das Strahlen einzufangen, doch als sie wieder aufsah, war es aus Antons Gesicht verschwunden.

»Warum wollen Sie mich eigentlich zeichnen?«, fragte er stattdessen voller Sorge in der Stimme.

»Das habe ich doch schon erklärt, weil Sie mir aufgefallen sind, gestern in der Stadt.«

»Aber die Leute reden so schlecht von mir, die in der Stadt. Ich meine, ein hübsches Mädchen wie Sie hätte sich doch nie hierhergetraut, es sei denn …« Anton wurde unruhig. Er ließ von seinem Pferd ab, stand auf und lief in der Scheune hin und her.

»Es sei denn was?«

Er blieb stehen und musterte Miriam.

»Es sei denn was?«, wiederholte Miriam ihre Frage und legte ihren Block beiseite.

»Sind Sie eine von denen? Kommen Sie, um mich auszuspionieren?«

»Ich weiß nicht, was Sie meinen? Wer sind *die*? Warum sollte ich Sie aushorchen wollen?«

Anton gab ein gurgelndes Geräusch von sich und lief weiter auf und ab. »Gestern waren schon ein paar Männer hier. Die wollten nichts Gutes«, er schüttelte den Kopf, »gar nichts Gutes wollten die. Dann sind sie mit ihren Gewehren dagestanden und haben gebrüllt, dass sie den Wolf jetzt jagen gehen.«

»Bitte? Das ist nicht Ihr Ernst.«

»Doch.« Anton Huber zog seine Lippen nach innen, seine rechte Hand ballte sich zur Faust. »Doch, das haben sie gebrüllt, und ich weiß, dass sie nicht den Wolf jagen wollten.« Seine Stimme überschlug sich beinahe. »Was also wollen Sie von mir?«

»Ich will nichts von Ihnen. Ich saß gestern im Café, als Sie über die Straße gelaufen sind. Sie hatten keine Jacke an, daher sind Sie mir aufgefallen.«

»Pah, keine Jacke, was sagt das schon?«

»Dass Sie es mögen, wenn es kalt ist? Keine Ahnung.«

»Was wissen Sie noch?« Anton blieb beharrlich.

»Wie meinen Sie das, was ich noch weiß? Ich weiß nichts. Das heißt, Sie haben Ihre Hand so merkwürdig an Ihren Bauch gehalten, ich dachte, Sie hätten Schmerzen.«

»Ha, da haben wir's, Sie spionieren mir also doch nach.«
Anton stampfte mit dem Fuß auf und wirkte wie ein Kind.

»Ich weiß wirklich nicht, was das eine mit dem anderen zu
tun hat. Haben Sie denn etwas zu verbergen?«

»Ich? Nein, nein, nein, nein. Aber die Leute wollen mir
was anhängen. Die halten mich für dumm, haben Sie das nicht
gehört?«

»Doch, das habe ich schon gehört. Aber es ging nicht um
›dumm‹ dabei, vielmehr hat es damit zu tun, dass Sie anders
sind. Die Leute machen sich Sorgen, wenn etwas anders ist.
Ihnen fremd. Ich hab was von Wasser im Kopf gehört oder so
und einem Unfall vor Jahren. Das ist alles.«

»Und? Haben Sie keine Angst vor mir?«

»Wieso denn Angst? Wenn Sie wüssten, wie oft die Leute
mich schon für verrückt gehalten haben.«

»Ach was, ehrlich?« Antons Gesicht hellte sich auf, seine
Stimme klang deutlich ruhiger.

»Ja, ja, glauben Sie mir, damit kenne ich mich aus. Manchmal
macht den Menschen unserer Umgebung einfach die Tatsache
Angst, dass wir nicht genauso sind wie sie. Dass wir uns anders
benehmen, anders denken. Vielleicht werden sie dann wütend,
weil sie im Grunde neidisch sind, dass sie nicht aus ihrer Haut
können.«

»Aha.« Anton sah Miriam noch einen Augenblick in die
Augen, dann setzte er sich und wandte sich wieder seinem
Pferd zu, streichelte es wie einige Minuten zuvor zärtlich auf
dem Nasenrücken. Verklärt begann er zu erzählen. »Da gibt
es etwas.«

»Was?«

»Wenn man etwas zu sehr liebt, dann – kennst du das,
Kleine?«

Miriam lächelte Anton freundlich an und nickte ihm aufmunternd zu.

»Man liebt etwas so sehr, will es unbedingt haben, und
eigentlich gehört es auch zu einem. Nichts Besonderes, ich
weiß, aber ganz groß.«

Das Streicheln war rhythmisch geworden. Miriam blieb sitzen, schwieg, wartete.

»Es war etwas Großes, und es sollte so sein. Da war keine böse Kraft dabei.«

»Was denn, Anton?«, fragte Miriam leise.

»Dass die Liebe etwas ganz Großes ist und auch jemanden wie mich treffen kann.« Er strahlte, dann verfinsterte sich sein Gesicht. »Aber erklär das mal den anderen.«

## Letzte Dinge

*3. Januar, nachmittags*

Fané stand vor ihrem Schreibtisch, starrte auf die Protokolle, in denen K und M von Jana und von ihrer Zeit zu viert in dem Künstlerhaus erzählten, sie spürte, dass die Kälte ihr bis in die Knochen schlich. Der Kaffee brachte nichts, da hatte Enzig schon recht. Ihre Gedanken rasten. Keine F. Fané fühlte sich wie ausgehöhlt. Sie war derart in die Erzählungen dieser Jana Smetlin eingetaucht, dass sie einen plötzlichen Schmerz ... Fané schluckte. Sie war zu tief in den Sog der Geschichte geraten. Jetzt hatte sie das Gefühl, dass ihr etwas weggenommen wurde. Sie fühlte sich sogar bedroht.

»Genau das hatte ich vermutet«, erklärte Enzig nüchtern. »Darüber wollte ich vorhin schon mit dir reden, Christine.« Enzig legte seine Notizen neben die Protokolle vor sich auf den Tisch, auf dem sich ein kleiner Kaffeefleck um die Tasse gebildet hatte. Enzigs Blick blieb an dem dunkelbraunen Fleck hängen.

»Ich verstehe nicht ganz«, stammelte Fané und setzte sich auf die Heizung vor dem Fenster, die Hände unter ihrem Po vergraben. »Wie kann die F einfach verschwinden? Ist sie auch tot?«

»Es gab nie eine Frau mit Namen F.«

Einfach verschwinden, schoss es ihr durch den Kopf, sich auflösen. »Wer war sie?«, fragte sie und starrte in Enzigs Richtung, aber an ihm vorbei.

»Geht es dir gut?«, erkundigte sich Enzig.

»Wer war sie?«, wiederholte Fané, das Herz klopfte ihr bis zum Hals, ihr Atem ging flach. Als sie spürte, dass ihre Hände zu schmerzen begannen, zog sie sie schnell weg und ging zu dem beigen Drehstuhl, der vor ihrem Schreibtisch stand. Als sie hineinsank, konnte sie nur denken, dass er viel zu groß für sie war.

Enzig räusperte sich. »Also gut. Ich fange mit meiner Analyse von hinten an. Es gibt keine weitere Frau mit dem Namen F. Sie ist lediglich eine Projektion von Jana.«

Fané starrte Enzig fassungslos an und rief sich diverse Textstellen in Erinnerung. Sie holte tief Luft, schüttelte ihre Angstgefühle ab. »Was heißt das nun für uns?«

»Also, zunächst einmal war Jana Smetlin es, die den Reporter umgebracht hat. Das ist die erste Konsequenz.«

»Verstehe.« Was hatte Marius vorhin gesagt? Sie hat es nicht verkraftet? Vielleicht lag der Anfang des Untergangs von Jana also ganz woanders. Wann beginnt eigentlich ihr Tagebuch? Fané zitterte. Alles war plötzlich auf den Kopf gestellt, die ganze Geschichte. Die ... »Und die zweite Konsequenz?«, fragte sie und hielt die Luft an.

»Die zweite Konsequenz ist wohl, fürchte ich, dass sie wahrscheinlich auch sich selbst getötet hat.«

»Was?« Die Angst war wieder da und umklammerte Fané mit einer bislang nicht gekannten Härte. »Sich selbst? Aber das ist unmöglich«, widersprach sie, »sie ist verprügelt und übel zugerichtet worden.«

»Das spielt keine Rolle. Autoaggressives Verhalten mittels Gegenständen oder der eigenen Hände. Ich bin mir eigentlich sicher. Ihre Persönlichkeitsstörung manifestiert sich auch in ihrer Magersucht, die weit fortgeschritten war und vor allem zum Ziel hatte, sich aufzulösen.«

Fané wandte ihren Blick ab. Einen Moment lang hatte sie das Gefühl, Enzig würde von ihr sprechen, aber das war unmöglich; nicht einmal ihre Eltern hatten etwas von ihrer Veränderung bemerkt, und zudem war sie doch bis gestern normal gewesen. *Oder?* Fané war sich plötzlich nicht mehr sicher, wie lange sie wirklich gesund war.

»Alles in Ordnung?«

»Einfach verschwinden. Darum ging es?«

»Ich hab es ja schon erwähnt. Ich lese aus ihren Einträgen eine Borderline-Erkrankung heraus, in der depressiven Ausprägung. Hinzu kommt diese starke Selbstabwertung bis hin zu der Depersonalisation. Ihre gesunde Seite, die sich vor allem in ihren Analysen behauptet – und hier funktioniert ihr Verstand auch exzellent, was aber nebenbei bemerkt absolut nicht untypisch ist –, verliert sich immer mehr, je bedrohlicher ihr Konflikt mit F gerät.«

Fané holte tief Luft und wagte es, die Frage zu formulieren, die ihr zuvor schon im Kopf herumgespukt war: »Und die Vergewaltigung?«

»Wir können Parson noch einmal gezielt darauf ansprechen. Ich denke aber, es gab keine. Also nicht in ihrer Zeit im Künstlerhaus.«

»Keine Vergewaltigung? Aber diese ganzen Sexszenen? Worum ging es da? Außerdem ist sie schwanger gewesen!« Fanés Angst machte einer unerklärlichen Wut Platz, sie fühlte sich manipuliert.

»Ich verstehe deinen Missmut. Aber wir wissen ja nur von keinen Spuren, die als Beweis oder auch nur als Indiz für eine Vergewaltigung gelten können. Das Nichtvorhandensein solcher Spuren ist aber auch kein Beweis, dass Jana Smetlin im Künstlerhaus nur einvernehmlichen Sex hatte. Es gibt andere Methoden der Unterwerfung als durch körperlich sichtbare Gewalt. Fest steht auch: Es gab sicherlich sexuelle Beziehungen im Haus, die Frage ist jetzt eben, ob in diesem Ausmaß. Mir war beim Niederschreiben meiner Beurteilung schnell klar, dass ich im Grunde einen psychopathologischen Befund schreibe. Und am Ende schreibt Jana es selbst: Die F ist geblieben. Bei ihr, als ein Teil von ihr. Was wir nicht wissen: ob das, was im Künstlerhaus mit ihr passiert ist, Folge eines erlittenen Traumas war. Möglicherweise durch eine Vergewaltigung in ihrem früheren Leben. Vielleicht schon in ihrer Kindheit. Auch das würde leider ins Bild passen. Dass Jana niemals Opfer männlicher Gewalt geworden ist, in welcher Weise auch immer, halte ich persönlich für unwahrscheinlich. Und leider reagieren die Opfer solcher Gewalt meist mit Scham und unüberwindbaren Schuldgefühlen.«

Fané hatte das Gefühl, an einer Weggabelung zu stehen. »Und ihr Tod?«

»Die letzte Stufe des Verschwindens.«

»Du bist dir sicher, dass sie sich selbst getötet hat?«

Plötzlich spürte sie ein Hungergefühl. Sie zögerte kurz, stand dann entschlossen auf und holte aus der oberen Schublade des Sideboards, auf dem die Kaffeemaschine stand, einen Fruchtriegel. Langsam öffnete sie ihn und brach sich ein Stück ab.

»Ganz sicher, das heißt, im Grunde hat die F sie getötet. Willst du in der Gerichtsmedizin anrufen, oder soll ich das erledigen?« Enzig zog bereits sein Smartphone aus der Jackentasche. »Auch wenn Parson keine eindeutigen Hinweise auf eine Vergewaltigung gefunden hat, hat er ja vielleicht trotzdem eine Einschätzung zu meinem Verdacht.«

»Ich mach das«, sagte Fané eilig, griff zum Telefon und hörte wenig später die Melodie der Warteschleife in der Rechtsmedizin Singen, irgendwas von Mozart.

Enzig saß ihr gegenüber und tippte in sein Smartphone. Schließlich sah er auf und winkte mit dem Stift vor ihrem Gesicht. »Und frag bitte noch einmal nach der Todeszeit. Ob sie inzwischen etwas enger eingegrenzt werden kann. Wegen des Tagebuchs und der Romannotizen haben wir uns darum gar nicht mehr gekümmert.«

Fané nickte und ließ sich dann mit Parson verbinden. Nachdem sie aufgelegt hatte, schenkte sie sich Kaffee nach. »Zur Todeszeit kann Parson nicht mehr sagen. Nur, dass es sehr kalt in dem Haus war, daher kann die Totenstarre etwas langsamer eingetreten sein.«

»Christine, ich kenne Parson. Er hat gewiss eine Vermutung.«

Fané nickte. »Irgendwann in den Abendstunden am Vortag.«

»Also am 28. Dezember zwischen Spätnachmittag und Abend.«

»So in etwa. Und Vergewaltigungsspuren hat er tatsächlich nicht gefunden. Wäre möglich, was du glaubst, hat er gesagt.«

Sie brach sich ein weiteres Stück von dem Riegel ab, noch war die Hälfte übrig. »Das heißt«, begann sie und kaute, »wir werden jetzt die beiden Herren in den Nebenzimmern nach der Vergewaltigung und dem Tod des Reporters befragen. Und einer muss ja auch der Vater des Kindes sein. Was ist mit diesem Ullrich?«

»Auffallend ist, dass sie seinen Namen ausgeschrieben hat. Möglich wäre, dass die sexuellen Begegnungen mit K und M nur in Janas Phantasie stattgefunden haben, dass ihr einziger Partner dieser Ullrich war.«

»Wir haben ihn noch nicht finden können«, sagte Fané und brach sich ein weiteres Stück von dem Riegel ab.

»Oh, das ist nicht gut«, sagte Enzig und nahm sich seine Notizen zur Hand. »Einmal schreibt Jana, dass M verschwand, aber vielleicht ist gar nicht M verschwunden, sondern dieser Ullrich«, überlegte er laut, »weil Jana ihre sexuellen Begegnungen auf M und K verteilte, es aber eigentlich um Ullrich ging.«

Fané nickte. Jetzt ergab alles einen Sinn, diese Wahrnehmungsstörungen von Jana, dieses Manuskript, das sich selbst weiterschrieb. »Was ist, Roman? Denkst du, er könnte auch tot sein? Dieser Ullrich, meine ich.«

»Schon denkbar.«

Fané fuhr mit der Zunge über ein winziges Stück des Fruchtriegels in ihrem Mund. »Sie träumte, dass jemand sie umbringen will, dann ist es der Wolf, und der frisst sie auf.«

»Ich weiß.«

»Puh, das muss sich erst einmal alles in mir sortieren. Kannst du das verstehen? Ich hab mich so auf diese Jana und ihre Erzählung – ach, verdammt. Sie hat uns an der Nase …« Fané ballte die Faust unter dem Tisch.

»Nein, Christine, das darfst du nicht so sehen.«

»Ich bin wütend, Roman, auf alles hier.« Sie zeigte nach draußen. »Und wir haben noch mit ganz anderen Problemen zu kämpfen.«

»Schon gehört. Wenn die Angst größer als die Vernunft

wird, dann brechen alte Vorurteile wieder auf, das ist leider allzu menschlich. Ich hoffe nur, es ist nichts dran an dem Verdacht gegen diesen Anton.«

Fané schüttelte vehement den Kopf. »Kann ich mir nicht vorstellen.«

Enzig erhob sich. »Dann sollten wir jetzt mit den beiden Künstlern reden.« Als er schon an der Tür war, drehte er sich noch einmal zu ihr. »Christine, ich weiß, dass ich nun eine Grenze überschreite, aber dein Gespür für die Krankheit von Jana und deine starke Anteilnahme kommen nicht von ungefähr. Ich erkenne so etwas, und ich erkenne auch, wenn die Krankheit sich wieder die Herrschaft erkämpft.«

Fané schluckte. Ihre Hände fühlten sich klebrig an von dem Riegel.

* * *

Wint verließ gefolgt von Schrader das Präsidium. Noch immer standen Schaulustige auf dem Parkplatz, aber keiner sagte ein Wort. Wint blieb einen Moment stehen und sah sich misstrauisch um. Der Mann namens Tobias, der ihn am Vormittag am härtesten angegangen war, zog an seiner Zigarette, schmiss sie auf den Boden und trat sie aus, ohne den Blick von Wint abzuwenden. Wint bekam eine Gänsehaut. Diese Stille, als sei die Zeit eingefroren, dachte er und fühlte sich an eine Szene aus einem Western erinnert.

Er beschleunigte seinen Schritt in Richtung des Wagens, und Schrader musste rennen, um ihm noch folgen zu können. Als sie am Auto standen, hielt Wint inne. »Merkwürdig«, murmelte er, »direkt unheimlich, finden Sie nicht, Schrader?«

»Hm, weiß nicht«, antwortete dieser abwesend und stieg ein.

»Irgendetwas stimmt hier doch nicht«, sagte Wint. »Oder bilde ich mir das nur ein? Ist hier nicht etwas im Busch?« Wint stieg ein, startete den Wagen und sah in den Rückspiegel, doch die Szene war noch immer nicht in Bewegung gekommen.

Schrader sah zur Seite und zuckte die Schultern. Wenig später hielt der Wagen vor dem Hof der Walters. Auch hier war alles gespenstisch ruhig. Wint stieg aus dem Auto und drehte sich einmal um die eigene Achse, in der Hoffnung, in einer der Richtungen ein Lebenszeichen auszumachen.

»Was ist hier los, zum Teufel?«, fragte er mit monotoner Stimme.

»Keine Ahnung«, stammelte Schrader.

Wint wandte sich Schrader zu. »Wollen Sie mir irgendetwas sagen?«

»Ich? Nein«, sagte Schrader energisch.

»Na schön, dann wollen wir mal.« Wint schritt zur Haustür und klingelte. Nichts. Kein Geräusch. Er klingelte erneut und rief nach Anette.

»Vielleicht ist sie bei ihrer Mutter.« Schrader trat unruhig von einem Fuß auf den anderen.

»Hm«, Wint rieb sich das Kinn, »ich weiß nicht, ich habe ein ganz komisches Gefühl.« Er hob die Hand und wollte gegen die Tür klopfen, als diese schon bei der ersten leichten Berührung nachgab. Das Schloss war wohl bei der Kälte eingefroren.

»Sie wollen einbrechen?«

»Kommen Sie, Schrader.« Wint betrat den Flur und lief ohne zu zögern in das Esszimmer. Auch im Haus war es völlig ruhig. Schrader blieb bei Wint und sah sich vorsichtig um. Nichts. Sie gingen in die Küche, doch auch hier gab es nichts Auffälliges. Die Küche war aufgeräumt, keine schmutzigen Teller, Becher oder Essensreste auf dem kleinen Küchentisch. Allerdings lag dort etwas anderes. Wint nahm das weiße Kuvert, das an ihn adressiert war, und öffnete es mit zitternden Händen. Er las den Brief. »Anette«, schrie er und ließ das Papier aus seinen Händen gleiten. Wie eine Feder segelte es zu Boden, während Wint aus der Küche und zur Treppe stürmte, immer wieder ihren Namen rufend. »Anette, Anette, Anette!«

Das Geräusch des auf dem Boden landenden Briefs rüttelte Schrader wach, der wie benommen Wint beobachtet hatte.

Er folgte ihm die Treppe nach oben. Als er auf dem Treppenabsatz ankam, hörte er Wint ein letztes Mal ihren Namen rufen, dann hörte er nichts mehr. Wieder war es totenstill, und Schrader wagte nicht zu atmen. Vorsichtig schlich er in das Kinderzimmer, das er wenige Tage zuvor durchsucht hatte, noch hoffend, bald wieder würde hier ein Kind spielen und lachen.

Wint kniete vor dem Kinderbett, das rot verfärbt war. Das Leintuch war blutdurchtränkt und gab seine Flüssigkeit in einem dünnen Rinnsal an den rosafarbenen Teppich ab, auf dem Wint kniete und sein Gesicht in den Händen verbarg. Er weinte völlig lautlos.

Schrader trat ins Zimmer, bis er sie sehen konnte. Anette Walters hatte sich die Pulsadern aufgeschnitten. Nicht quer, wie es viele machen und dann stundenlang auf ihren Tod warten, dennoch aber ins Leben zurückgeholt werden, weil sie zu wenig Blut verlieren, nein, Anette hatte es richtig gemacht, der Länge der Ader nach. Sie war bleich, ihr Körper leer.

»Ist sie, ist sie …?«, flüsterte Schrader und brachte das Wort nicht heraus.

Wint sah sich entsetzt um. Er sprang auf, packte Schrader am Arm und zerrte ihn unsanft aus dem Raum, die Treppe nach unten und aus dem Haus. Schrader stolperte mehrmals, verlor auf der Treppe fast das Gleichgewicht, wagte aber nicht zu protestieren. Draußen angekommen stellte Wint ihn vor sich auf, holte mit der Rechten aus und schmetterte Schrader seine Faust ins Gesicht. Schrader taumelte zurück und fiel in den Schnee, doch kein Laut kam über seine Lippen. Er rappelte sich mühsam auf, schon war Wint über ihm und schlug erneut hart zu. Wint schrie und wandte sich ab.

»Ich, ich wollte nicht …« Schrader hustete, und Blut tropfte in den Schnee vor ihm.

»Was, was wollten Sie nicht?« Wint machte einen Schritt auf Schrader zu, der sich schon ducken wollte, doch Wint beherrschte sich und holte tief Luft. »Erklären Sie es mir, Mann, erklären Sie mir, wie das passieren konnte!«

»Ich wollte das nicht, wirklich, das müssen Sie mir doch glauben.«

»Wie – konnte – das – passieren?«

»Ich weiß nicht«, Schrader heulte los, »ich weiß doch gar nichts. Was steht denn in dem Brief?«

Wint packte Schrader am Kragen.

»Wollen Sie mich für blöd verkaufen? Die Typen vor dem Präsidium waren schon so komisch, Sie auch, meinen Sie, ich merke das nicht? Also gestehen Sie lieber jetzt.«

»Ich habe doch nichts damit zu tun.«

Wint schüttelte Schrader, dessen Nase so heftig blutete, dass die Tropfen nun in alle Richtungen spritzten.

»Die haben es gewusst, daher waren sie auch so ruhig, die haben irgendwoher erfahren, dass Melanies Vater seine Tochter umgebracht haben soll, und die Schweine wussten nichts Besseres zu tun, als es ihrer Mutter zu erzählen. Und woher wussten die das, frage ich Sie? Ich habe Ihnen gesagt, dass Anette das auf gar keinen Fall erfahren darf, bevor wir nicht sicher – sie hatte doch nichts mehr zu verlieren!« Wint schrie Schrader aus kürzester Entfernung ins Gesicht.

Schrader senkte den Blick. »Das wollte ich nicht«, jammerte er.

Wint ließ Schrader los, und dieser sank zu Boden in den Schnee mit den Blutstropfen um sich herum.

»Die sind auf mich losgegangen und haben wieder vom Deppen angefangen, die ganze Zeit haben sie mich niedergemacht, wir würden keine anständige Arbeit machen, so wie mit dem Wolf, der jetzt irgendwo die Kaninchen geholt hat.«

»Was faseln Sie da?«, rief Wint und hustete.

»Ja, die Kaninchen, und die haben nur auf uns rumgehackt, dabei bin ich jetzt seit fünf Tagen beinahe pausenlos im Dienst, hatte keinen freien Abend, kein Silvester, egal, keiner von denen wollte das hören. Nur niedergemacht haben sie mich.« Schraders Stimme überschlug sich.

Wint ließ den Kopf hängen und schloss die Augen. »Sie haben es ihnen gesagt, weil Sie gut dastehen wollten«, folgerte er. »Und wann, wenn ich fragen darf? Gleich gestern Nacht noch, oder wie? Oder heute Morgen?«

»Oh Gott, ja. Am Vormittag, bei einer Pause. Sie sagten doch, ich soll mit ihnen … Also, die haben mich beschimpft und … Ich wollte denen nur beweisen, dass wir sehr wohl arbeiten. Es ist, es ist … es ist mir einfach rausgerutscht. Ich konnte doch nicht wissen, dass gleich einer zu Anette läuft. Das wollte ich doch nicht, das müssen Sie doch wissen.« Schrader sah flehend zu Wint, der seinen Blick abgewandt hatte. Er griff zu seinem Smartphone und rief einen Leichenwagen, danach rief er Fané an und erklärte ihr, was passiert war.

»Kannst du mit Herrn Walters sprechen, Christine? Ich möchte auf gar keinen Fall, dass auch er diese Nachricht auf einem falschen Weg erhält.«

Fané willigte ein, und Wint ließ sich zu Schrader in den Schnee fallen. Er legte sich hin, senkte seinen Kopf in den Schnee und starrte in den Himmel. Das waren die schlimmsten drei Tage seines Lebens. Und es war noch nicht vorbei.

Nach einer Weile hatte Schrader sich wieder beruhigt. »Chef?«

»Was?«

»Es tut mir so leid.«

»Ich weiß, mir tut leid, dass ich die Beherrschung verloren habe. Sie haben zwar einen Fehler gemacht, aber Sie konnten nicht wissen, dass es so schlimme Konsequenzen haben würde.«

Wint löste sich schweren Herzens von der Kälte und der Sicht in die Leere am Himmel über sich und stand schwerfällig auf. Die Nässe war durch die Hose bis zu seiner Haut vorgedrungen. Er klopfte sich den Schnee vom Mantel und reichte Schrader die Hand. »Kommen Sie, stehen Sie auf. Es ist schweinekalt. Sie holen sich sonst den Tod hier draußen.«

Schrader ließ sich von Wint aufhelfen und rieb sich mit dem Ärmel das Blut aus dem Gesicht. Wint kramte in seiner Manteltasche nach einem Taschentuch und reichte es Schrader.

»Mann, das sieht echt schlimm aus. Kommen Sie, wir gehen ins Haus.«

Schrader hielt Wint am Arm. »Was steht denn nun in dem Brief?«

»Was wir auch schon wissen: dass Martin Walters nicht der leibliche Vater von Melanie war.«

»Aber wer war dann der Vater?«

»Keine Ahnung«, brummte Wint. »Anette schreibt, dass sie einen riesigen Fehler gemacht hat und jetzt dafür bezahlt.«

In der Küche bückte Wint sich beiläufig, hob den Brief auf und schob ihn in seine Manteltasche. Er wusste, dass Schrader jeder seiner Bewegungen folgte, er wusste aber auch, dass Schrader es nicht wagte, noch eine Frage zu stellen. Stumm saß er dort am Tisch und wartete auf Anweisungen.

Die Welt da draußen entfernte sich, Wint versank in seine eigene, die im Moment von dem Hämmern in seinem Kopf beherrscht wurde. Anette hatte dem Kindsvater vor Kurzem gesagt, dass er eine Tochter habe. Er sei fast verrückt vor Freude geworden, aber sie habe es umgehend bereut. Wint fühlte sich elend, wenn er sich die Puzzlestückchen zusammensetzte – was musste wohl vorgefallen sein, dass der Vater den Entschluss gefasst hatte, seine Tochter zu entführen? Und viel wichtiger: Was ging jetzt in ihm vor, da er seine Tochter zwar kurz bei sich gehabt, dann aber für immer verloren hatte? »Durch einen beschissenen Zufall«, flüsterte Wint. »Durch einen beschissenen …« Er hielt inne, denn schlagartig wurde ihm klar, dass der Täter denken musste, dass er Melanie tatsächlich umgebracht hatte. Er konnte nichts von dem Aneurysma wissen.

»Was?«, fragte da Schrader mitten in Wints Gedanken hinein.

»Nichts.« Wint malte sich aus, wie der Vater seine Tochter zum ersten Mal im Arm hält, dieses Kind aber schreit und weint, weil es den Vater nicht kennt. Er würde versuchen, ihr den Mund zuzuhalten, aber sie würde sich wehren …

Es war tatsächlich nur ein Unfall, dachte Wint und registrierte aus den Augenwinkeln, wie zwei Männer den Metallsarg am Durchgang zur Küche vorbeitrugen. Dann verschwand die Ansicht, das Bild hinter der offenen Tür, auch Schrader war plötzlich weg, und vor Wints Augen wurde es schwarz. Er hörte noch ein Rufen und spürte den Aufschlag auf dem Küchenboden, dann die Vibrationen der Schritte auf den alten Holzbalken, schließlich war es still. Alles still in ihm.

✳✳✳

»Ich will nicht, dass Sie mich malen. Das ist, als würden Sie durch mich hindurchgucken«, sagte Anton mürrisch und drehte sich von Miriam weg.

»Das haben Sie gut erkannt, Anton, ich versuche, immer ein Stück Seele zu erwischen, wenn ich jemanden male, aber das ist doch nichts Schlechtes.«

»Bei mir schon«, flüsterte Anton und senkte den Kopf.

Miriam blieb stumm. Sie spürte schlagartig ein Kribbeln in der Magengrube. »Anton? Wollen Sie mir vielleicht etwas erzählen? Irgendetwas bedrückt Sie doch, habe ich recht?«

Anton bückte sich, hob etwas auf und drehte sich dann zu Miriam um, die ihren Körper angespannt hatte, bereit zu fliehen, falls nötig. Doch er stand ganz ruhig vor ihr, und Miriam fielen wieder seine warmherzigen Augen auf. Er weinte. Dann streckte er seine rechte Hand aus, um Miriam aufzuhelfen. Als sie vor ihm stand, ließ er sie nicht los. Er lächelte, öffnete ihre Hand, sah ihr in die Augen, dann ließ er aus seiner rechten etwas in Miriams Hand gleiten, die er sogleich fest verschloss. Es fühlte sich kalt an.

»Sie müssen jetzt gehen. Ich muss mich um meine Tiere kümmern«, erklärte Anton mit ruhiger Stimme.

Miriam hielt ihre Hand fest geschlossen. Es war ein unheimlicher Moment, sie wusste, dass Anton ihr sein Geheimnis anvertraut hatte. »Was soll ich nun tun?«

Anton zuckte mit den Schultern. »Sie haben mich doch gezeichnet, also müssen Sie wissen, was zu tun ist.« Er wandte sich ab und verschwand im hinteren Teil der Scheune.

Miriam packte ihre Sachen zusammen. Alles mit einer Hand. Sie wagte nicht, die andere zu öffnen. Nicht hier, nicht in der Scheune, nicht bei Anton. Eilends verließ sie die Scheune, schlang sich ihren Schal fest um den Hals und zog die Mütze tief in die Stirn. Sie fror nicht, die Wärme der Scheune hing noch auf ihrer Haut.

Der Heimweg kam ihr länger vor als beim letzten Mal. Bald schon merkte sie, dass ihre Schuhe undicht waren. Langsam kroch von unten die Kälte in ihr hoch, erreichte die Knie, dann die Oberschenkel, ihren Unterleib. Miriams Bauch krampfte sich zusammen, ein Déjà-vu nach dem anderen holte sie ein, sie sah sich wieder in einem finsteren Keller am Boden kauern, nicht wissend, ob sie diesen Raum je wieder verlassen würde. Sie wusste nicht, weshalb sich diese Bilder gerade jetzt einen Weg in ihr Bewusstsein suchten, sie glaubte sie sicher verwahrt.

Miriam beugte den Kopf leicht nach vorn, damit der Schnee ihr nicht zu sehr ins Gesicht fiel. Sie sah sich mit über dem Kopf gefesselten Händen, spürte die kleinen, spitzen Steine in ihrem Bein. Manchmal schmerzten die winzigen Narben noch, dann wurde sie auch daran erinnert, dass sie Sito betrogen hatte.

Miriam versuchte, schneller zu laufen. Es dämmerte. Wohin sollte sie jetzt gehen? In ihrem Kopf überschlugen sich die Gedanken. Doch keiner dieser Gedanken wurde zu einer Idee, geschweige denn zu einem Plan. Sollte sie mit Sito reden? Abrupt blieb sie stehen und starrte zum Waldrand hin, der vor ihr lag. Sie musste die Augen zusammenkneifen, das viele Weiß blendete. Doch dann sah sie ihn. Deutlich traten seine Umrisse vor dem Wald hervor. Ein weißer Wolf. Auf den ersten Blick wirkte er wie ein etwas größerer Zeus. Für einen Augenblick dachte Miriam schon, dass sicher gleich Sito aus dem Wald kommen und diesem weißen »Wolf« die Leine anlegen würde. Aber niemand kam.

Miriam stand still, ermaß die Distanz, die zwischen ihr und dem Wolf lag, behielt ihn genau im Auge. Es waren vielleicht zwanzig Meter. Schlagartig begriff sie, dass auch er sie entdeckt hatte. Er stand ganz ruhig, wie sie, stellte vielleicht dieselben Überlegungen an. Er musste Hunger haben. Einsam sah er aus. Irgendwo zwischen diesen beiden Überlegungen keimte Angst in Miriam. Sie würde nicht fliehen können, wenn der Wolf sie jagen wollte, dann wäre sie unterlegen.

Sie wartete, was die Angst mit ihr machen würde, wartete und sah wieder alle Bilder, jene aus dem Keller, ihrem Gefängnis, jene von diesem bestechend schönen weißen Sofa, wo der Mann mit den eisblauen Augen ihr Bein verarztete, ihre gefesselten Hände ... Alle waren sie da, alle Bilder. Sito, der ihr das Messer aus der Hand riss, der sich verausgabte beim Töten eines Menschen. Alle waren sie da und standen zwischen ihr und diesem Wolf. Wie Sito auf ihr saß und sie würgte, sie auf seinen Armen in das Badezimmer trug, sie ängstigte und barg, sie liebte und zurückstieß.

Und dann begriff Miriam auf einen Schlag, was gerade mit ihr passierte. Sie fiel und fiel und fiel in diesen Strudel aus Gegensätzlichkeiten, dem sie schon seit über einem Jahr nicht entkommen konnte – dieser Mischung aus Angst und Faszination. Genau jetzt sollte sie eine Entscheidung treffen, sich nicht länger wehren gegen all diese Erinnerungen. Sie zulassen, sich den Ängsten stellen. Genau jetzt war es so weit. Der Wolf war niemand anderes als Sito in ihrem Leben.

Langsam und mit ruhigem Atem ging Miriam auf den Waldrand zu. Und ebenso langsam stand der Wolf auf, sah ihr noch immer in die Augen und verschwand dann lautlos im Wald.

Es war bereits dunkel, als sie Gaienhofen erreichte. Ihre linke Hand noch immer verschlossen in ihrer Jackentasche. Unter einer Laterne blieb sie stehen und zog ihre Hand hervor. Sie öffnete sie. Darin ein kleines Armkettchen mit einem Herzanhänger. Auf der Rückseite stand in schön verschlungener Schrift: »Melanie«.

***

»Meinst du, ich habe Lust dazu?« Marc Busch schnaubte.

»So war das nicht gemeint, Marc, aber noch ist überhaupt nichts passiert. Halte die einfach hin.«

»Pah, einfach hinhalten. Weißt du, was in den letzten Tagen in Konstanz los war? Ich war bei einer Sitzung im Jägerverein, da kamen plötzlich Leute mit Wolfsmasken ...«

Sito musste lachen. »Bitte was?«

Busch grinste. »Ja, schon gut. Ich weiß, wie das klingt. Aber die Jäger fanden es nicht lustig.«

»In Ordnung. Ich verstehe das Problem. Und die Morddrohungen kommen auch aus dieser Ecke?«

Busch zuckte mit den Schultern. »Ehrlich? Ich weiß es nicht. Über Silvester und Neujahr war es ruhig, nur das Telefon ging ständig. Es gab rund hundert Wolfssichtungen, und die Leute haben Angst.« Er schlug den Kragen hoch und sah sich um. »Könnten wir vielleicht drinnen weiterreden?«

»Klar.« Sito pfiff nach Zeus, und gemeinsam gingen sie zu Rosa an die Theke.

»Herr Busch, Sie auch noch hier? Das ist ja lustig, dann sind wir ja bald das ganze Präsidium.« Unaufgefordert stellte sie ihnen zwei Tassen Kaffee hin. »Was führt Sie zu uns?«

»Der Wolf, Rosa, der Wolf.«

»Verstehe. Der Wolf scheint überall zu sein. Wahrscheinlich bin ich die Einzige, die ihn noch nicht gesehen hat.« Rosa räumte ein paar Flaschen weg und deutete auf die Küche. »Das Abendessen wartet. Herr Busch, Sie bleiben doch, oder?«

»Nein, ich muss zurück, ich wollte nur sehen, wie es meinen Kollegen hier so geht.«

»Mein Mann hat ihn auch gesehen. Ganz in der Nähe.«

»Er schleicht wirklich bis hier ins Dorf?«, fragte Busch überrascht.

»Ja, tut er, aber es war nie bedrohlich.«

»Aha, also ich möchte da draußen keinem hungrigen ...« Busch biss sich auf die Lippen. »Jetzt fang ich auch noch damit an.«

»Angst war schon immer ansteckend, aber weshalb bestürmen dich eigentlich die Jäger derart? Es ist nicht unsere Entscheidung, ob der Wolf gejagt werden darf. Zumindest solange keine Bedrohung von ihm ausgeht.« Zeus winselte zu Sitos Füßen. »Was denn?«, fragte Sito und beugte sich zu seinem Hund.

»Hunger?«, fragte Busch.

»Wahrscheinlich.« Sito zog einen Hundeknochen aus seiner Manteltasche und gab ihn Zeus, der sofort gierig zu kauen anfing.

Busch beobachtete den Hund. »Du musst aufpassen, Paul, Zeus sieht genauso aus wie dieser Wolf. Lass ihn bloß nicht von der Leine.«

Sito nickte. »Ich weiß, alle warnen mich andauernd, und ich hoffe, dass es kein schlechtes Omen ist. Ich pass gut auf in den nächsten Tagen.«

»Die Jäger rufen übrigens nicht an, weil sie eine Abschussgenehmigung wollen.«

»Sondern?«

»Na, wegen der Morddrohungen.«

»Ach, schon wieder vergessen. Diese Tage hier, sie sind so unendlich lang. Ich weiß gar nicht, weshalb.«

Draußen knallte es, und sie zuckten zusammen. Erschrocken sahen sich beide um, auch Rosa kam aus der Küche gelaufen. »Dass die immer noch knallen müssen. Idioten.«

»Feuerwerkskörper! Himmel noch mal«, fluchte Busch und rieb sich nervös die Stirn.

»Irgendetwas ist da los«, meinte Rosa und trocknete weiter den Teller in ihrer Hand, obwohl dort sicher kein Tropfen Wasser mehr war. Wieder knallte es, mehrfach hintereinander. »Ich weiß nicht, ich weiß nicht. Ich mag gar nicht vor die Haustür.« Rosa lief wieder in die Küche.

Plötzlich kamen fünf Männer in die Pension gestürmt. »Da ist er, Leute«, rief einer von ihnen, und die anderen folgten ihm an die Bar. Ihre Schritte polterten, schließlich umringten sie Sito und Busch.

Ein Mann zeigte triumphierend ein zerrupftes Huhn. »Hier,

bitte, der Beweis«, sagte er und hielt Sito das tote Tier vor die Nase.

»Am helllichten Tag«, brummte ein anderer und hielt sein Gewehr hoch.

Busch hob abwehrend die Hände. »Meine Herren, was ist denn schon wieder? Können Sie nicht endlich Ruhe geben? Wo kommt das Huhn her?«

»Hier von einem Hof. Wir haben gerade mit dem Bauern ...«

Zeus stand auf und stellte sich schützend neben sein Herrchen. Der Mann mit dem Huhn sah nach unten und machte erschrocken einen Schritt zurück.

»Was zum Teufel – seht mal! Da ist er!«

»Wo?«

»Der Wolf!« Ein schriller Schrei.

»Der sieht aus wie der Wolf«, sagte der Erste wieder und fuchtelte mit seinem Gewehr herum. Zeus drängte sich zwischen Sitos Beine, leises Winseln war zu hören.

Sito hob beschwichtigend eine Hand, während seine andere auf dem Kopf von Zeus ruhte. »Das ist kein Wolf, sondern mein Hund Zeus. Wir sind seit Tagen hier unterwegs, und sicher ist er einige Male gesehen und für einen Wolf gehalten worden.«

Demonstrativ langsam rutschte Sito von dem Barhocker und baute sich vor dem Jäger auf. »Ich bin Hauptkommissar Paul Sito, und ich möchte, dass Sie augenblicklich die Waffen runternehmen. Dann möchte ich Ihre Namen und die Waffenscheine sehen, und dann, meine Herren, möchte ich, dass Sie dieses Huhn dem Besitzer zurückbringen. Das war nie im Leben ein Wolf, sonst wäre von dem Huhn nichts übrig. Verstehen wir uns?«

Ein großer, schwerer Mann mit wettergegerbtem Gesicht trat nach vorn. »Ist ja klar, dass Sie gegen uns sind. Ihnen ist auch egal, wenn der Wolf einen Menschen anfällt.«

»Machen Sie sich nicht lächerlich.«

Aus dem Winseln wurde ein Knurren, Zeus wollte Sito verteidigen, doch der hielt beruhigend die Hand nach unten. Da rempelte jemand Busch an, sodass dessen Arm die Zuckerdose umwarf.

»He!« Marc Busch sprang vom Barhocker und schlug dem anderen vor die Brust. »Sind Sie bescheuert? Jetzt ist aber genug.«

Es entstand ein Handgemenge, ein Gewehr fiel zu Boden, ein Schuss fiel, Zeus jaulte auf und sprang erschrocken zur Seite.

»Schluss, sofort aufhören!«, schrie da Rosa mit einem Mal. Sito sah nach Zeus, der sich unter einen Stuhl verkrochen hatte. Dann zog er seinen Mantel zurecht.

Busch hustete. »Das wird Konsequenzen haben, das sag ich Ihnen.« Er ließ sich alle Namen geben und Ausweise zeigen. »Hat einer von Ihnen vorhin geschossen?«

Schweigen.

»Hören Sie«, begann Busch. »Verschwinden Sie von hier. Und ich will hier keinen einzigen Schuss mehr hören.«

Die Männer zogen brummend ab.

»Ich weiß nicht«, Busch rieb sich den Arm, »das gefällt mir alles überhaupt nicht. Eine ganz merkwürdige Stimmung liegt in der Luft, als würde sich ein Gewitter entladen.«

Sito nickte. »Sie sind wütend. Der Wolf steht noch immer für das Eindringen des Unheimlichen in unsere kleine heile Welt, für eine unkontrollierbare Bedrohung. Sie fühlen sich ohnmächtig und ungerecht behandelt obendrein.«

Busch schüttelte vehement den Kopf. »Das ist doch Blödsinn.«

»Gewiss, aber leider die Wahrheit.« Sito griff nach der Kaffeetasse, die Rosa wieder gefüllt hatte, die aber wohl auch nichts mehr gegen seine Müdigkeit ausrichten würde. »Sie werden losziehen, Marc, sie werden losziehen, und wir werden es nicht verhindern können.«

\*\*\*

Heinrich Wint lag auf seinem Sofa und döste vor sich hin. Die Migräneattacke war heftig gewesen, aber wer konnte es dem eigenen Kopf verübeln, dass dieser sich wehrte? Er stöhnte. Dafür, dass er das LKA verlassen hatte, um hier ein paar ruhige Jahre zu verbringen, hatte er in den letzten Tagen Aufregung für ein ganzes Jahr gehabt. Er atmete tief durch, genoss den Moment, in dem sich die Wirkung der Tablette ausbreitete – da klopfte es an seine Tür, und er bat schweren Herzens um Eintritt.

»Miriam, das ist aber eine Überraschung.« Er richtete sich auf und musterte sie. »Wo kommst du denn her? Du siehst ja völlig durchnässt aus.«

»Ach, nicht weiter schlimm, aber du, Heinrich, du siehst gar nicht gut aus. Was ist denn passiert?«

Er rieb sich den Kopf. »Ach, nichts weiter. Eine Migräneattacke. Geht schon wieder«, sagte er und schielte zu seiner Schreibtischschublade mit den Medikamenten, die noch offen stand. Schnell erhob er sich, zu schnell, taumelte ein wenig, erreichte aber seinen Schreibtisch und schob die Schublade zu. Seine Beine waren schwer. Hatte er aus Versehen zwei Tabletten geschluckt? Egal, dachte er, Hauptsache, die Kopfschmerzen waren verschwunden.

Als Wint in seinem Schreibtischstuhl saß, spürte er die Leere in seinem Kopf. Anette, dachte er. Sie hatte sich im Kinderbett ihrer Tochter die Pulsadern aufgeschnitten. Das Bild würde er so schnell nicht los. Wie spät war es? Mühsam ordnete er seine Umgebung wieder in das richtige Zeitspektrum ein. Es war dunkel, aber wohl noch derselbe Tag.

»Heinrich? Soll ich vielleicht morgen wiederkommen? Es ist eh schon spät.« Miriam trat an die Heizung und wärmte ihre Hände daran.

»Quatsch. Was gibt es?«

»Ich kann das jetzt noch nicht sagen«, begann Miriam vorsichtig.

Wint machte ein verständnisloses Gesicht. »Was kann ich denn für dich tun?«

»Bitte, du musst mir vertrauen. Kannst du mir erzählen, wie der Stand der Ermittlungen im Fall von Melanie ist?«

Wint kniff die Augen zusammen. »Miriam, wenn du etwas weißt, was ich wissen sollte – du hast doch nicht etwa auf eigene Faust ...?«

»Kannst du mir nicht einfach erzählen, wie weit ihr seid?«

Wint zog die Augenbrauen hoch. »Nur, damit wir uns richtig verstehen: Hast du es bei Paul auch schon versucht? Du weißt, dass wir dir nichts sagen dürfen.«

Miriam stöhnte. »Ja doch, ich bin nicht erst seit gestern mit einem Kommissar zusammen, ich weiß das wohl.« Sie setzte sich ihm gegenüber. »Aber du weißt auch, dass – ach egal, lassen wir das Geplänkel. Ich weiß etwas, ja, das stimmt, aber es wurde mir im Vertrauen zugetragen, und ich will erst wissen, was ich damit anfangen soll.« Miriam beugte sich Wint entgegen. »Du solltest das doch am besten verstehen.«

»Aha. Was genau meinst du damit?« Er schluckte, aber ein merkwürdiger Geschmack breitete sich in seinem Mund aus. Für einen Moment dachte er, dass es von der Tablette kam, aber es war etwas anderes.

»Also, was ich wissen möchte: Habt ihr schon eine Spur, was den Täter angeht? Was ist mit ihrem Vater?«

»Hoppla. Hat Paul dir doch etwas erzählt?«

»Nein, hat er nicht. Also? Es war der Vater, der sie entführt hat, oder?«

Wint nickte. Wenn sie das ohnehin schon wusste, woher auch immer, dann konnte er ihr auch von den Ermittlungen erzählen.

»Frau Walters hat nicht verraten, wer der Vater war?«

Wint schüttelte den Kopf. »Und jetzt ist sie tot.«

»Sie ist tot?« Miriam holte tief Luft. »Oh nein, das darf doch nicht ... Hat sie ...?«

»Ja, im Bett ihrer Tochter.«

»Und was macht ihr jetzt?«, fragte Miriam.

»Ich weiß nicht, wir fangen wieder von vorn an. Herr Walters muss diesen Schock erst einmal verdauen. Er hat seine ganze Familie verloren und auch noch erfahren, dass er nicht der Vater seiner Tochter war.«

»Ja, furchtbar. Mag mir gar nicht vorstellen, wie es ihm geht.«

»Wir werden versuchen, einen Massenspeicheltest zu erwirken, dann finden wir ihn irgendwann.«

»Warum hat er seine Tochter wohl umgebracht?«

»Er hat sie nicht umgebracht. Es war eine Verkettung unglücklicher Umstände«, murmelte Wint. »Ihr Tod war ein Unfall.«

»Was meinst du damit?«, fragte Miriam.

»Ein Aneurysma. Wer auch immer sie entführt hat, wollte ihr vermutlich nur den Mund zuhalten. Als sie dann nicht mehr atmete, da hat er noch versucht, einen Kehlkopfschnitt zu setzen, aber dafür war es schon zu spät.«

Miriam schüttelte den Kopf. »Was für eine Tragödie.« Sie schob ihre Hände in die Manteltasche und stand auf. Etwas klirrte, und sie zog schnell die Hände wieder hervor.

»Was jetzt?«, fragte Wint überrascht. »Wolltest du mir nicht etwas sagen?«

Sie zuckte mit den Schultern. »Eigentlich nichts Wichtiges. Ich war nur neugierig.«

»Aha.« Wint lehnte sich zurück. »Du bist mir nicht böse, wenn ich dir das nicht glaube?«

»Nein«, Miriam legte den Kopf schief, »nicht böse. Aber ich habe mich entschlossen, dass ich nicht Schicksal spielen muss, es gibt manchmal einfach nicht das *eine* Richtige. Die Zeit muss dafür sorgen.« Sie wandte sich zum Gehen.

»Moment.« Wint stand auf und ging um den Schreibtisch herum. Er hielt sie am Arm fest. »So nicht, ich meine, Miriam, das geht so nicht.« Er sah sie durchdringend an.

Miriam hielt seinem Blick stand. »Es gibt einfach Wahrheiten, die einen keinen Schritt voranbringen, im Gegenteil, sie werfen einen sogar zurück. Sie helfen niemandem mehr. Warum also sollte man dafür sorgen, dass diese Wahrheiten schneller bekannt werden?«

Wint wartete einen Augenblick, dann ließ er ihren Arm los und senkte den Kopf. Er lachte. »Weißt du, Miriam, was absurd ist? Ich stehe gerade genau vor der gleichen Entscheidung.

Aber vielleicht geht es manchmal gar nicht um die Wahrheit selbst, sondern vielmehr darum, dass man sehr genau abwägen muss, ob man wirklich die Verantwortung für den Verzicht auf die Wahrheit tragen kann.« Wint stemmte die Hände in die Hüften. »Kannst du das?«

Miriam lächelte und sah zum Fenster hinaus. Im Licht einer Straßenlaterne tanzten Schneeflocken. »Ich weiß es nicht.«

»Überlass mir die Verantwortung. Bitte.«

## Am Ende des Tages

*3. Januar, nachts*

Er hatte sie schon gehört, wie sie durch das Unterholz liefen. Witternd blieb er stehen, wartete, bis er ganz sicher war, wie viele da kamen und aus welcher Richtung. Dann konnte er sie sehen, etwa ein Dutzend Männer mit Gewehren. Er hatte keinen Zweifel, dass sie seinetwegen gekommen waren.

Er hielt inne, vertiefte sich in seine Welt aus Gerüchen und Erinnerungen, sah wieder die Menschen an jenem Grab, in das sie einen Menschen versenkten, sah wieder das kleine Mädchen, die einsame Frau und den einsamen Mann. Und dann den Mann mit seinem weißen Hund, der ihm zum Verwechseln glich.

Der Mann hatte ihm in der Nacht geraten, zu verschwinden, weit, weit fort. Nicht mit Worten, denn die hätte er nicht verstanden, aber der Blick dieses Mannes ging als Bild in sein Herz, und alle Bilder hatte er in seinem Innern gespeichert, nichts war verloren. Und wie er jetzt diese Bilder von den Jägern dazusortierte, mischten sich die Bilder seiner Vorfahren darunter, Bilder, die er von seiner Mutter und von deren Mutter und von deren Müttern vererbt bekommen hatte. Als die Jäger kamen, als sie, die Wölfe, noch nicht wussten, dass sie ausgerottet werden sollten, als sie nicht flohen, und dann, als sie für immer verstummten. Er spürte das Schweigen seiner Vorfahren um sich herum in diesem Wald, das Schweigen, es legte sich auf ihn, ließ seinen Atem schneller werden, sein Herz lauter klopfen.

Innehalten. Nicht wissen, was tun. Er war gekommen, um genau diese Bilder einzusammeln, wollte wissen, wie seine Vorfahren in diesen Momenten gedacht und gefühlt hatten. Jetzt wusste er es. Nicht primär Angst war es, die ihn überfiel, Angst kam in seiner Welt nicht vor, das vermeintlich

Schlimmste, der Tod, trat ohnehin ein, das war nichts, wovor er sich fürchten musste, denn drüben in der anderen Welt warteten alle auf ihn.

Für einen Augenblick überlegte er, ihnen einfach entgegenzutreten. Sich dort auf diese kleine Lichtung zu stellen, auf die die Jäger zusteuerten, und zu warten.

Schließlich konnte er jedoch ihre Gesichter sehen, erkannte alsbald, dass sie viel weniger von Angst getrieben waren als von Zorn. Zorn auf ihn, weil er in ihre Welt eingedrungen war. Angst hätte er verstanden, Zorn nicht. Nein, dem Zorn der Menschen würde er sich nicht unterwerfen.

In einer einzigen geschmeidigen Bewegung wandte er sich ab und rannte gleichzeitig los, verschwand in wenigen Schritten in dem Weiß des Schnees und dem dichter werdenden Unterholz, bevor ein einziger Schuss gefallen war. Er war entkommen.

✳✳✳

Er saß im Stall bei seinen Pferden. Ihm war, als hörte er Glocken, ja, nickte er lächelnd, gewiss war noch Weihnachten. War nicht immer irgendwo Weihnachten? Was würde sein Vater jetzt sagen, was dieser … dieser … Wie hieß der Dichter doch gleich? Hermann, aber wie weiter?

Anton Huber klopfte mit der Faust gegen seinen Kopf, es plätscherte, aber es tat nicht weh. »Hesse«, rief er plötzlich, so laut, dass das Pferd neben ihm scheute. »Schon gut«, beruhigte er es umgehend, den Kopf wiegte er hin und her, damit das Wasser sich verteilte. Vielleicht war es mehr geworden, seit … Draußen hörte er Motorengeräusche. Anton stand auf, schlich gebückt zum Stallfenster und spähte hinaus. Ein Auto hielt tatsächlich in seiner Hofeinfahrt. Ein großer Mann stieg aus, ging auf das Haus zu, Anton konnte nicht sehen, was er dort tat. Angst überfiel ihn. Was sollte er tun?

»Anton Huber? Sind Sie da?«, drang ein Rufen vom Hof her. Und noch mal: »Herr Huber? Ich muss Sie sprechen.«

Anton kauerte sich auf den Boden, den Pferden machte er ein Zeichen, Ruhe zu bewahren, dabei war er selbst es, der sich im Zaum halten musste.

»Herr Huber, ich bin Heinrich Wint, ich komme von der Polizei. Können wir reden?«

Anton horchte auf. Von der Polizei? Was hatte das zu bedeuten? Er sah, dass die Stalltür geöffnet wurde, das schwache Licht im Eingang flammte auf.

»Herr Huber, sind Sie hier?«

Anton zog sich hinter einen Strohballen zurück. Er zitterte vor Angst, das Plätschern in seinem Kopf war zu einem Wasserfall geworden – als Rinnsal lief es rot aus seiner Nase. Er leckte es weg.

»Herr Huber, es ist wirklich wichtig, dass Sie das hören. Ich weiß, dass Sie der Vater von Melanie Walters sind und Sie sie entführt haben.«

Stille. Antons Hand schloss sich um eine Eisenstange, die dort am Boden lag, er wusste nicht, weshalb.

»Ich weiß, dass Sie bestimmt keine bösen Absichten hatten. Bestimmt wollten Sie einfach nur Ihre Tochter …«

Antons Finger griffen noch fester zu. Was erzählte der andere da?

Ein Husten war zu hören. »Herr Huber, Sie haben Ihre Tochter nicht getötet. Sie ist an einem Aneurysma gestorben. Es war ein furchtbares Unglück, hören Sie? Ein furchtbar tragisches Unglück. Dabei wollten Sie sie gewiss nur einmal in den Arm nehmen, nicht wahr?«

Stille. Antons Finger lösten sich von der Eisenstange.

»Ich werde jetzt gehen, aber ich komme morgen wieder, und dann reden wir, in Ordnung?«

Anton Huber wartete. Als das Licht wieder ausging, stand er auf. »Warten Sie«, rief er und rannte zum Ausgang.

Wint drehte sich um. »Bin ich froh, Anton, dass Sie da sind. Kommen Sie mit mir mit?«

Anton nickte. Sie standen im Lichtkegel von Wints Auto. Hilflos zuckte er mit den Schultern. »Ich wollte sie einfach bei mir haben und wissen, wie das ist, wenn man sein Kind liebt«, flüsterte er.

»Ich weiß.« Wint legte ihm eine Hand auf die Schulter und drängte ihn sacht in Richtung Auto.

Plötzlich waren weitere Motorengeräusche zu hören. Lichter kamen die Einfahrt herauf. Anton zog den Kopf zwischen die Schultern. »Sie kommen zurück«, rief er ängstlich und wollte wegrennen.

»Was zum Teufel …?«, sagte Wint und hielt ihn zurück. Es waren drei Autos, neun Männer sprangen heraus. Wildes Stimmengewirr. »Ganz ruhig, Anton, bleiben Sie ganz ruhig«, raunte Wint.

Anton zitterte. Er wusste, dass sie ihn jagten. Er spürte das Wasser in seinem Kopf wie einen mächtigen Strudel sich drehen.

»Wo ist er?«

»Er war es doch! Wir wussten es!«

»Das soll er büßen, dieses Schwein!«

»Wo ist er?«

»Beruhigen Sie sich. Ich bin Kommissar Wint, und das hier ist nur eine Befragung.«

Die Männer bauten sich vor ihnen auf. Im Lichtkegel ragten die Umrisse ihrer Waffen in die Nacht.

»Was haben Sie vor?«, rief Wint. Seine Stimme überschlug sich nun doch.

»Nur sicherstellen, dass …«

Anton wusste, dass sie nicht aufhören würden, ihn zu jagen. Er hatte seine Tochter umgebracht, er war böse. Sein ganzes Leben lang war er schon verkehrt, wer hat schon seinen Bruder auf dem Gewissen und lebt weiter?

»Verschwinden Sie auf der Stelle, sonst haben Sie mächtig Ärger!«

Plötzlich wusste Anton, was er tun musste. In einer einzigen Bewegung griff er sich die Waffe von Wint und sprang zur Seite.

»Was? Nein, nicht!«, schrie Wint, doch sein Rufen verhallte in der Nacht und zwischen den Schreien der Männer.

»Er hat die Waffe!« – »Die Waffe« – »Er wird schießen« – »So macht doch einer etwas!«

»Nein! Anton!« Wint hob die Hände, dann fiel ein Schuss, dann noch einer und noch einer.

Und noch einer und noch einer, bis er nicht mehr zählen konnte. Stille. Kein Laut, keine Bewegung. Anton Huber hörte kein Plätschern mehr, war dankbar für die Ruhe in seinem Kopf. Wint kam zu ihm, fiel auf die Knie, stützte seinen Kopf. »Anton, ganz ruhig. Gleich kommt Hilfe.«

Wozu Hilfe?, dachte er, endlich ist es ruhig in meinem Kopf, und er flüsterte:

»Und lache still und weine trunken,
Nicht Glück, nicht Leid ist mehr,
Nur du, nur ich und du, versunken.«

## Heimkehr

*4. Januar*

Sito saß in der Pension und betrachtete die gepackten Koffer vor sich auf dem Boden. Nachts hatte Wint ihn angerufen und erzählt, was passiert war, auch, dass Miriam es war, die den entscheidenden Hinweis geliefert hatte, und er, Sito, es ihr daher schonend beibringen sollte. Schonend, wie sollte man so etwas schonend beibringen? Sie hatte erst geweint, dann geflucht auf den Mob, der Anton derart in die Enge getrieben hatte, dann auf Wint, der allein dort rausgefahren war, dann wieder geweint. Es hatte einige Stunden gedauert, bis Miriam einsah, dass es nicht ihre Schuld war, allerdings würde sie damit noch lange hadern, das wusste er. Jetzt war sie unterwegs in die Stadt, um sich von Christine zu verabschieden, und Sito hoffte, das Treffen würde ihr guttun. Die beiden hatten sich angefreundet in den paar Tagen, das war nicht zu übersehen. Sito freute sich für Miriam, neue Freunde waren immer gut.

Heute würden sie nach Konstanz zurückfahren. Die Heimfahrt würde schneller gehen, das Schneechaos schien erst einmal gebannt. Aus ein paar Tagen Urlaub in Gaienhofen und einem Malkurs für Miriam war eine Woche mit zwei schwierigen Fällen geworden.

Eine Woche. Eine Woche hatte er in Gaienhofen verbracht, und alles hatte mit einem schrecklichen Unfall begonnen. Sito erinnerte sich an die Nacht, als er frierend an der Unfallstelle im Eisregen gestanden hatte und erst niemand glauben wollte, dass unter dem Lastwagen noch ein Auto war. Heute würden sie wieder in sein Haus in Egg fahren, um abends dort mit Miriams Eltern gemeinsam zu essen und auf das neue Jahr anzustoßen. Miriam hatte sich das gewünscht, und Sito freute sich sehr auf Friedrich und Irene Kerler, die sich tatsächlich wieder versöhnt hatten.

Unbeschwertheit, von hier bis zum Horizont, dachte Sito. *Alles könnte gut werden.*

Zeus erhob sich und setzte sich vor Sito hin. »Ja«, sagte Sito, »heute geht es wieder heim.« Er stand auf, nahm seinen Mantel und den Koffer und verließ das Zimmer. Unten war alles für das Frühstück eingedeckt. An ihrem Tisch saß bereits Roman Enzig.

»Guten Morgen.«

»Hallo, Paul, setz dich. Unser letztes gemeinsames Frühstück.« Enzig zwinkerte und schenkte schon einmal eine Tasse für Sito ein. »Bitte. Ein halber Teelöffel Zucker.«

Sito lachte. »Du liebe Güte, man merkt, dass wir viel Zeit zusammen verbracht haben.«

»Wo ist Miriam? Kommt sie gleich?«

»Nein, sie wollte noch zu Christine.«

»Verstehe. Die beiden haben sich angefreundet. Das ist schön. Wenn wir in Konstanz sind, dann machen wir etwas zusammen, ja? Vielleicht auch mit Samuel und Maria?«

Sito nickte. »Du bist ja ganz euphorisch, Roman, was ist los?«

Enzig grinste. »Du kennst mich gut. Ich meine, besser als ›ein halber Teelöffel Zucker‹ im Kaffee.«

»Also? Anna?«

Enzig nickte. »Es wird doch noch etwas mit unserer Hochzeit.«

Sito senkte den Kopf und lächelte seinen Freund an. Er wusste offensichtlich nichts von Anton Huber, aber das war jetzt gewiss der falsche Zeitpunkt, ihm davon zu erzählen. Stattdessen legte er ihm eine Hand auf den Arm und sagte: »Das habe ich gehofft. Da bin ich sehr froh.«

Dann sah er, dass auch hinter Enzigs Stuhl schon ein Koffer stand. »Du reist auch heute ab? Ist der Fall Smetlin ebenfalls abgeschlossen?«

Enzig nickte. »Für den Todeszeitpunkt hättest du übrigens mit dem Unfall auf der A 81 ein glasklares Alibi. Als du in Gaienhofen warst, muss sie schon tot gewesen sein. Aber«,

Enzig köpfte wieder sein Ei, »davon einmal ganz abgesehen war es kein Mord.«

»Sondern?«

»Sie war es selbst, stell dir vor. Jana Smetlin hat Suizid begangen. Ich hatte den Verdacht, und Parson hat es bestätigt. Er hatte ja bereits zahlreiche Schnitte an Armen und Beinen gefunden, die sie sich offensichtlich seit Längerem immer wieder zugefügt hat, das passt exakt in meine Einschätzung. Irgendwann bietet das nicht mehr genug psychische Entlastung, kurzum: Ihr blieb nur die komplette Selbstvernichtung. Dafür ist sie immer wieder mit dem Kopf gegen die Wand und den Türrahmen. Die Handabdrücke …« Enzig streute Salz auf das Ei, merkte, dass es zu viel war, und schüttelte wieder ein wenig hinunter. »Die Handabdrücke im Haus sind an denselben Stellen, verstehst du? Sie hat nicht versucht, Schläge oder das Auftreffen auf die Wand abzuwehren, sondern vielmehr die Position jeweils beibehalten.« Enzig kaute einen Bissen, dann fuhr er fort: »Gestorben ist sie letztendlich an einem Schädel-Hirn-Trauma.«

»Warum nicht einfach Schlaftabletten? Oder ein Schnitt die Pulsader entlang? Wie überwindet man diesen unglaublichen Schmerz? Und wozu?«

Enzig betrachtete den Rest des Eis in seiner Hand, legte es auf den Teller und schob diesen von sich weg. »Ich glaube nicht, dass Jana Smetlin den körperlichen Schmerz noch wahrgenommen hat, der psychische war dagegen übermächtig. Die Gewalt richtete sich wohl auch eher gegen F, nicht gegen Jana.« Er zuckte die Achseln, wie um anzudeuten, dass man es nie genau wissen werde. »Wir haben übrigens auch noch den Mann namens Ullrich aufgetrieben«, sagte er dann. »Er war gestern am späten Abend da. Ullrich Siegler, ein freundlicher junger Mann, der sich sofort zu einem Vaterschaftstest bereit erklärte und unverhohlen bedauerte, dass Jana ihm nichts von der Schwangerschaft erzählt hatte. Er hätte sich eine Familie mit ihr durchaus vorstellen können.« Enzig trank einen Schluck Kaffee. »Ist das nicht tragisch?«

Sito nickte. »Aber sie war krank, nicht wahr?«

»Ja, sie war krank. In ihrem Kopf gab es zwei Personen. Vermutlich seit einem Kindheitstrauma. Gut möglich, dass sie ein Missbrauchsfall war und die Vergewaltigung, während sie sich in ihre Notizen immer mehr versenkt hat, in ihr erwachsenes Leben projiziert hat. Das werden wir niemals wissen, aber für den Fall jetzt ist es ja auch nicht entscheidend. Immerhin konnten wir in den Befragungen zweifelsfrei feststellen, dass Jana Smetlin es war, die den Reporter erstochen hat. Laut Parson ist das auch im Hinblick auf Höhe und Tiefe der Einstiche plausibel. Die anderen, Karl Wenger, Marius Koltenbeck und Ullrich Siegler, haben ihr nur geholfen, die Leiche zu vergraben, nachdem sie Zeuge der gewalttätigen Zudringlichkeit geworden waren. Für Jana Smetlin wäre aber wegen der Notwehrsituation wohl nicht einmal Totschlag herausgekommen. Da müssen wir wegen des Begrabens der Leiche jetzt kein Fass bezüglich der Helfer aufmachen. Vorher, bei der Belästigung oder was auch immer zwischen dem Reporter und Jana vorgefallen war, ja, da hätten sie eingreifen müssen, aber ihre Aussagen waren dahin gehend eindeutig, dass sie nicht schnell genug den Ernst der Lage erkannt haben, und dann war es schon zu spät.« Enzig hob die Hände in die Höhe. »Wir werden es nie genau herausfinden. Der Fall ist also abgeschlossen.«

Sito nickte. Dann halbierte er einen Apfel und schnitt ihn in eine Schüssel. Anschließend gab er noch ein paar Bananenstücke und Rosinen dazu, mischte Sojajoghurt darunter und begann zu löffeln.

»Wint hat dir das Manuskript gegeben, nehme ich an?«

Sito sah erstaunt auf. »Noch nicht. Er will mich sprechen. Ihr habt euch doch ausgetauscht?«

Enzig verdrehte die Augen, aß das Ei, dann antwortete er: »Na, hör mal. Erstens habe ich jetzt drei Tage mit dem Tagebuch dieser Jana verbracht, und zweitens meine ich durchaus gesehen zu haben, dass zwischen dir und Heinrich eine besondere Verbindung besteht. Von Anfang an. Er hat sich ganz schön für dich ins Zeug gelegt, hat gedacht, er muss dich vor mir beschützen.« Enzig grinste verlegen. »Also wirklich. Na ja. Ich habe es hingenommen. Soweit ich weiß, hat keiner das Manuskript gesehen außer ihm. Bei Fané bin ich mir aber nicht sicher.«

»Gut.«

»Gut? Das ist alles, was du dazu zu sagen hast?« Enzig stützte die Ellbogen auf den Tisch und sah Sito durchdringend an. »Paul, Jana ist tot. Sie hat über dich geschrieben, und, nun ja, verstehe mich nicht falsch, aber …«

Sito kratzte sich an der Stirn. »Roman, glaub mir, die Dinge sind oft anders, als sie scheinen. Selbst wenn sie schwarz auf weiß geschrieben wurden.«

»Aha. Das beruhigt mich nicht gerade. Noch gehe ich davon aus, dass du lediglich einen Mord vertuscht hast.«

»Gewiss, also lassen wir das einfach so stehen. Juristisch habe ich nichts mehr zu befürchten.«

Enzig fiel der Löffel aus der Hand. Als er gerade nachhaken wollte, musste er niesen, zweimal. Die Zeit reichte, um sich zu besinnen. »Sie haben den Wolf nicht erwischt«, sagte er. »Gestern waren sie unterwegs, heißt es. An der Theke bei Rosa wird morgens immer viel geredet.« Er machte ein bedeutsames Gesicht.

»Sie haben den Wolf also nicht erwischt«, murmelte Sito und musste schwer schlucken.

»Alles Irre, da wird Marc noch ganz schön was zu tun haben die nächste Zeit. Mit dem Wolf, meine ich.«

»Ich habe ihm gesagt, dass er sich fernhalten soll«, sagte Sito ernst.

»Bitte was?«

»Du hast schon richtig verstanden, Roman. Ich war gestern im Wald und habe dem Wolf gesagt, dass er sich fernhalten soll.«

Roman Enzig lachte, eher verlegen als gut gelaunt. »Ich verstehe nicht ganz …«

»Weißt du, Roman, es war ganz merkwürdig. Von Anfang

an habe ich mir gedacht, dass der Wolf hier eine Rolle spielt. Erinnerst du dich? Wir haben einmal darüber gesprochen wegen der zwei Fälle, die sich an einem Ort zur beinahe selben Zeit ereignen.«

»Natürlich erinnere ich mich. Das war vorgestern. Aber was hat das mit dem Wolf – du meinst, der Wolf ist unser gemeinsamer Nenner?«

Sito nickte. Ein Löffel Müsli verschwand in seinem Mund. »Erfasst.«

Enzig winkte zur Theke hin und bestellte noch eine Kanne Kaffee. »Aber wie?«

»Miriam hat mich draufgebracht. Sie hat mir von ihrer Begegnung mit dem Wolf erzählt. Gestern hat sie ihn auf dem Heimweg von Anton Huber gesehen, am Waldrand, keine zwanzig Meter von ihr entfernt. Sie haben einander gemustert, sie fand das unheimlich und gleichzeitig faszinierend. Und in diesem Moment hat sie etwas begriffen über sich und daraufhin eine Entscheidung gefällt.«

»Aha«, sagte Enzig und nahm die neue Kanne Kaffee entgegen. »Du meinst, die anderen hatten auch eine solche Begegnung?«

»Genau. Anton Huber hat es Miriam selbst erzählt. Er soll ganz beglückt darüber gewesen sein, gleichzeitig hat diese Begegnung ihn wohl darin bestärkt, seine Tochter ›retten‹ zu müssen. So als wäre der Wolf eine Warnung gewesen, ein Zeichen. Also hat er sie auf dem Weg zur Großmutter einfach an sich gerissen.«

Enzig ließ die Schultern hängen. »Das klingt plausibel. Jana hatte auch solch eine Begegnung mit dem Wolf, am Abend bevor sie …« Enzig schüttelte den Kopf. »Du hast recht, Paul. Sie schrieb von dem Wolf, der um ihr Haus herumschlich, der ihr Angst machte, aber sie auch magisch in seinen Bann zog. Weißt du, was sie noch geschrieben hat? Dass der Wolf sie an dich erinnert.«

Sito lächelte schwach, legte den Löffel beiseite und sagte: »Das hat Miriam auch gesagt.«

Für eine Weile saßen sie still beieinander, dann sagte Enzig:
»Paul, etwas ist merkwürdig.«

»Was denn?«

»Nun ja, ich habe dir doch erzählt, dass Ullrich Siegler sofort einem Vaterschaftstest zugestimmt hat. Auch die anderen beiden übrigens.«

»Ja und?«

»Keiner war der Vater von Janas Baby.«

\*\*\*

Miriam wartete in ihrem Café auf Christine und kaute auf einem Brötchen. Sie hatte zweimal das kleine Frühstück bestellt, allein daran wurde ihr bewusst, dass sie und Christine sich in der Tat gut verstanden – es gab keinen Moment des Zögerns, für die Freundin gleich mitzubestellen. Während sie wartete, wurde ihr klar, dass sich in der letzten Woche eine ganze Menge ereignet hatte, es kam ihr vor, als wären es viel mehr Tage als diese sechs, die hinter ihnen lagen.

»Hi, Miriam.« Christine stand vor ihr.

Miriam sprang von ihrem Stuhl auf und fiel Christine in die Arme. Sie weinte nicht, aber sie wusste auch so, dass Christine ihren Schmerz verstand. Langsam löste sie sich, die Hände von Christine auf ihren Schultern, ihr Gesicht ganz nah an dem eigenen. Am liebsten hätte sie nun doch geweint.

»Es ist nicht deine Schuld, Miriam. Wint hat mir von dem Kettchen erzählt. Es war seine Verantwortung, allein zu Anton zu fahren, nicht deine, hörst du?«

Sie nickte und setzte sich wieder.

»Ich hab schon Frühstück bestellt, ich hoffe, das ist dir recht.«

Fané hängte ihren Mantel über den freien Stuhl neben ihrem Platz.

»Ich weiß, das hat Paul mir auch gesagt.« Miriam verteilte den Kaffee aus der Kanne.

Christine rührte in ihren einen Löffel Zucker und sagte:

»Anton Huber war der Vater von Melanie.« Dabei sah sie aus dem Fenster.

Miriam betrachtete das Brötchen auf ihrem Teller, aber ihr Hunger war verflogen. Sie beobachtete Christine, die ihr dünner vorkam als vor ein paar Tagen, als sie einander in der Buchhandlung kennengelernt hatten. Es fiel ihr sichtlich schwer, weiterzuerzählen.

»Anton und Anette hatten bei einem Fest vor sechs Jahren eine Liebesnacht. Stell dir vor, so hat er das genannt.« Sie schüttelte den Kopf und holte tief Luft. »Er hat einen Abschiedsbrief hinterlassen, als hätte er gewusst, was passieren würde.«

»Er hat es sicher geahnt«, sagte Miriam. »Sie waren schon einmal bei ihm und haben ihn bedroht.«

»Was?« Fané sah sie erschrocken an. »Das musst du bei uns zu Protokoll geben.« Sie schlug mit der Faust auf den Tisch. »Das hätte nicht so weit kommen dürfen. Weißt du, er war nicht wirklich krank. Er hat etwas Schlimmes erlebt, aber das wusste bis gestern keiner.«

»Was denn?«, fragte Miriam und erinnerte sich an dieses Bild: Anton mit dem Pferdekopf auf dem Schoß.

»Stand alles in dem Brief. Sein Vater hat seinen jüngeren Bruder umgebracht, weil dieser nicht aufhören wollte zu schreien. Er war damals noch ein Baby, Anton aber schon acht Jahre alt. Sie sind dann mit dem Boot rausgefahren auf den Untersee und ...«

Miriam presste sich die Hand vor den Mund. »Wasser im Kopf, Anton hat immer gesagt, er hätte Wasser im Kopf«, murmelte sie in ihre hohle Hand hinein.

Christine sah überrascht zu ihr. »Er hat dir davon erzählt?«

Miriam nickte. »Ich war bei ihm. Hier, sieh mal.« Sie kramte in ihrer Handtasche und legte den Skizzenblock aufgeschlagen vor Christine auf den Tisch. Anton Huber mit einem Pferdekopf im Arm.

»Oh«, Christine schluckte, »das ist – sein Vater wollte sich und die Kinder ertränken damals. Es sollte wie ein Bootsunglück aussehen, und das tat es auch. Die Mutter hat nichts verraten, Anton hat zwar überlebt, aber nur mit knapper Not, und er hat auch kein Wort verraten.«

»Es tut mir leid«, flüsterte Miriam.

Christine legte ihr eine Hand auf den Arm. »Es war richtig, was du getan hast.«

»Ich weiß nicht, jetzt fühlt es sich falsch an. – Es war ein Unfall.«

»Ich weiß. Stand auch in dem Brief. Er wollte das alles gar nicht, weißt du. Er lag dort im Gebüsch und zögerte, wusste, dass es nicht der richtige Weg war, aber dann passierte etwas und ...« Christine biss sich auf die Lippen.

Miriam hob den Kopf und öffnete leicht den Mund, schwieg aber. Sie meinte zu wissen, was passiert war. Ihr fiel ein, was sie schon vor ein paar Tagen zu Sito gesagt hatte.

»Ein Wolf. Er ist hinter dem Mädchen hergelaufen.« Christine hob die Hände in die Luft, lachte ein hilfloses Lachen und verschränkte dann die Arme.

»Er ist weiß, dieser Wolf. Ich habe ihn auch gesehen und dann entschieden, das Kettchen Wint zu übergeben. Er hat Schicksal gespielt, hoffen wir, dass er seinem entgeht.«

»Ab heute dürfen sie ihn jagen, offiziell«, erklärte Christine und nahm ihre Kaffeetasse in die Hände.

Miriam aß ein halbes Brötchen mit Erdbeermarmelade, trank ihre zweite Tasse Kaffee und meinte, Schüsse zu hören. Sie schluckte, der Bissen blieb ihr im Hals stecken.

»Was für eine schlimme Woche«, sagte Christine. Sie seufzte. »Mein Ex-Freund hat sich auch gemeldet. Er will mich wiedersehen.«

»Oh. Und?«

»Er hat sich entschuldigt, und dann hat er geweint. Heute Abend will er schon hier sein.«

»Er hat geweint?«

»Ja.« Christine seufzte wieder. »Ich hasse Rührseligkeit. Das hat immer was von Selbstumarmung.«

Miriam nickte. »Kannst mich immer anrufen.«

Christine lächelte Miriam an. »Das werde ich gewiss tun. Oder vorbeikommen.«

»Oder vorbeikommen.«

Christine nahm sich eine Semmel und brach sich ein Stück ab. Eine Rosine ragte heraus. Für den Bruchteil einer Sekunde schien sie zu überlegen, was sie damit anfangen sollte, dann versenkte sie das Stück in ihrem Kaffee. »Da ist noch eine Sache«, sagte sie. »Anton hat in seinem Brief geschrieben, dass du den Hund bekommen sollst. Aber du musst das nicht –«

»Schon gut«, flüsterte Miriam. »Ich werde Anton Huber ohnehin nicht vergessen können.«

* * *

Heinrich Wint kam in Rosas Pension. Die Nacht saß ihm in den Knochen, Schlaf hatte er keinen gefunden. Den Hund sah er als Erstes. Schnell trat er zu dem Frühstückstisch, unter dem schwanzwedelnd Zeus hervorkam. Offenbar freute er sich über Wints streichelnde Hand.

»Heute ist also der Abreisetag«, sagte Wint nur.

Sito schaute auf und nickte. »Ich wusste, dass du noch vorbeikommst.«

»Könnte ich dich sprechen, Paul?«

»Magst du dich zu mir setzen? Noch einen Kaffee?« Sito wandte sich schon in Richtung Küche, um Rosa ein Zeichen zu machen, da hielt Wint ihn am Arm zurück.

»Lieber draußen. Bei einem Spaziergang.«

Sito nickte. »Also gut, gehen wir. Komm, Zeus«, sagte er und an Heinrich gewandt: »Was erwartet mich draußen? Ich meine, wie kalt ist es?«

»Nicht so kalt wie letzte Nacht«, antwortete Wint und reichte Sito dessen Mantel. »Der beste Tag seit eurer Ankunft. Die Sonne kommt raus. Sieht ganz freundlich aus«, fügte er hinzu.

Draußen spürte Sito sofort, dass es wärmer war. Der kalte Ostwind war verschwunden, und zaghaft kamen die ersten Sonnenstrahlen heraus.

»Du hast recht, das ist der schönste Tag seit unserer Ankunft.«

Langsam schlenderten sie am Hafen entlang. Ein paar Möwen sangen ihr trauriges Lied, in jedem Ton klang Fernweh nach Frühling, doch auch das Wissen, dass es noch lange dauern würde. Sie mochten zehn Minuten schweigend nebeneinanderher gelaufen sein, da hielt Wint unvermittelt vor einer Bank. »Es gibt da eine Sache, die wir besprechen müssen«, sagte er. »Setzen wir uns.«

Sito setzte sich neben Wint auf die Bank und sah auf den See hinaus. Zeus setzte sich wie immer bewachend zu ihm.

»Keiner weiß davon, Paul, nur Frau Müller-Olenhusen von der Stiftung, aber die sitzt in Bremen, und ihr fehlt der Zusammenhang«, erklärte Wint etwas umständlich und sah kurz zu Sito. »Christine kennt einen Teil, aber ich denke nicht, dass das von Belang ist.«

»Was denn, Heinrich?«

»Paul, ich möchte dir erst sagen, dass du von mir nichts zu befürchten hast. Ich werde dazu weder Stellung beziehen noch das Ganze in irgendeiner Weise publik machen. In dem Moment, in dem ich dir das Manuskript übergebe, kannst du damit machen, was du willst.«

»Gut. Also?«

»Und vor allem will ich auch nichts über den Wahrheitsgehalt des Manuskripts wissen. Wir bleiben Freunde, nichts weiter«, versprach Wint.

»Was steht denn in dem Manuskript?« Sito fasste Wint am Arm.

Wint holte tief Luft. »Jana Smetlin hat einen Fall geschildert, der in den neunziger Jahren spielt. Das Ganze ist ein Kriminalroman, die Hauptfigur heißt Kommissar Sito. Sie beteuert am Ende, dass alle Namensähnlichkeiten rein zufällig sind, aber ...«

Sito ließ den Kopf auf die Brust sinken und schloss für einen Moment die Augen.

»Dann ist es also wahr«, sagte Wint nur und griff in seine Aktentasche. Ohne seine Augen von dem See zu nehmen, reichte er Sito den dicken Umschlag. »Nimm es an dich.« Sito nahm das Manuskript. »Ich wusste es bereits.«

»Wie?«, fragte Wint.

»Jana hat mich angerufen, wie du sicher weißt.« Sito blickte zur Seite und sah Wint nicken.

»Sie hat mich angerufen und um ein Treffen gebeten.«

»Du bist nach Gaienhofen gekommen, um sie zu treffen? Hast du …?«

»Nein, das war Zufall. Ich wusste nichts von Jana, als ich Rosa zugesagt habe, ich wusste nicht einmal, dass sie eine Freundin von meiner Frau Janina war.«

»Aha.« Wint fühlte die wärmenden Sonnenstrahlen auf seiner Haut, er fühlte aber auch, dass sein Kopf sich wieder meldete. Der Föhn tat ihm nicht gut.

»Janina war ein sehr offenherziger Mensch, wenn sie Vertrauen gefasst hatte. Das war bei Jana anscheinend der Fall, jedenfalls hat sie ihr erzählt von damals.«

»Das war dein erster Fall«, folgerte Wint.

Sito nickte schwach und lächelte Wint an, dann ließ er seinen Blick auf das Manuskript sinken. »Aber es stimmt nicht ganz.«

Wint horchte auf. »Du hast Janina nicht gedeckt?«

»Doch, das schon. In gewisser Weise habe ich das getan. Aus dem Mord wurde ein Unfall, ich habe die Akte geschlossen. Ich dachte, ich könnte das verantworten, die Gerechtigkeit dem Recht vorzuziehen.«

»Und?«, fragte Wint, und sein Blick folgte einer Möwe am Himmel, bis er sie aus den Augen verlor.

»Ich weiß nicht, es ist, als hätte ich in den Lauf der Dinge eingegriffen und so das Schicksal verärgert, so viel, wie danach passiert ist.«

Kurze Zeit später standen sie beide wie abgesprochen auf

und liefen zur Pension zurück. Als sie davorstanden, griff Wint nach Sitos Arm. »Manchmal hilft einem auch die Wahrheit nicht weiter, nicht wahr?«

Sito schüttelte den Kopf. »Nein, Heinrich. Manchmal hilft einem die Wahrheit überhaupt nicht.«

## Epilog

Das Strandbad an der Spitze der Reichenau war menschenleer jetzt im Winter. Sito schlenderte mit Miriam und Zeus am Seeufer entlang. Enzig senior erwartete sie in seiner Villa am See zum Kaffee, auch Roman Enzig und seine zukünftige Frau Anna würden dort sein. Sito sollte Trauzeuge werden, er war gespannt auf das Treffen. Gaienhofen lag erst ein paar Tage hinter ihnen, und doch war die Aussicht eine ganz andere: Das Wetter war freundlich, der Schnee beinahe verschwunden, und die Sonne glitzerte auf der glatten Wasseroberfläche.

Miriam spielte mit Zeus, der machte ein paar wilde Sprünge. Der graue Streuner hielt sich noch ein wenig zurück, aber er war dabei, und Sito hatte nichts dagegen gehabt, den Hund von Anton Huber aufzunehmen. Aber die Unbeschwertheit, dachte er, sie verunsichert mich noch immer, als würde das Leben sie nur vortäuschen.

Er setzte sich auf eine Bank und las die letzte Seite, die Jana Smetlin als Nachwort an das Ende ihres Romans geheftet hatte, handschriftlich. Oder hatte Wint die Seite dazugeordnet? Sito hatte sie sich aufgehoben, bis heute.

*Wie hätte ich es wohl angefangen? Das Ende.*
*Wo beginnt das Ende?*
*Wo hätte es bei mir begonnen?*
*Ich habe ihn angerufen. Seine Stimme zu hören, war schön. Ich weiß, weshalb Janina ihn geliebt hat. Schon wenn er nur mit ihr sprach, hat sie ihn geliebt. Seine Stimme, sich darin bergen.*
*Aber worüber hätte ich mit ihm reden sollen? Das geht doch nicht, das muss ein Schriftsteller doch ganz allein bewältigen, seine Figuren in den Tod schreiben, und keiner, wirklich keiner kann sich diesen Schmerz vorstellen,*

*wenn eine Figur nach so vielen gemeinsamen Zeilen ster-*
*ben muss. Diese Figur, sie wird einem einfach aus dem*
*Leib gerissen, man fühlt sich amputiert.*
*Ich sehe alles wieder ganz klar.*
*Es gibt keine Zweideutigkeiten mehr, aber zwei Manu-*
*skripte, so wie ich zwei Leben bin.*
*Zwei Leben. Ich stelle mir also vor, wie der Roman zu*
*Ende geht.*
*Vermutlich wäre er noch einmal mit seiner Miriam am*
*See entlanggegangen.*
*Er hätte einen Zettel in der Hand, der ihm verriet, dass*
*er geschrieben wurde, dass es da jemanden gab, der alles*
*über ihn wusste, dass es mich gab. Ich würde ihm ge-*
*stehen, würde ihm zugestehen, dass er eine besondere*
*Rolle in meinem Leben eingenommen hatte. Er würde*
*das verstehen, aber doch gleichzeitig wissen, dass es end-*
*lich wäre. Dass unser Verhältnis endlich sein muss, weil*
*auch darin ein Teil der Spannung bestünde. Ich würde*
*ihm zu verstehen geben, dass ich seit Langem mit mir*
*ringe, wie ich ihn sterben lassen sollte, dass es mir außer-*
*ordentlich schwerfällt, weil er mir ans Herz gewachsen*
*ist, dass ich ihn gern fragen würde, aber mir die Antwort*
*ja selbst geben müsste. Ich würde ihm versprechen, dass*
*es ehrenvoll gehen wird. Ich würde ihm einen schmerz-*
*losen Tod versprechen. Womöglich ein überraschender*
*Unfall.*
*Es gibt nun nichts mehr zu sagen. Das waren meine letz-*
*ten Worte, ich schließe mein Tagebuch und damit meine*
*Erinnerung an K und M und F und Ullrich. Sie sind*
*schon so lange weg, dass ich nicht weiß, ob sie überhaupt*
*da waren. Wer von ihnen nur in meinem Kopf war, wer*
*und was wirklich geschehen ist. Ich weiß, dass auch ich*
*mich hiermit an ein Ende geschrieben habe – das Da-*
*zwischen ist vorbei.*
*Ich schreibe nun den letzten Satz – doch halt –*

»Was ist?« Miriam stand plötzlich vor ihm.

Schnell schloss Sito die Hand um Janas Zeilen, zerknüllte das Papier und sperrte es in seine Faust.

Miriam lachte. »Willst du zaubern? Was hast du da?«, hakte sie nach.

»Zaubern?« Sito hätte das ganze Manuskript nur zu gern weggezaubert. »Setz dich zu mir. Ich muss dir etwas erzählen.«

»Oh, das klingt …« Miriam beendete ihren Satz nicht, sondern setzte sich einfach neben ihn.

Sito öffnete langsam seine Faust und faltete das Blatt wieder auseinander.

Miriam zuckte mit den Schultern. »Ein Brief? Von wem?«

»Das ist die letzte Seite von Janas Buch, das heißt, ich nehme an, es ist die letzte Seite aus ihrem Tagebuch«, antwortete Sito.

Miriams Blick wanderte über die Seite, dann zu Sito. Sie kniff die Augen zusammen.

»Ich konnte unsere Namen entdecken. Ich verstehe nicht ganz – jemand hat über dich und uns geschrieben?« Sie schüttelte verwundert den Kopf, doch nichts an ihrer Haltung ließ vermuten, dass sie das Papier an sich nehmen wollte.

Er atmete tief durch. »Janas Manuskript handelt von einem alten Fall von mir. Ich hab damals einen Fehler gemacht. Nein, es war natürlich kein Fehler.« Sito sah in die Ferne, hoffte, die Klarheit in ihm bliebe bestehen. »Ich habe damals einen Mord als Unfall zu den Akten gelegt, um jemanden zu schützen.«

»Oh, das war es also«, flüsterte Miriam. Vorsichtig sah sie ihn an. »Und was passiert nun?«

Sito bemühte sich zu lächeln, doch es wollte ihm nicht recht gelingen. »Ich hab damals meine Frau beschützt, ich konnte nicht anders. Was jetzt wird, kann ich dir nicht genau sagen. Heinrich sagt, es liegt bei mir, das Manuskript und alles Weitere.«

Miriam nickte. Ohne zu zögern, fand ihre Hand den Weg in seine. »Egal was kommt, Paul, ich bin an deiner Seite.«

Er hielt die Hand in seiner, wusste, dass er an einem Scheidepunkt stand, erinnerte sich daran, wie er vor ein paar Tagen gedacht hatte, dass die Wahrheit ihm eines Tages leicht über die Lippen kommen würde. Genau so war es. »Ich freue mich auf das Leben mit dir«, sagte er.

»Das ist wunderbar, Paul, ich freue mich auch sehr.« Sie lehnte sich an ihn.

Am Ufer vor ihnen hüpfte eine Möwe vor Zeus auf und ab. Er ließ sich auf das Spiel ein, beugte seine Vorderbeine und bellte auffordernd. Miriam hatte die Szene auch erblickt und stieß Sito leicht an. »Ist die größenwahnsinnig?«, fragte sie.

»Scheint so.«

Die Möwe sah zu ihnen herüber und flog mit einem Ruf, der wie ein Lachen klang, davon. »Tja, vielleicht weiß sie einfach, dass sie immer entkommt.« Sein Blick folgte ihrem Flug über den See. Nach einigen Metern drehte sie nach Osten ab. »Vielleicht sollten wir umziehen. Nach Konstanz in die Stadt. Was hältst du davon?«

»Warum nicht? Die Wohnung von Roman und Anna, die wäre toll.« Sie lachte, dann deutete sie auf die letzte Seite aus Janas Buch, die noch immer in Sitos Hand ruhte. »Was ist damit?«

»Schmeiß es weg.«

»Na gut«, murmelte Miriam, nahm das Blatt wieder an sich, zerknüllte es und warf es in den See.

Sito sah ihm beim Fallen zu. Eine Welle nahm das Stück Papier, spielte damit und spülte es dann ganz in den See. Er holte tief Luft und spürte eine große Erleichterung.

Zeus forderte Miriam zum Spielen auf. Sie gab Sito einen flüchtigen Kuss, dann rannten die beiden übermütig los, verfolgt von den Schatten, die sie in der tief stehenden Sonne warfen.

In der Ferne fielen Schüsse, mehrere Gewehrsalven hintereinander durchdrangen die Luft wie Pfeile. Darauf folgte eine nahezu unheimliche Stille, alles schien innezuhalten, abzuwarten, selbst der See war verstummt, bis wie auf das Zeichen eines unsichtbaren Dirigenten das Kreischen von Möwen einsetzte.

Sito sah, dass die Schatten wie eingefroren am Ufer standen, Zeus kauerte am Boden, Miriam blickte erschrocken zu ihm herüber. Er wusste, dass auch sie an den Wolf dachte, während sie jetzt wie in Zeitlupe in die Knie sank und Zeus umarmte. Sito schloss kurz die Augen. Er hoffte inständig, dass der Wolf rechtzeitig geflüchtet war. Er löste seinen Blick von Miriam und Zeus, die Ähnlichkeit mit dem Wolf, er wollte nicht erinnert werden. Stattdessen suchten seine Augen unwillkürlich das Ufer ab. Da sah er es, fand, was er vergessen wollte, das zerknüllte Papier schwappte auf einer winzigen Welle nach oben. Sito musste innerlich über diesen Zufall lachen, stand aber auf, um es zu holen, es zu retten aus den Fluten. Er ging die paar Schritte, bückte sich, hob es auf und faltete es wieder auseinander:

*... doch halt –*

*Weil ich weiß, dass alles seine Richtigkeit haben wird. Weil ich weiß, dass ER kommen wird, um sich zu verteidigen. Weil ich ES weiß. Ich weiß, dass nicht Janina es getan hat. Nicht allein. Das ist mir beim Schreiben immer klarer geworden. Aber ich verstehe es, verstehe dich so gut. Nun, womöglich sterbe ich lieber, als DICH zu DEINEM Ende zu führen. Ja, ich lasse das Manuskript unvollendet, sollen sie machen damit, was sie wollen ... Jetzt ist er geschrieben, mein letzter Satz.*

Sito schob das Papier mit den vielen Knitterfalten ganz tief in seine Manteltasche. Schicksal, dass er es nicht im See gelassen hatte. Die Schüsse, der Wolf ... Dann lachte er, alles hat seinen Preis, dachte er, laut sprach er über den See hinaus: »Ich habe also überlebt. Danke, Jana.«

\* \* \*

Die Jagd war beendet.

## Der Liebende

Nun liegt dein Freund wach in der milden Nacht,
Noch warm von dir, noch voll von deinem Duft,
Von deinem Blick und Haar und Kuß – o Mitternacht,
O Mond und Stern und blaue Nebelluft!
In dich, Geliebte, steigt mein Traum
Tief wie in Meer, Gebirg und Kluft hinein,
Verspritzt in Brandung und verweht zu Schaum,
Ist Sonne, Wurzel, Tier,
Nur um bei dir,
Um nah bei dir zu sein.
Saturn kreist fern und Mond, ich seh sie nicht,
Seh nur in Blumenblässe dein Gesicht,
Und lache still und weine trunken,
Nicht Glück, nicht Leid ist mehr,
Nur du, nur ich und du, versunken
Ins tiefe All, ins tiefe Meer,
Darein sind wir verloren,
Drin sterben wir und werden neugeboren.

Hermann Hesse

# Danke

Schon zum zweiten Mal geht mein Dank an meinen Lektor Lothar Strüh, nicht zuletzt wegen seiner direkten Art, für die er sich immer gern und wortreich entschuldigt, doch genau die ist es, die ich sehr zu schätzen weiß. Mein Dank geht außerdem an meine Lektorinnen vom Emons Verlag, die auch in den letzten Korrekturphasen immer wieder Fehler ausgraben. Auch meinen Probelesern sei gedankt für ihren Einsatz und ihre Geduld, da sie sich ja meist durch einen großen Berg an Papier arbeiten mussten, hier vor allem ein Dank an meine Mutter, die meine Romane immer mehrmals begleitet und dennoch nicht müde wird, die Texte zu lesen. Meiner Tochter, die bei jedem weiteren Roman einwendet, dass nun doch endlich mal die Kinderbücher an der Reihe seien, sich aber dennoch immer ausgesprochen kooperativ verhält (vermutlich in der Hoffnung, dass wir dann schneller zu den Kinderbüchern gelangen), danke ich und verspreche, die Kinderbücher nicht aus den Augen zu verlieren (aus dem Herzen schon gar nicht!). Ein großer Dank an Wolfgang Kastello, der mir gegen Ende der Korrekturarbeiten bei einem fachlichen Problem schnell weitergeholfen hat und mir dadurch gleich noch gutes »Werkzeug« für weitere Romane in die Hand gab. Ein besonderer Dank geht an Oliver – für all die großen und kleinen Momente und die gemeinsame Lebenszeit.

Und nun danke ich allen, die immer wieder mit mir der Fertigstellung eines Buches entgegenfiebern, allen, die sich für mich freuen, und nicht zuletzt allen, die dieses Buch lesen und meine Helden nun schon zum dritten Mal begleitet haben und weiter begleiten wollen …

Tina Schlegel
**SCHREIE IM NEBEL**
Broschur, 384 Seiten
ISBN 978-3-95451-723-7

*»Wer einen ungewöhnlichen Krimi mit durchdachter und anspruchsvoller Handlung lesen möchte, kann hier getrost zugreifen. Ein großartiges Debüt, das voller Sprachkunst wichtige Themen aus dem Handgelenk schüttelt.«* Vebu Magazin

www.emons-verlag.de

Tina Schlegel
**DIE DUNKLE SEITE DES SEES**
Broschur, 368 Seiten
ISBN 978-3-7408-0078-9

*»Rasant und sehr spannend. Ein anspruchsvoller Pageturner mit furiosem Finale.«* Bodensee Edition

*»Der komplexe Fall bringt unvorhersehbare Wendungen, aufgrund derer man das Buch bald nicht mehr weglegen kann. Das packende Finale macht Schlegels zweites Buch zu einem gelungenen Bodenseekrimi.«* Südkurier

www.emons-verlag.de